Les AMANTS DU MOULIN fleuri

Catalogage avant publication de Bibliothèque et Archives nationales du Québec et Bibliothèque et Archives Canada

Titre : Les amants du moulin fleuri / Richard Gougeon
Nom : Gougeon, Richard, 1947- , auteur
Identifiants : Canadiana 2023005885X | ISBN 9782897836818
Classification : LCC PS8613.O85 A62 2023 | CDD C843/.6–dc23

Illustration de la couverture : Anouk Noël

Les Éditeurs réunis bénéficient du soutien financier de la SODEC et du Programme de crédit d'impôt du gouvernement du Québec.

Financé par le gouvernement du Canada | Canada

Édition
LES ÉDITEURS RÉUNIS
lesediteursreunis.com

Distribution nationale
PROLOGUE
prologue.ca

Imprimé au Canada

Dépôt légal : 2023
Bibliothèque et Archives nationales du Québec
Bibliothèque et Archives Canada

RICHARD GOUGEON

Les AMANTS DU MOULIN *fleuri*

LES ÉDITEURS RÉUNIS

Du même auteur
chez Les Éditeurs réunis

L'auberge des Quatre lieux, 2022

La tisserande, 2021

Le bonheur des autres

1. *Le destin de Mélina*, 2016
2. *Le revenant*, 2017
3. *La ronde des prétendants*, 2018

L'épicerie Sansoucy

1. *Le p'tit bonheur*, 2014
2. *Les châteaux de cartes*, 2015
3. *La maison des soupirs*, 2015
4. *Nouvelle administration*, 2019

Les femmes de Maisonneuve

1. *Jeanne Mance*, 2012
2. *Marguerite Bourgeoys*, 2013

Le roman de Laura Secord

1. *La naissance d'une héroïne*, 2010
2. *À la défense du pays*, 2011

Avant-propos

Pendant que pour certaines maladies comme le choléra morbus – communément appelé peste bleue – la science tâtonnait, le peuple s'effrayait, marinant dans l'ignorance et s'agrippant à des croyances populaires. En 1832, au Bas-Canada, pas moins de 8000 personnes décèdent de l'effroyable calamité. Les symptômes très variés déroutent les soignants et compliquent le diagnostic. Un médicament qui convient chez un patient s'avère un échec chez un autre. Un malade peut disparaître rapidement ou se consumer de douleur avant de s'éteindre, au terme de plusieurs jours de souffrance.

Cependant, à Saint-Césaire, Antoine, étudiant en médecine et amoureux de la fille du meunier, est déterminé à combattre ce redoutable fléau. Dans sa pratique quotidienne, l'apprenti fait des tentatives, expérimente et poursuit ses recherches dans le laboratoire de son oncle, le Dr Chapdelaine, un réputé savant chez qui il termine son apprentissage. Or Angélique, négligée à cause des activités trop envahissantes d'Antoine, est convoitée par deux autres prétendants. Alors qu'un voleur de moutons gravite dans son entourage, la belle meunière s'éprend d'un Irlandais suspecté d'être le porteur des miasmes de la terrible contagion au patelin.

Ce roman s'inspire de quelques faits véridiques relatés dans les journaux d'époque et dans les archives de notre société d'histoire. Mais, par bonheur, la méconnaissance des scientifiques dans les causes et les traitements de la maladie jumelée à la naïveté de la population ont permis au romancier de construire un récit qui s'acoquine parfois avec l'imaginaire…

Richard Gougeon

Les principaux personnages

Antoine Desruisseaux, étudiant en médecine

Angélique Foisy, fille du meunier

Philippe Foisy, meunier

Augustin Chapdelaine, médecin et oncle d'Antoine

Cordélia Chapdelaine, épouse du médecin et tante d'Antoine

Patrick Dunnagan, jeune Irlandais

Ignace Trahan, voleur de moutons et fossoyeur

François-Xavier Dussault, notaire, ami de Chapdelaine

Hortense Dussault, épouse du notaire

Delphine Dussault, fille du notaire

Amanda, domestique des Chapdelaine

Balthazar, domestique des Chapdelaine

Joseph David Delisle, curé de la paroisse (1825-1832)

Rose de Lima, gouvernante du curé

Joseph Alexandre Boisvert, successeur du curé Delisle (1832-1834)

1

C'était un dimanche après-midi de juin 1832. Le temps était délicieux. Bouquet de marguerites à la main, Angélique s'était éloignée du moulin à farine, entraînant Antoine aux abords du ruisseau. Ils avaient foulé un petit sentier ombreux agrémenté de rosiers sauvages aux fleurs printanières, bordé de bouleaux, de saules, d'épinettes, d'ormes, d'érables et de mélèzes. Les feuillages bruissaient sous le vent. Sur un rocher presque dénudé légèrement moussu, le garçon aux cheveux noir de jais semblait contempler de sa prunelle gris-bleu l'eau écumeuse qui descendait en cascades en chantant sur les cailloux. Il sentait monter la sève ardente qui accélérait les battements de son cœur et qui l'affolait. Dans la suavité exquise qui embaumait le sous-bois, la jeune fille à la toison miel et aux yeux pers, le corps frémissant et la tête pleine de rêveries, espérait qu'il dégrafe son corsage.

— Tu m'embrasses pas ? demanda-t-elle, languissante.

— Ce n'est pas le désir qui manque, tu le sais bien, murmura-t-il.

— Mon père, je suppose !

— Il me fait confiance, je ne veux pas le décevoir. Et je me suis promis que, tant et aussi longtemps que je n'aurai pas fini mes études en médecine avec mon oncle, je ne peux me permettre des écarts de conduite qui pourraient avoir des conséquences fâcheuses sur notre avenir.

Elle abaissa des pupilles résignées et poussa un soupir de déception. Blottis l'un contre l'autre, elle s'éloigna de lui. La mine boudeuse, elle ramena ses jambes à son corps, appuya son visage sur ses genoux et s'absorba dans des pensées chagrines.

On entendit l'ébrouement d'un cheval. Les pupilles des amants se braquèrent sur la bête qui s'abreuvait dans le ruisseau. Au flanc du cheval brun-rouge, le grand Ignace tenait la bride en mâchouillant un brin d'herbe.

— S'cusez de vous déranger, les tourtereaux !

— Fais pas l'innocent ! répliqua sèchement Antoine. T'avais juste à arrêter plus loin. Tu voulais nous importuner.

— Écoutez-le donc, c'est le petit docteur qui parle, ricana le cavalier.

— Je ne suis pas encore médecin. À part ça, arrête de tournailler autour d'Angélique. Passe ton chemin, ça vaudra mieux pour toi et…

La demoiselle décocha un regard désapprobateur qui dissuada Antoine.

L'intrigant cracha son brin d'herbe, serra les dents, enfourcha sa monture et s'éloigna. Il avait maintes fois tenté sa chance auprès de la fille du meunier, qui avait farouchement repoussé ses avances. Le mauvais garnement était reconnu pour ses frasques et pour traîner à l'auberge avec les individus les moins recommandables des alentours.

Les amoureux regagnaient maintenant le moulin. Angélique avait retrouvé une humeur plus gaie, baignant dans la douce lumière et la chaleur caressante du soleil. Ils se contentaient de marcher d'un pas lent sur la route graveleuse de la Barbue, se jetant des regards énamourés. Parfois, elle ralentissait pour étirer le temps, et cueillait une fleur qu'elle lui faisait sentir. Il avait compris son petit manège et en profitait ; elle regrettait de ne pas s'être attardée avec lui, sachant qu'elle ne le reverrait pas avant une semaine, peut-être. Car à tout moment du jour ou de la nuit, l'apprenti médecin pouvait être appelé à accompagner son oncle, le Dr Chapdelaine.

Ils approchaient de la meunerie. Angélique se laissa envoûter par le charme bucolique des lieux et par les hémérocalles qui fleurissaient au pied du bâtiment. Antoine, lui, observait la construction de pierre avec ses étages dominés par le logis du meunier. Puis il contempla la savante installation avec son barrage et son canal d'amenée. Fasciné par le mécanisme et ses engrenages, son esprit scientifique avait maintes fois étudié le système qui alimentait en eau l'immense roue à godets qui, au besoin, tournait inlassablement pour actionner les meules écrasant le grain. La vue du cheval de couleur fauve aux crins noirs qui galopait vers le village le tira de ses réflexions :

— On devine ce qu'il est allé faire, celui-là, observa Antoine.

Un malaise oppressa la jeune fille. Le garçon tira la lourde porte et ils montèrent au logis.

— Vous paraissez accablé, père, exprima-t-elle.

L'imposante stature du meunier s'encadrait dans le chambranle de la fenêtre ouverte. L'homme semblait muettement absorbé par le ruisseau qui s'écoulait quelques dizaines de pieds plus bas.

— Ignace vient de quitter le moulin, observa-t-elle. J'ignore ce qu'il vous a raconté, mais c'est lui qui a dû vous mettre dans cet état…

Le colosse tourna lentement sa figure assombrie vers Antoine.

— Pour rien au monde je ne voudrais déshonorer votre fille, monsieur Foisy, déclara le garçon.

L'homme esquissa un demi-sourire de satisfaction. Il savait que la jeunesse est capable de s'enflammer et que le brasier est parfois difficile à éteindre.

— Tu es tout ce que je possède de plus précieux, ma fille, balbutia-t-il. Quant à Ignace, je ne crois pas un mot de ce qu'il m'a rapporté…

Elle raccompagna son amoureux à la porte, et il s'en fut à l'écurie pour seller son cheval.

Une vingtaine de minutes plus tard, il repassait devant le moulin et chevauchait vers le village de Saint-Césaire. Parvenu à la Yamaska, il descendit de sa monture. La barge, poussée par une grande gaule, revenait d'une traversée. Dans le clapotement des eaux, elle fendait la vague ondulante qui s'acharnait à entraver le mouvement du bac. À son bord, le passeur Beauregard, coiffé de son chapeau à large bord, et un habitant avec son tombereau vide attelé à une jument beige. En attendant la construction d'un pont pour lier commodément les rives et pour raccorder les deux parties de la paroisse, le batelier exploitait ce petit commerce indispensable aux voyageurs. Ses mains noueuses bien agrippées à sa longue perche, il exécuta quelques manœuvres d'accostage et amarra l'embarcation sur la berge. Le paysan débarqua avec son attelage et régla le coût de la traversée.

— J'espère que le docteur aura pas de misère à me payer, proféra le passeur à la cantonade. Ignace m'a dit de mettre ce qu'il me doit à son compte. Ah ! le sacripant.

— J'avais justement l'intention de faire comme lui, monsieur Beauregard, blagua Antoine… Rassurez-vous, je vais payer sur-le-champ.

***

La résidence de son oncle, médecin et apothicaire, était située au cœur du village, à proximité de la chapelle, de l'auberge et de quelques commerces. L'habitation lambrissée de bois peint en bleu était grande pour loger le Dr Chapdelaine et son épouse, leur neveu et le vieux couple de domestiques à l'emploi de la famille. Le vestibule dallé de l'entrée, donnant sur un vaste escalier, s'ouvrait sur le salon à gauche, et à droite, sur le cabinet du docteur et son apothicairerie où il préparait ses médicaments. Et, tout au fond, une officine secrète dotée d'un laboratoire dont il s'était borné à lui révéler l'existence, où le praticien s'adonnait jadis à des recherches expérimentales. Les chambres étaient à l'étage et les serviteurs occupaient de minuscules appartements au grenier à lucarnes; de là, ils accédaient à la cuisine en empruntant un escalier étroit. Avant d'engager Amanda et Balthazar, son mari – qui était aussi le cocher de la maison –, une grasse femme avait offert ses services, mais madame docteur, hésitante, avait constaté que la malheureuse n'avait pas le physique de l'emploi. En effet, elle était restée coincée dans le tournant de l'escalier et il avait fallu débâtir une partie de la cage pour la rescaper. Sur la cour, un jardin entouré de l'écurie et de quelques dépendances: une étable, une remise et un poulailler.

Dès qu'il referma l'écurie, les narines dilatées, le fumet chaud mena le jeune homme à la cuisine. La porte à moustiquaire claqua.

— Ah bien! C'est toi, Antoine; tu as failli me faire échapper le chaudron.

— Pardonne-moi, Amanda, je n'ai pas fait exprès. Ça sentait bon et je me suis laissé emporter par l'arôme…

— Bel après-midi avec Angélique? demanda-t-elle machinalement, l'œil coquin. Bon, va te laver les mains avant le souper, ordonna-t-elle sans transition. Les convives vont s'attabler dans un instant.

Antoine souleva le couvercle de la marmite pendue à la crémaillère.

— C'est une fricassée de porc et de mouton, mentionna la cuisinière. Tu comprends, ce n'est pas un problème pour leur fille, mais monsieur le notaire et son épouse ont les mâchoires édentées, s'amusa-t-elle.

L'étudiant adorait la domestique. La vieille femme l'avait adopté, en quelque sorte. Avec le temps, elle était devenue sa confidente et le défendait devant l'insistance gênante de madame Chapdelaine, qui souhaitait un attachement à la fille instruite du notaire plutôt qu'à l'ânesse ignorante du meunier.

Antoine parut dans la salle à manger au moment où les convives s'attablaient. La servante avait dressé le couvert pour six personnes. La vaisselle, en véritable porcelaine de Chine, des ustensiles à manche d'argent et de la verrerie étincelante garnissaient la nappe de lin. Étonnamment, grâce à la modestie du docteur qui refrénait les envies dépensières de sa femme, la pièce ne regorgeait pas de grand luxe. Les tentures en laine, aux couleurs vives, agrémentaient la pièce éclairée par des chandeliers. Un immense buffet montait presque au plafond. Sur un mur, une gravure de Napoléon Bonaparte, entouré de ses maréchaux. Dans un coin, une ancienne pendule française posée sur une console.

— Tu sais à quelle heure on soupe dans cette maison, gronda Mme Chapdelaine.

Delphine, la fille du notaire, abaissa ses grands yeux pâles sur le garçon rougissant de honte. Elle devinait que son escapade dominicale n'avait pas été qu'une simple promenade à la campagne pour contempler la nature.

— Comment vont les études ? interrogea tout bonnement le tabellion Dussault.

— Notre talentueux jeune homme les néglige ces temps-ci, voyez-vous, coupa l'hôtesse.

Le docteur se racla la gorge en guise de protestation. La servante apporta le potage.

— Je ne sais pas si tu as lu dans *La Minerve*[1], mon cher Augustin, interrogea le notaire.

— Pas récemment.

1. Journal *La Minerve*, le lundi 18 juin 1832.

— Le choléra a fait de sérieux ravages à Dublin et dans ses faubourgs où poussent la misère et la pauvreté, semble-t-il. Un bulletin officiel mentionne que la maladie régresse à Londres. Mais il aurait laissé beaucoup de traces en Europe.

Remuées, les femmes cessèrent de s'entretenir entre elles. Chapdelaine avait suspendu sa cuillère et s'absorbait dans un silence significatif.

— Et ce n'est pas tout, mon ami, renchérit l'invité.

La voix pleine de gravité, il rapporta que le mal avait frappé Québec et qu'il s'était vite répandu dans les quartiers de la ville, malgré la station de quarantaine établie à Grosse-Île et les mesures sanitaires prises pour préserver les habitants. On avait recensé des cas dans les paroisses de Beauport, de Pointe-Lévis et de Petite-Rivière. On dénombrait plusieurs victimes décédées ; même les personnes de robuste constitution n'étaient pas épargnées.

— Une vraie calamité ! commenta le docteur. Je ne sais pas si on en viendra là, mais je ne serais pas étonné qu'un jour ou l'autre, on soit infestés par la bactérie. Et c'est très contagieux ! On doit faire preuve de vigilance : il faut surveiller les diarrhées, les spasmes, les vertiges avec des nausées, les vomissements ou des combinaisons de ces symptômes. Pour le moment, les meilleures choses à faire pour empêcher l'intrusion de la maladie sont de tenir les maisons dans un état de propreté impeccable, de faciliter la circulation de l'air et de consommer une nourriture saine en s'abstenant de manger des charcuteries, des viandes et du poisson salé.

Le propos du médecin avait suscité un émoi dans la salle à manger. La main sur la bouche, Delphine menaçait de vomir, la servante dardait des yeux révulsés sur son bourgeois, et les femmes de notables se regardaient, éberluées. Au milieu de la consternation, le notaire mesurait l'effet de ses paroles. Le docteur avala calmement une lampée de potage tandis qu'Antoine se captiva par le sujet :

— Que préconisez-vous pour soigner le malade ? interrogea-t-il.

Aussitôt, l'érudit était reparti dans ses savantes explications :

— Si le premier symptôme consiste à avoir des spasmes, on emploie le nitrate de potassium, les ventouses le long de l'épine dorsale, les frictions et la chaleur, précisa-t-il. Le malade éprouve aussi une soif intarissable. Mais si la personne présente des étourdissements, des nausées, des fraîcheurs ou un affaiblissement du pouls, des teintes bleuâtres sur la peau, des contractions dans les traits ou aux extrémités, ou des crampes, par exemple, c'est là un des cas les plus sévères de la maladie…

— Tu ne penses pas qu'on devrait parler d'autre chose, mon mari, coupa l'hôtesse.

Les convives avaient approuvé d'un hochement de tête. Dans un bruit de cuillères, de bols et de sapements des bouches édentées, on acheva le potage, et la domestique servit la fricassée de porc et de mouton qu'on arrosa d'une bouteille de Bordeaux. Ensuite, on se déporta au salon. Un tapis parsemé de corbeilles et de guirlandes de fleurs, une cheminée peinte en blanc pour imiter le marbre de Carrare, de larges fauteuils en bois d'acajou à sièges recouverts de crins noirs ainsi que des rideaux azur aux croisées constituaient le décor de la pièce. Par crainte d'être assommées par une masse d'informations sur la peste, les femmes se regroupèrent dans un coin et les hommes s'étaient retirés dans un enfoncement de la façade, un verre de digestif à la main. Pour une fois, l'étudiant avait une bonne raison pour se distancer de la jeune fille qui soupirait en silence dans une moue enfantine. L'hôte ne put s'étendre davantage concernant ses connaissances ; on toqua au chambranle du salon. Augustin s'achemina vers le domestique.

— Un habitant vous réclame, docteur Chapdelaine. Un de ses enfants est pris d'un mal étrange… Dois-je préparer la voiture ?

— Non, ce ne sera pas nécessaire ! Merci, Balthazar, Antoine et moi allons monter avec lui pour sauver du temps.

La dépêche du domestique avait semé une commotion dans la pièce. Le médecin et son neveu s'excusèrent auprès du notaire qui bourra sa pipe et l'alluma en prenant la précaution de ne pas flamber sa barbichette. Antoine salua avec civilité Mme Dussault et sa fille.

Le paysan, un homme gras et court, harcela son cheval d'un coup de fouet et le cabriolet s'ébranla vers la campagne. La semaine précédente, Chapdelaine y avait accouru pour tenter de secourir une vieille femme qui se mourait. Hurlant d'une horrible souffrance, l'agonisante l'avait mandé à la hâte et il était arrivé trop tard.

Une odeur de vomissure empestait la maison, une habitation basse blanchie à la chaux, au-dedans comme au-dehors. Le gros garçon peu déluré, un balourd à face de poire couché sur une paillasse, semblait divaguer. La mère, une maigrichonne à la chevelure laineuse, pauvrement habillée dans sa robe du dimanche, bêla :

— On est partis dans la parenté après-midi avec les plus jeunes, pis quand on est revenus, on l'a trouvé sur le plancher dans son *renvoyage*, expliqua-t-elle, d'une voix pleurarde.

Pendant que sa femme causait avec le médecin, le père retenait sa trâlée qui voulait s'approcher de l'aîné. Il ne manquait que le cadet, accouru aux bâtiments, à qui son frère s'était confié ; une rencontre avec des copains devait avoir lieu dans la grange pendant l'absence de leurs parents. Antoine déposa sa trousse au pied du lit et commença à ausculter l'abdomen du patient qui se plaignait.

Au milieu de ses divagations, le malade marmonnait des imprécations incompréhensibles. Chapdelaine repensa à la conversation avec le notaire Dussault, qui l'avait informé de la présence du choléra dans la province et qui s'était peut-être propagé dans les campagnes environnantes. Cependant, les symptômes révélaient plutôt un malaise commun dû à des excès de consommation.

En bon maître, il consulta à voix basse son neveu pour connaître son diagnostic et pour mettre ses connaissances à l'épreuve. Puis il confia à son élève le soin de partager leur conclusion :

— Le pouls est normal, pas de teintes bleuâtres sur la peau, rien d'inquiétant, mais votre fils semblait éprouver une soif inextinguible, ricana Antoine. Je vous proposerais de faire l'inventaire de vos réserves de boisson, recommanda-t-il.

Sous les yeux étonnés de la mère, le père ouvrit la trappe qui permettait d'accéder à la cave de terre. Il remonta après quelques minutes, hébété.

— Il manque un cruchon de cidre ! déclara-t-il.

La bouche pâteuse, le gros garçon grogna quelques onomatopées. Sur les entrefaites, le cadet parut dans la maison.

— Je l'ai trouvée dans la grange, claironna-t-il en brandissant la bouteille. Il restait plus une seule goutte…

* * *

Le tabellion était encore présent au retour du médecin à sa résidence. Afin de désennuyer sa fille, Mme Dussault avait entamé une conversation sur des auteurs classiques. Le fait est que Delphine faisait souvent des incursions culturelles dans l'étude de son père et dans la bibliothèque attenante. Elle avait accès à une commode en acajou renfermant des titres et inventaires de succession surmontée d'un cabinet à vitraux recelant des trésors de la littérature française où se côtoyaient les œuvres de Corneille, Racine, Molière et La Fontaine. Les femmes cessèrent de discuter. Le notaire retira la longue pipe hollandaise de sa bouche et en exhala une bouffée.

— Et puis ? interrogea-t-il.

À la fenêtre, la domestique ouvrit. Les rideaux de dentelle laissant passer un courant d'air frais flottèrent subitement dans la pièce. Mme Dussault éternua.

— Pourrais-tu refermer, s'il te plaît ? supplia-t-elle, d'une voix forte.

— Pardonnez-moi, Madame, mais le Dr Chapdelaine a dit qu'il fallait aérer pour empêcher l'intrusion de la maladie.

— Ne crains rien, Amanda, rassura le praticien. Il ne s'agit pas de la maladie dont nous parlions plus tôt. D'ailleurs, le garçon que nous avons visité, Antoine et moi, s'en remettra. Croyez-moi, ses malaises n'ont rien à voir avec le choléra morbus.

Une mine de contrariété contracta les lèvres de la servante.

— Bien, Monsieur, obéit-elle.

***

L'étudiant en médecine avait regagné sa chambre dès le départ du notaire Dussault. Il adorait se retirer dans la pièce qu'on lui avait cédée lors de son arrivée, une sorte de garçonnière bien garnie. Un lit à baldaquin soutenu par quatre poteaux ouvragés, un tapis élégant, une bibliothèque en acajou, des rideaux avec cantonnières illustrant une belle Indienne, couvertes de fleurs et d'oiseaux, un pupitre avec une chaise, un sofa, un lavabo et une armoire composaient l'ameublement et sa décoration. Aussi pouvait-il utiliser les chevaux de l'écurie, la calèche, un cabriolet et une charrette. Il s'allongea sur sa couchette, et son esprit s'abîma dans des pensées.

Les révélations du notaire rapportant l'article de *La Minerve* sur le choléra avaient éveillé sa curiosité. Il était démangé par l'idée de redescendre au rez-de-chaussée. Son oncle et sa tante venaient de gravir les degrés. Les domestiques étaient remontés au grenier ; il se leva.

À la lumière de la lampe, Antoine s'engouffra à pas feutrés dans le cabinet, traversa l'apothicairerie et sonda la porte de l'officine.

Elle était verrouillée. Le savant l'avait informé que l'endroit était secret, qu'il ne permettait à quiconque d'y pénétrer. Son neveu explora les tiroirs, sans trouver la clef. *Ce serait plus simple de demander à mon oncle*, pensa-t-il. *Il ne s'opposerait pas à mon dessein et comprendrait que je m'intéresse à la science, tout comme lui.* D'ailleurs, à l'occasion d'un souper, sa tante avait souvent reproché au chercheur ses travaux nocturnes qui avaient jadis rogné ses heures de sommeil et qui le mettaient de mauvaise humeur le lendemain. Il sursauta au craquement des marches. Une ombre s'étira sur le plancher.

— Je m'en doutais, ça ne m'étonne pas de te retrouver ici, mon neveu. Je présume que tu veux entrer dans mon sanctuaire…

L'oncle était apparu, les yeux luisants derrière son lorgnon aristocratique, une lampe éclairant sa figure élargie par ses immenses favoris gris. Il était habillé d'une robe de chambre de damas bleu poudre et souriait.

L'œil d'Antoine s'émerveilla de la pièce. Aux murs, une ardoise avec des formules chimiques et des planches illustrant le corps humain. Dans un coin, un squelette suspendu à un crochet, les genoux cagneux, l'air gêné par sa nudité. Une première armoire renfermait de vieux livres de médecine et des cervelles de moutons conservées dans des bocaux de formol. Une seconde, vitrée, exposait fioles, creusets, béchers, éprouvettes, brûleurs et un pilon dans un mortier de marbre. Sur une tablette, un microscope, une balance à deux plateaux et un assortiment de métaux identifiés à l'encre par un petit carton. Sur une autre, plus basse, des poudres et des substances chimiques hautement toxiques. Enfin, sur une table recouverte d'une pierre plate en granit, un encrier, une plume d'oie et un grand livre aux pages écornées demeuré ouvert.

— Votre grimoire ! badina Antoine.

— Ce n'est pas un livre de sorcellerie, rassure-toi. C'est là-dedans que j'avais coutume de noter mes expériences. Mais je dois admettre que, jusqu'à ce jour, je n'ai rien découvert d'important. C'est pourquoi j'ai plutôt délaissé mes recherches. D'ailleurs, je te mets en garde contre les charlatans qui prétendent avoir trouvé un médicament contre les douleurs musculaires, les maladies des poumons, les infections et le dysfonctionnement des intestins… Je devine ce qui a pu déclencher ton désir de chercher de quoi soigner le choléra morbus. Je pense qu'il ne faut pas s'illusionner. Ça fait des années que les savants travaillent pour essayer d'éradiquer les épidémies. Et pourtant, les pires calamités continuent d'exister en ce bas monde.

— Bien humblement, je ne prétends pas faire mieux que d'autres, mais si vous me le permettez, je m'adonnerais à quelques expériences dans mes temps libres.

— Volontiers, mon neveu, quand ça te plaira. Mais à condition que tu ne négliges pas ton travail d'étudiant… et tes amours.

Un sourire entendu scella leur rencontre.

* * *

Au matin, obsédée par la présence suspecte de miasmes délétères ou de germes quelconques, Amanda s'était empressée d'aérer toutes les pièces de la grande maison. Au cours de l'avant-midi, assistée de son mari, elle avait nettoyé les tapis, les meubles du salon, désinfecté partout où le docteur et son élève étaient susceptibles d'avoir séjourné.

C'était l'heure du dîner. Mme Chapdelaine tira le cordon qui actionnait une clochette de la cuisine. Fière de son ménage, la domestique rectifia sa coiffe et son tablier; puis elle empoigna une grande casserole et amorça un pas vers la salle à manger.

— Tu vas pas leur servir ça! l'apostropha Balthazar.

— Pourquoi pas? rétorqua-t-elle sèchement.

Et elle poussa du coude la porte battante.

— Une omelette! se récria la bourgeoise. Je croyais que tu préparais un plat de saucissons.

— Pardonnez-moi, Madame, j'ai suivi les recommandations de Monsieur. J'ai éliminé tout ce qui s'appelle charcuterie, viande et poisson salé de votre alimentation.

Antoine pouffa de rire, ce qui exacerba l'irritation de sa tante :

— Depuis quand une simple servante décide-t-elle d'une pareille initiative ? brama-t-elle.

Chapdelaine se montra plus compréhensif :

— La maison ne court aucun danger, Amanda, expliqua-t-il. Pour le moment, Dieu soit loué, nous sommes dispensés de ce terrible fléau qu'est la peste bleue. Crois-moi, si jamais la population est menacée, j'en aviserai tout le monde. J'en prends la responsabilité.

La domestique ressentit une contrariété, mais elle opina du bonnet et s'en fut à la cuisine. Son mari lui adressa une remarque désobligeante :

— T'as vu, qu'est-ce que je t'avais dit, hein ? exprima-t-il. Je t'avais prévenue.

La femme rapporta docilement à la table des légumes et du pain dans une corbeille pour accompagner le plat.

Après le récurage de la vaisselle et des chaudrons, en proie à une vive frustration, Amanda s'achemina au magasin général de Jean-Baptiste Casavant. Avant d'entrer, elle salua les trois vieux qui devisaient sur le banc de la galerie. La clochette tinta allégrement. Des clientes potinaient dans un coin ; on remarqua l'air bourru de l'arrivante.

— C'est rare que vous êtes de mauvaise humeur, Amanda, observa l'une d'elles.

— Parlez-moi-z-en pas, repartit la servante.

Puis elle raconta à quoi elle s'était employée au cours de la matinée et toutes les précautions prises pour soustraire la maisonnée du docteur aux menaces pesantes de l'épidémie de choléra.

— C'est dans le journal, paraît-il, précisa-t-elle pour corroborer ses dires.

Les clientes s'affolaient. Certaines s'indignaient du gaspillage éhonté, de la nourriture saine donnée aux cochons ; d'autres s'étaient tournées vers le commis et exigeaient du chlorure de chaux, de la potasse et des produits de nettoyage forts. Quant à Amanda, elle se procura du lard salé, du poisson salé et de l'agneau.

2

Comme à l'accoutumée, le Dr Chapdelaine faisait sa tournée des malades. À son âge et malgré des années de pratique, il éprouvait toujours un besoin irrépressible de soulager la souffrance physique et de réconforter l'âme. Le matin, il se rendait à pied chez ses patients du village et, après le dîner, il filait vers la campagne avec son cabriolet à deux roues. Puis, selon les jours de la semaine, à la fin de l'après-midi ou en soirée, il recevait sa clientèle dans son cabinet.

Ces temps-ci, au cours de ses visites, il s'assurait que la vieille Brochu prenait toujours ses pilules, que Mme Plamondon se rétablissait bien de ses onzièmes couches, que le père Gadoury ne faiblissait pas trop et qu'une jeune pneumonique ne manquait pas du sirop de sa fabrication. Mais dans toutes les chaumières où il s'arrêtait, la rumeur sur le choléra l'avait précédé. Chaque fois, le docteur avait dû la démentir, convaincre qu'elle était infondée. Par contre, on s'expliquait mal le régime auquel la domestique avait soumis la maisonnée et toute l'énergie qu'elle déployait à frotter; ce à quoi il avait rétorqué qu'elle avait développé une manie furieuse qui finirait par l'épuiser et la rendre malade.

Le docteur et son neveu étaient revenus pour le dîner. En arrivant, la chaleur ardente et sa lutte pour mettre fin aux rumeurs l'ayant écrasé, Chapdelaine s'épongea le front, se lava les mains et se laissa choir sur sa chaise en exhalant un long soupir de lassitude.

Madame docteur, qui avait pris soin de refermer les volets avant que la touffeur ne gagne la salle à manger, tira le cordon et la domestique apporta un gigot braisé au romarin.

— Faudrait que tu ralentisses, Augustin, exprima-t-elle, la voix altérée. Peu à peu, tu devrais confier des patients à notre neveu.

— Chère tante, je veux bien prendre la relève de mon oncle, mais au point où j'en suis dans mon apprentissage, je ne suis pas certain d'obtenir son consentement, commenta Antoine. Et ce n'est pas tout le monde qui accepterait que je remplace un médecin d'expérience. J'ai du chemin à faire avant d'atteindre sa notoriété, qu'on me prenne pour le bon Dieu, ne serait-ce que de mériter la confiance de la population.

Le neveu parlait avec déférence de son oncle qu'il admirait. Dans ses aspirations les plus intimes, il rêvait de s'établir dans le patelin, plutôt que de pratiquer la médecine dans la grande ville de Montréal ou dans un bled perdu où il ne connaissait personne.

— Je jouis d'une bonne santé, plaida Chapdelaine, et je soignerai mes malades tant et aussi longtemps que j'en aurai les forces. Même si une grave épidémie sévissait dans la paroisse ! Mais pour cela, il faut bien s'alimenter, railla-t-il.

Le médecin avait décoché une œillade moqueuse à Amanda, qui ravala en s'efforçant de demeurer impassible.

Il salivait en suivant les mouvements de la servante qui lui découpait une tranche de gigot ; on entendit le pas décroissant d'un cheval. Les traits de la maîtresse de maison se crispèrent.

— Un grand garçon brun, le dénommé Adjutor Blanchette, vous demande, docteur, annonça Balthazar. Son frère Théodule s'est blessé sur la ferme de leurs parents, dans le rang de la Petite-Barbue, pas loin du moulin à votre ami Philippe Foisy.

— Attelle la jument ! ordonna Chapdelaine, la voix impérative. Toi, Amanda, tu peux nous servir un morceau : Antoine et moi on va prendre une bouchée. Ensuite, tu nous prépareras un bout de saucisson, du fromage et du pain de ménage.

— Bien, docteur ! obtempéra la servante.

Avec empressement, le cocher et sa femme exécutèrent les ordres. Le praticien avait agrippé son chapeau de paille de tresse grossière, comme ceux que portent les moissonneurs, et sa trousse, tandis que son assistant apportait la sienne et les victuailles. Bientôt, le médecin et son neveu se retrouvèrent dans la cour, sous la chaleur écrasante d'un soleil jaune. La capote relevée du cabriolet les protégerait contre une exposition trop forte et prolongée au rayonnement de l'astre brûlant.

En après-midi, tout au cours de ses déplacements en voiture vers la campagne, les villageois saluaient courtoisement l'homme aux cheveux enneigés, à la physionomie bienveillante, dévoué à ses semblables. Mais aujourd'hui, il fonçait vers le rang de la Petite-Barbue, se pressant derrière le jeune Blanchette qui galopait au-devant, sans brides ni selle.

Plusieurs voitures stationnaient de part et d'autre sur les rives de la Yamaska quand le cabriolet du docteur aboutit au lieu d'embarquement. Le cavalier avait persuadé le passeur Beauregard d'attendre le médecin avant de procéder aux manœuvres. C'était une question de temps pour sauver la vie de son frère. Entre-temps, on l'avait questionné sur l'état de la victime, sur les circonstances de l'accident : ils étaient une rangée de faucheurs, les poignets solides sur la faux, avançant comme une marée, dans le bruissement des herbes folles, pour couper le foin. Il avait raconté ce qu'il avait vu. Dans son effarement à relater le drame, on avait deviné le reste. On traversa.

Dans les champs, sous l'haleine du vent chaud, la vie ne s'était pas arrêtée. Alors que son oncle s'absorbait en pensant au pire, Antoine conduisait en grappillant quelques scènes au passage. Munis de longues fourches aux fourchons de bois, les bras chargeaient le foin sur de hautes charrettes, gaiement foulé par des diablotins. Dans un champ voisin, aiguillonné par un fouet, un percheron gris pommelé montait le coteau menant à la grange aux larges portes ouvertes.

Le cavalier avait bifurqué à l'embranchement de la Petite-Barbue, traversé le ponceau. Puis il éperonna sa monture qui, reprise par une fougue impétueuse, s'élança vers la ferme des Blanchette.

Le cheval du garçon avait emprunté le sentier des vaches et s'était arrêté. Le médecin et son assistant descendirent du cabriolet et accoururent avec leur trousse sur les lieux de l'accident.

Le blessé était étendu dans l'herbe grasse, le visage hâve, la bouche béante, les yeux fermés, à demi inconscient dans une mare rouge sur le foin coupé. On avait déchiré son pantalon, pour mieux exposer la blessure au mollet de la jambe droite. Un peu à l'écart, un homme, torse nu, s'accusait de sa maladresse avec sa faux. Pourtant, sur la terre, c'était lui qui savait le mieux manier l'outil, le meneur sur qui les autres réglaient leur pas.

Antoine tâta le pouls faible, dessilla les yeux du garçon et enveloppa la plaie d'un bandage. Consterné, le front tailladé de rides, le père contemplait son fils qui revenait lentement à lui, grimaçant de douleur.

— On va sauver ton Théodule, mon Tancrède, déclara Chapdelaine. Ton engagé a eu l'heureuse idée de contenir l'hémorragie en garrottant le membre avec sa chemise.

— L'important, c'est qu'il guérisse, exprima Blanchette. Mais en attendant, faut le remplacer.

Pendant qu'Antoine organisait le retour à la maison du blessé sur une charrette, le Dr Chapdelaine prodigua ses recommandations en considérant la mine accablée du pauvre père.

— Combien je vous dois ? s'enquit le fermier.

— Rien du tout! répondit le médecin. Vous êtes bien assez éprouvé de même…

Suffoqué sous la chaleur torride du soleil et la faim lui creusant les entrailles, il entraîna son neveu vers son cabriolet.

— Qu'est-ce que vous diriez si on s'arrêtait au moulin ? demanda son assistant.

L'oncle décocha un clin d'œil de connivence et monta à bord du cabriolet, qui s'ébranla vers le bâtiment.

Une fleur aux cheveux, la belle Angélique ramassait le linge qu'elle avait étendu sur la corde après son lavage à la rivière le matin. Sous un ciel de craie, Antoine l'observa un moment, déposant les vêtements séchés dans le panier, faisant semblant de ne pas l'avoir remarqué. Elle avait revêtu une robe couleur safran qui mettait en évidence son opulente chevelure d'or qui retombait sur ses épaules dénudées. Il la trouva éminemment désirable.

En guise de salutation, l'oncle souleva son chapeau et entra au moulin. Son neveu s'approcha de la jeune fille.

— Je ne pensais pas te voir aujourd'hui, exprima-t-elle.

— On avait à faire dans les parages, relata-t-il, la voix tombante. Mon oncle a été mandé sur la ferme des Blanchette ; on est partis à la hâte avec de quoi manger. Théodule a été blessé pendant le fauchage du foin ; la coupure est sérieuse, mais il s'en remettra d'ici deux ou trois mois. Son père a parlé d'engager. Mais, dis donc, toi, je ne t'ai jamais vue dans pareil accoutrement…

Le ton emprunté traduisait un étonnement mêlé d'un reproche.

— Il fait si chaud…

— Tu ne devrais pas t'exhiber ainsi aux yeux des hommes qui fréquentent le moulin.

— Il y a surtout des vieux qui viennent jaser ou jouer aux dames en fumant leur pipe.

— Oui, de vieux vicieux qui ne demandent pas mieux que l'étalement de tes attraits… Et de jeunes paysans qui te convoitent…

Les joues d'Angélique rosirent. Antoine, ayant produit l'effet désiré, s'engouffra dans le bâtiment.

Avec son air faussement joyeux, il s'était efforcé de retrouver une certaine contenance.

— À la bonne heure ! proféra Chapdelaine. Enfin, on va pouvoir dîner.

Tandis que le meunier s'affairait au bluteau pour tamiser la farine et que le blé mûr était broyé sous la meule active dans un bruit sourd et régulier, plusieurs vieux, assis sur des poches de grain, écoutaient un guenilleux qui mâchonnait un quignon. Dans sa tournée des campagnes environnantes, le mendiant au visage hideux à demi dissimulé sous un chapeau de castor râpé avait coutume de s'arrêter une fois par année au patelin. On savait qu'il venait de loin. Il avait sa *retirance*[2], quelque part Dieu sait où. C'était un vieillard courbé sur un bâton tordu, qui, besace en bandoulière, voyageait à pied, un gros sac ajusté aux épaules avec des sangles de cuir. Il avait déjà confié au meunier qu'à vingt ans il était un véritable déchet, rongé par tous les vices et qu'il avait mangé beaucoup de misère. Mais un jour, il avait trouvé moyen de se rendre utile à la société : il vendait ses produits miraculeux !

— J'ai un onguent qui vous retape de la pleurésie dans le temps de le dire, vanta-t-il.

— C'est de la graisse de roue de charrette, rétorqua le père Courtemanche.

— Je vas être honnête avec vous, c'est vrai que ça y ressemble, mais c'est pas mal plus efficace que les médicaments du médecin. Une ponce avec une larme de cette eau-là guérit des fièvres lentes,

2. Refuge, endroit où l'on se retire.

poursuivit-il, exhibant une fiole après l'épineux commentaire. Pour les auripiaux[3], les reculons, les tours de reins, les mordures, les verrures, les échauffaisons et le mal de dents, j'ai…

Personne n'adhérant aux propositions, le bonimenteur ôta son chapeau de castor, qu'il renversa pour quêter. Au milieu de ses vexations, ne recueillant que des moqueries, il brandit un malheur épouvantable :

— Je vous le dis à tout le monde, vous allez le regretter : ça prendra pas ben des lunes avant qu'une maladie rare se répande dans votre paroisse, prophétisa-t-il. Le choléra morbus que ça s'appelle, un mal terrible qui tue en vingt-quatre heures !

Il farfouilla dans sa poche de loup gris, en exhiba ostensiblement une fiole contenant un liquide brunâtre grouillant de matières en suspension qui donnait envie de vomir.

— Qu'est-ce que tu viens faire icitte ? s'indigna un fermier du bord de la Yamaska. Tu risques de transporter le microbe avec toé. Va-t'en avec ta puanteur, *jeteux* de sorts, charogne de mauvais augure !

— Le Dr Chapdelaine ou son assistant peuvent l'examiner, tempéra son voisin. Comme ça, on déclenchera pas une chasse aux sorcières.

Le mendiant ramassa ses effets et, balluchon sur le dos, agrippa son bâton et quitta prestement le moulin. On savait que le bonhomme irait mendier au village et frapper à la porte d'un bon Samaritain qui l'hébergerait chez lui. Après le souper, pour remercier son hôte, il raconterait ses histoires à faire frémir, ne parlerait pas du choléra morbus, mais de débâcle, de ravage par les sauterelles dans les récoltes, et repartirait le lendemain, sa besace remplie de victuailles.

---

3. Oreillons (maladie infantile).

La face hargneuse, le vieux Courtemanche avait tiré, du fond de sa poche, sa pipe de plâtre et sa blague à tabac faite d'une vessie de cochon séchée. Il craqua une allumette sur sa fesse, alluma son fourneau et exhala une bouffée vers la porte.

— Bon débarras ! souffla-t-il.

À présent, Antoine ne demandait qu'à partir. La menace de la terrible maladie s'appesantissait sur la paroisse et il souhaitait s'absorber dans des recherches et trouver un médicament avant qu'elle ne devienne un fléau. Il salua le père de son amoureuse, son oncle bonjoura la compagnie et ils sortirent du moulin. Puis il amorça un pas vers le cabriolet. Suspectant qu'on l'observait, il leva les yeux vers le faîte du bâtiment. À la fenêtre, dans une tenue plus décente, Angélique le regardait, esquissant un sourire crispé.

* * *

Il faisait nuit close. Et, malgré les contrevents ouverts, l'air de sa chambre était peu respirable. Antoine s'était jeté tout habillé en travers sur son lit et réfléchissait. Le visage d'Angélique l'obsédait. Avait-il été trop brusque avec elle ? N'était-il pas le premier à deviner dans l'échancrure de son corsage sa poitrine sculptée dans l'albâtre et la désirer goulûment ? Dans sa jeune pratique d'étudiant en médecine, il avait quelquefois examiné des corps de jeunes femmes dont l'une, dans sa candeur naïve, avait feint une douleur à l'estomac. Il se souvenait aussi de cette autre patiente qui se plaignait de malaise au bas-ventre à qui il avait inconsciemment arraché des gloussements de plaisir. Il s'était abîmé dans ces pensées, luttant contre le sommeil ; il se rappela son dessein et se releva.

Antoine avait pénétré dans l'officine et, sous la lumière faiblarde, feuilletait le grand livre dans lequel le praticien-chercheur avait consigné, dans une écriture serrée, presque indéchiffrable, ses observations. Enfiévré par l'impatience d'explorer quelque piste de recherche, il se découragea et tira de l'armoire un gros bouquin rouge titré en lettres d'or. Un raclement de gorge le fit sursauter.

— Comment, tu dors pas ?

— Pas plus que toi, Amanda. On suffoque dans cette maison.

— Imagine-toi ce que c'est que d'essayer de dormir sous les combles. Balthazar ronflait comme un poêle à deux ponts. Moi je suis redescendue pour profiter du peu d'air frais que la nuit nous apporte. Toi, qu'est-ce que tu fais ?

Dans la clarté diffuse qui baignait la pièce interdite, les pupilles de la domestique recensaient l'ameublement et tous les objets qui l'impressionnaient.

— Tu vas être contente, je m'attaque au mal qui nous menace. On a beau dire ce qu'on voudra, je commence à prendre au sérieux ce qu'on entend un peu partout à la campagne et au village. Manifestement, d'autres avant moi se sont penchés sur le problème sans résultat concluant, puisque la maladie court toujours et continue de semer la terreur et la mort sur son passage.

— La nuit avance, Antoine, j'espère que tu te coucheras bientôt.

Elle lui avait décoché un regard affectueux avant de tourner les talons et de disparaître dans les ténèbres de la maison. Il ouvrit le livre et tomba sur une rubrique qui traitait de maladies. D'une main fébrile, il s'empressa d'accéder aux pages qui faisaient référence au choléra. Le texte rapportait des tentatives de guérison, toutes aussi décevantes les unes que les autres. À ce jour, la science était dépassée par le fléau. Il prit note des médicaments administrés aux patients, des effets indésirés. Puis le chercheur en herbe se rabattit alors sur des planches illustrant le ventricule gauche rétréci, le droit plein d'un coagulum noirâtre, une plèvre gluante, un foie marbré, une réplétion vasculaire de la rate, l'intestin grêle engorgé d'une matière blanchâtre, et de la purée verdâtre dans la valvule iléo-cæcale. En proie à un léger découragement, il remisa le bouquin et en consulta un autre, qui ne lui apporta que désappointement.

***

L'oncle et la tante étaient à déjeuner.

— Amanda, es-tu certaine que notre chambreur est levé ? questionna Mme docteur, avec une pointe de sarcasme ; j'ai l'impression qu'il fainéante encore dans son lit.

En guise d'obéissance, la servante s'inclina légèrement, se retira de la pièce et gravit les marches de l'escalier. Quelques minutes plus tard, après de brèves ablutions matinales et après s'être rhabillé en catastrophe avec ses vêtements de la veille, Antoine paraissait dans la salle à manger, la mine coupable.

— Tu ne loges pas à l'auberge Godreau pour déjeuner à l'heure qui te convient, semonça la femme du docteur.

— Oui, ma tante, je suis désolé, s'excusa le jeune homme. Je me suis endormi très tard dans mon lit avec un bouquin qui me captivait, inventa-t-il ; je promets d'être ponctuel à l'avenir.

— Tu es trop sévère avec notre neveu, Cordélia, le défendit Chapdelaine qui soupçonnait du temps passé dans son officine.

Un rictus de connivence se peignit sur les traits de la domestique.

Le déjeuner à peine achevé, d'impérieux coups de sonnette retentirent au seuil de la maison. Amanda se pressa à l'entrée et revint dans la salle à manger.

— C'est Mme Dussault, annonça la servante. Elle désire vous voir absolument, docteur.

Le médecin afficha un air de contrariété. Cependant, il sentit le regard suppliant de sa femme.

— J'avais l'intention d'effectuer mes visites à domicile comme à l'accoutumée, mais je vais faire exception, décida-t-il. Amanda, fais-la entrer dans mon cabinet.

Chapdelaine se tamponna les lèvres et se recula. Antoine suivit son oncle dans la salle d'examen. Assise sur une chaise droite, la main sur le ventre, la patiente présentait de curieux spasmes nerveux qui secouaient son chapeau à aigrettes. La figure convulsée, elle expliqua qu'elle s'était acheminée à pied, la tête pleine de vertiges, titubant à tous les trois pas.

— Je suis certaine d'avoir attrapé le choléra morbus, affirma-t-elle.

Le médecin songea à la panoplie de médicaments qu'il pouvait concocter quand il entendit des gargouillis, une sorte de vrombissements intestinaux très sonores. Il consulta son assistant, qui avait une opinion sur le sujet, et déclara :

— Rien ne nous assure qu'il s'agit de la terrible maladie. Nous n'avons peut-être affaire qu'à un léger dérangement du système digestif. Antoine et moi sommes d'avis qu'il est possible d'enrayer le problème avec une potion astringente qui permettrait de resserrer les tissus organiques. Ou encore de pratiquer une saignée locale avec des sangsues…

— De grâce, pas de sangsues, grimaça-t-elle, j'ai une sainte horreur de ces bestioles dégoûtantes, et le simple fait d'imaginer que mon corps soit envahi par des vers me soulève le cœur.

— À vrai dire, pour être franc avec vous, madame Dussault, nous nageons dans l'inconnu, établit l'étudiant. Dans le cas qui nous occupe, si je me réfère aux livres consultés, le plus simple serait de vous administrer une préparation de rhubarbe et de brandy ou une solution concentrée de chlorure de chaux.

Hortense Dussault, qui ne dédaignait pas la boisson, considéra avec bonheur les propositions du jeune praticien – qu'elle souhaitait voir devenir le prétendant de sa fille – et opta pour la première. Antoine sortit alors du cabinet, se rendit dans la cuisine et demanda à la servante d'aller cueillir de la rhubarbe dans le potager. Lorsqu'il s'achemina à la salle d'examen avec une poignée de cannes, sa tante, alertée par les mouvements inaccoutumés, l'informa que la patiente s'était réfugiée dans les toilettes de la maison et que son mari était dans son apothicairerie pour préparer le médicament.

***

Devant l'état précaire de la mal portante, Cordélia Chapdelaine avait offert à son amie de l'héberger, le temps de se remettre de son fâcheux état de santé. Elle s'occuperait de lui faire prendre sa potion toutes les trois heures. Cependant, à cause des fréquentes virées sporadiques aux toilettes qui l'avaient affaiblie, la grabataire pouvait difficilement garder le lit dans son refuge, la chambre du deuxième qu'on lui avait cédée. Ce qui avait obligé la domestique à se tenir aux aguets avec sa serpillière à portée de main. Le soir, au terme d'une journée épuisante où elle avait déployé beaucoup d'efforts à désinfecter le cabinet du médecin, elle s'entretenait avec Antoine, intercepté alors qu'il s'apprêtait à s'engouffrer dans le bureau à la suite de son oncle.

— J'avais hâte que vous reveniez de la campagne, exprima-t-elle, amortie et désabusée. Mme Dussault s'est moins promenée cet après-midi. Demande à ton oncle s'il peut la voir et lui donner son congé. Cette maison n'est pas un dispensaire.

— Je vais le consulter, consentit l'étudiant.

Antoine toqua au chambranle, se mordillant les lèvres. Des pas progressèrent vers la porte. Chapdelaine entrouvrit. Le neveu lui transmit la requête de la servante et referma. Puis il se tourna vers elle :

— Il m'a répondu que c'était à moi d'en juger, mentionna-t-il, adressant une œillade à la domestique.

Il escalada les degrés et se dirigea à la chambre dont la porte était ouverte.

— Comment va notre malade, lança-t-il dès le seuil.

— En voilà de ces manières, mon neveu ! s'offusqua l'hospitalière.

— C'est mon oncle qui m'envoie, rétorqua Antoine, il est occupé avec un patient dans son cabinet. Il serait préférable de vous éloigner afin que je puisse ausculter votre amie.

La grabataire n'avait plus les traits tiraillés de tics et son visage arborait une étonnante sérénité. Le jeune médecin procéda à un examen minutieux, qui ne révélait aucune trace de maladie.

— Vous avez ma bénédiction, décréta-t-il. Avec la potion prescrite, un peu de repos et une alimentation appropriée, vous serez complètement rétablie d'ici deux ou trois jours.

3

La veille, le foin fauché avait été mis en veilloche pour la nuit. Au bout du champ doré, les faneurs s'amenaient sous la chaleur brûlante que de rares brises rafraîchissaient. Parmi les hommes, un étranger au physique avantageux venait d'arriver sur la ferme des Blanchette. On l'avait vu poindre dans les parages, sur la route caillouteuse, son balluchon sur l'épaule, à la recherche de travail. Rapidement, on l'avait informé qu'un malheur s'était produit chez un voisin. Le garçon de 19 ans, un Irlandais qui s'exprimait dans un français cassé, prétendait être capable d'abattre beaucoup d'ouvrage et ne demandait que le gîte et le couvert.

Le fanage progressait. Aux yeux des faneurs, Patrick Dunnagan était à l'essai. Avec ardeur et adresse, le jeune homme habillé de hauts-de-chausses d'étoffe brute et d'une ample chemise écrue piquait sa fourche dans les meulons[4] pour retourner le foin mûr. À la dérobée, Adjutor Blanchette regardait celui qui remplaçait son frère Théodule en convalescence et qui éventrait facilement les veilloches. Mais, par-dessus tout, le charme de l'étranger l'énervait et il redoutait que le garçon obtienne un succès auprès des femmes et lui dérobe sa promise. Pour l'heure, il logerait dans la maison de son père et il souhaitait secrètement le jour où il se mesurerait à lui.

---

4. Petites meules de foin.

L'angélus sonna au clocheton de la chapelle. Affamés, la chemise imprégnée de sueur, les faneurs plantèrent leur fourche, se signèrent du signe de la croix, et se rassemblèrent sous un chêne majestueux en bordure du champ. Adjutor se laissa choir au pied de l'arbre et ouvrit le panier que sa mère avait préparé pour le dîner. Patrick Dunnagan s'apprêtait à s'asseoir.

— Approche-toi pas de nous autres, l'étranger ! intima l'un, la mine belliqueuse. Va t'assire ailleurs.

— Pourquoi donc ? s'enquit le fils du fermier. Faut ben y donner à manger si on veut qu'il soit capable de finir la journée, ajouta-t-il, railleur.

— Il y en a qui racontent que des immigrants ont apporté la peste bleue sur leurs bateaux, rapporta un autre. Il serait-tu de ceux-là, par hasard ?

— Ah ben ! s'indigna Adjutor. Il a dit à mon père qu'il venait d'Irlande, mais on pouvait pas savoir que c'était un pestiféré, ricana-t-il.

L'œil méprisant, il lança un bout de saucisson dans l'herbe comme on le fait pour un chien galeux.

Sous une pluie de sarcasmes tous aussi méchants les uns que les autres, Dunnagan s'éloigna et s'écrasa près de la cochonnaille sans regimber.

***

La besogne terminée, Adjutor et l'étranger regagnèrent la maison pour le souper. Les plus jeunes venaient de rentrer de l'étable. Tandis que Théodule, le blessé, s'approchait péniblement, la mère s'affairait aux chaudrons avec ses filles et s'apprêtait à servir les hommes. Le père se lavait les mains à la pompe de l'évier. Il se retourna :

— Bonne journée, messieurs ? interrogea-t-il.

— Père, saviez-vous que votre homme engagé est un pestiféré ? répondit Adjutor, éludant la question.

— J'en ai entendu parler après-midi au moulin à Foisy, rétorqua le maître des lieux. Des racontars, ces histoires-là !

— Regardez de quoi il a l'air votre Irlandais, s'acharna le fils. Il est pas de taille !

Le paysan considéra son engagé, qui paraissait très amorti.

— C'est la faim, tout simplement, monsieur Blanchette, expliqua l'Irlandais.

En matinée, lorsque le fermier était monté aux champs avec l'étranger, il l'avait observé à l'œuvre, se mesurant à l'ouvrage, et redoutait une jalousie naissante de son fils. On s'attabla. Adjutor s'installa à l'opposé de l'immigrant, le plus loin possible de l'Irlandais.

***

En soirée, après un bout de veillée au salon pour tenir compagnie à ses hôtes, à lire un roman ennuyant, Antoine s'était retiré dans l'officine. Dans la maisonnée, tous savaient à présent que l'étudiant en médecine, assoiffé de connaissances, consacrait une partie de la nuit à des lectures scientifiques et à des recherches. Mme Chapdelaine fermait les yeux sur les levers tardifs de son neveu qui prenait, le plus souvent, son déjeuner dans la cuisine avec les domestiques.

Chaque matin, avant le départ du docteur pour sa tournée des patients, Balthazar faisait un crochet à la poste pour apporter le courrier. Il serrait *La Minerve* sous son bras et croyait à tort que la lettre destinée au pensionnaire ferait plaisir. L'esprit ensommeillé, Antoine tira une chaise.

— Tiens ! dit le serviteur, tendant joyeusement le pli. Une lettre de la grand'ville.

Antoine décacheta la missive, la déplia et lut. Après quelques lignes, son visage s'assombrit, des larmes silencieuses humectèrent ses longs cils noirs.

— De mauvaises nouvelles, parle, mon garçon, le supplia Amanda, les lèvres tremblantes.

— C'est à propos de ma mère, exprima-t-il : elle est décédée…

Des sanglots dans la gorge, il continua à lire à haute voix. Tout portait à croire que Mme Desruisseaux n'était pas décédée d'une mort naturelle, mais de la curieuse maladie qui se répandait à Montréal comme une traînée de poudre en feu : la contagion faisait déjà de nombreuses victimes.

Malgré le danger que représentait le soignant qui côtoyait journellement des malades, impuissante à refréner son élan maternel, Amanda entoura de ses gros bras nus le jeune homme qui abandonna la tête sur son épaule en pleurant. Après un moment, elle desserra son étreinte et contempla le visage éploré. Antoine tira son mouchoir à carreaux, épongea ses yeux et se moucha bruyamment.

— Demain, je prendrai la diligence, décida-t-il.

— Elle est passée hier dans le patelin, rectifia le domestique, faudra que ça attende à la semaine prochaine. À moins que tu te rendes à Chambly. Tu devrais t'informer à l'auberge Godreau.

L'oncle et la tante surgirent dans la cuisine.

— Mme Desruisseaux est morte, exprima Balthazar, sur un ton compatissant.

Chapdelaine lut la lettre afin de se forger une idée plus précise du mal qui avait emporté sa sœur.

— Le choléra morbus, j'imagine ! conclut-il, pesant ses mots. Aux dernières nouvelles, la santé de Simone était excellente, son cœur était bon, elle ne peut pas avoir décliné aussi rapidement d'une maladie ordinaire.

***

Plutôt que de se morfondre à gémir dans sa chambre, Antoine avait résolu d'entreprendre la tournée des malades avec son oncle. Bien malgré lui, absorbé par la triste nouvelle, son pas s'accordant à celui du vieil homme, il marchait, indifférent au ciel lourd qui écrasait le hameau. Des images de sa mère souriante et bien portante assiégeaient ses pensées. C'est elle qui, après la disparition de son père, l'avait encouragé à l'étude, alors que l'aîné s'était tourné vers des emplois mal rémunérés ou vivotait dans des ateliers de misère. Habillé de sa chemise blanche à manches longues, la gorge étouffée d'une boucle noire, le médecin déambulait trousse au poing dans le voisinage, la mine soucieuse, comme habité par un sentiment d'étrangeté. Sur son parcours, étonnamment, à cette heure de l'avant-midi, la rue était presque déserte. Des volets étaient refermés à plusieurs maisons ; certains semblaient se cacher derrière des portes closes. On voyait peu de passants sur la devanture des commerces. Il avait vu sortir des fidèles de la petite église de bois, se signant avant de s'engager vitement dans la rue, tête baissée. Il s'immobilisa quand un vieux couple sortit de l'auberge Godreau. Une grosse bourgeoise à l'air hautain, vêtue de rose, l'apostropha :

— Dépêchez-vous, docteur Chapdelaine, si vous désirez des billets pour prendre la diligence, vous feriez mieux de réserver votre place avant qu'il soit trop tard, l'informa-t-elle, tout énervée.

— C'est pour mon neveu, rétorqua brièvement l'interpellé.

La dame se hâta dans la rue, entraînant son mari vers leur résidence. Antoine ouvrit la porte à son oncle, qui le précéda dans l'établissement.

— Bien le bonjour, proféra la femme de l'aubergiste. Dites-moi pas que vous fuyez le village vous aussi, docteur. D'après ce qu'on raconte, si ça continue, on va manquer de soignants dans la paroisse.

— Je sais à quoi vous faites allusion, Georgianna, mais je pense qu'à l'heure actuelle, il y a pas lieu de paniquer.

La replète tenancière, sanglée dans son tablier craqué aux coutures, s'était déportée au comptoir de la réception.

— Un billet pour la semaine prochaine, Antoine ? s'assura-t-elle. À moins que ce soit pour ton oncle…

— J'aimerais aller à Montréal le plus tôt possible, madame Godreau. Je vais aux funérailles de ma mère.

— Ah ! compatit-elle en attente de détails… Tu sais, mon garçon, la diligence ne passe pas tous les jours au village.

Afin de ne pas alimenter les inquiétudes sanitaires qui s'amplifiaient dans l'entourage, Antoine s'était refermé comme une coquille d'huître. Comme l'avait supposé Balthazar, la tenancière expliqua que, dans les circonstances, un départ de Chambly demeurait la meilleure solution. L'agglomération située sur la route Montréal-Stanstead était desservie par une compagnie qui offrait un aller-retour dans la même journée, deux fois par semaine. Un passage coûtait une piastre, les malles et les paquets étant en sus, dépendamment du poids et de la grosseur. Ainsi, comme il l'avait souhaité, il pourrait partir le lendemain.

Habituellement au fait des actualités des alentours, Georgianna Godreau aurait voulu en connaître davantage sur le mal qui apeurait les habitants. D'ailleurs, à l'instant même, une rumeur confuse émanait de la salle à manger où des buveurs s'attardaient au bar, jouqués sur des tabourets. Le docteur avait cru reconnaître les voix tonnantes du maréchal-ferrant et du tonnelier Morin. Que faisaient donc ces hommes, à boire sitôt dans la journée, alors que l'ouvrage devait abonder à leur boutique ?

Chapdelaine et son neveu quittèrent l'établissement et amorcèrent leur tournée. Ils se dirigèrent d'abord chez les Barsaloux pour s'enquérir de l'état de la pneumonique, une jeune fille souffreteuse qui râlait et qui toussait creux lorsque, arrivant sur les lieux, le propriétaire qui badigeonnait la façade de sa maison au lait de chaux les aperçut.

— Approchez pas, docteur, vous reviendrez une autre fois.

— Comment va votre tousseuse ? demanda Chapdelaine.

— Pas si mal !

Le bonhomme avait entrepris d'enduire les murs extérieurs de sa propriété de la substance composée de chaux éteinte et refusait toute visite à son domicile.

Cependant, à chaque porte, les soignants s'étaient butés à une barrière de questions qui préoccupaient les patients, ce qui leur permit de prendre de plus près le pouls de la population locale. Puis, au loin, le tonnerre roula derrière l'horizon enchevêtré de montagnes. Ils s'empressèrent vers la maison.

À quatre pattes, la langue pendante, Balthazar était à frotter les parquets qui sentaient fort le désinfectant. Au pied des marches, la domestique s'apprêtait à monter l'escalier qui menait aux chambres. Elle avait les bras encombrés de linge.

— Je vous attendais pas de sitôt, docteur, se surprit-elle.

— Va falloir refermer un peu, Amanda, intima Chapdelaine. On a été obligés d'écourter nos visites, le mauvais temps s'en vient. D'après moi, tu pourras rouvrir sur l'heure du dîner, les orages ne durent pas. Madame n'est pas là ?

— Elle est allée chez madame notaire.

Antoine emboîta le pas à la domestique. Elle entra dans la chambre de l'étudiant et déposa sa pile sur le lit. Une poignante odeur de camphre indisposa le jeune homme.

— Je vas préparer ta valise après-midi, offrit-elle. Tu seras parti quelques jours, je mettrai tout le linge qu'il te faut. Si tu savais à quel point j'ai de la peine pour toi…

Ses yeux se crispèrent de douleur et il opina de la tête, acquiesçant à l'aide qu'elle lui proposait. Elle ouvrit le placard, en extirpa une petite malle brune aux coins de métal.

— Maintenant, laisse-moi un peu, se rebiffa-t-il, empoignant la valise. Tu n'es pas ma mère pour tout faire à ma place !

Il lui avait arraché impoliment la malle des mains. Le geste posé, il s'accusait de son indélicatesse, d'avoir été discourtois et injuste envers cette femme qui le maternait. Elle le comprenait tant. Il cherchait à s'amender sans trouver les mots justes.

— Je sais que je ne la remplacerai jamais, Antoine, exprima-t-elle, d'une voix désolée. Mais vois-tu, je veux tout faire pour alléger ton deuil.

Elle rabattit les persiennes et quitta les lieux, enfermant le garçon dans l'odeur camphrée de la pièce.

Comme Chapdelaine l'avait prédit, l'orage passé permit de repousser les volets.

* * *

À la demande expresse de son neveu, le médecin avait résolu de poursuivre ses visites en après-midi dans le rang de la Barbue. Comme convenu, au retour, ils devaient faire une halte au moulin. Le cabriolet était presque rendu à destination lorsqu'Antoine aperçut Angélique, le dos cambré, appuyé sur le baril d'eau de pluie, envoûtée par un jeune homme. La voiture immobilisée, le docteur en descendit et s'engouffra dans la meunerie. Interloqué, les yeux rivés sur le couple, Antoine attacha machinalement les rênes et se dirigea à l'angle du bâtiment. La jeune fille se redressa.

— Ah ! c'est toi, sursauta-t-elle, décontenancée.

— Maman est morte, exprima froidement Antoine. Je voulais t'en avertir, je pars demain pour Montréal.

Elle paraissait attristée, avec un air de compassion affecté. Elle lui présenta Patrick, engagé chez les Blanchette pour remplacer Théodule, en convalescence depuis son accident. À la ferme, on l'avait mandaté pour apporter quelques poches de grain à moudre. Il attendait son tour.

— Bon, je vois que je vous dérange dans votre conversation, affirma-t-il sèchement, la mine fâchée.

Il avait tourné les talons et s'acheminait à l'entrée du moulin afin de prévenir son oncle qu'il était prêt à repartir. Elle regretta sa tenue décolletée et son attitude inconvenante avec le garçon. Confuse, elle amorça un mouvement pour le retenir, lui dire qu'elle désirait s'expliquer, qu'elle avait vraiment de la peine pour la disparition de sa mère…

À présent, il était trop tard. Il fouetta le cheval, et le cabriolet repartit vers le village.

***

La diligence partait tôt et son oncle avait tenu à déjeuner avec lui. Antoine remonta à sa chambre. Il posa sa valise sur son lit et l'ouvrit une dernière fois. Une forte odeur camphrée assaillit ses narines. Le visage grimaçant, il souleva un peu les vêtements soigneusement pliés pour s'assurer qu'il ne manquait rien. Amanda parut dans l'encadrement de la porte, le contempla un moment. Puis elle s'approcha de lui.

— Tu as l'air si attristé, mon garçon, exprima-t-elle.

— Ce n'est pas seulement le deuil de maman qui m'afflige, confia-t-il.

Elle pensa à son éloignement d'Angélique, à son enfermement silencieux au souper, la veille, et à son mutisme au repas matinal.

— Tu seras parti seulement quelques jours, mentionna la domestique, pour le consoler.

Il réprima un petit sursaut pour la rembarrer, lui dire qu'elle ne comprenait pas dans quel état d'esprit il se débattait, qu'un chagrin dont elle ne soupçonnait pas l'existence le tourmentait. Il referma sa valise. Elle se rendit à la fenêtre aux persiennes ouvertes sur le jour ; en bas, dans la cour, Balthazar se tenait à côté du cabriolet.

— La diligence t'attendra pas à Chambly, rappela-t-elle. Asteure, je vas t'accrocher ça dans le cou.

Elle avait tiré de sa poche un sachet de camphre attaché à des cordons, et celui-ci pendait maintenant comme un scapulaire au creux de la poitrine du garçon, sur sa chemise noire. Il s'était reculé en inspirant malgré lui une violente bouffée. Puis il empoigna sa valise et dévala l'escalier.

Près de la voiture, l'oncle devisait avec son domestique. Le neveu s'approcha avec son bagage.

— Tu offriras mes condoléances à ton frère, exprima Chapdelaine, d'une voix très navrée.

* * *

À Chambly, une foule grouillante s'animait autour des voyageurs. Devant l'auberge, trois diligences au toit bondé de bagages se bourraient d'hommes, de femmes et d'enfants. Antoine entra dans l'établissement et se présenta au comptoir.

— Vous êtes chanceux, jeune homme, il ne reste que deux places, renseigna la tenancière.

La femme au visage parcheminé tendit aussitôt un billet au jeune homme, qui débour
sa la somme exigée. Une odeur l'incommoda.

— Ça sent le camphre à plein nez, commenta-t-elle. Vous allez m'ôter ça tout de suite, sinon personne va vous endurer...

Il obtempéra, alla s'engouffrer dans la voiture et prit place sur un siège, enserré entre un sexagénaire bedonnant et le côté de l'habitacle.

— Vous fuyez, commenta le vieil homme.

— Pas exactement, rétorqua brièvement Antoine.

Sans laisser à son interlocuteur le temps de répondre, le vieillard mentionna que de nombreux cas de choléra s'étaient déclarés à

Chambly, à tel point que le curé Mignault ne savait plus où donner de la barrette. Son vicaire et lui étaient souvent appelés à toute heure du jour et de la nuit pour administrer les derniers sacrements à des mourants aux confins de la paroisse, ce qui rendait son ministère très épuisant. On dénombrait plusieurs décès. Les dépouilles s'accumulaient et on songeait à enterrer les morts dans un nouveau cimetière qui porterait le nom de saint Roch, le patron des pestiférés.

Antoine pensa qu'il séjournerait dans la grande ville infectée, que le mal s'était propagé à Chambly et que ce n'était qu'une question de temps pour que la sinistre maladie fasse son apparition dans son patelin. Une angoisse irraisonnée l'envahit. Puis il se ressaisit et, pendant tout le voyage, son esprit s'absorba dans ses recherches pour éradiquer l'épidémie.

* * *

Au poste terminal de la diligence, sitôt descendu devant l'hôtel, il s'empressa de remettre son scapulaire. Valise au poing, le jeune voyageur déambula quelques minutes et aboutit au Champ-de-Mars. La place était presque déserte. Une odeur âcre et nauséabonde de chlorure de chaux flottait dans l'air. Ses appréhensions se confirmaient. Depuis son arrivée sur l'île, rien ne ressemblait à ce qu'il connaissait de sa ville natale. Des boutiques fermées, des façades barricadées, des portes de commerces cadenassées, des cochons et des volailles en liberté, des gens pressés comme des poules sans tête, qui semblaient fuir quelque chose, sans savoir exactement où ils allaient. Montréal était défigurée, comme assiégée par un puissant ennemi. Un sinistre manteau couvrait la métropole. Il n'avait entendu que les glas funèbres tinter aux églises. À côté d'une charrette attelée à deux chevaux, des brancardiers habillés de blanc ramassaient le corps d'un malheureux. Il s'approcha de la scène.

— Éloignez-vous, intima l'un des hommes.

— Je suis étudiant en médecine, se révulsa Antoine. Je peux examiner le malade.

— Recule, riposta sèchement l'autre, les plus savants docteurs parviennent même pas à soulager les victimes de cette étrange maladie. Je vois pas ce qu'un blanc-bec comme toi réussirait à faire.

Se moquant de la directive, Antoine posa la main sur la ridelle de la voiture et étira le cou. Des corps maigres au visage bilieux se tordaient dans d'atroces convulsions. *J'aurais dû apporter ma trousse*, pensa-t-il. Mais déjà la charrette s'ébranlait afin de poursuivre la macabre besogne de ramassage.

Il marcha jusqu'à la rue Bonsecours, longea la chapelle et enfila la rue de La Friponne, où il s'immobilisa devant une étroite maison à deux étages, lambrissée de planches peintes en jaune. Son regard s'attacha aux vignes qui tapissaient les croisées du rez-de-chaussée et monta jusqu'à la fenêtre de sa chambre. Puis, songeant à l'objet devenu inutile, il ôta son scapulaire camphré. Soudain, ses souliers et le bas de son pantalon furent copieusement arrosés.

— Bonjour, lança-t-il, avant d'égrener un rire.

— S'cuse, Antoine, je l'ai pas fait exiprès ! À cause du choléra qui court, tout le monde est obligé d'entretenir sa devanture jusqu'au milieu de la rue.

— Vous êtes pardonnée, madame Danfousse.

La grosse sanguine avait balayé devant sa modeste maisonnette et tenait un seau vide dont l'eau ruisselait maintenant dans le caniveau.

Il sonda la porte. Elle n'était pas verrouillée ; il entra chez lui.

— Trop tard ! proféra platement son frère. Ils l'ont enterrée.

— J'ai fait tout ce que j'ai pu pour venir au plus vite, se justifia le visiteur.

Grégoire était attablé devant une bouteille de cidre aux trois quarts vide. Son frère déposa sa valise et s'empara brusquement du contenant.

— Tu pourrais au moins cesser de boire, ne serait-ce que par respect pour mère qui s'est tant dépensée pour nous !

— Tu parles pour toi…

— Pour nous deux ! rectifia Antoine, élevant la voix.

Il tira une chaise et relata tous les sacrifices consentis par la maman entièrement dévouée au bonheur de ses garçons. Pendant des années, pour un maigre salaire, elle avait besogné dans une résidence bourgeoise de la rue Saint-Paul pour les loger, les nourrir, les habiller et les faire instruire. L'aîné s'était mis à pleurer, la tête entre les mains.

— Je comprends ta peine, tu ne pourras plus vivre à ses crochets, commenta durement le visiteur. Que vas-tu devenir maintenant qu'elle est partie ? De nous deux, c'est toi qui étais le plus doué pour les études. Tu serais médecin, avocat, notaire, ecclésiastique. Dommage ! Tu n'étais pas du genre à potasser les manuels. C'est la paresse qui t'a rogné les ailes et qui t'a maintenu dans un état de dépendance. Tu devrais avoir honte…

Puis se radoucissant, ému de pitié, le cadet rappela leur passage chez les Sulpiciens, la discipline sévère, la salle d'étude surveillée par un religieux chauve qui somnolait, la tête roulée sur son gros ventre et qui, en se réveillant, se raclait la gorge pour avertir les indociles. Sans compter les repas peu goûteux au réfectoire, les coups pendables de certains ratoureux, expulsés du collège. Le conteur recula dans le temps et se rappela des anecdotes…

Grégoire avait relevé la tête et, les yeux humides, écoutait avec un certain plaisir ce que son frère lui remémorait. Les jeux sur le parvis de la chapelle Notre-Dame-de-Bonsecours, la pêche dans la rivière poissonneuse où abondait la truite et qui maintenant servait d'égout à tout un faubourg. Dix ans plus tôt, une baleine égarée, cherchant le chenal pour s'évader, avait été tuée par des marins armés de lances et de harpons. Une fois capturée, on l'avait amenée sur la berge et renfermée dans une longue baraque, près de la Pointe-à-Callière. Ensemble, ils se rappelèrent l'odeur épouvantable des brasiers allumés, aspergés de goudron, pour masquer l'infecte puanteur de la graisse rance du monstre marin.

Antoine se rendit au buffet, en sortit une coupe et alla se rasseoir près de son frère. L'épisode du cétacé avait évoqué chez l'aîné les cartes géographiques appendues aux murs dans la maison des grands-parents Desruisseaux, représentant toutes sortes de navires, de dragons et de créatures monstrueuses émergeant à la surface des mers. Puis au port, les heures à suivre les activités de déchargement ou de chargement de marchandises, le mouvement des vaisseaux, des barges, des canots d'écorce, et des navires à voiles qui faisaient rêver de voyages. Et même de petits vapeurs effectuant la navette entre Montréal et Québec.

— Justement, réagit Grégoire. Voilà quelques jours, des Irlandais débarquaient du *steamer Le Voyageur*. Laisse-moi te dire que certains semblaient très amochés. C'est à cause de ces immigrants que mère est morte! Je ne sais pas comment est la situation à Saint-Césaire, mais en arrivant à Montréal, tu as certainement vu des cholériques traîner un peu partout ou qu'on transportait dans des chariots. Afin de pallier le problème, le bureau de santé publique a adopté une série de règlements concernant la propreté des rues et des maisons. Mais ça ne suffit pas: on compte les morts par dizaines!

L'aîné avait jeté son dévolu sur les immigrants qu'il tenait responsables du décès de leur chère maman. Antoine inclinait à partager le jugement, mais en tant que médecin, il croyait ferme de son devoir de les soigner, peu importe leur origine. Néanmoins, la colère de Grégoire avait-elle ravivé sa secrète antipathie pour l'indésirable Irlandais qui rôdait autour d'Angélique.

En quelque sorte, les deux frères s'étaient réconciliés, buvant à la même bouteille, partageant les mêmes souvenirs. À l'heure du souper, ils grignotèrent du pain et du fromage, et le visiteur gagna sa chambre avec son bagage. Les persiennes étaient fâcheusement rabattues ; il les rouvrit. Le soleil déclinant alluma la pièce de sa lumière d'or. Il contempla les lieux modestes dans lesquels il avait vécu. Les murs blanchis à la chaux ou recouverts de planches de sapin, sa petite table d'étude et sa chaise à fond de paille, une bibliothèque bien garnie, une grosse malle noire, une petite armoire rustique peinte en rouge dont les pans étaient restés ouverts, et dans un angle, son lit et une carpette défraîchie sur le plancher usé. Au-dessus de la porte, une croix de bois, sans Christ. Il déposa sa valise sur la paillasse, l'ouvrit. Une bouffée de camphre l'assaillit. Il se prépara pour la nuit.

4

Les premières lueurs du matin nimbaient d'une lumière ocre son torse dénudé. Antoine bâilla en étirant lentement ses longs bras. Puis un sourire fleurit sur ses lèvres ; il avait le sentiment qu'il s'était endormi aux côtés de sa belle Angélique. Aussitôt, il se rappela l'étranger qui tournaillait autour d'elle ; la pensée l'assombrit.

On cogna au chambranle. Sans attendre, l'aîné fit irruption dans la pièce.

— La voisine se désespère, s'énerva-t-il. Son mari est malade. Comme elle sait que tu étudies en médecine, ben c'est toi qu'elle réclame. Elle est là, en bas, qui t'attend.

Antoine se rhabilla vitement. Sous l'œil étonné de son frère, il remit son scapulaire, dévala l'escalier. Dehors dans la rue, des employés du syndic sanitaire transportaient sur un brancard un corps enseveli dans un drap blanc vers un tombereau attelé à un cheval bai. D'autres, des préposés bizarrement accoutrés, armés d'un attirail de désinfection et de fumigation, s'engouffraient aussitôt dans les lieux infectés.

— Ça doit être la vieille mademoiselle Chabot qui a levé les pattes, elle filait pas ben hier, renseigna Mme Danfousse, la tête effarée.

Habité par une préoccupation grandissante, Antoine marcha dans le dos de la voisine et entra chez elle.

Un feu brûlait dans l'âtre. Recroquevillé sur un divan recouvert d'un jeté à carreaux, le pauvre homme de la maison frissonnait. Au creux de la figure fantomatique au teint hâve, les yeux éteints exprimaient la frayeur.

— J'ai pas dormi de la nuit, il demande constamment à boire de l'eau froide, précisa-t-elle.

— Préparez-moi une bassine de vinaigre, intima Antoine.

Il se trempa les mains dans le liquide acide, frictionna la poitrine et les membres du malade.

— Maintenant, couvrez-le, il faut le tenir au chaud.

Elle s'empressa de gravir les marches de l'escalier pentu, fouilla dans le coffre de sa chambre et redescendit avec une pile de couvertures, qu'elle déploya sur le corps amoindri. Puis elle entraîna le jeune médecin dans un coin de la pièce.

— Penses-tu être capable de le sauver ? murmura-t-elle.

— Je n'en sais rien. À ma connaissance, il n'existe aucun remède ou traitement efficace à 100 % qui permettent de vaincre le mal. Je fais tout ce que je peux, soyez-en assurée. Pour ce qui est de vous, madame Danfousse, vous devriez prendre l'habitude de vous laver les mains avec du vinaigre avant d'approcher le malade, et rincer son verre avant de le remplir et de lui donner à boire.

Pendant de longues heures, il demeura au chevet du grabataire, le frictionnant vigoureusement chaque fois qu'il éprouvait un épisode de frissons qui lui glaçaient l'épine dorsale. Et, peu à peu, l'état du patient s'améliorait ; il demanda à manger. Puis, au cours de l'après-midi, Antoine regagna son domicile.

— Le bonhomme est mort, je suppose ?

— Il est sauf !

— Ça doit être à cause de ce qui te pend au cou, se moqua Grégoire.

— Ah, ça ! rigola Antoine, désignant l'objet, c'est mon porte-bonheur. C'est Amanda, la servante chez notre oncle, qui me l'a donné.

Le voisinage avait colporté la bonne nouvelle de la guérison jusque sur la rue Saint-Gabriel. Entre-temps, Grégoire s'était rendu au marché neuf pour acheter du poisson. Antoine, lui, consignait dans un cahier les symptômes observés chez le rescapé et le traitement qu'il lui avait administré.

On frappa impérativement. L'air dubitatif, il déposa sa plume, épongea l'encre avec son buvard et se rendit au seuil de l'habitation.

— C'est mon père, il se meurt, s'affola une jeune fille. Pouvez-vous venir chez moi ? haleta-t-elle.

Au milieu de son affolement, la jolie demoiselle trottinait plus qu'elle ne marchait devant le praticien, se retournant à tous les trois pas. C'était plus fort que lui ; Antoine contemplait le mouvement des hanches et les jambes graciles de celle qui le précédait et qui l'entraînait vers le malheur. Un peu partout sur le parcours, croyant se mettre à l'abri, les locataires avaient refermé les volets sur la contagion. Aussi, à certains endroits le long des trottoirs, une fumée épaisse se dégageait des petites casseroles posées sur des brûleurs à huile de baleine ou de loup-marin, pour chasser les miasmes de l'air ambiant.

Ils grimpèrent au troisième étage de l'immeuble et entrèrent dans l'appartement. La jeune fille se replia dans un coin où s'était réfugiée la marmaille. M. Baillargeon, un homme dans la quarantaine, décharné, était assis dans une berçante, enveloppé dans des couvertures de laine. On ne lui voyait que la tête qui claquait de toutes ses dents.

— On a entendu dire que vous faisiez des miracles, déclara la mère, une rougeaude enceinte de son septième enfant, plantée debout, dans ses bas ravalés. C'est pour ça que j'ai envoyé Adelina vous chercher. Un docteur est venu qui nous a recommandé de tenir le malade à la chaleur et de lui appliquer des fers à repasser chauds au creux de la poitrine, aux aisselles et sur le cœur. Il a dit qu'il reviendrait plus tard aujourd'hui, parce qu'il avait d'autres patients à soigner. Mais l'état de mon mari a rempiré.

— Avez-vous du vinaigre fort? s'enquit diligemment Antoine. Je vais le frictionner.

Sous le tintement du glas funèbre qu'elle entendait au clocher des églises, la femme regarda le crucifix de bois noir qui se détachait sur le mur de torchis blanc et se signa. Elle apporta le nécessaire. Sa confiance reposait à présent sur le praticien.

Mais après une heure de frictions exercées sur le patient, le traitement ne s'avérait pas concluant. Un pas lourd gravissant les degrés se répercuta dans la cage d'escalier.

— C'est le Dr Laverdière! Ouvrez, quelqu'un, ordonna la mère.

Dès le seuil, il s'étonna de la présence inopinée du jeune homme auprès de son patient. Après de nécessaires explications, le médecin chevronné réagit:

— Ce que tu as fait, mon garçon, est nettement insuffisant, fulmina-t-il. D'abord, il faut frictionner le patient avec un liniment composé de vinaigre fort, d'eau-de-vie, de farine de moutarde, de camphre, de poivre et d'une gousse d'ail pilée. Ensuite on fait boire aux quarts d'heure une tisane chaude à base de menthe poivrée et de mélisse plutôt que de l'eau froide. Ça, c'est supposé être la vraie recette! Mais j'ai constaté que ça ne fonctionnait pas. J'ai un remède encore plus efficace, conclut-il.

Le médecin avait extirpé un médicament de la poche de son pourpoint bleu et l'administra au moribond.

— Qu'est-ce que c'est? s'enquit Antoine.

— Une pastille à base d'opium, c'est radical! Il ne m'en reste pas beaucoup, je dois les ménager.

— C'est ça, docteur, vous réservez vos meilleurs médicaments pour les mieux nantis ! se révulsa la mère, indignée.

Sur le coup, voyant l'embarras causé, Adelina, l'aînée de la marmaille, regretta d'être accourue sur la rue de La Friponne. Elle remarqua le rosissement de l'apprenti humilié. Puis, la mine très désolée, elle reporta son regard sur le vieux médecin qui attendait impatiemment un verre d'eau.

— Bon, dans ce cas, je vais me retirer, se résigna Antoine.

Déçu, il quitta le logis. Devant l'immeuble, suivis de près par des endeuillés, deux corbillards conduisaient des victimes à leur dernier repos. Il s'engouffra dans les ténèbres et, les mains dans les poches, déambula sur le pavé de la rue Notre-Dame, ruminant son désarroi, avec le triste sentiment d'avoir lamentablement échoué. Il marchait, le pas lent, entre les gerbes lumineuses des brûleurs, comme dans une allée bordée de lampions. Un cheval gris tirant un tombereau passa au petit trot et enfila la rue Bonsecours. *Un autre qui n'aura pas survécu !* réfléchit-il.

Une puissante odeur de poisson propre à dissiper toutes les autres dominait dans la pièce. L'aîné était à dresser le couvert en étain pour une personne. Il releva la tête et commenta :

— J'ignorais à quelle heure tu reviendrais. Mais j'ai quand même cuit l'autre portion de morue. Je t'avise qu'on n'a pas de quoi s'empiffrer.

Les cultivateurs et les pêcheurs se faisaient rares au marché et l'approvisionnement en denrées était restreint. Ils craignaient de contracter la terrible maladie. Une chance qu'on entretenait un petit potager qui fournissait en légumes.

— Pour en revenir à toi, un de plus que la Camarde n'emportera pas ? s'informa l'aîné.

— Il est trop tôt pour me prononcer. La mort est parfois ratoureuse…

Antoine relata le fil des événements et sa grande privation de voir l'effet de son traitement sur le patient. Quoi qu'il en soit, la pastille d'opium du vieux médecin aurait peut-être un effet salvateur : c'était cela qui comptait. Le cuisinier ajouta un couvert et les frères purent bientôt s'attabler. Tandis que, au son du lancinant glas funèbre, l'aîné affamé mangeait avidement ses bouchées, Antoine pignochait dans son assiette : il repensa au rescapé Danfousse, à la vieille fille Chabot qui n'avait pas survécu, à ces corbillards qui conduisaient leur mort au cimetière de l'ouest, au tombereau qui avait bifurqué sur la rue Bonsecours et à ce père de famille nombreuse visité l'après-midi même.

Grégoire engloutissait à présent du pudding, un reste que leur mère avait rapporté de son bourgeois et qui ne résisterait pas à son appétit féroce. Puis, comme s'il réalisait subitement que le glas l'assommait, il se leva et se rendit à la fenêtre.

— Moi je ne suis plus capable d'endurer les maudites cloches, s'impatienta-t-il, refermant les volets.

— Heille ! l'interdit son frère. On est mieux d'aérer.

— Coudonc, je rêve-tu ou bien ? Viens voir, on dirait que c'est l'autre vieille fille Chabot, la simple d'esprit, qui passe. Elle est habillée avec les hardes de sa sœur.

— Comment peux-tu en être sûr ?

— Le linge lui flotte sur le dos. Henriette est maigre puis la morte était grasse.

Antoine recula sa chaise et se précipita dans la rue. Interpellée, la pauvre cinglée s'arrêta. Il lui expliqua qu'elle devait rebrousser chemin sur-le-champ afin d'éviter toute propagation du choléra et de brûler les hardes infectées. Il la raccompagna à la maison et lui recommanda de se laver avec du vinaigre fort, de ne pas hésiter à boire si la soif se faisait sentir et de s'encabaner. Il était presque revenu chez lui quand il aperçut, à l'angle de la rue, un quidam qui, balluchon sur l'épaule, venait péniblement à sa rencontre.

L'homme dans la trentaine avancée, affublé de haillons sales, l'interpella. Antoine lui indiqua d'attendre une minute et rentra chez lui.

— Un individu amoché qui parle anglais a l'air de chercher un endroit où… à moins que…

— D'où est-ce qu'il sort, cet énergumène-là ? le rembarra l'aîné. Dis-moi pas qu'il y a un autre *steamer* chargé d'Irlandais dans le port ! Je suppose qu'il quémande le gîte ; je vais nous en débarrasser.

Antoine suivit son frère sur la devanture. Une conversation s'engagea. Au milieu de l'échange animé, Grégoire gesticulait en pointant le doigt vers le fleuve. Le passant s'éloigna.

— Qu'est-ce que tu lui as dit pour le faire revirer de bord ? se fâcha Antoine.

— Qu'il n'était pas bienvenu dans les parages. On l'avait expulsé d'un logement quand on a appris qu'il était Irlandais. Rappelle-toi ce qui a emporté notre mère. Pas de pitié ! Il va sûrement trouver refuge dans les bâtiments délabrés du port.

Indigné, n'écoutant que sa bonté compatissante de soignant, Antoine résolut de suivre l'étranger qui déboucha peu après sur la rue de La Commune. Il n'eut que le temps d'admirer les navires qui se berçaient dans la rade aux lueurs crépusculaires du soir. En face d'une haute maison en pierre grise, des employés du syndic sanitaire chargeaient un cadavre dans une charrette. Puis dans l'éloignement de la voiture, un sifflement aigu retentit. Debout, dans l'embrasure d'une croisée, un grassouillet s'écria. Le quidam posa son balluchon, promena un regard sur les hauteurs, échangea quelques mots et entra dans l'immeuble. Antoine comprit qu'il s'agissait de compatriotes qui se reconnaissaient. En effet, Grégoire avait bien renseigné l'inconnu. Les Irlandais s'implantaient dans le faubourg et ne passaient pas inaperçus. Une imposante matrone sortit et placarda une affiche sur la porte.

— Je suis la logeuse de cette maison. Vous savez lire? *NO VACANCY*, martela-t-elle.

— À votre place, je craindrais la contagion, madame. On vient de transporter une victime du choléra.

— Quelqu'un de la ville va désinfecter. Moi, immigrant ou pas, en autant que toutes mes chambres sont louées…

Désabusé, Antoine regagna son domicile. Son frère l'apostropha dès qu'il franchit le seuil.

— T'as pas ramené le vagabond, j'espère.

— Non, c'est dommage, j'aurais aimé le soigner. Là, il a trouvé à se loger où tu l'avais envoyé, mais on ne sait pas ce qui va advenir de lui ni de ceux qu'il va côtoyer…

L'aîné mit le benjamin en garde contre son penchant naturel trop généreux. Puis il souhaita son départ dans les plus brefs délais. Mais ils convinrent qu'auparavant, ils iraient se recueillir sur la tombe de leur mère.

***

Il avait plu des cordes toute la nuit. Le jour s'était levé dans un brouillard fumeux qui tardait à se dissiper. Un nœud dans la gorge, les deux frères Desruisseaux s'acheminaient au cimetière. Dans le va-et-vient continuel des corbillards et des charrettes, afin de ne pas apeurer les citadins, les autorités avaient fait taire le glas funèbre des églises. Mais dans la ville, la population l'avait tellement entendu, qu'elle avait le désagréable sentiment qu'il ne s'était jamais arrêté de sonner, cédant ainsi la place à un silence lugubre tout aussi angoissant.

À mesure que leurs yeux perçaient la brume, ils constataient une étonnante activité sur les lieux. Des tombereaux venant de tous les coins du faubourg déchargeaient leurs morts. En attendant de leur creuser une fosse, on les entassait comme du bétail contaminé qu'on s'apprêtait à brûler sur un amas de bois. Les cholériques qui avaient séjourné à l'hôpital des Sœurs grises allaient directement à leur dernier repos, sans une cérémonie religieuse à l'église. Car on estimait que même les funérailles vite expédiées constituaient un danger.

À travers le brouillard, Grégoire promena des paupières plissées sur de modestes croix de bois.

— Je ne me souviens plus à quel endroit maman est enterrée, mentionna-t-il, débiné.

— Heille, sursauta Antoine, posant la main sur le bras de son frère. C'est Adelina, la jeune fille avec sa mère. Tu sais, celle qui est accourue à la maison pour que j'intervienne auprès de son père mourant.

Un prêtre coiffé d'une barrette portant un surplis et une étole noirs prit son bréviaire et, ses bésicles sur le bout du nez, entreprit de lire l'office des morts. Puis il aspergea d'eau bénite le corps enseveli dans un linceul et remit le goupillon à un gamin revêtu d'un surplis blanc, ce vêtement de toile fine à larges manches qui lui descendait à mi-jambe. Ensuite, il s'éloigna avec son servant. Les endeuillées entendirent le bruit sourd des pelletées de terre du fossoyeur.

Antoine entraîna son frère auprès des femmes ployées de chagrin devant la fosse.

— Nos condoléances, exprima Antoine.

— On a refusé que mon père soit jeté sur le bûcher, larmoya la jeune fille. On a préféré l'enterrement.

— Faut croire que la science a été impuissante à le sauver, gémit la veuve.

Des larmes de douleur ruisselèrent sur ses joues. Elle fixa une dernière fois la dépouille.

Son cri épouvantable déchira le brouillard, et elle s'effondra.

— Il a grouillé ! Il est vivant ! J'ai-tu la berlue ? s'apeura Adelina.

Le fossoyeur déposa sa pelle. Une main avait émergé de la petite couche de terre humide qui recouvrait le corps. Alertés, des brancardiers et des personnes provenant du bûcher qu'on venait d'allumer s'étaient approchés. Dans l'ahurissement général, tous regardaient au fond du trou la scène incroyable qui se déroulait sous leurs yeux. Maintenant, on observait l'homme assis sur son séant qui se nettoyait le visage en crachant la boue qui lui obstruait les voies respiratoires.

— Comment est-ce possible ? questionna l'un.

— Ce n'est pas la première fois que ça se produit, renseigna le fossoyeur. C'est à cause de ces maudites pastilles d'opium qu'on administre parfois aux cholériques…

— Il faut éteindre le feu ! s'épouvanta une voix terrifiée.

Certains étaient retournés en catastrophe au bûcher d'où s'exhalait maintenant une odeur écœurante de graisse brûlée. D'autres étaient là qui restaient sur les lieux comme pour s'assurer qu'ils n'avaient pas halluciné, que leur vue ne les avait pas leurrés.

Alors qu'Antoine tentait de ranimer la mère, Grégoire et deux brancardiers descendirent dans la fosse pour assister le mort-vivant. Enveloppé dans son linceul souillé, au milieu de son égarement, l'homme avait ouvert les yeux et balbutié quelques mots.

Comme s'il émergeait des entrailles de la Terre, revenu à la surface, l'homme affaibli essayait de se dresser sur ses jambes. L'air hagard, il contempla une masse inerte dans une robe fleurie, écrasée au sol.

— Aidez-la, quelqu'un ! se désespéra-t-il.

— C'est votre épouse ! révéla Antoine.

Tout autour, on braquait le regard sur la scène émouvante qui se produisait. La femme, revenue à elle, avait soulevé les paupières et, la bouche béante d'étonnement, sembla reconnaître son mari. Elle se remit à pleurer. Il se pencha vers elle et l'étreignit doucement.

Dans l'odeur repoussante des chairs qui se consumaient sur le brasier, un vent doux ayant dissipé l'épais brouillard, Grégoire s'éloigna vers la rue à la recherche d'un transport. Aucune calèche ne circulait dans les parages : c'était le mouvement inexorable des tombereaux et des charrettes qui se poursuivait. Il rejoignit les autres.

— Va falloir retourner à pied ! À moins que… attendez-moi ! proféra-t-il.

L'aîné des Desruisseaux disparut en courant vers la rue Bonsecours. Il connaissait M. Papineau, un homme public qui, répandait-on dans le voisinage, était resté en poste pour assainir la ville après avoir expédié par bateau toute la maisonnée, avec des provisions et quelques meubles à Verchères, dans une maison louée sur le bord du fleuve. Il avait gardé à son service un cocher et un ou deux domestiques.

***

Grégoire avait marché avec Adelina derrière un joli cabriolet à deux roues attelé à un cheval blanc. Sur la rue Saint-Gabriel, des persiennes s'étaient rouvertes pour voir passer la veuve avec son défunt mari ressuscité, comme si le couple revenait d'un mariage.

Antoine, lui, avait repris le chemin de La Friponne, décontenancé par la tournure des événements. Il avait aussitôt consigné dans un cahier l'historique médical singulier du « miraculé », sans connaître la part exacte de la pastille d'opium administrée au père d'Adelina. Il estima que jusqu'à présent les cas recensés dans sa jeune pratique d'étudiant en médecine étaient déroutants et démontraient, somme toute, assez peu de ressemblance. En tant que chercheur en herbe, il souhaita être confronté à d'autres cholériques et en dégager une constante, pour trouver un remède propre à soigner toutes les victimes atteintes de la même maladie. Entre-temps, il songea à son frère qui tardait à rentrer. Grégoire parut à la fin de la matinée, l'air joyeux, transfiguré.

— Adelina et moi, on va se revoir, claironna-t-il dès la porte.

— Tant mieux pour toi ! commenta Antoine. De mon côté, je t'informe que je repars demain pour Saint-Césaire. Bien évidemment, après le dîner, je souhaiterais retourner au cimetière pour me recueillir sur la tombe de maman.

Le repas terminé, les frères s'acheminèrent sur le lieu des derniers repos. Chemin faisant, dans l'odeur âcre et pestilentielle du chlorure de chaux, une grosse charrette tirée par deux chevaux étiques déboucha sur Notre-Dame. Derrière, un grand escogriffe déambulait les bras pendants, comme un noctambule halé par la voiture. Il avait la fale basse, étirée par la fatigue et le découragement. Le long du parcours, çà et là, quelques vivants décharnés à la face bleutée suivaient de leurs yeux creux le corbillard de fortune. L'un d'eux, un petit vieillard, se détacha d'un mur et vacilla sur ses jambes. Il allongea son bras maigre, déplia ses doigts crochus.

— Tant qu'à faire, ramassez-nous donc, poussa-t-il de sa voix caverneuse.

Antoine contempla tristement le malade réduit, frappé par la contagion. Il amorça un pas vers lui.

— T'es pas pour t'arrêter partout, le semonça son frère.

Puis reformant le petit convoi funèbre, ils reprirent leur marche lente, comme un moment écarté par une futile distraction.

Au cimetière, soudés par le deuil de l'escogriffe, les Desruisseaux s'engagèrent dans une allée, respirant les effluves nauséabonds du charnier matinal. Par sympathie, ils s'approchèrent du trou que le fossoyeur achevait de creuser.

— Mes parents, mes frères, mes sœurs vont tous être enterrés là ! murmura le garçon, d'une voix pleurante.

Ils observaient le visage défait de l'endeuillé, le seul survivant de la famille décimée. Puis, sans aucune forme de sépulture, avant que les charognards ne les déchiquettent, le fossoyeur, assisté du cocher, entreprit de libérer la charrette et de jeter les cadavres dans la fosse commune. Dans le bourdonnement des mouches, Grégoire s'éloigna et entraîna, avec quelque difficulté cependant, son frère au pied de la petite croix qu'il avait bricolée.

5

Le lendemain, comme à l'accoutumée, jouqué sur le poulailler à l'abri de la grouillante vermine, le coq des Danfousse avait chanté de sa voix rauque le lever matinal. Puis ce fut le pot de chambre de la voisine dont le liquide brun-jaune éclaboussa comme une vomissure le pan arrière de sa maison. D'habitude, Antoine se rendormait et se réveillait un peu plus tard, histoire d'étirer la nuit aux effets bienfaisants et de rouvrir les paupières sur le jour de plus agréable façon. Mais ce matin, il secoua son corps ensommeillé ; la diligence ne l'attendrait pas.

Après ses ablutions intimes, il avait replacé les draps et le couvre-pied, et refait précautionneusement sa valise, sans omettre d'y déposer son scapulaire. Puis il était descendu à la cuisine.

— J'arrive, entendit-il, dressant le couvert.

L'aîné dévala l'escalier et surprit son frère, la tête assiégée de tracas.

— À quoi penses-tu ? s'enquit-il.

— À tous les cholériques. Tu vas me dire que les pastilles d'opium ont été efficaces pour le père d'Adelina, mais rien ne garantit que ce soit toujours le cas. C'est peut-être un adon ! Mon traitement l'aura sauvé de la mort, qui sait ? D'ailleurs, je t'avoue que ce qui me chicote le plus, c'est comment empêcher la propagation de la maladie.

— Bon ! si on changeait de discours, rabroua Grégoire. Il y a pas juste le choléra dans la vie. Si on parlait d'amour...

Il était lumineux, transporté par sa rencontre avec la fille du « ressuscité ». Antoine, lui, confia ses inquiétudes relativement à Angélique qui semblait s'intéresser à quelqu'un d'autre que lui, un immigrant tout récemment abouti au patelin. Mais le sujet abordé lui paraissait trop délicat. Il préféra ne pas se livrer davantage.

Le déjeuner terminé, Antoine s'achemina au poste terminal des diligences dans une odeur de goudron brûlé. Devant l'hôtel, des voitures se remplissaient de monde et de bagages. Afin d'activer les manœuvres, un corpulent trapu à l'air important, habillé d'une veste de drap vert et d'un pantalon de tissu nankin jaune chamois, distribuait des ordres en agitant une canne, un mouchoir de batiste sur le visage. Un des cochers aperçut le jeune homme qui s'amenait.

— Je regrette de vous décevoir, Monsieur a loué les dernières voitures, déclara-t-il.

Antoine arbora une moue désappointée et entra à l'hôtel. La tenancière confirma l'information. Le pas rageur, il ressortit de l'établissement ; il remarqua un journal oublié sur un banc vermoulu qui occupait la devanture. Sa valise d'une main, il s'en empara brusquement, comme pour déverser sa frustration. Il déposa son bagage, s'assit et s'absorba dans *La Minerve*[5] qui avait publié à la une, voilà quelques jours, un avertissement émanant du Bureau de santé de Montréal.

---

5. Journal *La Minerve*, le jeudi 14 juin 1832.

L'article l'avait foudroyé. Pourquoi n'y avait-il pas pensé plus tôt ? Les immondices qui s'accumulent, les tombereaux ouverts, chargés de déchets, les cochons en liberté, les latrines inexistantes dans certaines cours, et tous ces manquements à l'hygiène publique, étaient assurément responsables de dérives sanitaires. Quant à prolonger son séjour dans la grande ville, il jura de s'employer à faire respecter les directives dans le voisinage. Il retraversa le Champ-de-Mars et se dépêcha vers La Friponne.

Lorsqu'il enfila la rue, il remarqua une charrette et des éboueurs qui ramassaient les ordures ménagères. Plus loin, l'air bourru, les bras croisés devant sa porte, la voisine s'entretenait avec un individu. Elle s'étonnait de voir revenir l'étudiant en médecine qu'elle avait vu passer avec sa valise le matin ; il s'en approcha.

— Ça tombe bien ! s'exclama-t-elle. Ce monsieur désire inspecter la maison. Mon mari est à la boucherie. Il reviendra un autre tantôt !

— Cette dame refuse de se soumettre à la loi, insista l'officier. Elle ne veut même pas lire les documents. Selon les règles, je ne peux pas rentrer dans une propriété privée avant six heures le matin ni après sept heures le soir : c'est maintenant !

Les deux antagonistes continuèrent de s'obstiner. Le quartenier qui surveillait un quartier, un petit homme sec aux cheveux plats et à grosses moustaches noires, tenait une copie des règlements sanitaires adoptés par la municipalité. Un ruban bleu suspendu à son cou arborait une médaille qui attestait sa légitimité. Antoine s'imposa :

— Il faut vous conformer, madame Danfousse, plaida-t-il. Ça ne sert à rien de résister. Dans les circonstances, je crois que vous devriez collaborer.

Les traits contrariés, elle ouvrit au mandataire qui prospecta dans toutes les pièces de l'habitation. Ensuite, il sortit dans la cour. Entre-temps, Antoine expliqua à sa voisine que, pour le moment, le retour à Saint-Césaire était impossible. Selon la tenancière de l'hôtel, il n'y avait pas moyen de trouver une diligence. Beaucoup de gens s'enfuyaient à la campagne.

L'officier acheva de noter ses observations et revint sur la devanture.

— Il y a passablement de déchets dans votre cour, signala-t-il. Et vos installations sanitaires devront respecter les normes.

— Que voulez-vous dire ? s'enquit la maîtresse de maison.

— À l'article 8, chapitre second, il est stipulé que « le propriétaire de toute maison, dans la ville, la banlieue ou le port de Montréal, sera tenu, dans l'espace d'un mois après la publication de ces Règles et Règlements, de construire des latrines ou lieux privés, à au moins six pieds de profondeur, pour chaque maison ainsi située, dans la cour ou les dépendances y appartenant[6] », débita l'inspecteur, sur un ton sentencieux. Je repasserai la semaine prochaine et si le travail n'est pas exécuté, vous serez soumise à une amende. Savez-vous qui habite à côté ? demanda-t-il.

— C'est mon frère, répondit Antoine. Je suis venu à Montréal quand j'ai appris le décès de ma mère.

Il entraîna l'inspecteur qui ne releva aucun manquement aux directives de la santé publique. Puis il revint chez la voisine avec un pic et une pelle, et se mit au creusage d'une fosse réglementaire, qui lui arracha des heures d'une dure besogne. Restait à construire une cabane rudimentaire pour l'intimité de ses usagers. Les vêtements et les mains sales, il était à se savonner les mains lorsque Grégoire parut :

— Comment, je te croyais reparti ? s'étonna-t-il. Et qu'est-ce que tu as tant fait pour être crotté de même ?

---

6. Journal *La Minerve*, le jeudi 14 juin 1832.

— Je t'expliquerai. Toi, d'où viens-tu ?

Il avait déambulé à travers le faubourg, à la recherche de travail, se butant à des portes closes. Cependant, au bout de ses peines, découragé, il était entré dans une fabrique de chandelles où il avait déniché un emploi. Antoine était fier de son frère, trop longtemps désœuvré. Il soupçonna alors que sa rencontre avec Adelina avait asséné un coup fatal à sa paresse…

Huit heures avaient sonné au clocheton de la chapelle Notre-Dame-de-Bonsecours. On toqua à la porte. C'était monsieur Danfousse qui venait remercier son voisin pour le creusage effectué. Il comprenait que des règles s'imposaient à la maison comme au travail, si on désirait éradiquer le fléau. En effet, le boucher avait reçu à son petit commerce la visite d'un officier sanitaire qui l'avait avisé que tout étal, billot ou banc à dépecer devait être gratté et nettoyé chaque jour avant l'heure de fermeture et purifié avec une préparation de chlorure de chaux.

Entre-temps, Grégoire s'était affalé sur le sofa. Il avait la figure blanche comme un drap et se plaignait de maux d'estomac. Son frère crut d'abord à un épuisement pour avoir sillonné les rues des faubourgs toute la journée. Mais il s'inquiéta de son état quand il réalisa qu'à tout bout de champ, l'aîné accourait aux latrines à l'extérieur.

— Tu présentes des symptômes qui s'apparentent à ceux des cholériques, établit Antoine. Laisse-moi t'examiner.

— Tu ne me toucheras pas ! se braqua l'aîné. Ça va passer.

— Que vas-tu faire si ça rempire ?

— Toi puis tes frictions avec du vinaigre, ça ne m'intéresse pas. D'ailleurs, rien ne prouve que c'est toi qui as guéri monsieur Danfousse et le père d'Adelina. J'ai bien plus confiance aux pastilles d'opium. À part ça, tu as même pas fini tes études !

— Tu doutes de ma compétence, tu vas te soigner tout seul, peut-être ! se choqua Antoine. Qu'est-ce que tu connais en médecine ?

Insulté, il se retira dans sa chambre. À la lueur d'une chandelle, les mains derrière le dos, il se promena de long en large, absorbé par mille et une questions. Après une demi-heure de réflexion, résolu à prendre les grands moyens, il reparut devant son frère. Dans la lumière pâlotte qui baignait la pièce, il constata que le malade avait restitué. Une aggravation était manifeste : le corps tremblant, le visage bleui, épouvanté, dénotaient des signes inquiétants de la maladie.

— Là tu vas m'écouter, mon cher frère ! s'exaspéra le jeune praticien. On va se rendre à l'hôpital des Sœurs grises, intima-t-il, sur un ton péremptoire.

À cette heure de la soirée, dans la clarté crépusculaire, des charrettes faisaient la ronde pour cueillir des cholériques. La tête effarée, Antoine sortit dans la rue, et se mit à courir vers le Champ-de-Mars. Sur la place publique, une femme traînait son mari, ses mains sous les aisselles, et des malades expulsés des habitations, et croupissant sur les dalles, gémissaient pitoyablement. Il eut envie de les soigner tous, du mieux qu'il pouvait. Mais le temps pressait. Il se précipita vers une voiture et s'adressa à l'un des charretiers vêtus de blanc.

— Auriez-vous l'obligeance de venir chez moi, rue de La Friponne, pour mon frère qui souffre du choléra ? s'enquit-il.

— Dis-lui de se rendre ici, on n'est pas pour cogner à toutes les portes du faubourg et demander si quelqu'un est malade : on est débordés.

— C'est impensable ! rétorqua Antoine. Il est trop affaibli, incapable de se déplacer.

Il argumenta encore quelques instants.

— Heille, s'exclama le voiturier. Tu serais pas Antoine Desruisseaux, par hasard ?

— Exactement ! s'enthousiasma ce dernier.

— Dans ce cas-là, on va faire un spécial, acquiesça l'ancien camarade de collège. On en a une couple à ramasser, puis on se rend chez vous.

Antoine regagna la demeure familiale. Il trouva son frère plus amoché, la bouche ouverte, demandant à boire. Le scapulaire au cou, il se frictionna les mains avec un désinfectant et lui apporta de quoi soulager la soif. Bientôt, comme convenu, la voiture stationna devant l'immeuble et on put transporter la charretée à l'hôpital. Certains n'avaient pas supporté le périple : ils n'étaient plus que des moribonds qui échouaient à l'institution. On constaterait bientôt leur décès et on leur ferait prendre le chemin du cimetière.

Dans la grande salle, il régnait une sinistre animation. Au milieu de gémissements, de râles de mourants et d'un débordement de lits au point que des patients étaient étendus sur le plancher, des médecins et des religieuses s'affairaient. Dans un coin, un prêtre débitait des prières : un lit se libérerait. L'ayant repéré, Antoine s'entretint brièvement avec une des soignantes. Elle indiqua aux brancardiers de transporter le frère du jeune praticien auprès du pasteur. Les employés sanitaires enjambèrent des cadavres et atteignirent la couche du mort qu'ils remplacèrent par Grégoire. Antoine remercia son ancien camarade de collège pour la faveur obtenue. Puis désireux de soulager son frère au plus vite, il se précipita à l'apothicairerie. Trois médecins vêtus de leur blouse blanche conféraient ensemble. Écrasés sur des chaises, ils paraissaient épuisés, au bord du découragement.

— De quel droit, jeune homme ? s'énerva un petit homme maigre, la lèvre retroussée.

— Je suis étudiant en médecine et mon frère vient d'être hospitalisé pour le choléra. Quel médicament préconisez-vous ?

— Nous en discutions justement, affirma l'interpellé. À mon humble avis, tous les traitements s'avèrent inutiles. Même les remèdes apportés par mon confrère qui a séjourné deux ans à

Paris ne font pas merveille. Les moxas, les sinapismes, les frictions de toutes sortes, les bains d'eau chaude et le magnétisme n'ont rien de convaincant.

Le petit homme maigre continua à discuter avec son confrère qui revenait de France.

— Mais enfin, s'exaspéra Antoine, il faut bien tenter quelque chose !

Le troisième, grand et obèse – celui qui avait gardé le silence –, cessa de se mordiller les lèvres et s'exprima :

— Donnez-lui donc du laudanum. Une forte dose de cette teinture d'opium lui épargnera des souffrances. Cela dit, attention ! Je ne connais pas précisément l'état du patient qui nous occupe, mais au cas où le médicament le ramènerait à la vie, il ne faut pas l'enterrer trop rapidement…

Antoine remercia les trois oracles de la science, ouvrit une porte de l'armoire vitrée et s'empara du médicament prescrit. Ensuite, il fit irruption dans la grande salle des malades et se hâta vers le lit de Grégoire.

Ses mains et ses pieds noircissaient et semblaient ratatiner, comme s'ils avaient trempé trop longtemps dans l'eau. Ses lèvres murmuraient des mots avec une voix étrange, comme si elle parvenait d'outre-tombe. *On dirait qu'il est à la veille de rendre l'âme*, pensa Antoine. Il lui administra le médicament.

Une menue nonne au visage poupin plein de bonté, qui s'affairait à laver un cadavre, s'approcha. Elle prit le petit flacon d'eau bénite qui pendait au chevet de la couche, en tira quelques gouttes avec lesquelles elle signa le front du cholérique.

— Dieu fera le reste, exprima-t-elle. Maintenant, si vous désirez nous aider, ce ne sera pas de refus. Moi je continue à laver sommairement les morts afin de leur donner un semblant de dignité.

Elle lui recommanda de s'adresser à l'homme au dos courbé, un gaillard malgré son âge, qui s'acheminait en ce moment même à l'apothicairerie.

À présent, il se dépensait auprès des patients et déversait toute sa science et les conseils des praticiens qui l'entouraient. Et dès que cela était possible, il allait s'enquérir de l'état de son frère. Alors qu'il était à son chevet, un docteur de haute taille chargé d'embonpoint s'approcha de lui.

— Vous lui avez administré du laudanum, n'est-ce pas ? s'assura-t-il. Je ne veux pas vous décourager, mais ce médicament à base d'opium n'a pas l'air très efficace. Je suis désolé de vous apprendre qu'avec ce traitement j'ai réussi à réchapper un seul patient depuis trois jours. Ce qui convient à l'un est néfaste pour l'autre. Certains n'ont plus de forces vitales pour survivre, d'autres sont emportés par une congestion au cerveau, parfois dans des convulsions effroyables, ou meurent sans présenter autre chose que des symptômes courants. Quelques désespérés qui avaient demandé à boire de l'eau froide ont eu la vie sauve, tandis que tous ceux qui en avaient réclamé par la suite ont succombé. Allez donc savoir pourquoi ! Je vais être bien honnête avec vous : nous avons épuisé toutes les possibilités, toniques, astringents, rien ne nous donne la certitude que nous détenons le bon remède.

Le médecin chevronné s'éloigna et laissa le jeune praticien dans une profonde perplexité. Entre-temps, Grégoire semblait engourdi dans un sommeil abyssal. Au cœur de sa lutte, était-il en train de se refaire ou s'anéantissait-il irrémédiablement dans l'éternité ? Bien malin qui aurait pu le dire !

Des heures s'écoulèrent ainsi à soigner les victimes de la contagion. Antoine croulait de fatigue et il n'avait relevé aucune manifestation encourageante chez son frère. La menue nonne qui n'avait cessé de laver les cadavres fut prise de pitié. Elle lui conseilla d'aller se reposer chez lui et de revenir plus tard.

Sitôt arrivé, il s'employa à purifier les lieux.

Au petit matin, il pleuvait à verse. Les odeurs âcres de chlorure de chaux ou de goudron qu'on répandait alternativement s'étaient dispersées. Antoine engouffra son déjeuner et fonça vers l'hôpital. Une activité macabre se poursuivait. Aux portes de l'enceinte, des voitures se croisaient, les unes avec leur charretée de malades, les autres transportant des morts à leur dernier repos.

Dès qu'il entra dans la grande salle, il promena un regard apitoyé sur la misère humaine. Puis son œil se posa sur les religieuses et les soignants qui se dépensaient en compassion auprès des patients. Au milieu de sa tâche ingrate, la menue nonne l'aperçut. Elle se dirigea vers lui.

— Bonjour, ma sœur, salua-t-il. Je ne peux pas croire que vous n'avez pas dormi !

— Ne vous en faites pas, je me suis assoupie une heure ou deux, exprima-t-elle, la voix assurée.

— Comment va mon frère ?

— Imaginez donc qu'il est disparu au cours de la nuit, dit-elle, embarrassée. Ça doit être pendant que je faisais un petit roupillon dans l'apothicairerie.

— Comment est-ce possible ? se désespéra Antoine.

Elle s'était informée auprès du personnel et s'accusait humblement de sa négligence à veiller sur lui. Une soignante l'avait vu franchir le seuil de la pièce avec ses hardes comme un voleur qui s'enfuit avec son butin. Manifestement, Grégoire ne pouvait être qu'à un seul endroit ; il se hâta rue Saint-Gabriel. Il s'immobilisa devant l'immeuble, reprit son souffle. Puis il grimpa au troisième et cogna au logis des Baillargeon.

Un garçonnet pieds nus dans sa chemise de nuit ouvrit et entrebâilla la porte.

— Puis-je parler à Adelina ?

Le maître de la maison parut.

— Si c'est pas le petit médecin de campagne ! commenta-t-il.

— Je constate que vous allez bien, se réjouit Antoine. Est-ce que mon frère est là ?

— Après un séjour à l'hôpital des Sœurs grises, il a abouti au logis. Nous l'avons gardé à déjeuner. Entre donc !

Des mioches se tassèrent sur un banc pour faire place à l'invité. Visiblement, on fêtait les deux miraculés. Malgré l'appartement modeste, la nappe était bien garnie de pain, de lard et de saucisse. La mère, grosse de son septième enfant, se promenait pour servir la tablée. Comme si de rien n'était, Grégoire racontait à Adelina comment il avait dégoté son emploi dans une fabrique de chandelles. Elle buvait ses paroles, s'esclaffant à tout moment d'un rire idiot qui énerva Antoine.

— Comme ça, ton frère a été guéri lui aussi par des pastilles d'opium, le nargua le père. T'as la preuve que c'est le meilleur médicament qui soit.

— Je n'en dirais pas autant, monsieur Baillargeon, rétorqua le praticien. Même les médecins se contredisent entre eux à son sujet.

— Asteure qu'il connaît le bon traitement, il va s'en retourner à la campagne pour soigner les victimes du choléra, ricana son aîné.

— Très drôle ! repartit Antoine. De toute façon, j'avais l'intention de regagner le patelin de notre oncle dès que possible. Comme vous pouvez le constater, mon frère et moi on a un peu de difficulté à s'entendre.

L'échange entre les Desruisseaux avait jeté un malaise au logis. La mère voulut rafistoler les relations :

— Va-tu falloir que je m'en mêle ? s'amusa-t-elle.

Le praticien n'éprouva aucun plaisir à partager le repas si ce n'est que de constater que les deux cholériques avaient recouvré la santé et que le reste de la famille se portait bien. Il se contenta de s'informer à la mère de sa grossesse et des petites maladies infantiles courantes contractées par sa marmaille. À la fin du déjeuner, il résolut de ne pas s'attarder. Il exprima sa gratitude aux hôtes et prit congé.

***

Antoine était à refaire son petit bagage quand il entendit son frère qui montait à l'étage des chambres.

— Tu t'en vas !

— Devine ! Je n'ai plus d'affaire à Montréal. Je m'attendais à plus de reconnaissance de ta part. C'est choquant, Grégoire Desruisseaux ! En plus, tu te croyais comique avec ton Adelina qui riait chaque fois que tu ouvrais la bouche.

— Bon, bon ! Monsieur est jaloux, peut-être !

— Quelqu'un m'attend à Saint-Césaire, tu sauras ! Tu peux bien la garder pour toi, ta…

Il avait failli la taxer de crétine, mais le mot était trop fort. Par la suite, Grégoire rappela à son frère la difficulté éprouvée lors de sa dernière tentative de départ, quelques jours plus tôt. Mais advenant un autre empêchement, Antoine avait songé à une alternative.

Sur le pas de la porte, il adressa des salutations peu chaleureuses et enjamba le seuil de la demeure.

Plongé dans une atmosphère irrespirable, il s'achemina au terminal des diligences. La terrible maladie avait fait son œuvre, contaminant d'autres innocents. Chemin faisant, il avait remarqué des hommes vêtus de leur chemise de charroyeur de cadavres. Faut croire que la semaine écoulée avait été particulièrement meurtrière. Le Bureau de la santé publique avait encore dénombré des centaines de victimes du choléra morbus.

Devant l'hôtel, des voitures se remplissaient et des clients faisaient la queue. Un individu habillé d'étranges défroques fit irruption sur la devanture.

— Vous perdez votre temps, s'indigna-t-il. Il y aura pas d'autres places avant la semaine prochaine.

Dans la file, on sacrait. Par contre, certains prétendaient que le triste individu mal attifé était un sans-le-sou qui s'était fait retourner par la préposée au comptoir, parce qu'il avait mendié son passage. Quoi qu'il en soit, Antoine était déterminé à quitter la métropole. Il remonta la rue Sainte-Marie. En temps ordinaire, deux fois la semaine, on apercevait une caravane de charrettes à foin vides revenant du marché. Mais à présent, des piétons avec une poche sur le dos et, comme un convoi de déportés, une enfilade de voitures débordantes d'objets et de passagers descendaient la voie non pavée, caillouteuse et crevassée d'ornières. Au bord de l'eau, une cabane chétive surmontée d'une enseigne annonçait, en grosses lettres jaunes sur fond rouge, la traverse de Longueuil.

Trois quarts d'heure de piétinement n'avaient pas érodé sa patience pour acheter son billet. Il avait estimé qu'on lui trouverait une petite place sur la plate-forme ovale qui faisait la navette entre les deux rives. Dans l'attente de la traversée, il observa la colonne de désespérés qui fuyaient la contamination. D'ailleurs, il évitait de la côtoyer de trop près. Alors qu'il contemplait tous ces humains, son regard se détourna sur la curieuse, mais fascinante invention mue par la force animale. Tout au centre de l'énorme embarcation, une sorte de carrousel entouré d'une balustrade sur laquelle se tenaient les piétons.

Une affreuse odeur d'écurie s'échappa. À l'intérieur de ce manège, ils devaient être une douzaine de chevaux efflanqués et borgnes attelés au tourniquet horizontal entraînant deux immenses tambours à palettes qui flanquaient le vaisseau. Dès leur embarquement, les congénères regardaient leurs semblables, condamnés aux travaux forcés, au cirque infernal du tournage en rond. On aurait dit qu'ils comprenaient leur rôle indispensable et cela les culpabilisait. Le capitaine donna le signal du départ. Aussitôt, on entendit des grincements d'engrenages mal huilés. Des marins actionnaient un treuil qui soulevait la passerelle, une espèce de pont-levis qui refermait l'embarcation. Puis ce furent des coups de fouet qui s'abattirent sur les pauvres bêtes et mirent l'ingénieux mécanisme en branle.

Le bateau-passeur se détacha de la rive. Antoine s'était distancé des passagers et il était allé s'accouder à la rambarde. En regardant le fleuve, il se remémora la prescription du Bureau de santé : l'interdiction de se baigner ou de laver des hardes dans un espace réservé aux porteurs d'eau afin de leur permettre d'approvisionner les Montréalais. Puis sa pensée fut absorbée par le clappement cadencé des palettes qui battaient le fleuve. Il imagina le mouvement interne d'un tambour avec sa roue à aubes qui tournait comme au moulin Foisy. La ressemblance le frappa. Normalement, à moins d'un arrêt volontaire pour l'entretien ou le manque de grain, il n'y avait qu'une disette d'eau qui pouvait stopper les meules. Sur le *horse-boat*, c'était l'impératif pragmatique de la traversée qui commandait la besogne fastidieuse des bêtes.

Il pensa à Angélique. S'était-elle ennuyée de lui ? Ou, au contraire, s'était-elle amourachée de l'Irlandais ? Comment était la situation sanitaire au village ? Il ruminait toutes ces questions lorsqu'il vit s'amener un couple dans la trentaine avec deux enfants. La jeune femme avait remarqué le garçon distingué qui se tenait à la rambarde.

— Vous êtes à pied ? s'enquit-elle. Mon mari et moi, on se rend à Chambly. On peut vous offrir de monter dans notre charrette.

— Volontiers ! Je me demandais, justement, de quelle façon je poursuivrais mon voyage. De là, je prendrai la diligence pour Saint-Césaire.

6

C'était à la brunante. Dans un dernier effort, l'attelage allait au petit trot quand la diligence déboucha aux abords du patelin. Un bougre, debout dans une charrette en travers, bloquait la route. Il braquait un vieux mousquet sur le cocher.

— STOP ! Le village est interdit à tout étranger, tonna-t-il d'un air massacrant.

— Décampe, vieux maboul ! se récria sèchement le voiturier.

Antoine ouvrit brusquement la portière et sauta à terre.

— Me reconnaissez-vous, monsieur Bourbonnais ? clama-t-il. Et pourquoi barrez-vous le chemin ?

Les yeux plissés, le vieillard scruta le demi-jour et reconnut l'étudiant en médecine.

— Saint-Césaire est un lieu de malédiction ! maugréa-t-il. Les gens meurent comme des mouches. Les étrangers apportent le choléra. Retournez d'où vous venez !

— Je suis revenu pour soigner les habitants de la place, expliqua Antoine. Et ces voyageurs dans la voiture débarquent à l'auberge pour la nuit et repartent demain matin pour Granby.

Le vieil homme hésita, sembla réfléchir. Se ramollissant, il se rassit sur la banquette et, d'un claquement de langue, fit avancer sa jument pour dégager la route et permettre le passage de la voiture. Après, il la fit reculer afin d'entraver à nouveau la circulation.

La diligence s'immobilisa devant l'auberge Godreau. Des chevaux sellés étaient attachés à la rambarde. Le cocher fit descendre les voyageurs et transporta leurs bagages. Puis il mena son attelage à l'écurie et rentra dans l'auberge. L'établissement avait bonne réputation pour sa table et ses lits douillets. Tandis que le conducteur s'occupait de ses passagers, un palefrenier soignerait les bêtes : pour chacune, on avait réservé de l'eau, un sac d'avoine et une botte de foin.

Galant chevalier, le praticien avait déposé sa valise sur la galerie et soutenu le bras d'une dame âgée pour l'accompagner dans l'établissement. Georgianna Godreau, la replète tenancière, s'affairait avec les clients à l'office. Elle crut qu'Antoine avait affaire à elle.

— Je suis à toi dans un instant, réagit-elle, avenante. Le temps de monter aux chambres avec Madame pis je redescends. En attendant, va donc de l'autre côté prendre un rafraîchissement. Jean-Baptiste va se faire un plaisir de te servir.

Des buveurs attablés ou assis sur des tabourets encombraient la place. Certains étaient passifs, l'esprit embrouillé par l'alcool, la tête tombée sur leurs bras croisés. D'autres s'esclaffaient en écoutant des grivoiseries. Dans un angle de la pièce, Patrick Dunnagan s'était retranché avec sa chope de bière en étain. Au moment où Antoine fit irruption dans la place, deux clients familiers l'accablaient d'injures.

— Sacre ton camp d'icitte, Irlandais de malheur, fulmina le grand Ignace. Je te mettrais ben la main au collet pour te sacrer dehors, mais j'ai peur d'attraper la peste bleue.

La physionomie de l'étranger se modifia. Il recula sa chaise, se leva promptement et se précipita à la gorge du colosse qui le maîtrisa facilement. Ce dernier le tenait maintenant en lui tordant un bras dans le dos. Tous les buveurs, même les plus enivrés, contemplaient la scène.

— Fesse ! ordonna le gaillard à son camarade.

Aux abois, l'aubergiste se précipita vers les adversaires. Mais déjà la figure de l'Irlandais était maculée de sang.

— Arrêtez, s'interposa le tenancier. Je veux pas de casse ici dedans !

Trahan projeta Dunnagan par terre.

— Tiens, notre petit docteur qui est là, ricana-t-il. Il va s'occuper de lui.

La remarque avait déclenché le rire cynique des buveurs. Habité par sa secrète antipathie pour l'Irlandais, Antoine éprouva un sentiment de mépris. Mais sa compassion pour les blessés domina son aversion. Il l'aida à se relever et l'entraîna dehors, sur la galerie, où il avait laissé sa valise. La tête effarée, l'accorte tenancière parut avec un linge et un bol d'eau.

— Merci, madame Godreau, apprécia Antoine.

— Si t'as besoin d'autres choses, tu me le diras, mentionna-t-elle.

L'apprenti s'appliqua à bassiner la figure meurtrie. La main de l'Irlandais le repoussa brusquement. Il lui arracha le linge et tamponna lui-même ses blessures.

— Tu dois comprendre pourquoi les habitants te rejettent, Dunnagan ?

— Ils croient que j'apporte la contagion. Mais je n'ai pas l'intention de partir, maintenant que j'ai quelqu'un qui tient à moi…

Une amère déception s'imprima sur les traits d'Antoine. Les cieux s'étaient voilés de noir. Manifestement, Angélique s'était entichée de l'étranger. Un prolongement de son entretien avec lui deviendrait inutile et tournerait le fer dans la plaie : il ramassa sa valise et prit congé. Le cœur brisé, il gagna la résidence de son oncle.

***

On déjeunait. Amanda, la servante, s'étant beaucoup inquiétée pour le pensionnaire, l'entourait de tous les caprices d'un rescapé. La veille, la soirée s'était étirée jusqu'à nuit close. Antoine avait relaté son voyage, son séjour dans la métropole assiégée, ses maisons barricadées, ses rues insalubres, ses odeurs nauséabondes, ses glas funèbres, ses charroyeurs de cadavres. Il n'était pas arrivé à temps pour l'enterrement de sa mère, Grégoire avait failli succomber à la maladie à l'hôpital des Sœurs grises où il avait côtoyé des savants qui ne faisaient pas consensus autour des traitements du choléra. Même les pastilles d'opium n'étaient pas du meilleur effet ! De son côté, le Dr Chapdelaine avait espéré le retour de son neveu. Il avait été débordé par le nombre de victimes. On n'en mourait pas tous, mais le mal frappait fort au patelin et dans les parages, jusqu'aux confins de la paroisse. Des gens s'enivraient dans les débits d'alcool, croyant que la boisson tuerait la bactérie. Des familles se disloquaient, amputées d'un membre ou en désaccord avec la manière de se prémunir contre le danger qui les guettait.

— Maintenant que notre neveu est revenu, aujourd'hui dimanche, j'espère que tu vas te reposer un peu, mon mari, observa Mme Chapdelaine.

— Après la messe, je ferai quelques visites en ville et, cet après-midi, j'irai à la campagne. La mère Duhaime est venue hier pour que j'aille voir son homme, trop saoul pour se déplacer.

— Tu es déraisonnable, Augustin ! le rabroua-t-elle. Tu vas te faire mourir à soigner les autres, surtout les imbéciles qui refusent de s'aider ; remarque bien ce que je te dis…

— Je veillerai à ce qu'il n'en fasse pas trop, ma tante, souligna Antoine.

L'air hautain, elle lui avait lancé un regard dubitatif. Cependant, dans son for intérieur, un dessein inavoué le tenaillait : revoir Angélique.

***

Antoine avait convenu avec son oncle d'attacher le cheval blond à l'arrière du cabriolet. Ainsi, après leur arrêt chez les Duhaime, il pourrait s'arrêter au moulin et revenir à la maison par ses propres moyens.

Le vieux couple demeurait à la campagne, au fond de la Petite-Barbue. Depuis que le dernier de la famille était parti, les septuagénaires vivaient pratiquement comme des ermites, se suffisant à eux-mêmes, entourés d'une basse-cour, d'une vache et de deux ou trois cochons. De temps à autre, la vieille femme à barbe paraissait au village pour se procurer des denrées qu'ils ne parvenaient pas à produire dans leur retranchement volontaire, ou pour toute raison qui justifiait un déplacement. À l'heure qu'il était, elle attendait le docteur pour son mari. Elle se désespérait de le voir engloutir ses bouteilles, le vieil ivrogne s'entêtant à ne pas l'écouter.

Il était aux environs de quatre heures quand le cabriolet de Chapdelaine s'immobilisa devant la masure. La fermière poussa la porte moustiquaire et sortit sur la galerie. Le bonhomme se berçait, pipe de plâtre d'une main et bouteille de l'autre, alternant bouffées de boucane et goulées de p'tit blanc. Il avait la figure rougeoyante d'un brasier.

— Que c'est que vous venez faire icitte ? gueula-t-il de sa voix éraillée.

Chapdelaine et son neveu s'approchèrent de la galerie. La bonne femme s'exprima crûment :

— Il boit comme un trou ! Il pense que c'est une bonne manière de se protéger contre la contagion. Il y a pas de saint danger qu'il attrape la maladie, il est toujours à'maison pis on a jamais de visite…

— Laissez-moi vous examiner, proposa l'oncle.

— Personne va me toucher, se rebella l'ivrogne.

— D'après ce que je peux voir, monsieur Duhaime, constata le Dr Chapdelaine, à l'heure qu'il est, vous devez avoir le foie et l'estomac imbibés d'alcool : vous en avez tellement dans votre corps qu'il doit suinter par les pores de votre peau : une simple flammèche pourrait vous faire sauter en allumant votre pipe. Ou encore vous allez être dévoré à petit feu, brûlant par vous-même, et tout ce qui restera de vous sera un petit tas de cendres grises au pied de votre chaise berçante. C'est-tu ça que vous souhaitez ?

— On ne pourrait même pas vous enterrer, renchérit Antoine, vous seriez éparpillé, répandu en poussière. J'en ai vu hier, à l'auberge, des buveurs comme vous, qui engloutissent des chopes et se préparent à une fin tragique.

L'ivrogne grogna qu'il se foutait de la sépulture, qu'il avait des doutes sur l'existence du paradis et qu'il préférait être répandu en poussière sur sa terre, ou que l'on sème ses cendres dans la Barbue.

Bouleversée, terrifiée, Mme Duhaime souleva ses jupes et descendit de la galerie.

— Une vraie tête de cochon, mon mari ! s'exaspéra-t-elle. Je suis désolée que vous soyez venue pour rien. Que voulez-vous, quand un homme ne veut pas comprendre, ni d'un bout ni de l'autre…

Elle avait une poignée de petits sous dans sa poche de tablier pour dédommager le médecin. Mais Chapdelaine refusa de se faire payer.

***

Par cet après-midi caniculaire, une halte au moulin avait permis au Dr Chapdelaine de se désaltérer et de saluer le meunier Foisy. Guides aux poings, il repartait vers le village, laissant son neveu et sa monture afin de lui permettre de regagner la maison. « Il serait convenable que tu ne reviennes pas trop tard, nous recevons les Dussault à souper », avait-il souhaité.

Angélique paraissait très mécontente. Silencieuse, dardant des yeux de reproche, elle entraîna Antoine à l'ombre, sous un orme. Elle desserra les lèvres :

— Veux-tu bien me dire ce que t'as fait à Patrick ?

Elle débita rageusement un chapelet de récriminations contre son assaut sauvage de la veille à l'auberge. Elle avait vu l'étranger le matin même. Il avait la face tuméfiée, un œil au beurre noir, la mâchoire décrochée et des côtes brisées.

— Hein ! explosa-t-il, de quoi tu parles au juste ? Ton Irlandais s'est fait tabasser par des trinqueurs, j'ai même voulu le soigner, mais il a refusé mon aide...

Elle avait appris à connaître l'étranger pendant le séjour d'Antoine à Montréal. Le pauvre garçon avait navigué sur le brick *Carrick*, entassé dans les cales au milieu de la vermine, avec ses compatriotes, buvant de l'eau contaminée, souffrant du manque d'hygiène et de malnutrition. La maladie s'était vite propagée aux passagers, et ceux qui mouraient étaient jetés par-dessus bord. Le vaisseau s'était amarré à Grosse-Île pour une quarantaine et les malades soignés au lazaret, l'hôpital des émigrés, pendant qu'on le désinfectait. Patrick, lui, avait miraculeusement échappé à la maladie.

— Et moi, Angélique, je ne compte plus pour toi ? exprima-t-il, implorant.

Pour toute réponse, elle abaissa ses grands yeux pers et détourna la tête ; elle demeurait insensible à la douleur qui le torturait. Il rejoignit sa monture et galopa vers Saint-Césaire.

***

Balthazar sortit dans la cour quand retentit le galop décroissant d'un cheval. Le cavalier sauta à terre et lui tendit la bride.

— Je peux faire quelque chose pour toi ? s'enquit le palefrenier.

— Occupe-toi-z-en ! répondit Antoine avec humeur.

Il entra en coup de vent, claqua la porte, traversa la cuisine, gravit les marches deux à deux et s'enferma dans sa chambre. Puis il fouilla dans le tiroir de son pupitre, en dénicha une petite liasse de lettres qu'il se mit à déchiqueter avec fureur. Il s'assit ensuite sur son lit et déversa sa peine, la tête entre les mains.

Occupée aux chaudrons, Amanda avait perçu le courant d'air qui avait rafraîchi la cuisine. Les convives s'apprêtaient à s'attabler. Elle demanda à son mari de prévenir Antoine que le souper était prêt.

— Fichez-moi la paix ! rétorqua le chambreur, entendant les petits coups discrets.

— C'est que tout le monde est là, transmit le messager. Ce serait malpoli de t'emmurer comme un reclus…

Balthazar patienta quelques instants. Antoine entrebâilla la porte.

— Je descends, murmura-t-il.

Il s'achemina à son miroir. Ses yeux rougis trahissaient ses pleurs ; il en éprouva une honte. Se confortant avec une humeur plus accommodante, il quitta la pièce.

On se distribua autour de la table. Un sourire illumina le visage de Delphine, ravie de voir apparaître le garçon. L'hôtesse tira le cordon pour alerter la cuisinière qui apporta le potage. Mais les maris ne s'assoyaient pas. Le médecin était tout attentionné à écouter son ami le tabellion, qui exprimait ses opinions politiques sur l'origine de la crise sanitaire au Bas-Canada :

— L'Angleterre continue de se débarrasser des Irlandais en les expédiant dans la colonie, exprima-t-il. Leurs vaisseaux accostent encore à Québec avec des cargaisons de misérables. Ces pauvres gens débarquent chez nous, affamés, malades, porteurs du choléra. Le gouvernement anglais est responsable de l'épidémie! raisonna-t-il.

— C'est à se demander à quel point le contrôle à Grosse-Île est efficace, déplora Chapdelaine. Pour moi, ce ne sont pas tous les cas qui sont déclarés par les capitaines de navires. Des voyageurs infectés réussissent à échapper à la quarantaine...

— Assoyez-vous donc, les hommes, ordonna l'hôtesse, rien n'empêche de discuter à table.

Les deux amis prirent place et poursuivirent leur discussion. Antoine les écoutait, compatissant avec ces émigrés. Cependant, il pestait intérieurement contre l'Irlandais qui l'avait faussement accusé de l'avoir battu pour attirer la pitié et gagner le cœur d'Angélique. D'ailleurs, était-il réellement de ceux que le choléra n'avait pas atteints? Aux yeux de Delphine, l'apprenti paraissait bien malheureux pour quelqu'un qui entretenait une relation avec la fille du meunier. Elle se mit à estimer ses chances de le conquérir. Elle risqua une approche:

— Père m'a dit que tu consacrais beaucoup de temps à des recherches sur le choléra. Je serais curieuse de voir ton petit laboratoire.

— D'accord! consentit l'étudiant, mais ne sois pas déçue de l'avancée de mes travaux.

Depuis le début du repas, tout en potinant, les femmes épiaient à la dérobée les deux jeunes. Elles s'échangèrent un sourire de ravissement.

Après le dessert, tandis que les autres passèrent au salon pour prendre un digestif, Antoine entraîna Delphine à l'apothicairerie.

— Ah! c'est merveilleux cet endroit! s'exclama-t-elle.

Elle faisait semblant de s'extasier pour dissimuler sa déception ; elle ne voyait que des produits qui servaient à la préparation ordinaire de médicaments.

— Qu'y a-t-il derrière cette porte ?

— Ça, c'est ce que mon oncle appelle son sanctuaire, s'amusa-t-il.

Touché par l'intérêt qu'on lui manifestait, le jeune chercheur déverrouilla la pièce attenante.

— Mon Dieu ! s'enthousiasma-t-elle.

Cette fois, elle était fascinée par sa découverte : une robuste table en marbre, une armoire renfermant de vieux livres de médecine, une autre pleine de bocaux, fioles et récipients divers. Sur un mur, des planches illustrant l'intérieur du corps humain avec ses réseaux de nerfs, la circulation du sang dans les veines et les artères. Et celles montrant les muscles et les organes.

— Tu n'as pas peur ?

— Pourquoi aurais-je peur ? Je suis en bonne compagnie, badina-t-elle. Et même si tu soignes des cholériques, je n'ai aucune crainte de contracter la maladie…

— Ah bon ! Parce que tu crois être à l'abri du choléra ? C'est une erreur de penser que ce sont uniquement les gens pauvres, les malpropres et la canaille qui en sont victimes. Les riches sont vulnérables…

Mine de rien, elle s'était approchée du coin où était appendu le squelette à un crochet.

— C'est un homme ou une femme ?

— Tous les humains sont semblables, Delphine…

— Si jamais je devenais malade, est-ce que tu consentirais à me soigner ?

— Je croyais qu'on était venus ici pour parler de mes recherches, éluda-t-il.

Frémissante, elle l'avait tassé dans l'angle de la pièce, à côté de la charpente osseuse, et espérait qu'il contemple son corps maigre, mais non décharné, sa carnation laiteuse, la couleur de sa peau, ses petits seins bien galbés dans sa robe de mousseline blanche pincée à la taille, et toutes les formes avantageuses qui la caractérisaient.

— Je m'excuse de vous déranger, prendriez-vous un digestif ?

C'était Amanda, un plateau entre les mains. Elle n'avait pas aimé les voir disparaître dans le laboratoire.

— Merci pour moi, Amanda, déclina la jeune fille.

— Volontiers ! dit le garçon, soulageant d'un verre l'assiette de service.

Le teint blême de Delphine avait pris une coloration rosâtre.

— Je crois qu'on ferait mieux de rejoindre les autres, proposa-t-il.

Elle le devança vers la sortie. Il éteignit la lampe.

— Antoine, l'interpella-t-elle, j'aimerais que tu m'accompagnes à la noce de ma cousine Berthe. Elle se marie samedi prochain.

La demande, clairement exprimée, l'embarrassa. Ils s'entretinrent quelques instants et franchirent le seuil de l'apothicairerie.

***

Après le départ des invités, reprise par sa manie de tout désinfecter partout où les Dussault avaient séjourné dans la résidence, Amanda aboutit à la chambre du pensionnaire. Elle arborait un air dédaigneux.

— Le Dr Chapdelaine est couché. Me déverrouillerais-tu le laboratoire ? demanda-t-elle. Je dois m'assurer d'éliminer tous les germes de la maladie.

Antoine suivit la domestique dans le sanctuaire. Elle avait agrippé en passant son attirail de désinfection. Elle commença à frotter, mais, c'était plus fort qu'elle, quelque chose qui relevait de son instinct protecteur lui dictait sa façon de penser :

— Pardonne-moi si je me mêle de ce qui me regarde pas, mais j'essaie de m'expliquer ce qui peut bien te rapprocher de la fille du notaire, exprima-t-elle, agacée.

— Qu'est-ce qui m'en empêche ?

— Qu'est-ce que tu lui trouves tant à cette petite capricieuse ?

— Rien, si ce n'est qu'elle s'intéresse à moi…

Peut-être une brouille avec la fille du meunier avait-elle précipité son retour fracassant de la campagne ? Amanda prétendit que, dans un couple, un différend, même sérieux, ne conduisait pas nécessairement à la catastrophe. Elle se cita en exemple, après de nombreuses années de mariage avec Balthazar. Antoine lui mentionna qu'elle faisait fausse route avec ses suppositions et qu'il se sentait libre d'avoir accepté l'invitation de Delphine chez un habitant.

— Un habitant ! s'étonna-t-elle. Comment sa mère, une pimbêche, celle-là, peut-elle tolérer que sa fille aille festoyer chez un paysan ?

Elle s'était remise à frotter toutes les surfaces que les doigts de la petite capricieuse étaient susceptibles d'avoir touchées. Il attendit qu'elle finisse de jeter son dévolu avec son torchon et remonta à sa chambre.

***

Les cierges étaient allumés dans leur chandelier d'argent. Au pied de l'autel, près de la balustrade, les futurs mariés étaient engoncés dans leur chaise de velours, devant le sanctuaire embaumé de lys, de roses et de lilas. Dans la sacristie, flanqué de ses deux servants, sa large face à demi dissimulée, le célébrant, habillé de sa chasuble de soie blanche, avait entrouvert la lourde porte et dénombrait les invités dans la nef ; il tergiversait, hésitant à franchir le seuil de la pièce. Comme d'habitude, des dévotes curieuses s'étaient glissées dans les bancs arrière. Mais il s'étonnait que la parenté des Blanchette soit si faiblement représentée dans l'assistance. Pourtant, dans l'asile inviolable des lieux saints, ses fidèles ne couraient aucun risque d'attraper la maladie. Dans son surplis amidonné, raidi par l'empois, un des enfants de chœur soupira :

— On y va-tu, là, échappa le petit Mayrand. Il commence à faire pas mal chaud là-dedans.

Le gros curé Delisle lui-même crevait, écrasant dans ses ornements sacerdotaux. Il se tourna vers le crucifix d'ivoire, se signa, et parut dans le sanctuaire avec son escorte.

Dans les bancs, on chuchotait. Un étranger accompagnait Angélique, la fille du meunier. C'est le père Blanchette qui l'avait engagé pour remplacer son fils Théodule, blessé pendant de la fauchaison.

— Me semblait que c'était l'étudiant en médecine qui la fréquentait ! commenta l'une des dévotes.

— Ben lui, il est avec Delphine, la fille du notaire Dussault, observa sa voisine. Elle, c'est la cousine de la mariée.

Antoine, lui, espérait le regard d'Angélique. Si elle ne l'avait pas remarqué au flanc de Delphine, elle les apercevrait tôt ou tard. Il s'efforcerait alors de paraître heureux et s'en ferait une petite gloire. Pour le moment, il suivait tant bien que mal la cérémonie avec son rite et ses prières. Contrairement au célébrant, il se réjouissait que la foule rassemblée soit peu nombreuse, par crainte d'une éclosion de cas de choléra. Car, dans la paroisse, la « peur bleue » avait frappé à la porte de plusieurs chaumières. Du reste, le bon pasteur avait déclaré dans un de ses sermons enflammés que « dans la calamité qui nous affligeait, on devait reconnaître la vengeance de Dieu, une conséquence inévitable de l'affaiblissement de la foi ». Ce qui avait eu l'heur de déplaire à plusieurs de ses pénitents, qui boudaient à présent les célébrations eucharistiques et les vêpres du dimanche. D'ailleurs, par les temps qui couraient, il officiait plus souvent à des funérailles qu'à des mariages.

Le prêtre entama une courte lecture sur la sainteté du sacrement de mariage, puis il s'adressa au promis :

— Adjutor Blanchette, désirez-vous prendre Berthe Rancourt, ici présente, pour future et légitime épouse ?

— Oui, je le veux.

Et le célébrant enchaîna :

— Berthe Rancourt, désirez-vous prendre Adjutor Blanchette ici présent, pour futur et légitime époux ?

— Oui, je le veux.

C'était émouvant ! Antoine imagina qu'il venait de s'engager par le serment sacré du mariage. Mais la douce Angélique, amourachée de l'Irlandais, les avait détournés de leur projet ; il s'en offusqua. Malgré la gentillesse de Delphine qui soupirait pour lui, il avait le cœur serré et ne parvenait pas à oublier la fille du meunier. Il se demanda comment il avait pu accepter l'invitation, sachant qu'il s'infligerait des souffrances, dans l'intimité étroite de la noce.

Le cabriolet des mariés entraîna la petite cohorte de charrettes vers la campagne. Pour l'événement, le notaire Dussault avait prêté sa plus belle voiture à Antoine. Avec la sérieuse menace qui pesait dans la paroisse, sa femme avait refusé de participer à la fête, alléguant que la promiscuité des convives l'exposerait à la maladie.

Deux grandes tables nappées de blanc, faites de planches montées sur des chevalets, avaient été dressées sous les ormes, entre l'étable et la soue à cochons. Des assiettes en parsemaient le dessus, disposées à l'envers pour assurer une certaine salubrité. Autour, des bancs fabriqués de rondins. On mangerait froid : entre autres, du lard, un petit cochon de lait, un rosbif, des cretons, des légumes, du blanc-manger, de la marmelade à la citrouille, de la gelée aux pommes, de la confiture de fraises, des beignes, des avelines, du cidre et du vin de rhubarbe. Toute cette boustifaille avait été remisée sous des draps, à l'abri des essaims de mouches et de leurs détestables chiures. On s'était rassemblés par groupuscules, un verre de punch à la main. Il ne manquait que le célébrant. Le nouveau marié s'impatienta :

— Comment ça se fait que le curé est pas arrivé ? s'enquit-il à la cantonade.

— Pour moé, il a dû faire caler la traverse, lança Fulgence.

On s'esclaffa. L'oncle, un maigrichon qui trimait dur sur son lopin de terre de roches, s'élevait souvent contre la dîme qu'il omettait de verser tous les ans que le bon Dieu amenait, et ne ratait pas une occasion de manger du curé.

Le temps se chagrina. De sombres nuages accompagnés de grondements sourds encrassèrent les cieux. Monsieur Blanchette intima l'ordre de déménager dans la grange. Vitement, on démantela l'installation : les femmes apportèrent la vaisselle et les ustensiles, les jeunes s'emparèrent des bancs et les hommes transportèrent les tables.

Le temps de le dire, on s'était réinstallé à l'abri. Tour à tour, ceux qui n'en avaient pas eu la chance offraient leurs meilleurs vœux de bonheur aux jubilaires. Adjutor et son épouse accrochée à son bras recevaient à présent les souhaits d'Angélique et de l'Irlandais. La mariée était belle dans sa robe blanche avec son teint cuivré de paysanne. Et lui, il paraissait fier dans ses habits de noce trop serrés. Maintenant qu'il était marié, le fils Blanchette ne redoutait plus de se faire chiper sa promise par l'homme engagé de son père.

Antoine et Delphine s'étaient réfugiés dans un coin, à l'angle d'une poutre tapissée de toiles d'araignées. Ils attendaient le moment propice pour féliciter les épousés. Au-dessus de la jeune fille, une épeire tricotait son ouvrage, formant comme les mailles tissées d'une résille. Théodule Blanchette, qui poursuivait sa convalescence, perçut le danger qui planait sur la tête de la jeune fille. Il s'écria en pointant du doigt :

— Tassez-vous, mademoiselle Dussault !

Antoine tira brusquement le bras de Delphine. Théodule s'approcha.

— Ces araignées-là sont très dangereuses, ce serait dommage que l'une d'elles défigure un si joli visage.

— Et toi, comment vas-tu après ton accident ? questionna le praticien.

Le convalescent estima qu'il se sentait bien, qu'il se déplaçait presque normalement et que, bientôt, il serait en mesure de reprendre son travail à la ferme.

Subjugué par la fille du notaire, il amorça une conversation avec elle. *Delphine peut bien s'enticher de Théodule*, pensa Antoine, *ça m'est égal, c'est pas elle que je désire. Et lorsqu'il sera guéri, l'Irlandais sera-t-il congédié ?* Car il restait à savoir si Adjutor, en se mariant, quitterait la ferme paternelle, auquel cas Patrick Dunnagan pourrait s'enraciner…

L'étudiant en médecine dardait des yeux de convoitise sur Angélique. Il souhaita qu'elle se tourne vers lui, mais elle s'éloigna avec son cavalier. Delphine perçut un malaise chez celui qui l'accompagnait. Elle s'excusa auprès de Théodule et s'approcha des mariés avec Antoine.

— Chère Berthe, exprima-t-elle en l'embrassant. Je te souhaite tout le bonheur du monde.

— Si tu savais à quel point j'ai hâte de me retrouver dans ma maison avec mon mari, souligna la cousine. Adjutor n'a pas fini de la construire. Pour le moment, on va habiter avec mes beaux-parents.

— V'là monsieur le curé ! proféra M. Blanchette.

Le cabriolet attelé à un cheval rapide n'avait pu éviter l'orage. Heureusement que son sacristain, qui ce jour-là faisait office de cocher, avait relevé la capote de la voiture pour les protéger.

Le pasteur s'excusa. Après la cérémonie, on l'avait dépêché au chevet d'un cholérique qui s'éteignait. Comme il se doit, il avait administré au moribond les derniers sacrements avant d'atterrir à la campagne. On s'attabla.

Le prêtre entama le bénédicité et s'empressa d'enserrer sa serviette de table entre son rabat et son cou gras.

Le cidre et le vin de rhubarbe coulaient à flots. On vidait des carafes et des cruchons, on s'empiffrait. Assis à côté du curé, l'hôte de la réception l'observait se gaver comme si Rose de Lima, la gouvernante du presbytère, le soumettait à des privations ; il s'en amusa. Cependant, du coin de l'œil, deux cousines malveillantes dans la parenté des Blanchette étudiaient le comportement de Delphine grignotant dans son assiette de charcuterie. L'une d'elles se pencha à l'oreille de l'autre :

— T'as dû remarquer la branche de céleri qui picore comme une poule dans son manger ? C'est la fille du notaire Dussault !

— Non, mais j'haïrais pas son galant, par exemple. Le petit médecin est pas piqué des vers pantoute.

Après le repas, on rangea les bancs près des murs et on débarrassa les tables en les plaçant de manière à créer un plancher de danse. En bras de chemise, l'oncle Fulgence se pencha vers sa boîte de violon ouverte et dégondée. Il en sortit son archet, qu'il frotta de résine. Après, il saisit d'une main l'instrument enveloppé dans un large mouchoir à carreaux. Puis le violoneux prit un moment pour l'accorder et attaqua un reel à quatre. Des groupes se formèrent.

— Ça ressemble à de la musique irlandaise, dit Patrick Dunnagan.

Il remorqua Angélique qui, souriante, se laissa entraîner sur la piste. Un peu à l'écart, Antoine observait le jeune homme qui, avec adresse et galanterie, savait faire tournoyer sa partenaire. Comme elle était heureuse avec son rival, lui qui n'avait aucun talent pour la danse ! Il s'en désola. Quant à Delphine, elle souhaitait que personne ne la réclame. Elle détestait ces danses aux rythmes endiablés. De toute manière, elle était assurée que Théodule, arrangé comme il était avec sa blessure, ne la traînerait pas sur le plancher. Une gigue succéda au reel. Puis ce furent des quadrilles et des cotillons. Dès la première note, des vieux s'étaient retirés pour disputer quelques parties de cartes, alors que d'autres étaient restés debout avec monsieur le curé pour parler de récolte, de dîme et de redevances que les censitaires devraient bientôt verser au seigneur au nom imprononçable de Debartzch[7]. Le curé Delisle abaissa les paupières sur Fulgence, le violoneux.

— Cette année, il y en a encore qui n'ont pas payé leur dû, observa-t-il à son entourage.

Tancrède Blanchette, l'hôte de la réception, ravala sa salive. Il était bel et bien de ses paroissiens qui négligeaient de payer leur dîme annuelle et qui aimaient démontrer leur aisance.

Le musicien entama un menuet. Les jeunes, moins friands des mouvements gracieux et de gestes doucereux, se rendirent à une petite table pour avoir des rafraîchissements. Des vieux, qui désiraient se dégourdir les jambes, retrouvèrent leur vieille et prirent place sur le plancher.

— Viens, Antoine, celle-là est pour nous.

— Je ne sais pas danser, se rebiffa-t-il.

7. Pierre-Dominique Debartzch (1782-1846), avocat, seigneur, député de Kent, conseiller législatif ; d'abord patriote, puis renégat.

Delphine l'entraîna malgré lui sur la piste. Maladroit, d'un pas embarrassé, il tentait d'imiter les vieillards avec leurs salutations incessantes et leur gentillesse affectée.

Exaspérée et fatiguée des tourbillons et des virevoltes, Angélique se pâmait de voir évoluer les couples. La bouche moqueuse, son cavalier se permit un commentaire :

— Ils sont drôles ces deux-là, ricana l'Irlandais. C'est bon pour les vieux, ça !

— C'est une danse pleine de charme, rétorqua-t-elle.

7

Il faisait nuit noire. Mre Delisle se tortillait comme une chenille à poil sur son lit de fer. Depuis quelque temps, son sommeil se peuplait de cauchemars. Ce n'était pourtant pas son souper frugal qui l'empêchait de reposer. Madame curé n'était pas un cordon-bleu, mais elle cuisinait avec les légumes qu'elle cueillait de son potager et les rares denrées qu'elle pouvait se procurer avec l'argent de la dîme, ce juste tribut que certains paroissiens s'entêtaient à ne pas verser. En soirée, il s'était absorbé dans son cabinet à scruter ses livres de comptes. Il lui semblait qu'il dormirait mieux si chacun payait son dû et qu'il mangeait à sa faim. Ses ouailles ne lui assuraient pas les 400 minots de blé ou les 100 livres auxquels il avait droit. Et pour empirer les choses, ses doléances répétées auprès de l'évêque étaient demeurées lettre morte…

Il se réveilla brusquement, assis sur sa couche, haletant, les mains moites, le corps en sueur dans sa jaquette de coton, s'accusant du fantasme morbide de voir périr ses brebis récalcitrantes du choléra morbus. À la faveur du ciel étoilé, il regarda à la fenêtre ; les persiennes étaient rabattues, mais les rideaux de cretonne pendaient comme des crêpes, un jour de funérailles. Tenaillé par la faim, il s'accoutra de sa robe de chambre et entreprit de descendre au rez-de-chaussée en faisant craquer outrageusement les marches.

Sa gouvernante lui avait déjà interdit de fouiller dans les réserves. Il lorgnait de convoitise la porte de la dépense quand Rose de Lima le surprit en flagrant délit de désobéissance.

— Je vous défends bien de prendre quoi que ce soit! réprimanda-t-elle, les traits sévères. Il faut vous surveiller comme un enfant.

— Je n'ai rien pris, assura-t-il, la mine coupable.

— Qu'est-ce que vous faites debout à cette heure-ci, d'abord?

Elle l'avait vu se retirer dans son cabinet après le souper pour s'absorber dans ses livres de comptes, et savait que certaines âmes rebelles le privaient en toute connaissance de cause. Sachant que le problème de la dîme le démangeait jusqu'à l'empêcher de dormir, elle hasarda une proposition:

— J'ai pensé à quelque chose, amorça-t-elle, adoucissant le ton. On pourrait inviter à dîner les paroissiens qui ne font pas leur devoir envers l'Église…

— Oui, mais, tu viens de me disputer, ce n'est pas le temps de dilapider nos réserves de nourriture…

— Justement, ricana-t-elle, ils vont réaliser à quel point nous ne vivons pas dans l'aisance…

Le prêtre se grattait le crâne, soupesant l'idée de sa servante, un couteau à double tranchant. Peut-être valait-il la peine de la mettre à exécution? Les personnes visées seraient-elles offusquées par le dénuement de la table ou, au contraire, compatiraient-elles avec les résidents du presbytère? Encore fallait-il qu'elles acceptent l'invitation! Le prêtre était aux prises avec une tergiversation. Rose de Lima conclut:

— Allez vous recoucher, messire Delisle, la nuit porte conseil!

Au matin, le curé se réveilla avec une humeur aussi massacrante qu'à l'accoutumée. Après la messe, pendant laquelle il avait formulé des intentions toutes spéciales, il s'attabla. Sa gouvernante avait résolu de rationner le pasteur afin qu'il incline de son côté: elle avait battu une petite omelette aux herbes, servie avec une tranche de pain de ménage mince et un café d'orge non sucré.

— Et puis, qu'est-ce que vous avez décidé ? s'informa-t-elle.

— On va tenter l'expérience, soupira-t-il. Bien évidemment, je ne ferai pas d'annonce en chaire ni ne confierai la tâche au crieur, à la criée du dimanche : on va commencer par Tancrède Blanchette. C'est un homme très influent qui saura peut-être gagner ses congénères à notre cause. Quant à moi, j'ai assez de répondre aux demandes des familles éprouvées par le choléra. Je dois mandater quelqu'un pour aller cogner chez l'habitant et les villageois concernés.

Comme deux larrons en foire, ils esquissèrent un sourire de connivence…

***

Cléophas, le sacristain, avait été dépêché à la Petite-Barbue. Bien que Blanchette ait décelé une manœuvre dans l'esprit du pasteur, il avait accepté l'invitation. Ainsi, le fermier aboutit avec sa famille et son homme engagé qui, en quelque sorte, faisait partie de la maisonnée.

C'était le jour du Seigneur après la grand-messe. Endimanchée de ses plus beaux atours, Mme Blanchette était très honorée. Dès qu'elle entrait dans une demeure qu'elle ne connaissait pas, elle avait coutume de détailler les pièces. En passant dans la salle à manger, elle remarqua la grande table rectangulaire recouverte d'une nappe jaunie – que la gouvernante avait dû ressortir du buffet après des années de remisage –, les chaises avec fond en paille tressée et une catalogne bariolée de retailles de tissus. Sur les murs de papier peint à moitié décollé, une mauvaise lithographie qui représentait *La résurrection de Lazare* et une image pâle et racornie de *Jésus multipliant les pains aux noces de Cana*. Sur le mur à droite de l'entrée, une énorme croix noire avec un christ en plâtre, les mains et les pieds ensanglantés.

La domestique servit de la soupe aux choux, un reste de la veille qu'elle avait allongé à l'eau claire.

— On peut-tu avoir du pain ? demanda Adjutor, le jeune marié.

— Hum, hum ! signifia Mme Blanchette.

— Pardonnez-moi, j'oubliais, dit Rose de Lima, se rendant au buffet.

Elle déposa une corbeille de pain rassis au centre de la nappe.

— Venons-en au sujet, amorça le père.

Le curé se racla la gorge.

— Tancrède, je considère que tu es un cultivateur qui sait bien mener ses affaires. Un poste de marguillier te tenterait pas, par hasard ?

— Savez, curé, le conseil de fabrique m'a jamais intéressé. Je viens à la messe le dimanche, je fais mes Pâques, je me confesse une fois par mois, je trouve que c'est ben assez…

Alors que Théodule, le convalescent, s'entretenait avec l'Irlandais sur son pays d'origine, les filles Blanchette jasaient avec leur belle-sœur Berthe. L'une d'elles, Justine, faisait semblant de participer à la conversation. Elle ne décrochait pas son regard de l'étranger qui vivait dans sa maison : par petites cuillérées, elle lapait machinalement sa soupe. On aurait pu lui donner n'importe quoi à manger, lui annoncer que le repas était terminé, l'amour suffisait à la nourrir.

La servante apporta le plat de résistance : une gibelotte servie avec des concombres dans le vinaigre et des radis frais du potager.

— C'est pas la noce tous les jours, hein, monsieur le curé ? s'exaspéra Blanchette. Faites-moé pas accroire que vous êtes si pauvre que ça pour recevoir comme du monde ! Je serais ben curieux de voir tout ce que vous cachez dans votre dépense.

— Savais-tu que cent cinquante paroissiens n'ont pas payé leur dîme l'an passé et que c'est parti pour être pareil cette année ?

Rose de Lima opinait du bonnet pour encenser les paroles du saint prêtre. La tablée avait suivi avec un intérêt croissant l'échange houleux qui s'était engagé. Même Justine avait détourné son regard de l'Irlandais.

— On sacre notre camp d'icitte ! décida péremptoirement Blanchette.

Les convives se levèrent pour suivre le chef de la famille. Berthe, cependant, demeurait écrasée sur sa chaise de paille. Le visage pâle, les yeux inexpressifs, elle fixait maintenant le mur du crucifix. Des teintes bleuâtres étaient apparues sur ses bras maigres ; dans la touffeur de la pièce, elle grelottait.

— Le docteur ! s'alarma sa belle-mère.

On s'empressa autour de la jeune mariée.

— Éloignez-vous ! défendit le curé. J'ai vu des cas semblables dans la paroisse. C'est peut-être contagieux.

Affligée, madame Blanchette s'effondra sur son siège. Surmontant le mal qui l'incommodait, Théodule s'était précipité à l'extérieur et se dépêchait maintenant dans la rue. Malgré l'interdiction du prêtre, l'Irlandais s'approcha de la malade.

— Heille, toé, touche pas à ma femme ! se récria Adjutor.

Les belles-sœurs s'émouvaient, mais Justine avait raccroché son regard sur Patrick Dunnagan. Un moment, elle s'imagina à la place de la nouvelle mariée, transportée sur un sofa, dans les bras musclés de l'étranger. Accourue à la lingerie et à la cuisine, Rose de Lima rapportait une brassée de couvertures chaudes contre sa poitrine et un verre d'eau.

Au bout d'une trentaine de minutes, Antoine Desruisseaux parut, son scapulaire de camphre au cou, précédant le convalescent de plusieurs enjambées. Théodule s'était rendu à la résidence du docteur qui, se remettant de sa tournée de l'avant-midi, avait mandaté son neveu pour se rendre au presbytère.

— Il serait préférable de la transporter dans une chambre, recommanda Antoine. La malade sera plus confortable. Je crains que ce soit le choléra…

Adjutor ne broncha pas, statufié par la gravité du pronostic. L'étudiant en médecine fit préparer par la gouvernante un liniment à base de vinaigre, de vin de messe, de farine de moutarde, de poivre et d'une gousse d'ail pilée. Puis il intima à l'étranger l'ordre de se désinfecter les mains et ils s'apprêtèrent à transférer la patiente à l'étage, dans la chambre de visite.

— Toé, l'Irlandais, tu redescends tu-suite ! somma le jeune marié.

Dévoré de jalousie, il observait les manœuvres des deux célibataires autour de sa femme allongée sur le sofa. Rose de Lima les devança vers l'escalier avec les couvertures, le médicament et un cruchon d'eau. Puis les brancardiers de fortune entreprirent la lente ascension des marches. Tancrède Blanchette s'approcha de son fils.

— C'est juste une petite faiblesse, mon gars, Berthe a une bonne santé.

— Vous, lâchez-moé tranquille, se fâcha Adjutor, ma femme est en train de virer au bleu. C'est à cause de ce maudit Irlandais que vous avez engagé ; c'est lui qui a apporté la maladie ! En tout cas, le petit Dr Desruisseaux a besoin de la guérir, parce que je vous le pardonnerai jamais !

Tancrède Blanchette abaissa les yeux et se rendit auprès de sa femme qui reprenait une certaine contenance. Tantôt pressé de quitter les lieux, il était à présent contraint de patienter.

Le praticien avait commencé à frictionner la malade. Elle avait l'épaule dénudée et le sein gauche découvert. La gouvernante s'était doucement retirée de la chambre de visite et elle était redescendue au rez-de-chaussée. Mais Patrick Dunnagan imposait sa présence indésirée.

— Tu peux aller voir Angélique ! intima sèchement Antoine à l'adresse de son assistant. Tu lui donneras des nouvelles de la mariée.

L'Irlandais tourna prestement les talons et amorça le pas vers l'escalier.

Dans la salle à manger, le curé avait enjoint les convives à s'agenouiller devant le crucifix et priait. Le chapelet entre ses gros doigts noueux, il égrenait l'objet de piété, ponctuant les dizaines de pieuses invocations. Cependant, il demeurait aux aguets, car l'étranger n'était pas redescendu. À la chapelle, lors de ses sermons, le saint prêtre, doté de la remarquable faculté de balayer en même temps les parties gauche et droite de la nef, surveillait le moindre mouvement ; rien n'échappait à sa vigilance ! Il en remerciait son Créateur.

Au milieu du recueillement, avec ses yeux indépendants de reptile scrutateur, il venait de percevoir le passage de l'Irlandais qui se dirigeait au vestibule du presbytère.

— C'est pas le temps de s'esquiver ! le harponna-t-il.

La main sur la clenche, Dunnagan se retourna et, l'air contrarié, vint s'agenouiller comme un enfant de chœur docile au flanc du curé. Adjutor, lui non plus, n'avait pas l'âme à la prière. Tout en remuant les lèvres, il ruminait des imprécations contre l'étranger qui assombrissait son bonheur. Pessimiste et ombrageux de nature, il entrevoyait déjà la catastrophe. Et que faisait ce petit médecin inexpérimenté qui devait s'adonner à des frictions douteuses sur le corps de sa femme ? De loin, il aurait préféré l'intervention du vieux Dr Chapdelaine, d'une décence irréprochable, qui aurait peut-être préconisé un traitement plus acceptable.

Le prêtre avait entrepris la récitation d'un deuxième chapelet : manifestement, on était en route pour un rosaire ! Mme Blanchette s'était assise. Elle avait décroché des *Je vous salue, Marie* et songeait à sa bru, réprimant l'envie d'escalader les marches. Ses filles, elles, balbutiaient des bribes. Justine, cependant, semblait incapable de se recueillir religieusement : elle contemplait plutôt l'étranger que le pasteur avait apostrophé avant qu'il ne rejoigne la belle Angélique, la fille du meunier, qui l'accompagnait à la noce.

Le curé achevait d'égrener la troisième dizaine. Adjutor, ce fidèle distrait, l'esprit obnubilé par le deuxième étage, se releva promptement et alla gravir l'escalier sous l'œil gauche du reptile.

— Ça va-tu mieux ? demanda le marié en pénétrant sans frapper dans la pièce.

L'air accablé, Antoine ne répondit pas. Sous l'épaisseur des couvertures, Berthe frissonnait. Dans sa figure bleuie, au creux de ses arcades sourcilières, les paupières étaient fermées.

— Il n'y a pas deux cas pareils, Adjutor, expliqua Antoine. À Montréal, à l'hôpital des Sœurs grises, j'en ai vu qui ont recouvré la santé avec des frictions et d'autres qui n'ont pas survécu. Même si j'avais de l'opium, je ne suis pas certain qu'on aurait un bon résultat.

Alors que le praticien réfléchissait calmement, le jeune marié, effaré, se mit à se promener dans l'étroitesse de la chambre.

— Le Dr Chapdelaine en a-tu, lui, dans son apothicairerie ?

— Non, à ma connaissance, il n'y en a pas dans les parages. Mais on peut tenter notre chance du côté de Chambly. Peut-être qu'on pourrait en obtenir !

— Faut en trouver ! s'énerva-t-il.

Adjutor dévala l'escalier et fit irruption dans la salle à manger, au beau milieu d'un *Gloire soit au Père*.

L'œil du reptile repéra l'importun, qui s'entretenait à présent avec l'Irlandais.

— Savais-tu que c'est presque un sacrilège d'interrompre la récitation du chapelet, s'indigna le saint prêtre.

— Ça prend pas juste des prières pour soigner un malade, messire Delisle, rétorqua le jeune marié. L'état de mon épouse se détériore. Je vas envoyer l'homme engagé de mon père à Chambly pour trouver un médicament. Avec votre permission, il va atteler votre jument et partir dans l'espoir de revenir le plus tôt possible.

Le bon curé comprit que toute discussion s'avérait inutile et se remit à prier. Le messager reçut les renseignements nécessaires et s'achemina vitement à l'écurie.

Tandis qu'Adjutor remontait à la chambre, sa sœur Justine, saisie par l'extrême gravité de la situation, avait choisi de décamper du petit oratoire et de traverser le seuil du presbytère. Dans la rue, on voyait la campagnarde endimanchée courir comme une perdue. Certains avaient remarqué que la demoiselle Blanchette était sortie en catastrophe de la maison du curé. Elle aboutit à la résidence du notaire.

— Que désirez-vous? s'enquit Mme Dussault.

— Je peux-tu voir votre fille? exprima-t-elle, haletante.

— C'est à quel sujet?

— Ben je vas vous le dire, après toute c'est à propos de Berthe, votre nièce…

La paysanne relata les événements, la santé de la jeune mariée qui s'était dégradée et les moyens envisagés pour combattre la maladie. La tante mentionna que Delphine serait de retour à la fin de l'après-midi, que sa domestique étant en congé le dimanche, elle s'excusait d'avoir répondu à la porte. Puis elle se félicita de ne pas être allée à la noce à la campagne, où avait circulé une quantité incroyable de microbes qu'on pouvait attraper.

Justine entra au presbytère sans toquer à la porte, comme si elle revenait à la chaumière de ses parents. Dès le seuil, toute activité religieuse cessa. On se retourna vers l'arrivante qui expliqua son éclipse soudaine et sa galopade effrénée chez le notaire et la visite éventuelle de leur fille Delphine, qui retontirait assurément bientôt pour voir une dernière fois sa cousine, avant qu'elle ne disparaisse complètement.

Sur les entrefaites, Rose de Lima avait profité du relâchement pour s'enquérir des besoins de la malade. Elle redescendait avec son cruchon d'eau vide, expliquant que le docteur souhaitait réchauffer le lit avec une bouillotte et donner une boisson chaude à sa patiente. Puis elle alluma le poêle et les fidèles se remirent à prier.

Comme des statues funéraires, à genoux et les mains jointes, les priants avaient ranimé leur ferveur. Mais, après quelques minutes, la température s'était haussée de plusieurs degrés et atteignait la salle à manger. La chaleur ambiante devenait insupportable. La face comme une forçure, le curé commençait à fléchir. Il était fatigué et son ventre criait famine. Les femmes s'étaient rassises, les plus jeunes se tortillaient, les hommes grimaçaient de douleur sur le plancher de bois. Tout le monde semblait distrait. Le prêtre n'était donc pas le seul à espérer un relâchement. Avant d'assister à une défection massive de ses fidèles, il décréta une pause.

— Faut faire le train, les animaux attendront pas, s'exclama le père Blanchette.

— Va à ton affaire, Tancrède ! acquiesça le curé. Nous, on va prendre une bouchée puis continuer à prier.

Rose de Lima remit les restes du dîner sur la nappe et on s'attabla. Puis elle transporta un plateau de nourriture à la chambre pour soutenir le médecin et le jeune marié, et retourna à la salle à manger, la physionomie pâle, abattue.

Quelqu'un frappa au presbytère. La gouvernante se rendit à la porte. Elle ouvrit et entraîna muettement la visiteuse derrière elle.

— Ne me dites pas que ma cousine…

Delphine avait fondu en larmes. Le visage empreint d'une affectueuse bienveillance, Théodule s'approcha d'elle.

— On a encore espoir de la sauver, exprima-t-il, d'une voix blanche. Le Dr Desruisseaux est là et il a commissionné l'Irlandais pour ramener un médicament.

Elle appuya la tête sur l'épaule du convalescent. Le corps frémissant, Théodule pressait la jeune fille éplorée contre lui.

— Assoyez-vous donc, intima le saint homme.

Delphine s'attabla aux côtés du garçon, presque réconfortée. Elle se souvint de l'attention singulière qu'il lui avait manifestée à la noce, dans la grange des Blanchette, au moment où une araignée piquante la menaçait. Théodule semblait tellement plus entiché qu'Antoine pour qui elle avait soupiré. Consolée, elle s'était mise à grignoter, soucieuse de conserver sa taille de guêpe plutôt que d'atteindre des proportions de grosses paysannes nourries à la viande grasse et aux desserts sucrés. Les convives mangeaient, absorbés par leur estomac. Mais Delphine n'était pas accourue à la maison du curé pour partager un repas! Soudainement, dominée par le besoin irrépressible de revoir la malade, elle déposa sa fourchette, se recula et s'élança vers les marches.

Au chevet de sa femme, le jeune marié pleurait. Près du lit, Antoine se tenait debout, imperturbable, comme un témoin impuissant. Il se retourna lentement vers l'intruse.

— C'est le temps de montrer ta science! commenta-t-elle avec sévérité.

— Qu'est-ce que tu penses, Delphine? J'ai fait tout mon possible, murmura-t-il. On a dû te dire que j'attendais un médicament...

— Pourquoi t'envoies pas chercher ton oncle? réagit-elle, élevant la voix.

Par respect pour Adjutor et la mourante, il l'entraîna dans un coin de la pièce. À mots balbutiés, elle semblait le blâmer pour son incompétence, pour l'échec lamentable de ses expériences obscures, dans les secrets replis de son laboratoire. Puis elle quitta la pièce. Assommé, Antoine reçut les paroles injustes et blessantes sans répliquer.

Maintenant seul avec le médecin au chevet de la mourante, Adjutor s'était agenouillé et priait, la tête entre les mains. Le ciel était-il en train de lui enlever son épouse, de l'arracher à la destinée heureuse à laquelle il avait cru en se mariant ? Pourquoi le soumettre à tant de souffrances ? Il se voyait, sombrant dans l'abîme du désespoir, sans autre consolation que la tristesse touchante de ses proches.

On entendit le pas décroissant d'un cheval. Le cœur palpitant, Justine souriait de fierté pour le cavalier. Une porte s'ouvrit subitement.

— J'en ai ! claironna-t-il, d'une voix retentissante.

Le temps de le dire, sans faire ni une ni deux, l'Irlandais disparut dans l'escalier.

À la table, Mre Delisle avait l'âme aux regrets. Alors que les convives conféraient, il engloutissait nerveusement sa deuxième portion de blanc-manger, hanté par sa nuit cauchemardeuse. Il se persuadait qu'il n'avait été que la victime d'un mauvais rêve, qu'un instrument entre les mains du diable, et ne souhaitait aucunement voir trépasser un de ses pénitents à cause d'une dîme impayée, ne serait-ce qu'un de ceux qui gravitaient dans l'entourage d'un récalcitrant. L'Irlandais réapparut.

— Et puis ? interrogea Mme Blanchette.

— Faut que le médicament fasse son effet, rétorqua Justine.

Elle avait proféré son commentaire, une inflexion joyeuse dans la voix. Maintenant que le commissionnaire était revenu, elle pouvait se calmer et jouir de sa présence.

Sept heures avaient sonné à la grande horloge du parquet. À l'aube du désespoir, Antoine avait mandé le curé auprès de l'agonisante, pour lui administrer le sacrement d'extrême-onction. Plus tard, alors que le jour donnait naissance aux ténèbres, le père Blanchette revenait hâtivement de la Petite-Barbue, laissant les plus jeunes à la ferme. Il promena un regard angoissé dans la pièce surchauffée. Le curé, qui avait repris la récitation d'un rosaire amorcée après le souper, paraissait très accablé. Était-il à débiter la prière pour les défunts, ou la moribonde avait-elle émergé de sa torpeur ? Cependant, la physionomie des visages était l'expression même d'un drame.

— Il n'y a plus rien à faire ! se désola madame Blanchette, dépitée. Berthe est au bord du gouffre et menace de trépasser.

Sur les entrefaites, on perçut un sinistre craquement de marches. Le médecin parut, la mine consternée, laissant le jeune veuf dans la chambre mortuaire. Du menton, le prêtre désigna la table. Rose de Lima la couvrit de sa plus belle nappe blanche. Précédé de son fils, Tancrède Blanchette, assisté de Théodule et de l'Irlandais, transporta la défunte dans la salle à manger. Pendant que les femmes entouraient Adjutor, on disposa des cierges dans la pièce. Personne ne pouvait imaginer la hargne contre son père et son homme engagé qui l'habitait ! Puis le curé aspergea le corps d'eau bénite et s'agenouilla avec les endeuillés.

8

La nuit suivant le trépas, agité par un furieux désespoir, l'étudiant en médecine s'était enfermé dans son laboratoire, déterminé à trouver un remède contre la terrible maladie. Alors qu'il faisait fondre une substance au-dessus d'un petit brûleur, une ombre se profila dans la pièce.

— Tu n'es pas raisonnable, Antoine ! exprima une voix implorante.

— Je viens de subir un autre échec, Amanda, rétorqua-t-il, sur un ton dépité. Mais je dois poursuivre mes recherches. Un jour, ce sera peut-être toi, Balthazar, ma tante, mon oncle, qu'il faudra rescaper.

Elle s'ingénia à le persuader que l'insuccès qu'il avait connu n'était qu'une manifestation de plus d'une faillite de la science et non la sienne, et que la santé publique ne reposait pas sur ses frêles épaules. Elle croyait fermement que tous les soignants du monde devaient être aussi désemparés devant pareille calamité puisqu'aucun remède, liniment, potion, infusion, décoction ne venait à bout de l'épidémie.

— Il n'y a pas que ça, confia-t-il, énigmatique.

Le silence de la gouvernante interrogeait le garçon. Elle attendait qu'il livre ses états d'âme, soupçonnant ce qui avait touché son humanité dans sa pratique d'étudiant en médecine. D'abord, il tenta d'expliquer les circonstances nébuleuses dans lesquelles la famille Blanchette se trouvait au presbytère, une affaire de dîme impayée, semblait-il. Pendant le dîner, la jeune mariée avait manifesté des signes de maladie. Par la suite, on l'avait alitée dans la chambre de visite. Malgré les soins prodigués, son état avait rapidement décliné et un puissant médicament administré *in extremis* n'avait pu la réchapper. Mais à présent, ce qui le chagrinait le plus, c'était la rancœur éprouvée par le jeune veuf contre son père qui avait engagé l'Irlandais, prétendument porteur de la maladie. Ce qui laissait présager une cohabitation inharmonieuse dans la maison du fermier.

— Dans ce cas, je vois pas comment l'étranger peut rester chez les Blanchette, commenta Amanda.

— Quoi qu'il en soit, Adjutor ne déménagera pas avant l'automne et, de toute façon, il devra côtoyer son ennemi au travail sur la ferme. À moins que…

Le cheminement de sa réflexion l'avait conduit sur le terrain glissant de ses amours avec la fille du meunier. Un sourire en coin, il imagina son rival quitter la région.

— À quoi penses-tu ?

C'était une idée sans importance qui lui avait traversé l'esprit et qu'il repoussait nonchalamment du revers de la main. Pour l'instant, il préféra être seul et se concentrer sur ses recherches, même si elles devaient ne le mener nulle part…

***

Au matin, Antoine s'achemina à la chapelle pour les funérailles de Berthe, les yeux creusés d'insomnie. Au village, l'annonce du décès s'était répandue comme une traînée de poudre en feu. Malgré le mal qui courait dans la paroisse, la petite église tendue de crêpes noirs était presque pleine. On désirait partager la douleur du jeune marié et de la famille endeuillée. L'événement avait attiré d'autant plus de fidèles que Tancrède Blanchette était reconnu pour son opposition aux redevances et ne manquait pas une occasion de pester contre le seigneur Debartzch. Il dénonçait le régime seigneurial, le pouvoir démesuré du maître sur ses sujets, et rêvait du jour où les chaînes de fer qui le reliaient à ses censitaires seraient brisées. Pour l'heure, il se soumettait tant bien que mal aux exigences, mais on se doutait qu'il n'en était pas de même relativement à ses obligations envers le curé. Tout compte fait, le pasteur était pas mal plus tolérant avec ses ouailles que le chargé d'affaires qui pouvait rapporter au manoir le nom des mauvais payeurs.

Au son du vibrant harmonium, la chorale avait entonné un chant funèbre. Dans les bancs, l'émotion était palpable. Bientôt, des larmes arrosèrent les prières, certains sanglotèrent dans leur mouchoir. L'œil humide, Antoine promenait un regard attristé sur la foule nombreuse, se demandant quelle serait la prochaine victime, sur qui tomberait la malédiction. Le rassemblement lui faisait peur. Le mariage et la noce auxquels il avait assisté n'avaient-ils pas été un milieu propice à la propagation de la bactérie ? D'ailleurs, repris par son besoin de comprendre, il se questionnait sur la personne infectée, responsable de la transmission. Un autre cas de choléra morbus se déclarerait-il dans l'entourage des Blanchette ?

Vers la fin de la cérémonie, le curé Delisle se pencha sur le *Registre des Baptêmes, Mariages et Sépultures de la paroisse Saint-Césaire* pour l'année 1832 et marmonna :

— … a été inhumé dans cette paroisse le corps de Berthe Rancourt, âgée de dix-neuf ans, baptisée, et qui a vécu dans la foi chrétienne… fille de…, épouse d'Adjutor Blanchette, a reçu le saint viatique et l'extrême-onction. Ont été présents à ladite inhumation, son époux, soussigné, et plusieurs autres témoins.

Le célébrant signa le dernier et tamponna l'encre avec un papier buvard.

En soutane et surplis, un enfant de chœur tenant un seau lui remit le goupillon qui aspergea d'eau bénite le cercueil. Puis des porteurs se saisirent de la bière et déambulèrent vers la sortie. Avec la visite des malades qui l'attendaient, Antoine résolut de ne pas se rendre au cimetière.

***

Le surlendemain des funérailles, alors qu'elle sarclait patiemment les pissenlits du jardin, Angélique entendit le galop d'un cheval qui s'amenait. Interloquée, elle se retourna et remarqua, à quelques encablures derrière, le cabriolet à deux roues du curé qui suivait dans un nuage de poussière. Intriguée, elle se mordilla les lèvres.

Où s'en vont-ils? réfléchit-elle. *J'espère que c'est pas la mère Dufort qui a fait une rechute…* Elle avait observé le cocher de la voiture, le corps ployé en avant, relâchant les guides pour aller plus vite. Puis elle avait repris son désherbage en pensant à Antoine qui ne s'arrêtait plus pour la voir, maintenant qu'elle s'en désintéressait.

Mais une heure plus tard, alors qu'elle bavardait avec un fermier qui chargeait des sacs de farine dans une charrette, deux voitures ralentirent à l'approche du moulin. Dans la première, un sonneur agita trois fois une clochette, puis Angélique et le fermier s'agenouillèrent. Dans la deuxième prenaient place le cocher et monsieur le curé. Mre Delisle portait sur sa poitrine, dans une custode d'or, le saint viatique. Le sonneur secoua les rênes sur la croupe de son cheval.

— Le bon Dieu est en route, commenta le fermier.

***

Tout l'après-midi, elle avait vaqué tranquillement à ses occupations de ménagère en songeant à la mort qui rôdait dans le rang. À la meunerie, les clients s'étaient indignés de la disparition de la jeune mariée. Cela l'avait fait frémir. Elle la revoyait à son mariage, rayonnante, heureuse de s'engager dans une vie à deux. Un moment, elle repensa à son Irlandais, à la hargne qu'Adjutor déversait sur l'étranger. Ç'aurait été beaucoup plus simple d'entretenir sa liaison amoureuse avec Antoine. L'espace d'un instant, déchirée, elle regretta d'avoir rompu avec lui.

Angélique s'était mise à la préparation du souper. Elle avait plumé une poule qui mijotait dans la marmite. Puis, dans le grondement sourd et monotone des meules qui broyaient le grain, son père s'approcha des marches qui montaient au logis.

— Viens voir qui est là ! s'écria-t-il.

Pétulante de gaieté, elle dénoua son tablier, rectifia sa coiffure et dévala l'escalier.

Antoine était planté là avec le vieux docteur, tous les deux saisis d'étonnement.

— Ah ! exprima-t-elle, je croyais…

— T'en fais pas, nous sommes de passage, mon oncle tenait à s'arrêter pour saluer ton père.

— À l'heure qu'il est, je vous garde à souper, décida le meunier. Mon ami Augustin a besoin de se reposer.

Chapdelaine se défendait; il paraissait fatigué, mais c'était la mort d'un enfant qui l'ébranlait. Contrairement à ce qu'Angélique avait pressenti, il ne s'agissait pas de la mère, mais plutôt de son petit Célestin, emporté par le choléra morbus. Mais le meunier insistait. Il achevait sa journée, ce serait l'affaire de quelques minutes tout au plus. Pendant que sa fille irait dresser le couvert, les trois hommes prendraient un coup de p'tit blanc.

Antoine esquissa un sourire embarrassé. L'oncle n'avait pu résister à l'invitation obligeante du meunier.

On s'était attablés et le vin coulait dans les verres. En hôte très joyeux, le meunier parlait fort. Mais sa fille, mal à l'aise, cherchait à aborder la conversation avec le garçon. Elle risqua un commentaire:

— Tu as l'air dévasté, Antoine.

— C'est difficile ces temps-ci, confia-t-il. En quelques jours, j'ai vu disparaître deux patients à cause de cette fichue maladie. On a beau dire que c'est comme ça partout dans la province, mais je ne me résigne pas à penser que la médecine va perdre le combat. Tiens, par exemple…

Et il était retombé dans les traitements administrés, les soins prodigués, ses ébauches de théories, et ses recherches pour trouver un médicament qui permettrait de sauver des vies ou, à tout le moins, d'atténuer les souffrances. Elle l'écoutait, fascinée par la détermination du bûcheur qui s'entêtait dans son laboratoire. En fait, il ne pouvait lui consacrer beaucoup de temps tandis que Patrick, l'étranger, venait la voir au moulin et passait des heures délicieuses avec elle.

Tout en se racontant, Antoine reluquait l'hôtesse, son corsage échancré qui la rendait si aguichante. Il réalisa qu'il avait encore de ses élans amoureux, de cette flamme dévorante qu'elle attisait. Par une ironie chargée de mélancolie, il imagina son oncle et le meunier en train de discuter d'arrangements pour leur mariage. Comme Adjutor, mais pour des raisons d'un autre ordre, il se prit à détester l'Irlandais.

Le visage d'Angélique s'altéra d'une expression tourmentée. Dans les circonstances malaisantes, les deux jeunes n'avaient plus rien à se dire. Ils prêtèrent l'oreille à la conversation qui animait le médecin et son ami.

— Puis comment vont les affaires ? s'enquit le Dr Chapdelaine.

— Pas si mal, répondit le meunier. Faut que ça marche, parce que j'aurai vingt-cinq livres à remettre au seigneur Debartzch à l'automne.

— Lors de mes rencontres, que ce soit à mon cabinet ou au domicile de mes patients, j'ai réalisé que plusieurs me parlaient de redevances. Il semble y avoir un mouvement de révolte dans la paroisse…

— Tancrède Blanchette essaie de convaincre du monde pour arrêter de les payer. Avant, il venait faire son tour assez souvent pour jaser avec les autres, mais asteure il envoie son homme engagé quand il a du grain à faire moudre.

Le docteur étouffa un discret bâillement. Antoine espéra le départ. Les allusions à l'Irlandais lui déplaisaient suprêmement. Il jeta un regard insistant à son oncle.

— Je pense qu'on va revenir, Philippe, décida le médecin. Je te remercie pour tes gentillesses et ta fille pour son repas.

L'hôte raccompagna les convives à la porte. Alors que les deux amis se serraient la main, Antoine aperçut quelqu'un à côté de sa monture, près du cabriolet.

— Qu'est-ce que tu fais là, toi ? fit-il avec humeur.

— Je me demandais justement à qui appartenait la voiture, rétorqua froidement l'étranger.

— Monsieur vient passer un petit bout de veillée avec son amante…

Les deux jeunes hommes se toisaient avec mépris. L'étudiant avança vers son antagoniste en carrant les épaules. À la fenêtre du logis, la belle Angélique contemplait la scène, redoutant une empoignade.

Antoine estima que le temps n'était pas à l'affrontement, qu'il serait le plus mesuré des deux.

— Vous êtes prêt, mon oncle ? s'écria-t-il.

Chapdelaine monta à bord de la voiture. Le conducteur secoua rageusement les guides sur le dos de la bête et le cabriolet s'ébranla.

— Tu avais l'air pressé de partir, Antoine, exprima le docteur. Je croyais que tu étais content de revoir Angélique.

— Oui et non !

L'oncle, envoûté par l'effluve parfumé des fleurs, repensait au souper agréable, à la rencontre avec le meunier. Mais, intrigué par le comportement de son neveu, il l'interrogea :

— J'ai cru qu'il y avait un malaise entre vous ; est-ce que je me trompe ?

— Je n'ai pas le goût d'en parler. Pas maintenant !

Le voyage de retour s'effectua dans un silence inviolable où le cocher s'abîma dans de sombres pensées.

***

À l'arrivée, Balthazar, le domestique, sortit pour dételer le cheval et le mener à l'écurie. Antoine sauta de la voiture, devança son oncle dans la maison et se débarrassa de sa trousse. Puis il salua brièvement les deux femmes et repassa le seuil de la résidence.

— Qu'est-ce qu'il lui prend ? demanda Mme Chapdelaine à son mari.

— J'ai pas réussi à savoir ce qu'il en était, répondit le médecin.

— Il est malpoli, le garçon de ta sœur, déplora la tante. Je trouve qu'il se comporte parfois comme un enfant gâté.

— Je t'en prie, sois indulgente, Cordélia. Tu ignores ce qui lui trotte dans la tête…

Amanda refoula son indignation envers les paroles désobligeantes de sa bourgeoise. Elle s'assura que le docteur et son neveu avaient soupé, puis elle alla desservir la table.

***

Antoine s'était réfugié à l'auberge Godreau. Ce n'était pas dans ses habitudes de frayer avec la populace, mais cette fois, l'endroit servirait d'exutoire à ses frustrations. Un des buveurs avait reconnu l'étudiant en médecine, installé seul dans un coin, sirotant sa bière d'un air désabusé. Il se leva avec sa chope et alla s'asseoir avec lui.

— Ça va pas? s'enquit-il.

— Mêle-toi de ce qui te regarde, Ignace! maugréa Antoine.

— Comme ça, t'as perdu ta place auprès de la belle Angélique, le nargua l'intrigant, la lèvre retroussée.

— Achale-moi pas, déclina Antoine.

Dans ce cas, il y a peut-être moyen de s'arranger pour que l'étranger débarrasse du coin. Asteure j'aurais le champ libre, raisonna le voyou.

***

Les dîmes impayées démangeaient toujours le curé Delisle. Rien ne se réglait de ce côté-là. L'offensive qu'il avait menée auprès de Tancrède Blanchette s'était soldée par un cuisant revers. Les mauvais rêves où il souhaitait que la colère divine s'abatte sur ses paroissiens hantaient ses nuits et empoisonnaient littéralement ses jours. Avec les cas de choléra qui augmentaient, il se persuadait que les cieux s'étaient retournés contre lui pour le punir. Il y avait de quoi se flageller! C'est pourquoi il voulut expier ses péchés et démontrer à Dieu ses bonnes intentions en instaurant des soirées de prières. Et en s'adjoignant le plus de fidèles possible pour supplier le ciel d'apaiser ses foudres, le curé se fondait dans la masse priante.

Au début, malgré ses appels répétés en chaire, il dut se contenter d'une faible assistance. Cependant, les chapelets récités avec ferveur et les invocations pieuses ne parvenaient pas à contrer la maladie qui continuait de faucher des vies et ravager sa paroisse. Il avait beau s'évertuer à rappeler que c'est par la force du nombre que les doléances des fidèles seraient entendues et infléchiraient le Très-Haut, la chapelle ne se remplissait pas. Il conclut alors qu'il devait poursuivre son action sur les deux fronts: le contact personnel avec les payeurs récalcitrants et la prière.

Le prochain sur la liste était le cordonnier Legrain. Un matin de la semaine après la messe, Mre Delisle s'achemina à la boutique de l'artisan, une petite échoppe de planches brutes sise à proximité de l'auberge Godreau. La porte était ouverte sur le jour. L'homme, tablier de cuir noué à la taille, était assis sur son banc et martelait des empeignes ; il releva la tête.

— Bien le bonjour, Toussaint !

— Si c'est pour ferrer un cheval, allez donc chez le maréchal-ferrant, railla le commerçant.

— Toujours aussi farceur, rétorqua le prêtre. J'ai une chaussure en souffrance.

— Me semble que ça fait pas longtemps que je les ai réparés, ces souliers-là. Vous seriez pas venu pour d'autres choses, par hasard ? Faites pas semblant…

Le pasteur admettait qu'il revenait réclamer sa dîme, qu'il avait besoin d'argent pour remplacer les savates qui lui causaient des ampoules aux pieds. Car il marchait beaucoup au village. Le cordonnier argua qu'il ne pourrait pas s'acquitter de son obligation envers l'Église encore cette année parce que sa femme dissipait tous ses profits. La réponse sèche fit avaler la salive du curé. Débobiné, il s'en retourna.

***

Maintenant que l'étudiant en médecine semblait s'éloigner de la douce Angélique, Ignace supputait ses chances de s'en approcher. Pour parvenir à ses fins, il rumina un plan dont il se délectait et qu'il avait grand-hâte d'exécuter.

C'était un mardi, un beau soir de juillet. La veille, il avait chevauché sur la route du moulin, dans l'espoir de croiser l'Irlandais. Mais le hasard avait joué contre lui. Il n'avait rencontré que le regard soupçonneux de passants qui redoutaient le détrousseur de grand chemin et voleur de moutons. On rapportait qu'il se promenait dans les campagnes environnantes et vivait de son butin. Aussi fréquentait-il l'auberge Godreau où se rassemblaient une poignée de vauriens et quelques honnêtes gens qui récriminaient contre le gouvernement.

À un tournant de la route s'amena l'Irlandais derrière lui, galopant vers la meunerie. Ignace serra les guides et s'immobilisa en se braquant de travers. La monture de l'étranger ralentit et s'arrêta dans un nuage poussiéreux qui enveloppa les deux cavaliers.

— J'ai un conseil à te donner, Dunnagan, t'es mieux de lâcher la fille du meunier tranquille, sinon…

— Tu me fais des menaces, mais tu oublies que t'es pas entouré de tes deux acolytes pour te défendre.

— Revire de bord, que je te dis ! intima Ignace, les dents serrées.

— Tu ne peux pas m'empêcher d'aller à la meunerie, clama l'Irlandais, pour éviter l'affrontement.

Dunnagan, se moquant de l'avertissement, foula les herbes hautes pour contourner son adversaire et repartit au petit trot. Ignace s'engagea derrière lui, en le suivant à courte distance. Aux abords du moulin, l'étranger se retourna. L'autre le talonnait ; dissuadé, il fit demi-tour et s'éloigna en éperonnant sa bête.

Le voyou s'engouffra dans le bâtiment. Le meunier réalisa que quelqu'un venait d'entrer.

— Monte, Patrick, s'écria-t-il.

L'intrus escalada les marches et parut au logis. La jeune ménagère était à ranger la vaisselle dans le bahut ; elle demeura statufiée.

— Ignace ! se révulsa son père. Qu'est-ce que tu viens faire icitte ?

— J'aimerais jaser avec votre fille, monsieur Foisy, répondit-il.

Perplexe, Angélique songea à son amant qui n'était pas là à cette heure, à ce qu'il dirait en les voyant ensemble tous les deux, elle et le vilain garnement.

Elle consentit à le suivre dans l'escalier et il l'entraîna au bord de la rivière, précisément là où il les avait importunés, elle et Antoine.

— J'ai beaucoup changé, tu sais…

Dans le doux murmure des flots, il s'excusait de s'être mal comporté avec elle et l'étudiant en médecine. Maintenant, elle devait lui pardonner ses frasques de jeunesse étourdie ; il était devenu sérieux et comprenait qu'elle l'ait repoussé.

Il prit sa main dans la sienne. Elle était la plus désirable créature, blonde comme le blé des champs, belle comme un lever de soleil. Puis elle se lassa de l'entendre roucouler sa romance :

— D'après ce que j'ai su, tu continues de courir les campagnes ; il y a beaucoup de racontars à ton sujet.

— Je vas me trouver du travail, promis !

Elle repensa à ce que le curé Delisle avait mentionné à son père, l'informant que le pasteur était à la recherche d'un cocher.

— Ouais ! hésita-t-il, méprisant.

— Toi qui aimes les promenades, badina-t-elle.

L'idée ne lui plaisait guère, mais il était prêt à offrir ses services au pasteur de la paroisse. Persuadé qu'il avait mérité la confiance d'Angélique, il osa un baiser sur sa joue. Elle le repoussa en disant qu'il devait faire ses preuves, mais qu'elle ne lui promettait rien. Puis elle se dépêcha de regagner le moulin…

***

Dès le lendemain, l'intéressé alla toquer au presbytère. Rose de Lima le fit attendre au vestibule : monsieur le curé était à table et le rejoindrait après son déjeuner. Mais, étonné par la visite du garnement, le pasteur s'empressa d'avaler son café d'orge et parut à l'entrée, la figure barbouillée de confiture aux fraises.

— Ah ! Ignace ! s'enthousiasma-t-il.

— On m’a dit que vous aviez besoin d’un charretier.

— En réalité, pour être conforme à l’ordonnance épiscopale de monseigneur, « on ne porte point solennellement le saint viatique aux malades sans qu’il y ait au moins trois chevaux : un pour conduire le prêtre, un autre en avant pour celui qui tient la clochette et un troisième par derrière pour celui qui porte le fanal allumé ». Présentement, il manque le dernier. Et ce n’est pas tout : dans les circonstances, avec les décès qui s’accumulent dans la paroisse, il faut un fossoyeur qui ne craint pas d’attraper le choléra. Bien évidemment, avec les piètres revenus qu’on récolte, la fabrique n’a pas les moyens de payer cher…

Ignace se consulta brièvement, estimant le travail fastidieux d’un creuseur de tombes et les risques que représentait la sinistre besogne avec les cadavres. Puis il acquiesça à la proposition du curé.

9

Le saint prêtre avait entrepris une neuvaine à saint Roch. Chaque soir, il rassemblait un nombre grandissant de fidèles pour prier le Seigneur, et invoquer l'ennemi de la peste et du choléra. Pour expliquer la hausse du nombre de victimes de la terrible maladie dans son assistance, il accusait la tiédeur des prières, sans reconnaître les réels dangers encourus : dans l'enceinte du temple sacré, le mal n'avait pas plus d'emprise sur les âmes pieuses que le diable dans l'eau d'un bénitier !

Afin de se donner bonne conscience et mieux paraître aux yeux des paroissiens, Ignace s'était mis à fréquenter la chapelle. Il assistait aux soirées de prières, aux vêpres, à la récitation du chapelet, à ses interminables et lancinantes litanies qui endormaient la nef. Après, pour se récompenser de s'être imposé ce pénible sacrifice, il s'acheminait à l'auberge pour retrouver ses amis et détruire ce qu'il avait attrapé dans le lieu grouillant de microbes.

Tranquillement, on s'habituait à le voir défiler à la campagne ou au village, à la queue de la petite brigade mortuaire, conduire la charrette parée de crêpes noirs, à la lueur d'un fanal allumé. Bien sûr, on n'était pas tous victimes du mal sournois, mais le *Registre des Baptêmes, Mariages et Sépultures* recensait un nombre significatif de décès relatifs à une cause mystérieuse. Quant à son travail de fossoyeur, l'engagé accomplissait la sale besogne sans trop renâcler.

Un soir, au beau milieu de sa neuvaine, le prêtre venait de débiter un premier chapelet lorsqu'un paysan s'amena, le chapeau dans une main, la tête effarée et courant vers la chaire. Un bruissement confus de voix se répandit. Le brave homme, voisin des Duhaime, murmura quelques paroles au prêtre. Quelques minutes plus tôt, il avait cogné à la porte du Dr Chapdelaine avant de parvenir à la chapelle en pleine assemblée. Mre Delisle s'adressa à l'assistance :

— Mes bien chers frères, une mission pressante m'appelle, je dois interrompre notre soirée de prières. Je suis désolé.

Puis son œil de lézard repéra vitement Ignace qui, aussitôt interpellé par l'urgence, le rejoignit.

* * *

L'escadron s'était acheminé en vitesse à la masure des septuagénaires. Plus que jamais, la course folle avait fait battre le cœur du saint homme mandé auprès d'un agonisant.

Antoine était sur la galerie et contemplait la berçante de l'ivrogne. Dans la pénombre, le praticien releva son visage attristé. Le pasteur descendit lentement de la voiture et s'approcha de lui.

— Trop tard, je suppose ! commenta-t-il.

Un autre paroissien qui ne payait pas sa dîme ! réfléchit-il.

La porte s'ouvrit dans un grincement lugubre. Mme Duhaime parut dans l'encadrement.

— Le Dr Chapdelaine avait prédit que mon mari flamberait en allumant sa pipe, tellement il était imbibé d'alcool, mais c'est pas ça qui s'est produit, exprima-t-elle. Je m'en veux d'être allée à vos soirées de prières, messire Delisle, ça n'a rien donné. Moi j'ai une santé de fer, mais ça a l'air que j'ai transmis des microbes à mon homme.

— Dans sa condition d'ivrogne, M. Duhaime se rendait vulnérable, il avait des symptômes apparentés au choléra, précisa Antoine. C'est ça qui l'a emporté.

Le prêtre, assommé par les mots du jeune praticien, n'osa rejeter son avis médical. Ignace et le sonneur s'engouffrèrent dans la masure, se désinfectèrent les mains avec du p'tit blanc. Puis ils enveloppèrent la dépouille dans un linceul et la transportèrent dans la charrette au fanal. Antoine recommanda une désinfection des lieux, un enterrement rapide, offrit ses condoléances à la veuve et alla enfourcher le cheval blond de son oncle.

Maintenant devancée par le jeune docteur, la brigade mortuaire s'engageait sur la route du moulin. Dans la voiture cahotante, Ignace traficotait un coup. La veuve Duhaime avait demandé qu'on emmène le corps de son mari pour l'enterrer au village, estimant que personne ne viendrait se recueillir sur l'ermite. Mais, dans son esprit tordu, l'intrigant jugea que les circonstances se prêtaient bien à un subterfuge…

Enfin parvenu au patelin, il assura le pasteur qu'il se délesterait du corps le soir même, étant donné les risques de contagion du choléra. Pour le moment, il avait un mot à dire au petit Dr Desruisseaux.

À cette heure tardive, afin de ménager le vieux domestique des Chapdelaine, Antoine avait commencé à dételer son cheval ; la lumière d'un fanal éclaira la cour. Antoine se retourna.

— Qu'est-ce que tu fais là, toi ? demanda-t-il. Va-t'en au cimetière au plus coupant ! Et n'oublie pas de recouvrir la dépouille d'une bonne quantité de chaux vive.

— Ben, chemin faisant, j'ai pensé à une affaire qui pourrait t'intéresser.

— Dis toujours, on verra…

— On raconte que tu consacres beaucoup de temps à des travaux sur le choléra. Je pourrais te refiler le cadavre du bonhomme

Duhaime pour te permettre de faire progresser tes recherches. J'aurais juste à dire au curé que tu veux faire avancer la science pis que je vas enterrer les restes quand t'auras fini, exposa-t-il…

La proposition dégoûta le chercheur. Qu'avait-il à faire d'une vieille carcasse imprégnée d'alcool. Il est vrai que le défunt avait refusé la sépulture, mais sa femme avait demandé qu'il soit inhumé au cimetière, à côté de la chapelle.

Amer, Ignace s'éloigna avec sa charrette. Il songerait à un autre expédient pour tenir le jeune médecin éloigné de la fille du meunier. Quant à l'Irlandais, il n'avait qu'à bien se tenir : le jour viendrait où un malheur le frapperait pour l'écarter définitivement du paysage…

Antoine acheva de dételer la bête, la soigna et entra chez son oncle. À tâtons, il déposa sa trousse sur le guéridon, amorça un mouvement dans la maisonnée endormie ; un marmottement guida ses pas dans la cuisine. À la lueur jaunâtre d'un lampion, Amanda était agenouillée et priait, les mains jointes sur une image pieuse.

— Bienheureux saint Roch, vous que la charité porta à voyager en pèlerin dans les villes infestées de la peste pour visiter les hôpitaux et soigner les malades, et à qui Dieu rendit la santé sans le secours des hommes lorsque vous fûtes atteint de la contagion, priez pour nous et secourez-nous. Vous avez, par votre intercession, fait cesser ce fléau dans plusieurs villes, et l'Église reconnaît dans ses annales que la bénédiction de votre main guérissait les personnes affligées de l'épidémie. Que le même secours soit accordé à notre confiance et que votre protection puissante nous obtienne d'être exempts des ravages du choléra. Marie, consolatrice des affligés, priez pour nous !

Elle se tourna vers lui. À voir la mine désappointée du pensionnaire, elle déduisit que le bonhomme Duhaime avait trépassé. Il contempla le patron invoqué sur l'image. Assis sur un rocher à l'ombre d'un arbre, le saint était habillé d'amples vêtements, son chien galeux à ses pieds chaussés de sandales. Dans sa main droite il tenait son bâton de pèlerin et, dans un geste implorant, sa gauche semblait être tendue vers un ange gladiateur au sein nu, brandissant un large sabre.

— Tu crois réellement à l'efficacité de cette prière, Amanda ?

— Je n'assiste pas aux soirées du curé, j'ai peur d'attraper la maladie, motiva-t-elle, mais j'ai confiance que saint Roch protège tous ceux qui habitent cette demeure.

— En tout cas, tu fais bien de rester à la maison, approuva Antoine. Tes craintes sont justifiées ; il s'adonne que les rassemblements à la chapelle sont des foyers de contagion. C'est comme ça que Mme Duhaime a perdu son mari.

***

Dans la foulée de sa neuvaine, Mre Delisle s'étonnait de trouver Dieu sourd à ses supplications. Ou bien saint Roch n'avait pas vraiment de pouvoir d'intercession, auquel cas sa réputation était surfaite, ou bien il existait une explication obscure qu'il ne parvenait pas à percer. C'était à croire que son désir secret de voir disparaître les dissidents était exaucé ! Afin d'endiguer le fléau, il commença alors une deuxième neuvaine en menant parallèlement sa croisade pour récupérer la dîme impayée auprès de ses paroissiens. Il retourna chez le cordonnier.

— Bien le bonjour, Toussaint ! le salua-t-il, dès la porte.

Ses petites lunettes rondes sur le bout du nez, une aiguille entre les dents et l'alêne dans la main gauche, l'artisan continuait de coudre une semelle.

— Je vois que tu ne manques pas de travail, exprima le curé. C'est comme ça quand on est un bon cordonnier !

L'artisan, qui ne se résignait pas à mettre de côté son ouvrage, marmotta quelques mots. Le prêtre débita alors son boniment sur les revenus insuffisants de la paroisse et la contribution obligée de chacun en vertu des lois de l'Église. Mais son baratin sembla agacer le boutiquier. Il se déporta de quelques pas et sortit une image friponnée de saint Roch, qu'il abattit brutalement sur le comptoir avec le plat de la main.

— Tiens, Toussaint ! Si tu veux rien donner pour la paroisse, je te demande au moins de prier pour les victimes du choléra !

Le cordonnier hocha affirmativement la tête et il épingla l'image au mur. Très contrarié, Mre Delisle aurait volontiers pris congé en faisant claquer la porte, mais elle était ouverte sur la journée soleilleuse. Il se dirigea à la tannerie.

La petite manufacture produisait du cuir pour les chaussures et les harnais. De la préparation des peaux au corroyage et à la finition, tout se faisait manuellement. L'entreprise, nécessitant une grande quantité d'eau, était sise au bord de la Yamaska. Mais les odeurs fétides qui s'en dégageaient incommodaient les villageois qui résidaient à proximité. Et parfois, selon le souffle du vent, une senteur empestait les alentours. C'était bien pire lorsque la puanteur stagnait dans l'air et que le dieu Éole se faisait paresseux.

Un employé s'affairait aux cuves, le tanneur à l'assouplissement du cuir après le tannage.

— Bien le bonjour, monsieur Woods !

John Woods détestait la manière butée du curé de ne pas démordre de ses idées fixes comme un chien à son os. Dès le seuil, il avait saisi l'intention manifeste du visiteur. Mais, cette fois, le pasteur crut bon de faire diversion. Il déboutonna le haut de sa soutane, extirpa une image sainte de sa poitrine.

— C'est pour le choléra ? J'ai pour mon dire que l'écorce de chêne qui macère dans mes cuves à tanner est bien plus efficace que n'importe quelle prière pour assainir l'air. Ça fait que vous perdez votre temps à quémander de l'argent…

***

Quelques jours s'écoulèrent. Cinq heures avaient sonné à la grande horloge sur le parquet du presbytère. L'abbé Delisle était mandé auprès d'un agonisant. Dehors on l'attendait ; il ne manquait que lui pour compléter la brigade mortuaire. La gouvernante avait préparé vitement un panier de victuailles pour le souper. Le sonneur actionna la clochette.

— Dépêchez-vous, monsieur le curé ! Vous devez vous rendre à la ferme des Boileau.

— Énerve-moi pas, Rose de Lima !

Il était dérouté. Inspiré par la réalité qui crevait les yeux, le pasteur s'obligea à reconnaître que les paroissiens qui refusaient de s'acquitter de leur devoir envers l'Église n'étaient pas nécessairement les victimes expirantes de la maladie. Car il en existait qui rendaient l'âme, en paix après avoir payé leur dû. Il se coiffa de sa barrette et parut dans la cour.

* * *

Antoine était sur les lieux, sa tante ayant retenu le vieux docteur, que de longues journées exténuaient. Scapulaire de camphre au cou, il avait tout essayé pour rescaper l'enfant de la méchante Faucheuse. Dans la misérable maison, toute la famille était penchée sur le petit corps et pleurait. Le marmot avait succombé si vite au mal que le père n'avait pas eu le temps de bricoler un cercueil, si bien que le curé était arrivé trop tard pour administrer les derniers sacrements.

Le prêtre distribua des images de saint Roch. Pendant qu'Ignace se frictionnait les mains avec un désinfectant, la mère enceinte jeta un drap sur le bambin, mort du choléra. Le visage éploré, elle regardait l'individu qui s'emparait de la dépouille pour la transporter dans la charrette au fanal. En selle sur son cheval blond, Antoine se remémora l'odieuse demande du charretier.

— Cette fois, tu t'en vas tout droit au cimetière ! imposa-t-il.

Il prit les devants et s'éloigna au petit trot. Derrière, l'escouade mortuaire s'était mise en branle, sous les prunelles baignées de larmes de la famille. Désormais, dans la maisonnée nombreuse, on n'entendrait plus les éclats de joie de l'enfant rieur.

Au son lugubre de la clochette, à la lumière de la lanterne allumée, la cohorte avait repris la route. Le soir était calme, d'une sérénité troublante. À la queue du défilé, Ignace s'embêtait. Le pas lent des chevaux l'énervait. Après l'enterrement du bambin, il ne resterait plus de temps pour fraterniser avec les buveurs à l'auberge. Soudain, comme le craquement sec d'une branche morte qui tombe d'un arbre sous l'effet du vent, la charrette s'affaissa d'un côté ; il sauta à terre. À la lueur du fanal, il contempla le dégât.

— Arrêtez ! s'époumona Ignace. Je suis stâllé !

La brigade s'immobilisa. Le sonneur et le cocher du cabriolet s'approchèrent du fossoyeur et constatèrent qu'une roue s'était cassée.

Sur les entrefaites s'amenait une voiture par-devant.

— C'est l'Irlandais ! se réjouit Ignace. Attendez une minute, je vas lui parler.

Avec un tombereau chargé de poches de farine, l'étranger revenait assurément d'une veillée à la meunerie. Il se montra disposé à apporter son aide.

— Retournez en ville avec monsieur le curé, intima Ignace à l'adresse de ses camarades. Je vas m'arranger avec l'Irlandais.

Les deux ennemis dételèrent leur cheval. Tandis que le fossoyeur rattelait le sien à l'autre voiture, Dunnagan l'observait à ne rien faire.

— Coudonc, as-tu peur des morts ? gouailla Ignace. Ça m'aiderait si tu transférais le petit dans le tombereau.

L'Irlandais remarqua la petite masse inerte au fond de la voiture du fossoyeur. Il tergiversait : l'enfant avait-il succombé à la terrifiante maladie, auquel cas il s'exposait à un véritable danger, ou était-il décédé d'une maladie courante ? Il obtempéra.

***

Le lendemain, à la ferme des Blanchette, Adjutor était rentré en rogne des bâtiments avec ses frères pour déjeuner.

— Heille, le père, votre engagé est pas venu nous aider.

— Il doit pas filer à matin, répondit Tancrède Blanchette.

— C'est ça, défendez-le, riposta le jeune veuf. Pis dites-moé donc où est passée votre farine ?

Justine, qui préparait les œufs et le lard dans la poêle, avait surveillé le retour de celui qu'elle aimait. Effectivement, alors qu'il faisait nuit close et qu'elle se morfondait dans son lit, elle avait entendu un cheval arrivé au petit trot. Selon elle, il s'était attardé au moulin à Foisy.

— Il doit être fatigué, exprima-t-elle, la mine contrariée.

Elle eut un élan pour monter à la chambre, mais la mère, trouvant le geste inconvenant, nomma un de ses fils pour s'enquérir de la situation. L'adolescent revint quelques instants après en déboulant l'escalier.

— Il grelotte et demande à boire ! proféra-t-il, tout énervé.

— On dirait qu'il est pris du même mal que Berthe, se désespéra Justine.

— Faut le sortir d'icitte, décida péremptoirement Adjutor.

Dans la cuisine, la famille rassemblée discutait : les uns souhaitaient qu'on fasse venir le médecin, tandis que les autres se rangeaient du côté d'Adjutor, se prononçant pour le départ pressant du malade.

— Choisissez, le père, s'imposa le jeune veuf : c'est lui ou c'est moé ! Pensez-y à deux fois…

La mère et ses enfants regardaient le maître de la maison qui, d'un air impassible, semblait mesurer sérieusement les conséquences de sa décision. Dans le brouhaha ambiant, frémissant d'indignation, l'étranger s'était levé et descendait les marches avec ses hardes, rapaillées dans son balluchon. Il avait le visage bleui et la lèvre tremblante.

— Quelqu'un peut-il me conduire au moulin ? implora-t-il. Je ne vous dérangerai pas plus longtemps. Pour votre information, le fossoyeur doit rapporter votre tombereau aujourd'hui. Hier soir, je lui ai offert la voiture parce que sa charrette avait une roue brisée.

Le cœur déchiré, Justine détacha son regard de l'étranger. D'un mouvement de la tête, Tancrède Blanchette désigna son fils Théodule, qui achevait sa convalescence, et que l'étranger remplaçait à la ferme.

* * *

Le meunier avait accueilli l'Irlandais avec circonspection, lui cédant un petit espace au rez-de-chaussée de son établissement. Afin de le soustraire à la vue des clients et des flâneurs, il l'avait installé dans une pièce adjacente aux meules. Puis il avait sitôt mandé son vieil ami le docteur, normalement occupé au village en matinée. Au milieu de son effarement, Angélique était partie sur-le-champ, sans seller son cheval. L'amazone surgit à la résidence des Chapdelaine, sauta à terre et frappa aux carreaux de la cuisine. Palpitante d'anxiété, Amanda s'empressa.

— Dieu du ciel, qu'est-ce qui vous amène, mademoiselle Angélique ? exprima-t-elle.

— C'est au sujet de l'étranger, il est gravement malade, le docteur peut-tu venir à la meunerie ? supplia-t-elle.

— Un instant, je vas le prévenir. À l'heure qu'il est, il doit être en train de lire son journal après le déjeuner.

Au timbre harmonieux de la voix d'Angélique, Antoine s'était immobilisé dans l'escalier, la main sur la rampe, interloqué. Précédé de la gouvernante, Chapdelaine, qui revenait de la salle à manger, aperçut son neveu dans les marches.

— Tu vas m'accompagner, mon garçon, somma-t-il. Amanda, va dire à Balthazar d'atteler mon cabriolet.

Dans quelles circonstances l'Irlandais avait-il atterri au moulin ? Depuis quand y habitait-il ? Était-il établi à demeure dans le logis du meunier ? Quel était ce mal qui inquiétait tant et d'où provenait-il ? Avait-il été atteint par la contagion ? Toutes ces questions et d'autres, aussi empreintes de gravité, défilaient en boucle dans l'esprit du jeune praticien.

* * *

Des linges, du vinaigre, de quoi composer une pommade avec des herbes du jardin, ainsi qu'un cruchon d'eau fraîche, puisée dans la rivière, avaient été apportés. Grelottant sous des épaisseurs de couvertures, le malade était affalé sur un lit de paille et râlait. À son chevet, la mine sombre, l'oncle et le neveu conféraient. Dissimulée derrière une poutre supportant des solives du plafond, le cœur pétri d'angoisse, Angélique appréhendait le diagnostic.

— Les symptômes m'inquiètent, mentionna Chapdelaine.

— Ça ne trompe pas, tout indique que nous avons affaire à un autre cas de choléra morbus, précisa Antoine.

Elle entrevoyait la face bleuie qui enlaidissait son amant et les médecins qui s'acharnaient auprès de lui. De l'autre côté, dans la grande salle des meules, les flâneurs se doutaient que le vieux docteur ne s'était pas arrêté pour soigner un occupant du logis, puisque le meunier était à la huche pour récupérer la farine tamisée et que sa fille s'était planquée pour surveiller le garçon mal en point. Curieux, Elphège, le joueur de dames qui perdait, se leva et s'adressa à elle :

— C'est-tu l'Irlandais, coudonc ?

— Non, c'est un inconnu qui passait et qui avait mendié le gîte et le couvert pour la nuit, imagina-t-elle. Avoir su qu'il était malade... Mais ce n'est rien de sérieux, s'empressa-t-elle d'ajouter.

Perplexe, le joueur retourna à sa chaise pour finir de disputer sa partie. Sous le couvert du bruit sourd des rouages qui emplissait la meunerie, il rapporta le bref échange à son adversaire et aux clients qui les entouraient. Ils avaient tous le front plissé qui exprimait un doute sur la gravité du cas.

Au cours des mêmes minutes qui s'écoulaient dans la lourdeur ambiante, Ignace fit irruption dans le bâtiment. Elphège, finalement vaincu, recula sa chaise du damier ; il remarqua l'entrant.

— C'est-tu pas notre fossoyeur qui arrive ! s'écria-t-il à la cantonade.

— Il y a-tu quelqu'un à ramasser à matin ? ricana Trahan.

— Peut-être ! répondit son interlocuteur, indiquant la pièce attenante. Nous autres on pensait que c'était l'Irlandais, mais ça a l'air que c'est pas lui.

Ignace en savait suffisamment. Dans sa hâte fébrile de s'informer de l'étranger, il s'était arrêté à la meunerie au retour de la ferme des Blanchette où il avait rapporté le tombereau emprunté. Puis, en cours de route, il avait récupéré la charrette au fanal, rafistolée au passage avec une roue du charron. La physionomie satisfaite, il éperonna sa monture.

Angélique était accourue à la fenêtre pour le voir déguerpir. Puis elle était revenue pour épier le malade qui, à présent, se tordait sur sa paillasse. Partagée entre inquiétude et confiance, la flamme de son espoir vacillait.

Puis, à la fin de la matinée, le moribond, se sentant dépérir, rassembla ses forces et balbutia quelques mots au pavillon du jeune docteur. Antoine consulta son oncle et, devinant la silhouette d'Angélique, s'achemina à la poutre.

— Ça n'a pas l'air de s'améliorer, exprima-t-elle, au bord des larmes. Quelqu'un doit prévenir le curé ?

— Ton Patrick a demandé qu'on lui administre une pastille d'opium, mais nous n'en avons pas apporté. On est partis si rapidement…

— T'as fait exprès pour les laisser chez le Dr Chapdelaine ! reprocha-t-elle, s'efforçant de ne pas hausser le ton.

Antoine argua qu'on en avait donné à Berthe, qui n'avait pas survécu à ses souffrances. Il ne garantissait rien. Cependant, le patient méritait qu'on fasse un dernier effort pour le sauver, puisque c'est lui qui avait fait le voyage à Chambly pour obtenir le médicament. À l'heure qu'il était, les clients et les flâneurs étaient repartis. Par conséquent, c'est elle qui devrait se rendre au village.

Elle s'était précipitée à l'écurie. Cheveux au vent, elle chevauchait sa monture qui courait à bride abattue sur le chemin de l'espoir. Quand elle le pouvait, la cavalière piquait à travers champs, déjouant les sinuosités de la route, pour gagner du temps. S'empressait-elle ainsi afin de quérir le médecin pour son vieux paternel, ou s'acheminait-elle au presbytère pour qu'il voie le curé avant qu'il ne soit trop tard ? On n'aurait su le dire, sauf peut-être ceux qui étaient passés à la meunerie le matin.

Balthazar était au jardin, poussant une brouette pleine de terre. Il la déposa, souleva ses sourcils broussailleux. C'était bien la fille du meunier qui, grimpée sur son grand cheval, fondait sur lui.

— Pouvez-vous tenir les guides ? demanda-t-elle, sautant au sol.

Déjà, accueillie par la servante, elle pénétrait chez les Chapdelaine. Habituée aux drames des gens qui, à toute heure du jour ou de la nuit, pouvaient cogner à la résidence, Amanda obtempéra au désir de la messagère.

Angélique patientait dans le vestibule, espérant que la dame de la maison n'apparaisse pas. Elle se rappelait les quelques réceptions à sa table, auxquelles elle avait assisté au bras d'Antoine. Elle connaissait ses préférences pour la fille du notaire et lui avait déjà fait sentir qu'elle n'était qu'une vulgaire paysanne mal dégrossie.

La domestique parut avec le médicament, arborant un sourire mitigé.

— J'ai pas eu de misère à le trouver, se félicita-t-elle. Tout est bien identifié dans l'officine.

La jeune fille s'empara du remède, salua brièvement et ressortit.

La gouvernante aurait tant aimé la retenir pour lui mentionner qu'Antoine n'avait plus le même entrain depuis qu'elle s'était entichée de l'Irlandais et qu'il en souffrait, assurément. D'ailleurs, comment faisait-il pour le soigner ? Et à présent, elle venait réclamer de quoi ramener le malade à la santé, pour leur permettre à tous les deux de s'aimer encore…

Dans la sinistre attente du moindre signe d'encouragement, le Dr Chapdelaine et son neveu s'étaient relayés au chevet de l'agonisant. Alors que les deux vieux amis prenaient ensemble une bouchée au logis, Antoine veillait. Il se prit à penser que, advenant le décès du cholérique, le renouement avec Angélique ne serait pas chose facile, d'autant plus qu'Ignace pourrait se pointer de nouveau. C'est précisément à cet instant qu'il commença à croire sérieusement que le fin finaud n'était peut-être pas étranger à la disparition probable du malade.

***

Des heures d'angoisse avaient retenu Angélique auprès du mourant. Retranché derrière la poutre, Antoine l'épiait à son tour. Il avait assisté à des crises de larmes et de sanglots, mais demeurait insensible à la douleur de la pleureuse ; il s'en accusa.

La vie sembla s'étioler, se perdre dans l'abîme du néant. Le corps bougea lentement, remué par la force vitale du cholérique…

10

C'était un soir de neuvaine à la chapelle; Ignace se rongeait les sangs. Cela dépassait son entendement: quelques jours s'étaient égrenés et il demeurait sans nouvelles du moulin. Le matin, le fossoyeur avait creusé une tombe pour un sexagénaire obèse, mort d'une apoplexie foudroyante, au sortir de table. Mais rien pour l'Irlandais!

Après sa soirée de prières, il se dirigea vers l'auberge. Ses deux acolytes, Vital Patenaude et Moyse Roy, attablés devant des chopes, bavardaient gaiement. Dans la clarté fumeuse des lampes, le premier désigna de sa barbe hirsute le client assis au fond de la salle. C'était l'étranger qui adressait à Ignace un sourire désarmant.

Décontenancé, l'arrivant s'en approcha.

— Tu as l'air surpris de me voir, railla l'Irlandais. À cause de toi, j'ai été très malade, tu sais. En tout cas, c'est l'avis de l'étudiant en médecine et de son oncle, le vieux Dr Chapdelaine. Ton histoire de charrette avec un cadavre aux hardes sans danger d'infection, c'est ça qui a failli me tuer. J'aurais dû me méfier!

— Avec une roue cassée, je pouvais plus avancer, pis t'as voulu m'aider, se défendit Ignace; personne t'a obligé! Pis comment croire à ce que prétendent ces ignorants de médecins-là?

Les deux camarades d'Ignace se préparaient à intervenir. Au milieu de l'échange corsé, subodorant une empoignade, l'aubergiste s'apprêtait à séparer les deux antagonistes. Il appelait à la désescalade et au calme. Georgianna, sa femme, s'était dépêchée derrière le comptoir. Elle avait étendu les bras afin de protéger sa rangée de bouteilles.

— Soyez sans crainte, le rassura l'étranger. Je n'ai pas l'âme à déclencher une bagarre.

Il acheva son bock d'un trait, régla avec le tenancier et quitta les lieux.

***

Justine Blanchette était tourmentée. Elle se faisait du sang d'encre à penser à l'Irlandais : c'était à en perdre la raison ! On avait cruellement chassé le jeune homme de la ferme, affaibli, malade et vulnérable. Elle avait supplié sa mère d'accompagner Théodule, qui avait repris ses petits voyages à la meunerie. Le soir, afin de mieux s'endormir, elle plaçait le visage du garçon qu'elle avait dessiné sur un papier, chiffonné sous son oreiller. Et les ténèbres venues, elle le voyait en songe, avec le sentiment de traverser une nuit d'amour.

La charrette ralentit à l'approche du moulin. À l'orée d'un bosquet de framboisiers, un couple se tenait étroitement enlacé. Justine posa le bras sur celui de son frère et la voiture s'immobilisa.

— Je vas descendre ; j'irai te rejoindre tantôt, dit-elle.

Théodule lui décocha une œillade coquine. Habitée par une hâte fiévreuse, elle sauta de la voiture et progressa à pas de loup dans les broussailles où végétaient des arbrisseaux épineux. Sur le sol tapissé de fougères, un panier de petits fruits rouges reposait. Indifférents au monde, les amoureux se bécotaient. Elle les observait, planquée dans l'ombre, les traits contractés, la figure rageuse, prête à bondir sur sa rivale. Elle l'aurait volontiers poussée dans le buisson de ronces piquantes, prenant plaisir à la voir se tordre de douleur, hérissée d'aiguillons.

Elle s'approcha, se posta à croupetons près du panier. À présent, ses prunelles rivées sur le couple, elle grappillait convulsivement des framboises. Elle avait envie de crier, de dire qu'elle était là, à les épier, qu'ils n'avaient pas le droit de lui faire ça, à elle. Mais, comme eux, elle avait la bouche pleine, mais de petits fruits mûrs. Bientôt, la scène devint insupportable. Elle cracha et se retira furtivement. Puis, les dents serrées, elle regagna la route et s'engagea sur le chemin du retour.

Au moulin, on bavardait. Afin de ménager l'Irlandais, qui se remettait de son infection, le meunier avait établi qu'il reprendrait progressivement le travail. Cependant, dans le voisinage, on répandait qu'il avait quitté la ferme des Blanchette. Elphège, l'un des joueurs de dames, voulut s'en assurer. Il s'adressa à Théodule :

— Il paraît que ton père a renvoyé son homme engagé, rapporta-t-il.

— Vous le voyez ben, monsieur Poirier, j'ai recommencé à venir à la meunerie. Asteure que je suis pas mal rétabli, on n'a plus vraiment besoin de lui, savez.

— En tout cas, j'espère qu'il est loin d'icitte. Plusieurs paroissiens sont morts à cause de sa contagion. Sais-tu où est-ce qu'il est rendu ?

— Je peux pas vous dire, imagina le jeune Blanchette.

Dans le roulement de la meule courante, le meunier avait saisi la teneur de la conversation. Le moment qu'il redoutait était arrivé ; il ne pouvait se défiler.

— Il travaille pour moi, maintenant. À mon âge, ça fait du bien d'avoir de l'aide, expliqua-t-il.

Son panier sous le bras, Angélique entra dans l'établissement. Elle arborait un air mitigé.

— Bonne cueillette ? demanda son père.

— Les oiseaux en ont mangé les trois quarts, mentit-elle, savourant son mensonge.

Son amoureux parut et progressa lentement à son flanc. Irrité, Elphège Poirier se leva.

— Tiens, v'là le pestiféré ! s'insurgea-t-il. Nous autres, on s'en va d'icitte.

En se levant, l'enragé avait balayé les pièces du damier, projetées par terre. Au milieu de la tourmente, Angélique clamait son indignation, le meunier et Théodule s'évertuaient à retenir la compagnie entraînée par le joueur de dames. Des cas de choléra s'étaient déclarés bien avant que l'étranger soit victime de la maladie. En moins de deux minutes, l'établissement s'était dégorgé de presque tous ses occupants et l'Irlandais avait regagné sa chambrette de fortune, sous les solives saillantes du plafond.

Puis, reparaissant quelques instants plus tard dans la salle des meules avec son balluchon :

— Je m'en vais, monsieur Foisy ! décida-t-il. Merci pour tout !

Noyée de larmes, Angélique était tombée à genoux, implorant le garçon de rester. Dehors, près du moulin, des cavaliers enfourchaient leur monture, des charrettes s'éloignaient, fuyant le foyer d'infection.

Dans le soulèvement de poussière ocrée du sol, l'étranger repartait vers le village. Sans connaître la destination de ses pas, il marchait le cœur plein de hargne et de dépit. Affolée, Angélique était sortie de l'établissement et hurlait sa douleur. Mais le jeune homme ne se retournait pas. Il se refusait à la voir pleurer et gémir sa détresse. Il se détachait d'elle, certes, mais à quoi bon vivre dans un entourage qui le rejetait brutalement ?

Parvenu à la Yamaska, il constata que le bac du passeur était amarré sur l'autre berge. Il remonta alors le petit sentier qui longeait la rivière. À peine à quelques centaines de pas, un canot d'écorce de bouleau reposait dans l'herbe sèche, à demi tiré sur la rive. Le propriétaire de l'embarcation lui importait peu ; un sourire éclaira son visage. Il lança son balluchon, glissa le canot, agrippa l'aviron et monta à bord.

L'embarcation avait accosté. Il débarqua avec ses effets et emprunta le sentier qui menait en haut de la côte escarpée. Puis il rejoignit la rue.

Il regarda à gauche, puis à droite. La voie était presque déserte. C'était à l'heure où les marchands verrouillaient leur commerce sur les talons des derniers clients. Quelques voitures circulaient. Des passants attardés se saluaient avant de s'éloigner, comme aspirés par les chaumières. Instinctivement, il s'engagea vers l'auberge.

Grimpé à l'arrière de sa diligence, le cocher s'affairait au déchargement. Les bagages d'un passager rassemblés, le tenancier s'empressait de suivre les voyageurs qui descendaient dans son établissement. Le regard apitoyé, l'Irlandais déposa son balluchon sur la galerie. Une dame bien en chair émergea de la voiture et posa le soulier sur le marchepied. Il lui tendit la main.

— Vous êtes très gentil, jeune homme, exprima-t-elle.

Le tenancier était ressorti et avait remarqué le geste galant.

— Tandis que t'es là, mentionna-t-il, m'aiderais-tu à transporter le coffre de la passagère ?

— Certainement, monsieur Godreau !

L'aubergiste détestait le surgissement de la diligence à une heure incongrue. Pour lui et pour sa femme, accueillir les voyageurs, les conduire à leur chambre et les servir à leur table représentait une fatigante besogne difficile à accomplir pour satisfaire la clientèle.

Le débarquement terminé, le cocher entra à l'auberge et s'adressa au propriétaire :

— Il y a-tu quelqu'un pour soigner les chevaux ? s'enquit-il. Faut que je reparte, je suis déjà en retard…

Essoufflé, Jean-Baptiste Godreau amorça le pas et se rendit au seuil de la salle à manger. Les voyageurs étaient remontés aux chambres et des buveurs étaient accoudés au comptoir. Après le débordement d'activité et le souper, l'étranger attablé réfléchissait à l'endroit où il passerait la nuit.

— Viendrais-tu, une minute ? l'interpella l'aubergiste.

Le jeune homme recula sa chaise et agrippa son balluchon. Au seuil de la salle bondée, deux camarades s'immobilisèrent. Puis ils tournèrent le dos et semblèrent discuter avec un troisième, demeuré dans la pièce attenante. L'air fendant, les deux premiers entrèrent et s'approchèrent de l'Irlandais.

— Il y a de la place pour tout le monde, messieurs, même pour votre ami Trahan, les nargua Dunnagan.

— Quand Ignace t'a reconnu la face, il a décidé de revirer de bord, rétorqua Vital Patenaude.

À la vue des clients qui arrivaient, le tenancier se dépêcha de débarrasser les tables et d'acheminer la vaisselle sale à la cuisine.

— Ça achève-tu, je fournis pas, se récria sa femme.

— Je te le dis, Georgianna, si ça continue de même, on va être obligés d'engager.

Dunnagan se leva et se porta au secours de la désespérée.

— Si vous le désirez, madame Godreau, je vais soigner les chevaux puis laver la vaisselle et les chaudrons.

***

Aussitôt sorti de l'auberge, Ignace Trahan fondit vers la campagne, éperonnant vigoureusement sa monture. N'avait-il pas remarqué le balluchon de l'étranger, déposé à ses côtés ? Que s'était-il donc passé pour qu'il ait quitté son refuge ? Il avait le sentiment d'avoir le champ libre et que, désormais, il était le seul prétendant sérieux à soupirer pour la fille du meunier.

Philippe Foisy était désemparé. Du coup, on avait déserté son moulin et il se retrouvait seul avec sa malheureuse enfant. Il avait tenté de lui dire que le départ de l'Irlandais n'était pas si terrible, que les choses s'arrangeraient, qu'au fond le garçon n'était peut-être pas fait pour elle, qu'elle avait été si heureuse, au temps où Antoine la fréquentait. Mais les propos avaient attisé sa peine !

— Il y a quelqu'un ?

Trahan était entré dans le bâtiment. Au bas des marches qui menaient au logis, il attendait qu'une douce voix lui réponde. En haut de l'escalier, un grincement de porte mal huilée fractura le silence.

— Ah ! C'est toi, Ignace. Monte un peu…

— Ça dépend, est-ce qu'Angélique est là ? demanda-t-il, d'une voix onctueuse.

Non, elle s'était retirée au bord de la Barbue, où elle se rendait souvent. Avec une apparente confiance, il s'achemina au ruisseau, à l'endroit même où il les avait surpris, elle et Antoine, serrés l'un contre l'autre. Elle était bien là, assise sur son rocher de prédilection, les jambes repliées sur les cuisses, la tête enfouie dans sa robe safran. Séduit, il s'approcha d'elle, ravi de la trouver fragile et vulnérable. Elle se retourna brusquement.

— Va-t'en ! se récria-t-elle, éclatant en sanglots.

Assurément, elle pleurait pour l'Irlandais disparu de son paysage amoureux. Il lui roucoula des mots empreints de tendresse. Cependant, la plaie était trop vive pour assécher ses larmes et l'amadouer. Il changea de ton, raconta qu'il s'était assagi, maintenant à l'emploi du curé comme fossoyeur et cocher attitré à la charrette au fanal. Même cela ne parvenait pas à la gagner. Alors, il se mit à osciller entre les deux registres, estimant son travail indispensable, épuisant sa réserve de paroles doucereuses.

Exaspérée de l'entendre, elle sauta à terre, fit trois pas sur la berge. Elle fixait le bouillonnement des eaux, l'écume sur les roches. Offusqué, il s'en approcha, tira brutalement son épaule.

— Arrête de brailler ! s'indigna-t-il. Vas-tu enfin m'écouter ?

Il l'avait prise par les bras, et la secouait comme un vulgaire torchon qu'on agite pour en débarrasser les saletés.

— Lâche-moi, VAURIEN ! se révulsa-t-elle.

À ce dernier mot, encaissé comme une suprême insulte, il la poussa dans l'eau et déguerpit.

Elle s'était relevée, la robe souillée de boue, la tignasse trempée, le visage mouillé de toutes les larmes intarissables du ruisseau.

La misérable avait repris le petit sentier, titubante dans les broussailles, se hâtant vers le moulin. Une fois dans le bâtiment, elle referma les portes et inséra le lourd madrier pour les barrer, et gravit les marches du logis.

— Qu'est-ce que t'as, pauvre fille ? s'enquit le père, ahuri.

— C'est Ignace !

Il n'en revenait pas ! Elle avait subi de mauvais traitements de l'infâme Trahan. Il ne la méritait pas, il ne l'avait jamais méritée !

***

Au matin du surlendemain, le Dr Chapdelaine, mandé en pleine nuit, s'adonnait à passer. Il revenait d'une tournée à la campagne où une voisine avait éprouvé de la difficulté à accoucher une parturiente au bassin étroit. Les lieux étaient étrangement calmes. Au seuil des grandes portes ouvertes sur le jour, le meunier fumait sa pipe, l'air impassible, assis sur une chaise nattée de jonc. Antoine tira sur les guides et le cabriolet s'arrêta sur la devanture. Le docteur descendit avec sa trousse et s'approcha de son ami.

— Ça file pas, mon vieux! constata-t-il. As-tu fermé boutique, coudonc?

— C'est rapport à Angélique...

C'était comme une bourrasque de malheur qui avait soufflé sur le moulin. Quand les habitués de l'établissement avaient réalisé qu'il hébergeait l'Irlandais sous son toit, ils disparurent, emportés par la peur d'être contaminés. Mais, à présent que le jeune homme était parti, il était persuadé que sa clientèle reviendrait. Après tout, il était le seul meunier de la Barbue!

Cependant, il y avait pire! Le départ du garçon avait foudroyé Angélique, qui ne s'en remettait pas. Le matin, elle demeurait des heures dans son lit, inconsolable, la face contre l'oreiller, incapable de voir le jour. L'après-midi, après un dîner frugal, enfermée dans son silence, elle vaquait avec indolence à ses occupations de ménagère. Et pour exacerber sa peine, Ignace était repassé au moulin, avec la prétention de prendre la place qui lui était destinée. Elle l'avait repoussé dans ses avances, il l'avait durement malmenée...

— Ah! la brute! s'indigna Antoine.

Il avait freiné son élan impétueux, amorcé vers le logis. Il aurait su l'entourer de ses bras affectueux, lui dire qu'il avait dans sa trousse d'humanité le remède pour la guérir de sa profonde affliction...

***

L'oncle et son neveu étaient repartis vers le village, désolés pour le père et sa fille. Alors que le Dr Chapdelaine pensait à son vieil ami, Antoine songeait à l'ignoble Trahan qui avait outrepassé des bornes infranchissables. Il maudissait la faiblesse et la lâcheté du fossoyeur, et subodorait le jour où ils s'affronteraient.

L'après-midi, les deux soigneurs toquèrent aux portes de malades. Avec les cas de choléra qui se déclaraient, il devenait plus difficile de pénétrer dans les chaumières, qui souvent se refermaient sur les miasmes de la maladie, empêchant ainsi une aération adéquate. Et, le soir, ils soupèrent légèrement, chacun emmuré dans son silence. Cependant, afin de meubler le vide, depuis le début du repas, Mme Chapdelaine avait péroré sur des sujets quelconques. Avant de se retirer de table, elle intervint :

— Vous n'avez rien à raconter, les hommes ?

— Tu m'énerves avec tes platitudes, Cordélia ! se rebella le docteur.

— Si je peux me permettre, Madame, s'imposa Amanda. Ces messieurs se sont levés de bonne heure, ils ont traversé une grosse journée.

— Et ce n'est pas fini, renchérit le médecin. J'ai des remèdes à préparer.

Le maître de la maison se retira et s'engouffra dans son apothicairerie. Antoine marcha dans le dos de son oncle. La gouvernante apporta des sarraus de fine toile blanche, fraîchement lavés et repassés, dont ils s'affublèrent.

Le vieux médecin s'affaira aussitôt à préparer une recette pour une pneumonique. Son neveu s'apprêtait à entrer dans la pièce attenante. Il fut interpellé :

— Idéalement, pour mieux progresser dans tes recherches, ça prendrait le cadavre d'un cholérique, affirma Chapdelaine.

— Vous devez connaître les dangers de l'infection, mon oncle. Quelqu'un m'en a déjà offert un et j'ai refusé. Vous vous souvenez du bonhomme Duhaime…

L'étudiant révéla que le fossoyeur lui avait proposé le corps du défunt, peut-être dans l'espoir que le jeune praticien soit contaminé. D'ailleurs, il redoutait les agissements de Trahan dans la maladie de l'Irlandais.

— Coudonc, je suis en train de me demander si c'est pas volontaire de sa part. Il y aurait pas une histoire d'amour avec la belle Angélique derrière ça ?...

Antoine avait baissé les paupières. L'oncle, qui avait perçu le malaise, fit une diversion. Il confessa que, lors de ses études de médecine à l'Hôtel-Dieu de Québec, il avait dû recourir à un expédient commode pour se tirer d'embarras...

C'était à une époque révolue. Tous ses camarades avaient besoin de cadavres pour apprendre l'anatomie humaine. Des rapines, ces sortes d'enlèvements, survenaient surtout en hiver, car les corps étaient alors entreposés dans un charnier, en attente d'une inhumation au printemps. Le reste de l'année, certains les volaient eux-mêmes dans les cimetières, d'autres s'en procuraient en payant des revendeurs. Peu fortuné, il se montra débrouillard : plutôt que de débourser auprès d'un intermédiaire, l'oncle, lui, s'adjoignait les services d'un collaborateur de l'hôpital. Chaque fois, les dépouilles dérobées étaient acheminées en cachette dans sa chambre d'étudiant, ce qui lui permettait de disséquer n'importe quand, selon les besoins.

***

Quelques jours plus tard, lors de leurs visites matinales au village, l'oncle et son neveu furent confrontés à une imprévisible concurrence. Malgré les interventions diligentes du médecin chevronné, plusieurs s'étaient mis à douter de ses compétences. Or, depuis un certain temps, le bruit courait qu'une certaine Mme Laramée avait ouvert un bureau de consultation près de l'auberge Godreau, dans un petit logis qui donnait sur la rue. La guérisseuse offrait même le gîte pour ceux qui nécessitaient des soins prolongés.

Antoine frappa chez les Gadoury. La ménagère, qui avait grandement subi la flétrissure de l'âge, ouvrit sans ménagement.

— Comment ça va, votre mari ? demanda-t-il.

— Pas trop bien ! répondit-elle, la face hostile. Mais là, je vas le faire voir par la sauvagesse, Mme Laramée. Je connais ben du monde qui ont été soignés par elle, pis qui sont ben satisfaits…

— Fais-les rentrer, Ludmilla ! implora le vieux, affalé dans sa berçante.

— Est-ce qu'on peut connaître les symptômes ? insista Chapdelaine, dès le seuil. Faudrait pas vous faire berner par un charlatan…

— Même s'il avait le choléra, c'est pas sûr que vous pourriez le sauver, fustigea la femme. Dans la paroisse, plusieurs ont trépassé, vous avez pas réussi à leur redonner la santé…

— À votre convenance, madame Gadoury ! rétorqua le jeune praticien. Pour vous accommoder, je vais l'accompagner, parce qu'il a pas l'air en état de se déplacer par lui-même.

Insulté, le Dr Chapdelaine avait bougonné en tournant les talons et s'éloignait dans la rue. Le malade s'était levé et progressait péniblement vers le seuil. Scapulaire au cou, Antoine exigea de se désinfecter les mains. Puis, assisté de sa vieille, le malade fut halé à bord d'un tombereau, que le jeune médecin tira dans la rue et qu'il immobilisa sur la façade d'une maison voisine de l'auberge.

Sur la devanture de l'établissement, bride au poing, l'Irlandais menait un cheval pour l'atteler à la diligence. Antoine le remarqua.

— Ah ! bien ! Je savais que t'étais parti du moulin, mais j'ignorais que t'étais à l'emploi de Jean-Baptiste Godreau, déclara-t-il.

— Et toi, t'as laissé ton oncle pour étudier avec la guérisseuse ? railla Dunnagan, un brin sarcastique.

Peu lui importait de répondre ! Antoine désirait s'arranger seul avec le malade, qui d'ailleurs se plaignait, racotillé dans le tombereau. Il aida le vieillard à descendre de la voiture.

Une puissante odeur de sapinage les assaillit sitôt qu'ils traversèrent le seuil. Ils patientèrent dans une petite salle d'attente, grande comme la paume d'une main, où pouvaient s'entasser trois personnes, un nid tout à fait propice à la propagation de microbes. Aussi y avait-il une armoire vitrée, sans doute barrée à clef, dont les tablettes aux trois quarts vides mettaient en vedette le produit miracle de la guérisseuse dans des pots de verre. En entrant, le pauvre homme s'était affalé sur une chaise et bleuissait : sa figure, ses bras, ses mains se teintaient de bleu. Même la peau de son crâne dégarni changeait de couleur et verdissait.

Une main venait d'écarter la tenture de taffetas mauve. Une dame dans la soixantaine, vêtue d'une chemise et d'une jupe à l'indienne en loques, se montra. Ses cheveux étaient nattés en tresses, son menton fourchu affublé d'une verrue hideuse d'où émergeait une touffe de poils drus. Elle portait au cou et aux poignets une sorte de talisman.

— Ah ! je vois, observa-t-elle au premier abord. C'est ce fameux mal qui court dans les parages. Si vous voulez vous donner la peine de me suivre avec votre grand-père…

Antoine s'était retenu de corriger la guérisseuse : il n'était pas le petit-fils du malade. Dans la pièce sobrement meublée, elle invita le vieux, grelottant, à s'allonger sur un sofa.

— Je vous reviens dans quelques minutes, dit-elle, faut que je m'occupe de ma recette.

Elle se rendit à la cuisine. Une immense bouffée de chaleur odorante s'en échappa. Antoine profita de l'ouverture pour satisfaire sa curiosité. Dans la marmite pendue à la crémaillère, une soupe glougloutait. La soigneuse se tenait près de l'âtre et jetait des poignées d'herbes en prononçant des incantations mystérieuses. Antoine retourna auprès de M. Gadoury.

Une demi-heure s'était égrenée et la guérisseuse n'était pas réapparue. Le patient poussait maintenant des gémissements de lamentation ; le cas du malade empirait. Fort intrigué, l'étudiant alla s'encadrer dans l'embrasure de la cuisine. La sauvagesse touillait sa mixture avec une énorme louche en terre cuite qu'elle appelait sa braoule. Ensuite, elle prit une tasse, la plongea dans l'étrange concoction et, du bout des lèvres, en aspira une lampée avec un air de contentement. Elle revint dans la pièce avec une chope brûlante.

— Ça sent beaucoup la gomme de sapin ou d'épinette, commenta Antoine. Si ce n'est pas indiscret, est-ce possible de savoir ce que vous mettez dans votre préparation?

— C'est secret, jeune homme. Par contre, je peux vous dire que mon remède est éprouvé: il guérit les maux de tête, les affections du foie, les attaques bilieuses, la dyspepsie, la diarrhée chronique, la dysenterie, la jaunisse, les reflux gastriques, l'acidité de l'estomac, la constipation, les coliques et même le choléra morbus. Maintenant, aidez-moi à faire boire votre grand-père!

Le vieillard releva la tête, trempa ses lèvres dans le liquide chaud, qu'il aspira avec délice.

— Étant donné son grand âge, il devra garder le lit toute la journée, recommanda-t-elle. Il sera rétabli demain matin.

Avec la force qui lui restait, le vieux protestait, clamait qu'il n'avait pas le sou pour payer son séjour dans un hôpital de fortune, qu'il préférait rentrer chez lui. La sauvagesse invoqua que le non-respect de ses recommandations ne garantissait pas la guérison. Il obtempéra.

***

Vers huit heures, en ce matin mouillé de bruine, le jeune praticien se rendait chez Mme Laramée, désavoué par son oncle. Chapdelaine avait clairement réprouvé la démarche de son neveu qui, selon ses dires, était de nature à jeter le discrédit sur l'honorable profession de médecin. Mais Antoine, autant par soif d'apprendre que par compassion, avait tenu tête au savant. Au déjeuner, une discussion avait soulevé l'incompréhension des domestiques, sa tante lui avait reproché son ingratitude. Bref, il était seul dans son camp !

Antoine cogna timidement. Un bruit de pas qui se rapprochent l'étonna. Le vieux Gadoury ouvrit, une tasse à la main.

— J'achève de prendre ma potion, mentionna-t-il, ragaillardi.

À part de discrètes plaques bleues sur les bras et de légères boursouflures au visage, l'homme était méconnaissable. Il entraîna l'aspirant médecin dans la salle d'attente déjà occupée par trois personnes. Une dame éprouva un violent ressentiment :

— Comment voulez-vous qu'on fasse confiance à la médecine quand un docteur amène son patient à une guérisseuse ! commenta-t-elle.

Mme Laramée surgit dans la place exiguë.

— Au suivant ! annonça-t-elle. Vous, jeune homme, il reste à régler pour votre grand-père, exigea-t-elle à l'adresse d'Antoine. Il faut calculer le coût du traitement, le remède, le gîte pour la nuit pis les repas.

Elle prit d'abord l'argent et déverrouilla l'armoire vitrée. Ensuite, elle tira deux bouteilles, une pour le vieillard et l'autre pour son accompagnateur…

***

Le Dr Chapdelaine avait promené son air maussade toute la journée. Il avait été choqué d'apprendre, de la bouche même de son neveu, qu'il avait déboursé pour l'entièreté des soins prodigués au vieillard et pour son hébergement. Au souper, il avait déblatéré sur le compte de la guérisseuse. Sa femme voulut lui remonter le moral.

— J'ai pour mon dire que la sauvagesse est venue s'établir à Saint-Césaire parce qu'elle a été chassée d'une autre paroisse, affirma-t-elle.

— Je suis bien prêt à le croire, Cordélia, exprima le savant, mais en attendant on est pris avec un imposteur qui abuse de la population.

— Je vous ferai remarquer, mon oncle, que Mme Laramée est de plus en plus populaire. D'ailleurs, je me suis procuré une de ses fameuses bouteilles de remède que j'ai apportée au laboratoire…

— Ah ! bien, réagit le savant, soudainement enthousiaste.

Le Dr Chapdelaine parut très désireux de connaître les vertus miraculeuses du médicament et sa composition. Antoine élabora une liste de maladies ou de problèmes de santé pour lesquels le liquide avait prétendument un effet incomparable. Puis…

— Où vas-tu, mon mari ?

Le savant avait reculé sa chaise et marchait vers son officine, entraînant son neveu derrière lui. Le spécimen reposait sur la table de travail couverte d'une pierre de granit. Il s'empara de la bouteille, la déboucha et huma.

— Ça sent la gomme de sapin à plein nez ! commenta-t-il. Mais j'avoue que l'odeur n'est pas désagréable.

— Jusque-là, avec tout le respect que je vous dois, vous ne m'apprenez rien, mon oncle…

— En effet, mon neveu, le tout est de connaître les ingrédients qui composent le produit.

Les deux hommes revêtirent leur sarrau. Puis ils versèrent des échantillons du remède dans une fiole pour obtenir un aperçu de la matière en suspension. Le vieux chercheur approcha le tube de son lorgnon.

— À première vue, ce liquide contient de la sauge, du romarin, du basilic et de la cardamome.

Afin de pousser plus loin son expertise, le savant déposa quelques gouttes de la potion sur la lamelle du microscope. Les yeux pétillants, Antoine observait l'homme dont toutes les forces mentales étaient à présent déployées pour élucider un mystère.

— Voyons voir ! Je remarque la présence d'une sorte de fougère, de son nom latin *Adiantum pedatum*, communément appelée capillaire, une plante anciennement reconnue pour guérir les maladies pulmonaires que l'on consomme sous forme de sirop. Quant au goût, il provient assurément du baume blanc, une résine employée pour guérir les plaies, mais aussi pour soigner divers maux affectant les poumons.

— Qu'allons-nous faire maintenant, mon oncle ? demanda l'assistant.

— Rien pour le moment, répondit évasivement le vieil homme.

Dans sa grande sagesse, l'érudit était d'avis qu'il ne fallait pas se précipiter pour plagier la composition du produit, que l'efficacité du remède restait à démontrer. Pour l'heure, on se devait d'attendre et d'observer l'évolution des choses…

11

Les tournées du Dr Chapdelaine s'écourtaient. Dès lors que le bon médecin et son neveu s'amenaient dans les parages, on se méfiait ; si bien qu'ils se butaient parfois à des portes closes. Pour un rhume, des nausées, des tremblements, l'apparition de plaques violettes sur le corps, une évacuation fréquente de selles liquides ou pâteuses, on recourait à la potion de Mme Laramée.

Devant l'ampleur du phénomène, le docteur avait résolu, pour un certain temps du moins, de renoncer à ses visites et de demeurer disponible à son bureau. Antoine, lui, craignant son avenir de médecin compromis, s'entêtait à vouloir recréer un sirop aux propriétés bienfaisantes pour concurrencer le remède de la guérisseuse. La résine de conifères étant la base de la préparation, afin d'en acquérir, il décida de faire une incursion à la campagne.

Monté sur le cheval blond de son oncle, le cavalier galopait dans le rang de la Barbue. Il avait pris soin de mettre, dans ses fourreaux de cuir attachés à l'arçon de sa selle, des petits bocaux de verre et un couteau afin de prélever la substance visqueuse convoitée. Il se rappela ses courses effrénées vers son amante, disparue de sa vie, mais toujours présente dans son cœur. À son retour, après sa récolte, il s'attarderait quelques minutes au moulin, dans l'espoir de ranimer la flamme mourante de ses amours.

Sa monture s'immobilisa à un bosquet de sapins. Comme un parfum des bois, le bouquet d'arbres embaumait l'air de sa résine odorante et de son épaisse ramure. Des oiseaux s'affolèrent en criant. Il sauta à terre, attacha les rênes à une branche. Dans ses fontes, il prit un bocal, son couteau, s'enfonça dans le massif et procéda à l'extraction de la précieuse matière. Ses pots presque remplis de la substance visqueuse une fois remisés dans ses fourreaux, il remonta sur son cheval et gagna le moulin.

Quelques charrettes et des chevaux sans cavalier flanquaient le bâtiment. Manifestement, une certaine activité régnait sur les lieux. Les portes étaient grandes ouvertes et les meules en mouvement grondaient. Il entra.

— Ça sent le sapinage, commenta un joueur de dames. As-tu remplacé le camphre par la gomme de sapin, coudonc ?

— Dis donc, le Dr Chapdelaine est-tu malade, ricana Elphège. Tu vas le soigner avec de la gomme de sapin, je suppose…

— Ne soyez pas méchant, monsieur Poirier. Si vous faites allusion à Mme Laramée, ne croyez pas qu'elle détient le meilleur des remèdes. D'ailleurs, c'est quand même étonnant que, tout à coup, vous fassiez confiance à un charlatan.

Le meunier s'affairait au bluteau. Devinant le motif de la visite du garçon qui paraissait dans l'embarras, il désigna l'extérieur.

Sur la berge de la rivière, la jeune fille était à quatre pattes sur des pierres plates, le corps ployé sur l'onde vaseuse. Les cheveux en torsade sur le cou, battoir à la main, elle tapait le linge sale pour le désencrasser. Entre deux mouvements, un bruit sec dans les broussailles l'alerta. Elle se retourna :

— Antoine ! sursauta-t-elle.

Frémissante, elle ressentait un malaise indéfinissable à le revoir, avec son allure virile, ses cheveux noir de jais, dans le flamboiement du soleil matinal.

— Je te fais encore de l'effet, badina-t-il.

Elle avait failli lui rétorquer qu'il s'illusionnait, mais elle mentait mal. Afin de mieux dissimuler sa joie, la lavandière avait repris son ouvrage avec une ardeur redoublée. Il se contentait de la contempler, songeant qu'un jour, si tout redevenait comme auparavant, elle cesserait de frotter et confierait la tâche à une domestique. Aussi fut-il tenté de mentionner qu'il avait revu l'Irlandais, un sans avenir, attelé aux petites besognes et au décrottage des écuries à l'auberge Godreau, et vivant dans un galetas pouilleux dans les combles du bâtiment. Mais il détestait les gens présomptueux !

Il lui offrit de rapporter au moulin son lourd panier de linge mouillé ; elle refusa, prit la banne par les deux anses, l'appuya sur sa hanche et attendit un moment, l'air insistant.

À présent, il repartait, sans lui avoir expliqué ce qui l'avait amené dans les environs. Elle était persuadée qu'elle le reverrait…

***

Tout était tranquille dans la résidence. Dans ses appartements, Mme Chapdelaine s'était avachie dans un fauteuil avec un roman. En matinée, seulement deux patients étaient venus consulter le médecin. Alors que Balthazar était à l'entretien extérieur de la propriété, Amanda s'employait à désinfecter les endroits les plus passants dans la maison. Le pensionnaire parut avec ses bocaux.

— Qu'est-ce qu'il y a là-dedans ? s'énerva-t-elle.

— De la gomme de sapin pour le dîner, plaisanta-t-il. Blague à part, je veux confectionner un sirop à base de résine et j'ai besoin de ton aide.

Perplexe, elle accompagna le jeune chercheur au potager, pour cueillir des fines herbes qui entreraient dans la fabrication du produit. Sauge, romarin, basilic furent jetés dans une marmite où bouillonnait une eau visqueuse parfumée.

Incommodée par la senteur qui montait à l'étage, Mme Chapdelaine descendit et retrouva son mari à la cuisine, le nez au-dessus du gros chaudron.

— Pour l'amour du bon Dieu, qu'est-ce que c'est que ce julep ? s'irrita le savant à l'adresse de la cuisinière.

— Soyez indulgent envers Amanda, mon oncle. Elle ne fait qu'exécuter ma demande. Quant à ne rien faire, je pense que ça vaut la peine d'essayer de trouver un médicament pour concurrencer le sirop de Mme Laramée, rétorqua Antoine.

La physionomie jouissive, la tante regardait son mari qui, précédé de la domestique, avait empoigné la marmite et la sortait au-dehors.

***

Au presbytère, le curé Delisle exultait. Il avait acquis la conviction que ses deux neuvaines avaient porté leurs fruits. En juillet, un adulte de moins avait trépassé du choléra, comparativement au mois précédent. En fait, épris de justice, il ne s'en attribuait pas tout le mérite ; les supplications de ses ouailles jointes aux siennes avaient touché le Très-Haut, qui avait finalement obtempéré en missionnant la guérisseuse pour combattre la maladie. Aussi cette régression dans le nombre de cas servait-elle à alléger sa culpabilité. Du reste, il considérait qu'il avait bien assez pâti pour avoir rêvé qu'un malheur s'abatte sur les paroissiens qui ne payaient pas leur dîme et n'apportaient rien à sa table.

Néanmoins, le pasteur avait repris son bâton de pèlerin pour toquer aux portes des récalcitrants. C'est ainsi qu'il aboutit au bord de la Yamaska chez Sévère Cardin, fabricant de potasse.

Son cheval s'immobilisa près de gros chaudrons fumants, dans lesquels de l'eau mêlée à de la cendre bouillait, à l'endroit où l'on déchargeait des bûches pour alimenter le feu. Il s'adressa à l'artisan :

— Je peux-tu te parler ! s'écria le prêtre.

Le propriétaire délaissa la grappe d'hommes qui s'affairaient au déchargement du bois et s'approcha du visiteur, la mine méfiante, en dardant sur lui ses yeux charbonneux.

— C'est reparti en grand ! commenta le curé.

— Ça fait juste recommencer, expliqua Cardin. Le chantier a été arrêté une secousse à cause de ce maudit choléra. Là, ça a ben l'air de se calmer. Il était temps que l'ouvrage reprenne, le monde était à la veille de crever de faim.

— Comme ça, tu vas pouvoir payer ton dû cette année !

— J'ai pas dit ça, maugréa le fabricant. Vous repasserez l'année prochaine, pis là on verra. En attendant, va falloir vous serrer la ceinture.

Des cultivateurs affairés au charriage des bûches s'étaient éclatés de rire. Bredouille, le prêtre fit demi-tour et regagna son presbytère.

***

Mme Laramée faisait des affaires d'or. Non seulement on la consultait pour des symptômes graves ou bénins, mais on s'approvisionnait de son sirop en prévision d'un quelconque malaise qui pourrait survenir. Cependant, le fameux remède produisait chez la population un effet pervers, entretenant l'illusion que le fait de l'utiliser ou même de le posséder était le meilleur moyen de se prémunir contre la maladie.

Le village semblait renaître : les habitants s'étaient remis à se voisiner, à fréquenter les commerces. On se faisait la bise, on se serrait la main. Grâce à l'intervention divine et à la guérisseuse, la calamité était désormais chose du passé. Dans tout ce qui avait bouleversé l'existence de ses paroissiens, le pasteur avait une bonne pensée pour les familles endeuillées et pour le Dr Chapdelaine, rudement éprouvé par la venue de sa concurrente. C'est le cœur débordant de compassion qu'il se présenta chez le médecin.

— Ne me dites pas que vous désirez vous faire soigner, messire Delisle ? persifla le docteur, à la porte de son cabinet.

— C'est plutôt à moi de vous demander comment ça va, rétorqua le prêtre.

Les deux hommes s'installèrent dans la pièce, de part et d'autre du bureau. Le vieux praticien exprima son désarroi devant la population qui l'avait délaissé, au profit d'une guérisseuse qui débitait son petit boniment comme on récite une prière et qui avait réussi à entourlouper ses patients.

— Épargnez-moi les comparaisons boiteuses, Augustin. Ne mêlez pas la prière à ça, ce serait un odieux blasphème, une insulte au Seigneur.

— N'essayez pas de vous disculper, messire Delisle. Un de mes patients, qui continue de me consulter, m'a rapporté qu'il vous a aperçu un soir, dans l'épaisseur des ténèbres, faisant la file chez Mme Laramée. Je pense que vous auriez plus de chance avec de l'eau bénite qu'avec son sirop miraculeux…

Le praticien continua de récriminer contre l'étrangère, une emberlificoteuse qui abusait de la naïveté des habitants.

— Au lieu de déblatérer contre votre prochain, reconnaissez donc que la science a ses limites, conclut le saint homme.

Il avait reculé sa chaise et se rendait à la porte du cabinet.

— Mais de là à s'en remettre à une guérisseuse, contesta Chapdelaine, élevant la voix. Je ne suis pas devin, mais je crois qu'on est appelés à se revoir bientôt dans des circonstances funestes, prédit-il.

Sans se retourner, le prêtre actionna la poignée et prit congé.

* * *

La sinistre prophétie du Dr Chapdelaine ne devait pas tarder à s'accomplir…

Vers les onze heures du soir, engoncé dans son fauteuil, le bon médecin s'abîmait dans de tristes pensées. Sa femme, son neveu et les domestiques s'étaient mis à quatre pour essayer de le convaincre de gagner sa couche, mais en vain. Au faîte de sa carrière, il repensait au bien qu'il avait fait, à tous ces gens qu'il avait soignés et guéris, à toute la reconnaissance témoignée au cours de ses années de pratique, et à ce retournement subit qui l'atteignait en plein cœur. Quelle ingratitude !

En ce moment, il n'existait plus, les patients l'avaient effacé de leur mémoire. Sans leur souhaiter un malheur, il demeurait persuadé que la maladie qui courait n'avait pas prononcé son dernier mot, qu'on pouvait encore recourir à son expérience. Madame docteur fit irruption dans la pièce.

— Viens te coucher, Augustin ! supplia-t-elle.

— Je ne dormirai pas, Cordélia, répondit-il, d'une voix dolente.

— Avec tous les médicaments de ta pharmacie, tu dois bien avoir quelque chose…

— Du sirop de Mme Laramée, peut-être ?

La répartie douce-amère avait insulté sa femme. Elle était remontée à leur chambre, l'abandonnant à son désarroi.

Deux heures venaient de sonner à l'horloge. Le bon docteur avait fini par sombrer dans un sommeil abyssal, la tête posée sur un coussin fleuri du salon. Une main énervée secoua la porte de la résidence. Il se réveilla en sursaut, fouilla l'obscurité, repéra un rayon de lune qui gambillait sur le vernis d'un meuble, et s'achemina à l'entrée ; il ouvrit. La mère Gadoury était sur la galerie, la tête effarée.

— C'est mon mari, il est après mourir, faites quelque chose, je vous en supplie…

— J'arrive, madame…

Le ton de sa voix trahissait son enthousiasme à intervenir. Il assura la femme qu'il déploierait tous les efforts requis pour sauver son homme, sans toutefois promettre sa guérison. Il s'empressa à l'étage pour réveiller Antoine qu'il dépêcha auprès du curé.

En proie aux convulsions de l'agonie, le malade paraissait en effet rendu à sa dernière extrémité lorsque le médecin se pencha à son chevet.

— Je vois, se prononça-t-il, un autre cas de choléra morbus. Apportez-moi une bassine de vinaigre et de l'eau.

Lissant ses favoris, son regard erra dans la pénombre de la chambre et se posa sur la commode. À la lueur de la lampe fumeuse accrochée à une poutre se dressait un cimetière de bouteilles vides.

Le Dr Chapdelaine se désinfecta les mains, puis administra deux pastilles d'opium au patient. Ensuite, il s'employa à lui dévêtir le torse, le frictionna avec toute la vigueur dont il était capable. Pendant ce temps, la vieillarde, qui avait décroché son chapelet de la tête du lit, priait. Le temps était compté. Ses lèvres s'activaient pour combattre la mort, comme si une renaissance était possible en accélérant les *Ave Maria*. Son vieux semblait rendu en fin de vie, mais elle n'acceptait pas que Dieu le lui arrache si bêtement. Elle regretta toutes les chicanes, les mésententes, ainsi que tous les désaccords qui les avaient éloignés, elle et son mari, et demandait pardon. On frappa à sa chaumière ; elle se pressa à la porte.

Sans perdre une seconde, Antoine prit le relais de son oncle pour frictionner les membres de l'agonisant. Puis, tel un linceul enveloppant, des couvertures furent étendues sur tout le corps. Il ne restait que la face bleuie et grimaçante du vieillard qui dépassait.

Le curé, qui avait exigé qu'on allume des cierges, s'était mis en prière. Pâle de désespoir, la femme exigea du prêtre qu'il confesse son mari, lui donne la communion et le bénisse en lui dessinant une croix sur le front avec du saint chrême. Il lui rétorqua qu'il n'acceptait pas les directives, qu'il savait ce qu'il avait à faire, qu'il procéderait selon les rites de la sainte mère l'Église.

Après, on se rassembla autour du mourant.

— Maintenant que je l'ai recommandé à Dieu, conclut le pasteur, il faut attendre…

Chapdelaine l'entraîna vers la commode jonchée de contenants vides du sirop de la guérisseuse. Il se pencha à son oreille.

— Si jamais il se rétablit, chuchota-t-il, j'espère que la science aura sa petite part de remerciements.

***

Au lendemain de la résurrection du vieux Gadoury, sa femme partait en guerre contre la guérisseuse. Afin d'appuyer ses revendications, elle avait imploré l'aspirant médecin de l'accompagner dans la présentation de ses doléances. Ainsi, par un bon matin du début d'août, elle surgissait chez Mme Laramée avec son arsenal de bouteilles à sec. Elle s'adressa à la petite file qui s'allongeait sur la devanture :

— Ne croyez pas aux sornettes de la sauvagesse, ce sont de purs mensonges ! dénonça-t-elle.

Il y avait là des gens de tous âges, habitants comme villageois, s'indignant de la vieillarde qui dérapait.

— Comment voulez-vous qu'on vous croie, madame Gadoury ? se récria l'un. Vous avez répandu que c'est grâce à son sirop que votre mari a été guéri du choléra. Pis là, vous prétendez le contraire…

La victime se défendait, expliquant qu'elle avait cru naïvement au pouvoir de la potion, mais que grâce au témoignage du jeune praticien qui l'accompagnait, elle pouvait faire la démonstration de l'inefficacité du produit. Au milieu de l'engueulade qui s'enflammait et de l'attroupement qui se formait, elle résolut de devancer la file. Affolée par l'ameutement et la rumeur qui gonflait, Mme Laramée ouvrit.

— J'exige un remboursement, clama Mme Gadoury, vous vendez de la camelote…

Une autre dame, qui avait une confiance inébranlable envers le produit de la sauvagesse, émergea du rang et se rua sur la revancharde. Sous l'impact, l'agressée avait perdu l'équilibre et tentait de se stabiliser, roulant sur les bouteilles échappées en tenant son chapeau. D'abord scandalisés, les observateurs se marraient, s'amusant de la scène désopilante qui les distrayait. Cependant, les exercices d'équilibriste n'étant pas dans ses cordes, Mme Gadoury finit par s'étaler au sol.

Antoine, qui avait gardé son sérieux, s'approcha d'elle et l'aida à se relever. Maintenant, il s'éloignait avec elle, la soutenant dans sa démarche de vieille femme cassée en deux et ridiculisée.

— Ben bon pour la vieille chialeuse ! se moquait-on.

***

Les derniers jours, les malades affluaient au cabinet du Dr Chapdelaine. D'abord peu nombreux, la frange de mécontents n'avait cessé de s'allonger. Ils avaient en commun une sorte de boursouflures sur la peau, que la potion de la guérisseuse ne parvenait pas à atténuer. Après quelques cas dans la même demi-journée, l'érudit et son neveu en étaient venus à la conclusion que c'est précisément le liquide sirupeux employé à toutes les sauces qui provoquait ces éruptions cutanées. Si les adeptes inconditionnels du produit continuaient de l'utiliser sans discernement, en revanche le nombre de fervents avait sensiblement diminué et réclamait à son tour un remboursement. Désormais, les files qui s'étiraient devant le logis de Mme Laramée étaient surtout composées d'insatisfaits, si bien qu'un matin de la même semaine, Jean-Baptiste Godreau, le propriétaire de l'immeuble, retontit au bureau du médecin, la mine piteuse, les moustaches tombantes.

— Bonjour, messieurs les docteurs ! salua l'aubergiste.

— Qu'est-ce que je peux faire pour vous ? s'enquit Chapdelaine.

— Devinez ce qui m'arrive ?

Au cours de la nuit, sans prévenir, Mme Laramée avait ramassé ses babioles. La guérisseuse s'était faufilée en douce dans les ténèbres sans payer son loyer. L'homme d'affaires se plaignait d'avoir été berné par la fumiste, évaporée dans la nature. Accaparé par son auberge, il ne pouvait se permettre de ratisser la région pour l'attraper, avant qu'elle n'embobine d'autres victimes.

— Avez-vous pensé à missionner l'Irlandais ? suggéra Antoine, un brin railleur.

— Dites-moi plutôt ce qui vous amène, incita plus sérieusement Chapdelaine.

— Avoir su…

Il s'accusait d'imbécillité et se désolait pour les bouleversements engendrés par sa cupidité et son empressement à louer à une profiteuse.

— Vous ne pouviez pas savoir, Jean-Baptiste, le rassura Chapdelaine. L'important, c'est que tout redevienne à la normale et que la population bénéficie des soins auxquels elle a droit.

***

Depuis un certain temps, le Dr Chapdelaine négligeait son ami, le notaire Dussault. À la fin d'une matinée, la tournée de ses patients achevée, il s'arrêta chez le tabellion. Antoine avait consenti à l'accompagner, moyennant une visite brève. Dans l'espoir d'être épargnée de la terrible maladie, la bourgeoise s'était réfugiée dans la parenté, au cœur du faubourg le moins misérable de Montréal. Sa fille Delphine avait refusé de la suivre, alléguant une mésentente avec une cousine pimbêche qui ne lui revenait pas. « Tant pis pour toi, mon enfant, si tu attrapes le dangereux microbe ! » l'avait-elle prévenue.

— Je pense qu'on devra se reprendre, commenta Antoine. Il y a déjà quelqu'un…

Il n'était pas certain d'avoir reconnu un cheval des Blanchette, mais peu lui importait. Quant à être rendu, l'oncle s'entêta à cogner chez son ami. Agathe, la domestique, vint répondre.

— Ah ! docteur, exprima-t-elle dès le seuil. Il se passe des choses dans cette maison…

Visiblement exaspérée, elle convia les visiteurs à la suivre, racontant que, depuis le départ de Madame, maître Dussault était méconnaissable et que sa fille recevait un garçon de la campagne. À cet égard, elle abondait dans le même sens que sa bourgeoise. Le notaire, qui avait perçu la voix chevrotante de la servante, montra sa barbichette de bouc dans l'entrebâillement.

— Mon bon ami Augustin ! vasouilla-t-il, tirant la porte de son étude.

Le souffle aviné du notaire avait surpris le médecin. Dans la pièce aux volets fermés, installés sur des chaises confortables, les visiteurs promenèrent un regard désolant sur les lieux. Sur les tablettes, des bouteilles vides côtoyaient les documents. Sur le bureau trônait un cruchon de grès avec son bouchon de liège à côté. Chapdelaine risqua une remarque :

— Tu es tombé dans le brandy épicé, asteure…

L'air embarrassé, Dussault agrippa le coupe-papier d'argent qui reposait sur le sous-main. Tout en le tripotant, il admit qu'il s'était approvisionné du sirop de Mme Laramée et que, sa réserve à sec, il s'était rabattu sur la boisson et sur le vin de sa cave. C'est elle qui lui assurait à présent une protection contre la peste bleue et qui lui permettait de garder son cabinet ouvert à la clientèle.

— Je te croyais plus avisé, mon cher François-Xavier.

Des éclats de rire fusèrent en haut de l'escalier qui menait aux chambres. Pourchassée par son amoureux, Delphine dégringola les marches et parut dans le bureau, les souliers dans les mains. Théodule progressa lentement vers elle.

— Ah bien ! dit-elle, hors d'haleine.

— Si ta mère te voyait ! commenta Agathe.

La domestique venait d'apparaître derrière les tourtereaux, des éclairs foudroyants de réprimande dans les yeux.

— Tu ne m'empêcheras pas de faire ce que je veux ! cracha Delphine, l'air défiant. Tu n'es pas ma mère, après tout !

— De toute façon, ta mère, tu ne l'écoutes plus ! riposta Agathe. Qu'est-ce qu'il ne faut pas entendre…

Delphine se tourna vers Antoine.

— Je suis justement en train d'organiser une fête avec des amis pour samedi prochain, précisa-t-elle. Serais-tu intéressé à te joindre à nous ? Tu peux amener qui tu veux, ajouta-t-elle, décochant une œillade.

Tandis qu'Agathe débitait ses remontrances, Dussault, impuissant, avalait une rasade de brandy. La mine embarrassée, l'aspirant médecin tardait à répondre. Il s'imaginait en compagnie d'Angélique, lors d'une belle soirée au clair de lune, rêvassant sous les étoiles. Un peu comme un adolescent qui quémande l'approbation de son père, il consulta son oncle du regard.

— Je ne recommande pas tellement ce genre de rencontre avec un petit groupe d'amis, statua Chapdelaine. On semble assister à une recrudescence de la maladie et les contacts de proximité sont à éviter le plus possible.

La jeune fille se jeta au cou d'Antoine et le suppliait, se moquant de l'avis scientifique du savant.

— Je serai là ! décida le garçon.

* * *

Cet après-midi-là, le cabriolet avait remonté la Yamaska, reportant ainsi à une journée ultérieure une visite au moulin Foisy. La réponse que son neveu avait donnée à Delphine avait insulté le médecin. Il s'était retenu de le traiter d'irresponsable, d'apprenti inconséquent, et il avait choisi le silence pour manifester son désaccord. Au souper, cependant, madame docteur s'inquiéta du mutisme inhabituel qui régnait entre les deux hommes. Elle déposa violemment sa fourchette, interrogeant la tablée :

— Pourquoi ce silence ? Je deviens folle. Un autre de vos patients est trépassé à cause du choléra ?

— Il ne s'agit pas de cela, ma tante, balbutia Antoine. C'est une affaire entre mon oncle et moi.

— Ah bien ! Voyez-vous ça ? Il n'y a pas moyen de savoir ce qui se passe dans cette maison ! s'indigna la tante.

Devant la réticence des hommes à lui répondre d'une manière satisfaisante, elle reprit sa fourchette et se réfugia dans une bouderie infantile.

L'ambiance lourde avait pesé jusqu'à la fin du repas. La vaisselle récurée, Amanda, qui avait supporté le climat oppressant, retrouva son protégé dans sa garçonnière.

— Je te croyais dans ton laboratoire, exprima-t-elle.

Figé à son pupitre, il l'avait autorisée à entrer dans sa chambre. Elle s'approcha, posa tendrement ses mains sur les épaules du garçon.

— Je ressens ta peine, Antoine, et je devine que c'est pas simplement une question de mésentente avec ton oncle. Ai-je raison ?

— Oui et non ! J'ai agi comme un ingrat…

Avec tout le respect et la reconnaissance que le bon médecin méritait pour l'avoir hébergé, l'instruire de sa science, lui permettre d'utiliser son laboratoire, et toutes les largesses accordées, il avait eu l'audace de le braver ouvertement. C'était de l'effronterie !

Mais derrière cette ingratitude manifeste, un dessein l'avait animé. Elle voulut le connaître :

— Pourquoi donc ? interrogea-t-elle.

Il avait reçu une invitation impossible à décliner. Ce samedi, ils se rassembleraient entre amis chez le notaire Dussault, ce qui, de l'avis de l'oncle, ne constituait pas forcément une très bonne idée, car la maladie détenait ce pouvoir implacable de transmission.

— Je pensais que tu voulais te distancer de Delphine…

Il admettait que c'était bien le cas. La fille du notaire avait un soupirant en la personne de Théodule Blanchette et il espérait qu'Angélique puisse l'accompagner à la fête.

Elle était contente pour son protégé. Néanmoins, en tant que frotteuse avisée, elle considéra que l'amour, aussi grand soit-il, n'était pas assez fort pour détruire tous les microbes.

— Même avec un scapulaire de camphre ? badina-t-il.

— Même avec un scapulaire de camphre !

***

Ce n'est que le surlendemain, revenant du bout de la Barbue, que le cabriolet stationna au moulin. Un calme plat dominait les lieux. Les meules de pierre étaient réduites au silence, comme épuisées de leur perpétuel mouvement rotatoire. Chapdelaine s'était engouffré dans le bâtiment. L'air pensif, Antoine prenait son temps pour attacher les rênes, jetant un œil à la fenêtre du logis. Un doute s'empara de lui. Il réévaluait la demande qu'il s'apprêtait à faire. Était-ce précipité ? Comment Angélique le recevrait-elle ? Il cessa de tergiverser et entra.

L'oncle s'entretenait avec son ami qui, un outil à la main, s'affairait à une courroie de cuir.

— Ça y est, proféra fièrement le meunier, on va repartir tout ça demain. Ah ! notre jeune homme, s'exclama-t-il, l'apercevant. À l'heure qu'il est, vous nous ferez le bonheur de rester à souper.

— Non, non ! déclina Antoine. J'aimerais juste dire un mot à votre fille.

— Monte, ça va lui faire plaisir…

Envoûté par l'agréable fumet, le garçon s'engagea dans l'escalier étroit et parvint à l'étage. Près de l'âtre, Angélique arrosait la volaille de son bouillon. La poitrine haletante, elle ferma les yeux, savourant par avance la présence qu'elle devinait. Puis elle se retourna à demi.

— J'ai cru que c'était toi, exprima-t-elle, confuse.

— Est-ce que je me trompe ou si tu es contente de me voir ?

Un sourire gêné fleurit sur les lèvres de la jeune fille. Puis elle se remit à sa marmite, incapable d'envisager le garçon.

— Je voulais simplement t'inviter à m'accompagner à une fête chez Delphine Dussault ce samedi…

— Tu penses qu'on est prêts à reprendre ensemble ? objecta-t-elle.

Après les événements qu'ils avaient connus, les blessures, les peines infligées, les remords, pourquoi tout à coup ce besoin de rapprochement ? Elle repensa à l'Irlandais, ce beau charmeur venu de loin, qui avait brouillé les cartes de leur relation amoureuse, la raison première de leur éloignement. Et puis, comment rétablir à présent des liens rompus, recoller les pots cassés ?

Elle sentait que sa réponse pressait, mais elle désirait le faire languir, ne pas céder trop vite à son désir. Enfin, elle accepta.

Dans son débordement de joie, Antoine avait dévalé les marches pour rejoindre son oncle qui l'attendait dans sa voiture. Le cabriolet repartit allégrement vers le village.

* * *

Dans la chaleur étouffante de sa cuisine, Agathe suffoquait; elle était dépassée. Accoutumée aux plats raffinés, elle n'avait pas l'habitude de préparer un repas champêtre pour une bande de campagnards affamés. La face bouffie, elle s'affairait aux chaudrons avec une agitation frénétique. Les Dussault n'avaient jamais reçu à leur table une douzaine de convives, dont la plupart étaient des habitants. Croyant bien faire, la domestique avait prévenu le coup en s'adjoignant les services de sa nièce, une aide-cuisinière qui s'avérait d'une efficacité discutable. Néanmoins, elle avait concocté avec un certain succès une recette de punch de sa grand-mère. Dans un grand bol, elle avait ajouté deux cruchons de vin à une livre de cassonade et répandu une poignée de poivre, et dégusté le tout. En ce moment, sa nièce conversait avec un invité qui l'enjôlait sous la tonnelle de clématites, et cela l'énervait souverainement. Éperdue, elle sortit dans le jardin.

— Cécilia, aboya-t-elle, je suis débordée ! Arrive…

Par groupes de deux ou trois, on circulait sur le parterre de fleurs, un verre de punch à la main. On regardait la pauvre fille au tablier de dentelle, attardée à la treille, se hâter avec son cabaret vide vers la maison. L'air ennuyé par le calme trop serein qui régnait au jardin, un rustaud, ami de Théodule, s'adressa à Antoine.

— Heille, le toubib, ça te tenterait-tu de tirer au poignet ? s'écria Rodolphe, la mine bravache.

Tout autour, on attendait la réponse du jeune homme qui conversait avec Delphine et son amoureux. L'interpellé acquiesça du bout des lèvres.

— On va sortir une petite table et des chaises, décréta la fille du notaire.

Deux fils de fermiers pénétrèrent dans la résidence, s'emparèrent des pièces de mobilier qu'ils allèrent installer dans la partie gazonnée du jardin. Intéressés par le défi, on se rassembla autour des opposants. Battu d'avance, Antoine roula ses manches pour affronter les gros bras.

Les coudes posés à plat, l'épreuve de force s'engagea. Les garçons encourageaient le campagnard, sauf Théodule qui préférait rester neutre. Dès le départ, la physionomie chafouine, Rodolphe sembla faiblir. Mais ce n'était qu'illusion! Les dents serrées, Antoine déployait toute la puissance dont il était capable. Puis le vent tourna. Comme si la tromperie avait assez duré, son adversaire le renversa avec aisance pour mettre un terme à l'affrontement. D'autres parties de bras de fer suivirent, sans la participation du perdant. Puis Cécilia, la nièce de la servante, sonna une clochette pour convier la joyeuse compagnie à la table de l'hôtesse.

L'aide-cuisinière servit d'abord des bols de soupe aux pois. Puis ce furent des rôtis de porc frais et d'agneau, accompagnés de pommes de terre, de légumes et de ketchup vert, le tout arrosé de bonnes bouteilles de vin. Pour dessert, on se délecta de tartes aux framboises ou aux bleuets, de gâteaux avec des breuvages : un vrai festin de bûcheux!

Pendant ce temps, retiré à la cuisine, le notaire édenté sapait une soupe au vermicelle claire, dans laquelle il trempait un quignon de pain de ménage. Dans la salle à manger bruyante, on s'amusait follement. À travers les bruits et les éclats de rire qui fusaient, on entendait la voix perçante d'Agathe pour apaiser la tablée. Dans un débordement de plaisir, Cécilia s'était assise sur les genoux de Rodolphe qui l'avait agrippée à la taille en servant le dessert. Scandalisée, gardienne de la morale, sa tante la ramena par le chignon du cou à la cuisine avec de la vaisselle sale.

— T'es pas tanné de tout ce tapage? interrogea Angélique.

Antoine recula sa chaise et remorqua sa compagne sur la terrasse. Mais bientôt, la disparition du couple entraîna un flot à l'extérieur. Deux fermiers se plantèrent dans le gazon, l'un avec une ruine-babines, l'autre avec des cuillères. La musique commença.

Les ustensiles placés dos à dos sur la paume s'agitaient par saccades dans un va-et-vient de la main au genou.

On improvisa des danses. Les pas se rythmèrent sur des airs de gigues, de quadrilles ou de cotillons. Au milieu de cette horde de fêtards éméchés, Angélique parlait de rentrer au moulin.

Entre-temps, en ce samedi soir où la nuit gagnait sur le jour, l'Irlandais déambulait dans la rue, revenant à l'auberge Godreau. Alerté par les sons envoûtants, il s'immobilisa devant la résidence du tabellion. Un des chevaux attachés à la rambarde de la galerie confirma la présence d'un Blanchette. Il surgit dans la pénombre à l'arrière de la maison.

La musique s'arrêta. Delphine, qui swignait avec entrain au bras de Théodule, cessa de tournailler.

— Regarde qui est là, dit-elle à l'adresse de son compagnon.

Dans la tranquillité qui gouvernait la fête, on vit s'approcher l'étranger de la fille du meunier et de l'étudiant en médecine. Angélique ressentit confusément un malaise.

— Très heureux de te retrouver, exprima Dunnagan.

Elle abaissa silencieusement les paupières. Il l'informa qu'il était employé aux écuries de l'auberge et qu'il résidait au village. Puis il lui demanda comment elle allait depuis qu'il avait quitté le moulin. Antoine estima que la question était indiscrète. Il désira écourter la conversation.

— Tu vois pas qu'elle est embarrassée par ta présence, observa-t-il sèchement. Dégage maintenant…

L'Irlandais inclina respectueusement la tête devant Angélique et quitta les lieux. Delphine, l'instigatrice de la fête, intima l'ordre de reprendre la musique.

12

L'apparition de l'Irlandais pendant la soirée avait jeté un froid sur les convives. Mais Antoine et Angélique étaient certes demeurés les plus ébranlés par la rencontre importune. Lors de son voyage de retour au moulin, elle se montra peu bavarde. On n'entendait que le roulement du cabriolet, le coassement des grenouilles et le grésillement des grillons.

— Tu penses encore à lui, je suppose ! observa-t-il.

— Je voulais pas participer à la soirée, c'est toi qui as insisté. Comment je pouvais savoir qu'il serait là, lui…

Elle n'avait pu terminer sa phrase ; des larmes avaient perlé à ses paupières et ruisselaient sur ses joues blêmes. Pourquoi était-il réapparu dans sa vie ? Ses souvenirs s'évanouissaient, elle avait commencé à l'oublier, à se faire à l'idée qu'elle ne le reverrait plus. Elle l'avait cru éloigné d'elle à jamais, sorti de son existence, parti pour toujours dans un autre lieu, pour ne plus revenir.

C'est la mort dans l'âme qu'il la déposa au moulin de son père.

***

Les récents événements au patelin avaient entaché la crédibilité du Dr Chapdelaine. Cependant, avec la défilade de la guérisseuse, sa notoriété avait été quelque peu restaurée et le bon docteur bénéficiait à nouveau de la confiance de la plupart des habitants.

Au lendemain de la fête, au déjeuner, le vieux praticien dressait le bilan de la veille. Une main robuste frappa chez lui. Amanda s'empressa au seuil de la résidence. C'était Agathe, la domestique des Dussault.

— Faut absolument que le docteur vienne, ma nièce est au plus mal…

Quelques minutes plus tard, Chapdelaine et son assistant se hâtaient dans la rue. Afin de ménager son oncle, Antoine accordait son pas à celui du vieillard, la conscience rongée de remords : il lui avait désobéi et regrettait à présent d'avoir cédé à la demande de la fille du notaire. Comment donc la soirée s'était-elle terminée ? De quoi dépendait le mal dont Cécilia souffrait ? Il n'allait pas tarder à l'apprendre !

Le Dr Chapdelaine arriva à bout de souffle chez son ami.

Dévastée, inconsciente de l'inconvenance de sa tenue, Delphine était dans le vestibule et tremblotait dans sa chemise de nuit.

— Où est-elle ? s'enquit le médecin.

Devant la jeune fille devenue aphone, Agathe pointa le menton vers le haut des marches.

— Et François-Xavier ?

— Il s'est enfermé dans son cabinet, il a une peur bleue de la peste, répondit-elle.

Leurs mains désinfectées, les arrivants gravirent l'escalier dans le dos de la domestique.

— Je ne vous l'avais pas dit, mais ils sont deux malades dans la maison, précisa Agathe. Si Madame savait…

Elle poussa une première porte. Sous un ciel de lit entouré de mousseline blanche, l'aide-cuisinière était alitée et semblait divaguer.

— Cécilia n'est pas la pire, commenta-t-elle, d'une voix altérée.

Elle fit quelques pas et désigna la chambre de visite. Dans le lit de fer reposait Rodolphe, un fêtard qui avait, selon elle, contaminé sa nièce. Elle révéla que la soirée s'était étirée jusqu'aux petites heures, qu'elle subodorait des choses pas racontables qui s'étaient déroulées sous le toit de maître Dussault. Bien sûr, elle avait prévenu Delphine qu'elle rapporterait les faits à sa mère, et avisé Cécilia que des dangers couraient dans la maisonnée. Et pendant tout ce temps-là, le tabellion combattait les microbes en avalant des cruchons de boisson forte.

Sous des épaisseurs de couvertures, les corps marbrés de bleu furent désaltérés et on leur administra des pilules d'opium. Des séances de friction s'ensuivirent. Mais aucun malade ne donnait des signes encourageants. Vers dix heures trente, il se produisit un phénomène inquiétant: alors que la santé de Cécilia prenait du mieux, celle de Rodolphe se détériorait.

— Comment va-t-il? murmura-t-elle.

On l'avait assise dans le lit, les reins adossés à des oreillers de plumes. Afin de la rassurer, sa tante lui répondit qu'on s'occupait de son camarade, qu'ils étaient deux à le soigner, qu'ils mettaient toute leur science à sa disposition et qu'un gaillard de la campagne, habitué au grand air, avait toutes les ressources pour lutter contre les microbes.

Mais le discours de la tante Agathe changea lorsque la sonnette de cuivre tinta à la porte de la résidence. Elle descendit.

— Monsieur le curé!

— Delphine est venue me prévenir…

En effet, mandatée par les médecins, la fille du notaire avait troqué en vitesse sa jaquette de nuit contre une robe légère pour accourir au presbytère.

Dans l'atmosphère suffocante où reposait le garçon, on n'espérait plus qu'un miracle. Cependant, malgré les suppliques adressées au ciel, le moribond s'enfonçait dans la vase : on assistait à un autre échec de la médecine et tous les recours au Très-Haut étaient épuisés !

* * *

La porte tendue d'un crêpe noir avait d'abord créé l'illusion que Mme Dussault était revenue expirer à Saint-Césaire. Postés au seuil de la résidence, Delphine et Théodule accueillaient les visiteurs. Pour éviter les contacts, il avait été décidé de restreindre à deux à la fois le nombre de personnes présentes dans la salle à manger. La pièce où se trouvaient les jeunes convives avait été spécialement aménagée. Des cierges plantés dans leur chandelier d'argent éclairaient la dépouille dans un cercueil en bois de sapin. Les parents éplorés étaient venus se recueillir sur le corps de leur fils, indispensable sur la ferme, injustement arraché à la vie. À la fin de l'après-midi, le reste de la bande de joyeux lurons et plusieurs autres camarades vinrent à leur tour rendre un dernier hommage à leur ami défunt.

Le cavalier porteur de la clochette et la charrette au fanal venaient de stationner devant la résidence. Antoine s'entretenait avec Ignace Trahan sur les circonstances du décès.

— Quelqu'un m'a rapporté que t'étais présent à la fête, persifla le voiturier, la lèvre tordue. Pas avec n'importe qui, avec la belle Angélique. Comme ça, on est juste deux dans la course asteure : l'Irlandais est disparu du paysage !

— J'en suis pas aussi certain, commenta Antoine, énigmatique.

Puis le fossoyeur, devenu insensible aux mortalités, décida :

— Bon, ben, on va charger le cercueil ! intima-t-il, la voix tonnante. Ma journée est pas finie, faut que j'aille l'enterrer asteure !

Avec les précautions d'usage, on forma une haie plantée de jeunes. Six des leurs furent désignés pour transporter la bière dans la voiture funèbre.

À l'étage, Cécilia, flanquée de sa tante Agathe, pleurait toutes les larmes de son corps. Dans son cabinet, le tabellion Dussault consolait sa fille.

***

Après la petite cérémonie vite expédiée au cimetière, Ignace Trahan voulut se rincer le gosier à l'auberge. En entrant dans la salle à manger, il promena un regard sur les voyageurs qui passeraient sans doute la nuit au relais. Le tenancier était au bar, ses amis à une table ; il les rejoignit.

L'accorte Georgianna Godreau acheva de servir une assiette de poisson à un passager de la diligence et s'approcha du fossoyeur avec un bock de bière, avant de retourner à la cuisine.

— Coudonc, c'est-tu la femme du notaire que t'as enterré ? s'enquit Vital Patenaude.

— Tu sais ben que non, coupa Moyse Roy. Il y a pas grand microbes qui pognent après ce monde-là ! Pourtant, elle est partie à Montréal dans la parenté. Je me demande ben pourquoi elle est pas restée à Saint-Césaire comme son mari : lui, il est rendu qu'il boit comme un trou, ça a l'air, ricana-t-il.

Avec une froide insolence, le fossoyeur rapporta qu'il connaissait l'histoire…

La soirée avait mal tourné. Il y avait eu de la musique, des danses sur la terrasse, puis on s'était livré à du libertinage dans la maison du notaire. Au milieu de cette débauche, un couple s'était formé. Lui, un certain Rodolphe, un courailleux, avait séduit la nièce de la domestique, une certaine Cécilia, une dinde de la campagne. Finalement, au matin, les deux se sont retrouvés dans des chambres séparées, infestés de choléra morbus. Le Dr Chapdelaine et son neveu, présent à l'orgie, avaient été mandés pour les soigner. L'habitant n'avait pas survécu à sa nuit sulfureuse.

— Pis le gros curé Delisle, là-dedans ? questionna Patenaude.

Le saint homme qui prêchait la bonne conduite de la jeunesse devait être scandalisé de certaines de ses ouailles étourdies aux mœurs dissolues, expliqua Trahan.

Dans la pièce attenante, à la cuisine, l'Irlandais avait cessé de frotter un chaudron puis écouté avec un intérêt croissant le récit du fossoyeur. Ce qu'il avait entendu au sujet des actes répréhensibles le révulsa. *Je ne permettrai à quiconque d'abuser d'Angélique!* raisonna-t-il.

Il compta le nombre de clients qui restaient au bar et dans la salle à manger.

— On dirait que t'as hâte de finir, Patrick! observa la tenancière.

— Il y avait pas mal de monde ce soir, répondit-il.

— Si tu veux, finis de laver ce qui est là, pour le reste on va s'arranger, l'accommoda-t-elle, compréhensive. Tu vas pouvoir te reposer ensuite.

— Est-ce que ça serait possible de vous emprunter la Grise?

— Probablement, mon garçon! Parles-en à Jean-Baptiste, c'est à lui, il la garde précieusement.

Puis, la main rageuse, ruminant son dessein, il acheva de récurer toute la vaisselle sale qu'on lui avait apportée. Lorsque tous les clients désertèrent les lieux, il salua la patronne et regagna son galetas.

À la brunante, son petit bagage roulé derrière la selle, Patrick Dunnagan chevauchait sur la route du moulin. L'aubergiste Godreau lui avait prêté sa vieille jument grise pommelée de noir, mise au rancart, mais à laquelle il tenait comme à la prunelle de ses yeux. Le garçon d'écurie ne savait pas encore où il irait, mais au besoin, il s'arrêterait souvent pour ménager la bête. Il parvint à destination dans l'opacité des ténèbres.

Les oiseaux avaient interrompu leur ramage. Dunnagan sauta à terre et caressa l'encolure de son cheval. Au faîte du bâtiment, les battants étaient ouverts sur la fraîcheur du soir. Une ombre falote dansait à la fenêtre. Était-elle en train de lire ou de repriser quelque vêtement ? S'accrocher aux plantes grimpantes qui montaient aux croisées risquait de l'apeurer. Lancer une pierre n'était pas une bonne idée. Profitant de la quiétude momentanée, il plaça ses mains en cornet autour de sa bouche pour imiter le roucoulement de la tourterelle triste :

— OUH ! Ouh ! OUH ! Ouh ! répéta-t-il, simulant la tierce mineure du chant de l'oiseau.

La douce musique avait fasciné la belle, qui s'approcha de la croisée. Il libéra ses lèvres :

— C'est moi, Patrick ! souffla-t-il.

Que faisait-il là, à cette heure incongrue, pour venir l'importuner ? Penchée à la fenêtre, les mains sur l'allège du châssis, elle laissa le silence des ténèbres lui répondre.

Elle s'était retirée dans la clarté vacillante de la pièce. *Que dira père s'il me prend avec lui ?* Elle hésita longuement, sondant son cœur qui battait, comme dans un incontrôlable affolement. Puis elle troqua sa jaquette de coton contre une robe plus seyante et entreprit de descendre les marches du logis en évitant le bruit.

— Angélique ? sursauta le meunier.

— Je vais prendre l'air, je n'arrive pas à dormir, inventa-t-elle.

— Ah bon ! Il fait chaud ce soir, hein ?

Amèrement déçu, dans l'attente qui le tenaillait, le cavalier avait regagné sa monture. Désabusé, il jeta un dernier regard au faîte du bâtiment. Bride à la main, il empoigna le pommeau de la selle, posa son pied sur l'étrier. Il s'apprêtait à enfourcher la bête…

— Que fais-tu là ?

Il réprima son geste.

— Je voulais te voir, tu me manques tellement, Angélique. Je ne peux vivre sans toi…

Il pensa qu'elle s'élancerait vers lui, resplendissante de joie, heureuse des retrouvailles. Néanmoins, elle semblait résister à un élan amoureux.

— Je suis venu te chercher, déclara-t-il.

Elle considéra le bagage, roulé derrière la selle et les sacoches attachées à l'arçon, assurément pleines de victuailles. Il paraissait très sérieux.

— Où veux-tu m'amener ? demanda-t-elle, d'une voix étranglée. Je ne peux pas laisser mon père tout seul, il en mourrait…

— Je ne sais pas encore où aller, je désire m'éloigner, trouver un autre emploi. Je ne peux partir sans toi ! Si tu m'aimes, tu vas tout quitter pour me suivre…

Dans le silence de la nuit, elle eut le sentiment d'être déchirée entre l'amour et la raison. L'espace d'un bref instant, elle évalua la proposition du garçon. L'aimait-elle vraiment pour tout abandonner, s'engager dans une aventure ? Elle imagina partager sa vie avec lui au hasard de la route, manger en bordure du chemin, dormir dans les granges. Même ses rêves les plus insensés ne l'avaient jamais emmenée aussi loin ! Une frayeur s'empara d'elle.

— Non, Patrick, je ne peux pas et je ne veux pas ! affirma-t-elle, la voix empreinte d'émotion.

— Dans ce cas…

Elle regretta aussitôt son refus. À présent, elle contemplait le jeune homme qui enfourchait sa monture et s'éloignait, se dissipant dans la noirceur, sans se retourner. Des larmes douloureuses perlèrent à ses paupières. Elle remonta au logis.

— Est-ce que je me trompe ou si tu as de la peine, ma fille ?

— Je pensais à mère, qui nous a quittés depuis longtemps, elle me manque tellement !

— Je te comprends, c'était une épouse merveilleuse, je l'ai beaucoup aimée, tu sais…

Il la serra contre sa poitrine et ils pleurèrent ensemble.

* * *

De bon matin, la salle à manger s'animait de ses clients qui reprenaient la diligence pour Montréal. Une forte odeur de graillon se mêlait au parfum des voyageuses. Au milieu de l'activité intense qui l'animait, dans l'énervement des mouches collantes, Georgianna pensait confusément à la réserve de nourriture qui avait obscurément fondu. La tenancière avait préparé une montagne de grillades de lard salé, des patates tranchées rôties dans la graisse, des œufs frits, du fromage de chèvre, de grosses miches de pains ronds, boulangées la veille, du thé et du café d'orge. Elle avait chaud. Elle imaginait sa figure bouffie, son poitrail en sueur ruisselant comme sur le bec de sa bouilloire.

À une table, l'air maussade, le cocher tambourinait d'impatience du bout des doigts. Pour la troisième fois, il consulta sa montre de gousset en regardant l'aubergiste, qui se déporta aussitôt à l'embrasure de la cuisine :

— Arrives-tu, Georgianna ? Si ça continue, la diligence va être en retard.

— Apporte quelques assiettes, moi je fournis pas ! s'irrita-t-elle.

Exaspéré, le cocher se recula et se rendit à la fenêtre. Une pluie drue tombait sur la rue déserte.

— Je vous sers, monsieur Bonnallie, s'écria le tenancier, les mains pleines.

— Batinse ! jura le conducteur. Il mouille à siaux pis la voiture est même pas prête…

— Comment ça ?

L'aubergiste se débarrassa des assiettes et rebondit à la cuisine.

— Patrick a oublié de se réveiller, haleta-t-il.

— Que veux-tu que je te dise, Jean-Baptiste. La jeunesse, ça se couche tard sans bon sens. Puis c'est toi qui lui as donné la permission de prendre la Grise. Va voir…

Bourrassant, les jambes flageolantes, Godreau s'achemina à l'écurie. La voiture n'était pas attelée. Il ouvrit la porte à double battant, s'engouffra dans le bâtiment. Les chevaux n'avaient pas reçu leur ration d'avoine et la stalle de la Grise était inoccupée. Il escalada l'échelle qui menait au galetas de l'employé. Tous les effets personnels du jeune homme étaient disparus. Affolé, il regagna la cuisine.

— Tu me croiras jamais, Georgianna…

Elle était atterrée, pestait contre l'étranger qu'ils avaient accueilli et qui les mettait à présent dans le pétrin, tout en songeant aux victuailles mystérieusement évaporées. Son mari alla prévenir le cocher du malheur qui s'abattait sur leur établissement.

— Batinse de batinse ! blasphéma Bonnallie à la cantonade. Vous êtes pas capables d'engager du monde fiable…

Désappointés, les voyageurs dardèrent des yeux ensommeillés qui s'agrandirent sur Godreau.

— On a pas assez de coucher sur une méchante paillasse, de manger du gras, faut en plus partir en retard, se plaignit une fluette passagère.

Le conducteur avait traversé le seuil et se pressait vers l'écurie sous la pluie diluvienne. Il s'empressa d'abreuver ses bêtes et de verser dans la mangeoire deux boisseaux d'avoine et du foin sec.

***

Durant toute la journée, Jean-Baptiste et Georgianna se creusèrent les méninges pour résoudre l'énigme et solutionner le problème. Comment feraient-ils pour récupérer leur vieille jument grise à laquelle ils étaient attachés pour ses loyaux services ? Une intime relation affective unissait l'homme à la bête : il en retenait ses larmes ! C'est seulement au soir de cette sombre disparition que le ciel les éclaira…

Les neuvaines du curé Delisle pour enrayer la peste bleue dans sa paroisse étant terminées, Ignace Trahan avait retrouvé plus tôt ses compagnons à l'auberge. Les trois comparses devisaient familièrement sur le sujet du jour.

— Comme ça l'Irlandais a sacré son camp ! railla Vital Patenaude.

— Bon débarras ! renchérit Moyse Roy.

Derrière son comptoir, le tenancier avait perçu le propos qui le concernait. Au cours des dernières heures, les clients lui avaient maintes fois seriné des paroles désobligeantes sur la mauvaise décision qu'il avait prise d'embaucher un étranger. Excédé, il émergea de son retrait.

— Toi, Ignace, ça te tenterait pas de retrouver ma Grise ? implora-t-il, d'une voix larmoyante. Le curé perdrait son fossoyeur pendant une couple de jours, mais c'est pas ben grave, ça meurt moins ces temps-citte. Ben sûr, je vas te payer pis te fournir de quoi manger…

— L'étranger est une fripouille ! déclara le voleur de moutons. Du monde de même, ça mérite le bagne. Ça va me faire plaisir de retrouver votre jument. Mais va falloir sortir votre *cash* pis payer d'avance !

— La première moitié asteure, pis l'autre si tu réussis ta mission.

— Marché conclu ! Et je vous ramène notre homme, mort ou vif…

Trahan empocha la somme due, salua la compagnie et quitta prestement les lieux.

***

Le fossoyeur avait avisé le pasteur qu'il devrait se priver de lui pour sa brigade mortuaire et galopait dans la Barbue. Lui ayant rapporté que l'Irlandais avait été aperçu la veille au soir, à la brunante, sur la route du moulin, il fit halte à l'établissement.

Un châle resserré sur les épaules, Angélique s'émerveillait devant sa plate-bande d'hémérocalles lorsque le pas d'un cheval la tira de sa contemplation. Effrayée, elle leva les yeux vers le cavalier ; elle amorça un mouvement vers le moulin.

— Holà, mademoiselle ! C'est moé, Ignace, manifesta-t-il, descendant de sa monture.

Elle s'était arrêtée au seuil de l'établissement. La mine arrogante, il progressa vers elle.

— Que me veux-tu ? Me semblait que c'était fini entre nous…

— Ça a pas l'air d'être pareil avec l'Irlandais, on dirait… Il était de passage hier soir, tu l'aurais pas gardé à coucher, par hasard ?

— Va voir à l'écurie si tu me crois pas ! se défendit-elle d'un ton rogue.

— Pour trouver la jument de l'aubergiste, peut-être !

Incrédule, il s'achemina au bâtiment et revint, la mine farouche.

— Où c'est qu'il est, d'abord ? s'acharna-t-il.

— Je le sais pas !

Trahan alla enfourcher sa monture. Du haut de sa selle, il darda un dernier regard vers la jeune fille. Il cracha à terre, comme expectorant un venin de mépris.

— Je vas le retrouver, coûte que coûte !

Il serra ses bottes piquées d'éperons contre le ventre de son cheval et déguerpit au galop vers la ferme des Blanchette.

Théodule était assis sur la galerie et dégrossissait une branchette avec son couteau.

Il crut reconnaître le cavalier qui venait au trot. La bête s'immobilisa.

— T'as pas l'air de filer, observa Trahan.

Depuis sa soirée festive chez le notaire Dussault et le malheur qui s'était ensuivi, ses parents lui avaient imposé un purgatoire de fréquentations avec Delphine. Sur les entrefaites, Justine parut sur la galerie, traînant son air affligé.

— Elle aussi est déçue, elle aurait préféré voir réapparaître son Irlandais, commenta son frère.

— Il est passé hier soir à la brunante pour nous faire ses adieux, se lamenta-t-elle, fort désappointée.

Elle avait délié ses lèvres pour exprimer son désenchantement.

— Justement, vous auriez pas une petite idée de sa destination ? s'informa Trahan.

Ni l'un ni l'autre ne savaient. Mais Théodule disait que les grands voyageurs filaient habituellement vers l'est. Insensible au désarroi de la jeune fille, le fossoyeur expliqua que l'étranger s'était sauvé avec le canasson de l'aubergiste, les fontes remplies de boustifaille, et qu'il était mandaté pour le rattraper et ramener sa jument.

À la faveur d'une lune argentée, le cavalier reprit la petite route qui serpentait le long de la Barbue et se dirigea vers la montagne mamelonnée. Il avançait au petit trot, appréciant la lumière qui s'amusait sur la robe brun-rouge de son cheval bai. À l'approche d'une chaumière, des effluves de fumier s'exhalèrent d'un bâtiment. Son œil de voleur de moutons repéra une bergerie. Par curiosité, il éprouva le sentiment de s'arrêter. Mais il était trop tôt pour dormir et sa bête ne semblait pas éreintée. Et avec la picouille de l'aubergiste, l'étranger n'avait pas de temps à perdre.

Ici et là s'embranchait un petit chemin de traverse qui devait mener à une ferme isolée. Il n'avait qu'à choisir pour se rendre à une maison et s'informer au sujet du passage d'un inconnu ; peut-être même que l'Irlandais avait quémandé le gîte à une de celles-là ! Dans sa jeunesse, il s'était encanaillé à force de fréquenter des gens peu recommandables, et rien ne lui faisait peur. Cependant, on ne débarque pas ainsi chez l'habitant à une heure indue et effrayer les occupants.

Trahan se réveilla aux premières lueurs de l'aube, le visage lutiné par le soleil naissant. Il avait chevauché jusqu'au-delà de la montagne et bivouaqué en bordure du chemin. Il fallait croire que l'endroit était propice pour camper. Quelqu'un était passé avant lui, à preuve le crottin frais, les pierres entourant les cendres encore chaudes et une corde tendue entre deux branches, oubliée. Peut-être était-ce le fugitif qui s'était attardé dans les parages ! Il grappilla quelques brindilles et des morceaux de bois secs qu'il plaça en faisceau. Puis, à l'aide de son briquet à amadou, il ralluma le feu pour son thé qu'il but en grignotant un saucisson et un chignon de pain. Ensuite, il ressella son cheval et fila au petit trot.

Il avait progressé de quatre ou cinq lieues quand, à l'approche d'un hameau, il buta contre une barricade. Debout dans la charrette qui barrait la route étroite, un individu au visage maigre braquait un fusil de chasse en tremblant.

— Stop ! ordonna-t-il.

— Vous me laissez pas le choix, rétorqua Trahan.

— D'où venez-vous ?

— Ça ne vous concerne pas !

Déroutée par l'insolence du cavalier, la sentinelle se montra plus conciliante :

— J'espère que vous ne transportez pas le choléra…

— Non, mais je suis fossoyeur dans ma paroisse, persifla le voyageur. Si vous avez besoin d'enterrer vos morts, je suis là. Mais dites-moi donc si vous avez aperçu hier un jeune homme qui passait par là. Il était monté sur une jument grise…

— Oui, oui, il a justement pris à droite, indiqua-t-il, sur un ton avenant.

Le voleur de moutons tourna bride et alla s'engager dans le petit chemin qui contournait la montagne.

Au hasard de la route, il rencontra des garçons qui menaient les vaches au pâturage, des cavaliers, quelques paysans en voiture, des fermiers qui moissonnaient dans les champs. Il avait parcouru des lieues quand il s'arrêta à une misérable auberge, une maison basse à moitié décrépite, annoncée par un écriteau qui se balançait paresseusement sous l'haleine du vent. Toute la matinée, le soleil lui avait plombé la nuque et il avait soif. Il attacha les rênes à la rambarde, lissa les crins noirs de sa monture et s'engouffra dans l'établissement en se penchant la tête.

Une grosse femme placide aux chairs ballottantes le bonjoura.

— Qu'est-ce qu'on vous sert, jeune homme ? À la chaleur qu'il fait…

— Une bière.

Trahan s'assit à l'une des deux tables que comptait l'auberge. Il regarda la tenancière qui s'éloignait sur ses jambes enflées. Elle revint vers son client et déposa un bock moussu devant lui.

— Vous allez où comme ça ? Si vous voulez mon conseil, n'allez pas de ce côté, prévint-elle.

Il avala une lampée de la broue tiédasse qui lui rappela la pisse de cheval.

— Pourquoi donc ?

La peste bleue avait débarqué ses pénates dans les parages. Le jeune homme qui avait logé à son auberge était reparti de bon matin vers le hameau infesté. Elle lui avait pourtant recommandé de faire demi-tour. Avec toutes les caractéristiques qu'elle donnait de son client et de la jument pommelée, le poursuivant reconnaissait l'étranger. Il acheva son bock d'un trait, lança quelques pièces sur la table et se dépêcha d'enfourcher sa monture. N'en faisant qu'à sa tête, il fondit vers la petite agglomération.

Le soleil n'avait pas dérougi. Pour avoir côtoyé le Dr Chapdelaine et son neveu auprès des cholériques, le fossoyeur croyait qu'une température chaude favorisait la contagion. En effet, les miasmes de la maladie flottaient dans l'air et s'accrochaient aux personnes les plus vulnérables. Aussi le bon docteur, imbu de sa science, était-il persuadé que les eaux courantes étaient malsaines, et déconseillait de la boire et même de s'en servir pour se laver. Ce qui, au demeurant, restreignait singulièrement l'hygiène personnelle.

Aux abords du gros bourg, tout paraissait tranquille, fantomatique. On aurait dit que la mort était déjà passée par là. Une odeur âcre de camphre brûlé assaillit les narines de Trahan. Devant les maisons aux volets fermés, on avait placé des petits brûleurs pour assainir l'air. Il mit pied à terre et, bride au poing, déambula dans la place. Après quelques dizaines de pas, une odeur nauséabonde l'assaillit. Ce qu'il vit le dérouta : assis par terre, adossé contre un mur lambrissé de bois, un vieillard immobile était là, entouré de mouches, agglutinées comme sur un morceau de viande. Il s'en approcha ; c'était le cadavre d'un pauvre bougre amaigri, desséché, aux yeux grands ouverts, probablement vidé de toutes ses déjections. Soudain, une clochette grelotta.

Le charroi d'une voiture captiva son regard. Au tournant d'une rue, un tombereau attelé à un bœuf surgissait. Badine à la main, une robuste religieuse à cornette harcelait la bête pour la faire avancer. Derrière suivait un individu habillé de blanc. Le fossoyeur tira sa monture de l'autre côté de la voie et se retrancha vitement à l'angle d'une maison. Il venait d'apercevoir l'Irlandais, devenu charroyeur de cadavres. Pourquoi avait-il fait une halte dans ces lieux infects, où la vie semblait suspendue, dominée par la mort ? La nonne et lui se désinfectèrent les mains, agrippèrent le défunt et le balancèrent par-dessus les ridelles du tombereau. Dans un gémissement de gonds grincheux, des contrevents s'ouvrirent et se refermèrent furtivement. On s'était débarrassé du moribond!

Trahan s'était étonné de sa réaction instinctive. Maintenant qu'il avait repéré le fuyard, il n'était pas pour abandonner la partie. Le dévouement de Dunnagan l'avait impressionné, mais l'aubergiste l'avait dépêché pour accomplir sa mission. Le plus important était réalisé, il ne lui restait qu'à mettre le grappin sur lui et le ramener à Saint-Césaire, les mains liées, de gré ou de force. À présent, à quel moment interviendrait-il pour capturer sa proie, elle-même indispensable à la cueillette des ordures humaines, à l'assainissement du bourg? Il s'éloigna derrière les habitations, à l'orée de la forêt aux abords d'un ruisseau. Quelqu'un l'avait précédé dans le petit campement. Avec insouciance, il dessella sa monture et attendit la noirceur pour revenir sur les lieux et appréhender le fugitif.

Cependant, vers les huit heures du soir, un feu illumina le ciel. Autour des flammes, plusieurs charrettes et tombereaux étaient stationnés, et des manutentionnaires s'affairaient à décharger des corps et à les larguer dans le brasier rougeoyant. Une odeur pestilentielle se dégageait. *Dans l'ivresse de la contagion, ils n'ont pas le temps de les enterrer; ou encore manquait-on de chaux vive pour saupoudrer les carcasses*, réfléchit le fossoyeur. À travers la fumée malodorante, il s'efforça de distinguer l'Irlandais et la grosse nonne vêtue de noir, censément reculés de la chaleur intense, confondus avec les ténèbres. Mais l'édifiant Dunnagan était là, déguisé en ouvrier du bon Dieu, comme l'aurait nommé son digne représentant sur terre, le curé Delisle. D'ailleurs, il songeait à lui, son employeur, qui, l'espérait-il, ne s'agitait pas présentement comme une queue de veau dans le paysage césairois à cause des cholériques.

Une main solide agrippa l'Irlandais et le tira à part dans l'obscurité pour l'éloigner du brasier. Trahan se plut à imaginer la pesante religieuse qui parlementait avec le bénévole pour lui offrir le gîte dans son couvent. Quoi qu'il en soit, il résolut de se préparer pour la nuit. Auparavant, comme il avait sué toute la journée, il alla faire ses ablutions au ruisseau et regagna son campement de fortune. *Que je suis bête!* se traita-t-il, réalisant que le cours d'eau était peut-être infesté de choléra. Peut-être même y avait-on jeté un cadavre? Et son cheval qui s'était abreuvé dans le ruisseau! À ce stade de sa mission, il serait bien fâcheux d'être lui-même victime de la maladie. Il songea à s'éloigner, mais la fumée puante ne l'indisposait plus; il s'allongea dans l'herbe sous un chêne.

Excité par la perspective de capturer le fugitif, il ne s'endormait pas. Les mains sous la nuque, il dessilla les yeux et commença à observer le ciel constellé d'étoiles. Il rêvassait, se surprenant à compter les moutons, un troupeau aussi nombreux que les astres célestes qui lui apporteraient la richesse, la considération. Bref, tout ce qu'il convoitait pour conquérir le cœur de la belle Angélique. Le pas d'un cheval l'extirpa de sa rêverie; il se redressa brusquement.

— Tiens, ma place est prise! railla le cavalier. Quelqu'un m'aurait dit qu'on se retrouverait, je ne l'aurais pas cru!

— Comment ça, ta place? J'ai remarqué qu'un individu avait bivouaqué ici, sans imaginer que ce pouvait être toé. Puis j'étais certain que tu irais coucher au couvent, que tu te laisserais entraîner par la grosse converse… Je te demanderai pas pourquoi tu t'es adonné à ramasser des cadavres, mais pour être franc, ton dévouement auprès des cholériques t'honore.

— Pour ta gouverne, je t'informe qu'il ne s'agit pas d'une converse ordinaire, c'est la mère supérieure du monastère, rectifia l'Irlandais. Avec l'épidémie qui décime le village, elle a décidé de s'engager dans le monde…

Trahan se leva et s'approcha du fuyard. Avec ostentation, Dunnagan descendit de sa monture et se préparait à un affrontement.

— Tu dois ben t'imaginer que j'ai pas entrepris un voyage de plaisance, Dunnagan. Tu t'es enfui avec la Grise de M. Godreau, t'as des comptes à régler avec lui. Vois-tu, il m'a chargé de ramener sa jument, son garçon d'écurie avec!

— Tu peux bien parler, toi, sinistre voleur de moutons !

Dunnagan fouilla dans ses fontes et fit luire le nacre d'un pistolet. Il n'eut pas le temps de mettre le doigt sur la gâchette…

— Fais pas le fou, tu vas le regretter !

Sitôt sa phrase lancée comme un avertissement, Trahan se précipita sur son adversaire pour le désarmer. Une échauffourée éclata.

Dès le début, le pistolet tomba au sol. On en était maintenant aux poings. Des coups se décochèrent dans le ventre et au visage. Habitué à se défendre dans les ruelles des faubourgs irlandais, l'étranger cognait dur. Mais le voleur de moutons, plus costaud, plus fort, était capable de se défendre. Alors que son ennemi se débattait, il lui tordit le bras derrière le dos, le remorqua et le projeta dans le ruisseau.

— Ben bon pour toé ! méprisa-t-il.

Humilié, Dunnagan se releva péniblement, les vêtements mouillés, dégoulinant d'écume et de rage. Puis il s'amena sur la rive, titubant, glissant sur les galets polis, vaincu, comme admettant la supériorité de l'autre.

Le bras retordu, Trahan le dirigea vers un arbre auquel il le ligota pour la nuit.

Au matin, il entendit le croassement de corbeaux qui devaient tournoyer autour du brasier éteint pour se disputer les restes. La scène était terrifiante ; il préféra oublier le feu dévorant le corps de cholériques. Mais agacé par les lueurs de l'aube, il ouvrit l'œil sur le fuyard. Le sommeil inquiet, il s'était quelquefois réveillé pour s'assurer que son prisonnier n'avait pas repris la fuite. L'Irlandais était bien là, écrasé au pied d'un conifère rabougri, et ronflait.

Le fossoyeur se leva, ramassa quelques brindilles. À croupetons devant la braise, il ralluma un feu pour déjeuner. Alors qu'il mordait dans son morceau de pain, le chasseur regardait en souriant sa capture qui, la tête dolente, se réveillait en cillant des paupières.

— J'ai faim ! s'écria le captif.

Trahan fit semblant de ne pas l'avoir entendu et prépara son thé.

— Tu ne vas pas me laisser crever, se lamenta Dunnagan.

Son adversaire prit une branchette, l'effila avec son couteau et embrocha un bout de saucisson. Puis il tendit la petite branche à la bouche de son prisonnier.

— J'en veux encore ! se plaignit le captif.

— Dis-moé pas que t'as mangé tout ce que t'as volé à l'auberge ! ricana le voleur de moutons. D'abord, va falloir rationner la nourriture, faut s'en retourner. Pis je sais pas combien de temps ça va prendre pour gagner le patelin… Ça fait que…

Les dents serrées, Dunnagan se débattait, rageant, essayant de libérer ses poignets ligotés derrière le dos.

Trahan acheva de boire son thé, laissant l'autre à lui-même. Après, il soigna les bêtes, les conduisit à une petite mare d'eau de pluie saine – qu'il n'avait pas remarquée la veille – avec laquelle il avait préparé sa boisson chaude, les ressella. Ensuite, il sangla les bagages.

Une demi-heure plus tard, le campement sommaire démantelé, les cavaliers repartaient, la Grise tirée par une longe, chevauchée par la capture du fossoyeur qui avançait fièrement, un brin de foin entre les lèvres.

13

Ignace Trahan avait résolu de repasser par le village, près de l'endroit où ils avaient bivouaqué. Depuis leur départ, Patrick Dunnagan ruminait quelque pensée amère, cherchant un moyen de s'évader. Cependant, les mains attachées derrière le dos rendaient la cavale difficile, voire impensable. Parties au pas, à l'approche des habitations, les bêtes venaient d'accélérer la cadence.

— Arrête ! se récria le prisonnier.

Le meneur ralentit sa course et s'immobilisa. Il cracha son brin d'herbe, appuya une main sur l'arçon de sa selle et se retourna.

— Qu'est-ce que t'as, fatigant ? s'enquit-il, très impatient.

— J'ai une petite faveur à te demander, implora-t-il. J'aimerais dire bonjour à la bonne sœur avec qui j'ai travaillé. Je lui avais promis de revenir l'aider aujourd'hui.

Trahan n'avait-il pas reconnu lui-même les gestes humanitaires que son ennemi avait posés ?

— On va dire, mais pas longtemps, rétorqua-t-il, la mine fort contrariée.

L'Irlandais ébaucha un sourire de contentement. Les bêtes se remirent au pas et atteignirent bientôt le village.

Comme la veille, la place était tranquille, déserte même. Devant les portes closes et les volets fermés, ils avaient le sentiment de circuler dans un village inhabité où la mort avait rôdé.

— Regarde ! observa le captif.

Devant une maison, deux enfants jetés à la rue, abandonnés, comme figés dans d'atroces convulsions. Le fossoyeur trouva le tableau désolant. Il en avait vu d'autres qui l'avaient remué : c'était d'une tristesse à faire brailler les âmes les plus insensibles !

Guidés par le clocheton, ils aboutirent au monastère. Trahan sauta à terre pour aider son prisonnier à descendre de la Grise. Les mains libérées, avec la promesse de rester docile et de ne pas lui fausser compagnie, Dunnagan se rendit à la porte.

La tourière, une petite boulotte au visage poupin enserré dans sa guimpe, parut à la grille.

— Ah ! s'exclama-t-elle, Ma Mère vous attendait justement. C'est un beau geste que vous posez, savez, le labeur est grand, les ouvriers peu nombreux. Et vous êtes deux ce matin. C'est le bon Dieu qui vous envoie, ma foi !

— Je crains que vous ne soyez déçue, ma sœur, rétorqua-t-il. Aujourd'hui, je ne peux pas…

— Mon compagnon est engagé dans d'autres œuvres ailleurs, coupa Trahan. Disons qu'il a des obligations… Maintenant, si vous le permettez, on doit s'en retourner, on a un long chemin à parcourir.

La tourière considéra avec étonnement l'envoyé de Dieu qui remettait le pied dans l'étrier puis se faisait ligoter avec une corde, les mains en avant.

— Vous transmettrez mes adieux à Ma Mère, formula le prisonnier.

***

Les cavaliers avaient quitté le village sans rencontrer âme qui vive. Cela faisait l'affaire du meneur, qui appréhendait les questions. Néanmoins, il avait préparé quelques réponses toutes faites à administrer à des indiscrets qui s'aviseraient de l'interroger sur le curieux assemblage de deux chevaux. Pour l'heure, il faut dire que les gens étaient très accaparés par l'épidémie qui occupait le devant de la scène.

Quelques lieues plus loin, Trahan avait coupé à travers champs. Ainsi, il espérait abréger le périple et réduire les inconforts du voyage. Il fallait aussi ménager la Grise, inaccoutumée aux longs itinéraires, sinon elle risquait de s'aplatir en cours de route, frappée d'une attaque d'apoplexie. Auquel cas il faudrait envisager l'achat d'un cheval pour ramener l'Irlandais. Alors que le meneur ruminait ces pensées, ils remarquèrent le tournoiement de corbeaux et de corneilles au sommet d'une montagne. Ils s'approchèrent en piquant dans un pâturage et débouchèrent sur un chemin étroit, aux abords d'un ruisseau qui descendait en cascades. Une odeur infecte empestait les lieux.

— J'ai envie de vomir ! mentionna Dunnagan, allons-nous-en.

Dans un grincement d'essieux, un tombereau bringuebalant attelé à un mulet s'amena d'un sentier en lacets qui serpentait au flanc de la montagne. Le voiturier remarqua les deux voyageurs et la longe qui reliait les deux chevaux.

— Dégagez avec votre prisonnier ! intima-t-il.

Trahan exécuta l'ordre du muletier, un pauvre hère haillonneux, aux dents pourries et mal rasé.

— S'il pouvait m'aider, ce serait pas de refus.

Afin de ne pas éclabousser la Grise, Dunnagan tourna la tête et dégobilla.

À l'arrière du tombereau, le voiturier se cracha dans les mains et hala un gros cadavre qui tomba au sol comme une poche.

— En une semaine, c'est le cinquième de mon hameau qui meurt à cause de la peste maudite, expliqua-t-il. Moé je transporte les morts pis les charognards se chargent de faire le reste. En passant, je sais pas si vous aviez l'intention de couper par la montagne, mais à votre place, je continuerais par le chemin.

Le meneur éperonna sa monture et repartit. Reconnaissante, la Grise poussa un petit gémissement de plaisir en prenant la route de contournement. Ainsi, elle éviterait les falaises et les pentes trop raides pour ses jambes cagneuses et son âge avancé.

Ils progressèrent ainsi pendant trois heures et s'arrêtèrent pour le dîner au creux d'une sombre vallée, encaissée entre des parois rocheuses.

— Je n'ai plus grand-chose à manger, observa Dunnagan.

— Arrange-toi avec ce que t'as volé, rétorqua Trahan. Moi j'ai encore un peu de pain et de saucisson, donnés par l'aubergiste. Si tu veux, je vas t'attraper une corneille que je vas faire cuire sur un feu, ricana-t-il. Mais à ta place je m'abstiendrais, ces oiseaux-là sont peut-être infectés de choléra.

Le repas terminé, ils chevauchèrent quelques lieues avant de sortir de la dépression géographique qui se resserrait comme un étranglement, et débouchèrent en plein soleil. Tout l'après-midi, ils progressèrent en contournant les petits villages qui parsemaient la route. Et, le soir venu, à l'heure du crépuscule, le ventre du meneur cria famine…

Alors qu'ils étaient replongés dans la vaste campagne, les cavaliers lorgnaient les bâtiments de ferme. La vue d'un poulailler à proximité d'une bergerie fit saliver le meneur, qui mâchouillait un vulgaire brin de foin. Il immobilisa sa bête, cracha ce qu'il avait à la bouche et se retourna.

— J'ai le goût d'un poulet rôti, exprima-t-il. Si tu vois ce que je veux dire…

— Si tu me détaches, je vais pouvoir t'aider, suggéra le captif.

— Je vas commencer par en attraper un pour moé, après on verra, rétorqua le voleur de moutons. Pour le moment, tu restes sur la Grise.

Trahan cacha les chevaux dans un bosquet de pins, les relia aux arbres, et prit un sac dans ses fontes. En maraudeur expérimenté, il émergea des ramures et, le dos courbé, progressa à travers les herbes hautes et alla se planquer derrière un rocher. De là, il surveillerait les mouvements de la basse-cour en attendant le moment propice.

Une oie s'épivarda et s'écarta de ses congénères, cacardant vers lui comme une folle. Il saliva en pensant à la volaille cuite dégustée avec une bouteille de vin. Mais elle était trop grasse pour la fourrer dans un sac et l'emporter. Il se contenterait de chaparder un poulet ou deux. Tout était question de patience, de savante étude du comportement des volatiles, une science bien différente cependant de celle des moutons aux plus imprévisibles réactions. D'habitude, avec les ruminants au pâturage, il se tapissait dans les buissons pour imiter le bêlement plaintif d'un agneau, et bondissait sur sa proie. Par contre, il détestait faire main basse sur les brebis dans une bergerie close à l'insupportable fumet d'urine. Après quelques minutes d'observation, il s'approcha au coin du poulailler pour mieux épier les oiseaux et pour se placer à portée de son profit.

L'obscurité s'épaississait et une faim dévorante le tenaillait. Il songea à son prisonnier qui, affamé comme lui, n'avait aucun intérêt à s'évader. *J'aurais dû apporter mon chignon de pain*, réfléchit-il, s'accusant de négligence. Il entendit un renard qui glapissait. *Lequel de nous deux aura sa chance?* persifla-t-il. Assez de tergiversations, advienne que pourra! La poche enserrée à la ceinture, il émergea soudainement de sa cachette et fondit sur ses proies. En un instant, au milieu de criaillements de frayeur et de tourbillons de plumes, il avait capturé deux poulets sitôt enfouis dans le sac de farine et regagna le bosquet de pins.

— Tiens-toé ben, Dunnagan!

Le malfaiteur avait détaché les montures et détalait comme un lièvre.

Quelques lieues plus loin, il trouva un endroit favorable pour bivouaquer. Son œil avisé avait repéré une petite clairière, au bord d'un marais. Les chevaux dessellés, Trahan s'employa à plumer les volatiles et les embrocha. Pendant ce temps, les mains liées, mais fébriles, Dunnagan délimita un périmètre de pierres. Puis avec des brindilles et quelques branches placées en faisceau, Trahan alluma le fagot.

Les deux voyageurs s'étaient endormis au hurlement terrifiant des loups et au coassement des rainettes, des grenouilles et des ouaouarons. Le meneur avait ranimé le feu et revenait du marécage avec des écuelles remplies d'un liquide vaseux.

— Je vas faire bouillir de l'eau pour faire un café, dit-il. Mais j'avais de la misère à voir le fond. Ça doit pas être ben poissonneux par icitte.

— Toi, t'as mangé le plus gros des deux poulets hier soir, tu dois pas être si affamé, commenta Dunnagan.

— Je te promets qu'on va descendre dans une auberge pour dîner, compatit Trahan. Si tout va ben, on devrait aboutir à Saint-Césaire en soirée, au plus tard demain matin. Mais faudra que tu te tiennes tranquille ! Après tout ce qu'on a parcouru ensemble, ça serait de valeur de pas arriver tous les deux à destination…

Le captif opina de la tête en guise d'acquiescement.

Plutôt que d'emprunter les grandes routes, les deux ennemis chevauchèrent en rallongeant leur parcours par les petits chemins. Lorsque cela lui paraissait possible, habitué à faire des crochets et à sauter des clôtures, le voleur de moutons piquait à travers champs. Un peu partout, le foin qui n'avait pas été fauché détournait la tête des chevaux et les faisait écumer d'envie. Parfois, on entendait des beuglements sourds de vaches qui semblaient se plaindre de l'heure de la traite passée. Manifestement, des fermiers malades avaient dû interrompre leur besogne pour être soignés du choléra.

En gravissant une colline, le meneur sentit le changement de cadence de son cheval. Parvenu sur la crête, il s'immobilisa. Devant eux, au pied de l'éminence, se dessinait une grappe d'habitations. Il plissa le front, distingua une enseigne accrochée à une maison basse qui s'écrasait sous les arbres.

— On va dîner là ! décida-t-il. Mais je te préviens, Dunnagan, pas un mot…

— Je la connais ta rengaine, je vais me tenir tranquille !

Ils descendirent le monticule. Plus la petite agglomération grossissait sous leurs yeux, plus ils constataient le calme étrange qui régnait dans la place.

— On dirait que tout le monde a foutu le camp ! commenta Trahan.

— À moins qu'on ait imposé la quarantaine à la population, réfuta son compagnon.

Il mit pied à terre, attacha les rênes à un cèdre souffreteux aspergé de poussière et toqua à l'auberge. Pénétrer quelque part sans permission ne valait pas la moitié de ses forces. Après plusieurs secondes d'une attente polie, il entra. Une haleine malodorante souffla par l'ouverture.

— Quelqu'un est là ? s'écria-t-il plusieurs fois.

La vaste pièce prenait son jour d'une fenêtre à demi bouchée par des guenilles. Il se rappela que la lumière crue était intolérable aux cholériques. Une respiration caverneuse captiva son oreille. Il promena un regard fouineur et distingua dans un coin une femme chétive dans la soixantaine râlant sur une paillasse. Près d'elle, un seau servant de lieu d'aisance débordant de matières fécales.

— Enfin ! Quelqu'un pour m'aider, murmura la vieillarde.

— Un instant, je reviens avec mon compagnon, proféra Trahan.

Ébranlé, il regagna le dehors, réprimant une violente nausée.

— Une vieille est en train de crever, tu peux essayer de la sauver, moi je suis juste un fossoyeur, rappela-t-il. Ton expérience avec la mère supérieure va te servir, ricana-t-il.

Ils s'engouffrèrent dans la maison assombrie et gardèrent la porte ouverte. Trahan se rappela le traitement que le bon Dr Chapdelaine et son neveu infligeaient à leurs patients. Dans le coin cuisine, il chercha sur une étagère un cruchon de vinaigre et l'apporta auprès de la malade qui claquait des dents sous un édredon de plumes. Il souleva la courtepointe, dénicha un chiffon qu'il tendit à Dunnagan.

— Asteure, tu vas montrer ce que tu sais faire, railla-t-il.

— Pour ça, va bien falloir que tu me détaches, rétorqua son prisonnier.

L'œil suspicieux, Trahan accéda à la demande. Libéré, avec un air de soulagement, Dunnagan se frictionna les poignets, agrippa le torchon qu'il imbiba de vinaigre.

— Frotte ! intima son tortionnaire.

— Pendant ce temps-là, répliqua son interlocuteur, tu pourrais aller vider le seau dehors, l'air est insalubre.

La moue contrariée, Trahan exécuta la sale besogne et revint dans la pièce.

Le visage grimaçant de pudeur, la cholérique endura les frictions d'abord faibles, puis vigoureuses, de son bienfaiteur. À tout moment, Trahan apportait de l'eau à boire pour étancher la soif inextinguible de la vieillarde desséchée. Sous le signe de la commisération et du dévouement qui les unissait, ils déployaient tous les efforts pour rescaper la malade. Au bout de longues heures, comme ressuscitant d'un pénible calvaire, elle avait pris du mieux : elle ne râlait plus et commençait à s'animer.

— Pauvres garçons ! exprima la chétive. Vous devez avoir faim.

Étonnamment, la grabataire se tira de sa paille souillée et se déporta à sa cuisine.

— Ranimez le feu et assisez-vous, ordonna-t-elle. Je vas vous faire à manger.

Une forte odeur dominait la pièce. En effet, la chétive, frottée jusqu'à l'os, était amplement imprégnée de vinaigre, et sa personne même constituait un gage de protection pour les deux voyageurs. Maintenant, elle avait beaucoup à raconter. Tout en fricotant un repas à ses chaudrons, elle relata que le hameau s'était délesté de ses habitants, apeurés par l'épouvantail de la peste bleue. La sachant atteinte de la terrifiante maladie, on l'avait abandonnée sur place où elle avait croupi. Mêlant le jour et la nuit, elle ne pouvait dire depuis combien de temps elle s'était alitée. Mais chose certaine, avec les diarrhées récurrentes qui l'avaient dégorgée, son corps desséché était réduit à sa plus simple expression.

— Et votre mari là-dedans ? questionna Trahan.

— Il a déguerpi avec les autres, répondit-elle. Je vous avoue que, jusqu'à tout récemment, je n'aurais jamais cru qu'il m'aurait abandonnée avec ma misère. Que je le revoie pas ressoudre icitte parce que…

Dans un geste vengeur, elle avait montré sa main décharnée, comme si elle allait claquer la face de quelqu'un. Au plus creux de sa descente aux enfers, elle avait eu le temps de jongler. À présent, elle s'autoproclamait tenancière de la place, entretenant l'espoir que la contagion meure de sa belle mort et que sa petite auberge renaisse de ses cendres.

Après son récit bouleversant, elle s'attabla pour prendre un bouillon. Elle s'adressa à Dunnagan :

— T'as l'air d'un étranger, est-ce que je me trompe ?

— Je suis Irlandais d'origine, madame.

Une question concernant les deux jeunes hommes la chicotait plus que toutes les autres ; elle la posa crûment :

— Que faites-vous dans les parages ?

— Ça, madame, c'est un peu compliqué à expliquer, établit Trahan. Disons qu'il s'agit d'une mission particulière, pour laquelle on m'a dépêché.

En arborant une mine secrète, il s'était drapé d'un manteau de mystères qui lui conférait une importance manifeste.

Le souper terminé, la vieillarde ressentit le besoin de s'allonger. Mais auparavant, elle désira se débarrasser de sa paillasse souillée en la brûlant dans l'âtre. Alors qu'elle regardait son lit de paille se consumer, les paupières pleines de reconnaissance, elle se retourna vers ses bienfaiteurs :

— À l'heure qu'il est, vous n'allez pas vous remettre en route, restez à coucher.

— Volontiers, madame, mais demain nous partirons à l'aube, l'informa Trahan.

À la lueur d'une chandelle fumeuse, l'aubergiste regagna son matelas habituel, dans sa chambre à l'étage. Le meneur observa la miraculée gravir les barreaux de l'échelle. Puis il s'occupa de son compagnon de voyage.

— Maintenant, je vas te ligoter pour la nuit, décida-t-il.

— Tu ne me fais pas confiance ? se rebella Dunnagan. Où crois-tu que je pourrais aller, comme ça, à la noirceur ?

— On sait jamais !

Trahan installa son prisonnier sur le plancher, les mains liées derrière le dos, attaché à une grosse patte du pétrin. Lui, il se réserva le sofa douillet. Puis il sortit pour mener les bêtes à l'écurie.

Il rentra à l'auberge et, à la lumière du feu qui vivotait dans l'âtre, il contempla le captif. Comme un enfant qui refuse de s'endormir, l'Irlandais aborda un sujet qui les concernait intimement.

— As-tu pensé qu'en revenant au village, on redevient des rivaux ?

— T'as sacré ton camp, c'est la preuve que tu voulais pus rien savoir d'Angélique. Asteure, c'est entre le petit médecin pis moé que ça se passe, un point c'est toute !

— Tout d'un coup que je décide de rester dans la région ! supposa son adversaire.

— Quand t'auras réglé tes comptes avec M. Godreau, on te reverra pus la face ! Ça sera bon débarras !

— J'aimerais que tu me chantes une berceuse, badina le prisonnier.

— Essaie pas de m'amadouer, ricana Trahan ! Asteure, couche-toé pis dors !

***

Enfin ! Ils n'avaient pas dormi à la belle étoile et avaient trouvé de quoi se sustenter convenablement. Tandis qu'ils achevaient de déjeuner, ils écoutaient tomber la pluie qui cinglait les carreaux. Peut-être le ciel se dégagerait-il avec la levée du jour ! Autrement, la fin du périple serait fastidieuse. Voyager sous la brouillasse ne dérangerait pas vraiment, mais à la fin de l'été, les nuages se déchargeaient souvent à pleine chaudiérée et décourageaient les déplacements.

Des jambes maigres parurent en haut de l'échelle.

— Je vous ai entendu brasser la vaisselle, mentionna l'aubergiste, l'air ragaillardi. Avec un temps de chien pareil, vous ne partirez pas, j'espère. Attendez au moins que ça se calme. Je vous offre le gîte et le couvert si vous le désirez. Je vous dois la vie, savez !

— Dommage, madame, nous devons reprendre la route si on veut parvenir à destination avant la tombée du jour, déclina Trahan.

Sur les entrefaites, avec un empressement maladroit, Dunnagan s'était levé pour dégager la table de son assiette.

— Laisse faire, jeune homme, intima-t-elle, j'ai tout mon temps maintenant.

La physionomie embarrassée, le captif se retourna.

— Un malfaiteur dans mon auberge ! se révulsa la vieillarde, apercevant les mains liées.

L'air consterné, elle se refusait à croire que le jeune homme qui l'avait soignée avec dévouement et qui se tenait impassible devant elle était un vulgaire gibier de potence. Elle implorait la grâce pour lui et sa libération immédiate. Par contre, elle avait cru déceler un regard louche chez celui qui le tenait prisonnier et qui devait le conduire aux geôles.

— Je me demande qui est le plus coupable des deux, osa-t-elle.

— Vous n'allez pas m'intenter un procès, chère madame, minauda Trahan. Ce jeune homme que vous encensez a commis un méfait et ça nécessite réparation. Je fais simplement le ramener à son bourgeois…

— Celui qui me garde attaché n'est rien de moins qu'un voleur de moutons, révéla Dunnagan. Si l'on devait emprisonner l'un de nous deux, devinez lequel mériterait d'être enfermé derrière les barreaux.

La cinglante répartie avait assommé Trahan et ajoutait l'injure aux soupçons. C'est alors que, sous le regard effaré de la vieillarde, il s'empara de la boustifaille à portée de main et la fourra impunément dans son sac.

— Bon, ben, on va décamper ! résolut-il d'un ton péremptoire.

Les deux voyageurs agrippèrent leur bagage. Puis le meneur, remorquant son captif, retraversa le seuil de l'auberge, laissant la tenancière désemparée.

***

Le voleur n'avait pas coutume de frayer dans les parages pour chaparder ses agneaux et ses moutons. Il méconnaissait donc les meilleures routes à suivre et les raccourcis avantageux à emprunter, surtout par mauvais temps. Mais à moins d'un impératif absolu, il contournerait les villages.

Après un départ fracassant, ils chevauchaient à petit trot dans la verte campagne, assombrie par les cieux chagrinés. Une lassitude des bêtes forcerait une halte. De temps à autre, le meneur se retournait pour s'assurer que la Grise ne s'essoufflait pas trop. Pour l'heure, elle avait la vision brouillée et les pattes salies de boue, et une certaine fougue qui donnait à croire qu'elle regagnait consciemment son écurie.

L'équipage venait de rencontrer une petite jument attelée à une charrette, embourbée dans les ornières boueuses. Le paysan, appréciant l'aide apportée, les avait invités à se mettre à l'abri dans sa grange avec leur bête. Ils avaient les cheveux et le visage mouillés, leurs vêtements détrempés.

— Ça fait du bien d'avoir les mains libres, exprima Dunnagan, se frictionnant les poignets.

— Fallait ben pour déprendre le bonhomme, rétorqua Trahan. Mais imagine-toé pas que tu vas finir le voyage de même, je vas te rattacher toute de suite.

La mine résignée, le captif présenta docilement les poignets que son tortionnaire s'empressa de lier.

— Si on s'est arrêtés, c'est pas par grandeur d'âme de ta part, c'est parce que t'as réalisé où était ton intérêt, commenta-t-il. Ça prenait une place pour dîner…

— T'as rien à me reprocher, Dunnagan, t'en profites toé aussi, riposta le meneur. À part ça, oublie pas que ce que tu manges à midi a été chipé à la vieillarde qu'on a ressuscitée. D'une certaine façon, toé pis moé on est complices. Pour une fois qu'on est du même bord, rigola-t-il.

Ils achevèrent de dîner. Dans l'humidité qui les transperçait, Trahan éternua pour la troisième fois. Il étudia le sol de terre battue, repoussa quelques brindilles de la pointe de sa botte.

— On va faire un feu ! jugea-t-il. Une boisson chaude va nous faire du bien pis nos vêtements vont pouvoir sécher un peu.

— Es-tu fou ou quoi ? se récria l'autre.

— Toé, t'as juste à faire ce que je te demande, t'es mon prisonnier, repartit platement Trahan.

Dunnagan sortit au-dehors, sous la pluie battante. Des pierres reposaient aux abords de la grange, vestiges déboulés de la fondation érodée par les éléments ; il en ramassa quelques-unes qui permirent de circonscrire un petit périmètre à l'intérieur. Au mur, Trahan décrocha une ancienne pièce de harnachement qui avait dû servir de bât pour un animal.

— Tu ne vas pas brûler ça ! s'indigna l'autre.

Trop tard, Trahan avait jeté à bout de bras l'accessoire au centre du cercle. Puis il prit son briquet d'amadou qu'il approcha des brins de paille.

Les mains attachées, Dunnagan se rua sur son adversaire pour le renverser. Mais déjà, le feu flambait les brindilles et embrasait la pièce de harnachement. Alors que Trahan riait à gorge déployée, dans un piétinement endiablé, le captif dansait pour éteindre le brasier.

— Comme c'est là, tes culottes vont sécher plus vite que les miennes, s'amusa-t-il.

Dangereusement léché par les langues de feu, Dunnagan s'était retiré. Au milieu de la flamme vive qui les avait excitées et de la fumée suffocante qui se propageait, les bêtes s'affolaient. La Grise n'avait jamais imaginé finir ses jours grillée dans une grange. Trahan eut peur de perdre son cheval et la jument de monsieur Godreau. Du bout de sa semelle, il se mit à étouffer la flamme.

Le fermier, coiffé d'un large chapeau de moissonneur, et sa femme, mèches de cheveux plaquées au front, parurent, un seau d'eau de pluie à la main. Vitement, ils s'élancèrent pour les vider.

— Asteure, passez votre chemin, messieurs, somma l'homme, très fâché. Ça m'apprendra à héberger des inconnus…

Dans son énervement, la paysanne était retournée remplir sa chaudière et, de ses gros bras nus, la déversa à grands flots sur Trahan. Puis elle reporta son regard sur Dunnagan, incapable de réprimer son rire moqueur.

— Comment ça se fait qu'il est attaché, celui-là? interrogea-t-elle à la cantonade.

— C'est mon prisonnier, expliqua son tortionnaire. Ce n'est qu'un garçon d'écurie, précisa-t-il, méprisant. On m'a payé pour le ramener à l'auberge où il était employé. Que voulez-vous, quand on est coupable d'un méfait?

— En tout cas, sacrez-moé votre camp d'icitte! s'exaspéra le fermier. Pis qu'on vous revoie jamais pu la face dans les alentours!

Leurs effets chargés, les exclus menèrent leur monture par la bride à l'extérieur de la grange. Un roulement de tonnerre retentit. Ils repartirent de plus belle sous la pluie.

Ils avaient parcouru plusieurs lieues dans la campagne déserte quand ils parvinrent à un carrefour. Trahan immobilisa l'équipage et réfléchissait.

— T'as l'air embêté, commenta Dunnagan. Pour un voleur de grand chemin, tu sembles pas avoir le sens de l'orientation bien développé.

— T'es pas mal insultant, toé ! se choqua le meneur.

— Selon moi, on devrait prendre à gauche pour contourner la montagne, observa le captif. Sinon on risque d'arriver dans deux jours.

C'est sûrement un manège pour rallonger le parcours et aboutir en pleine agglomération pour invoquer la pitié des habitants, pensa Trahan.

— Je vas suivre ma première idée, mentit-il.

Il serra les cuisses contre le ventre de son cheval qui s'engagea à gauche.

Environ deux heures plus tard, la pluie avait cessé, les cieux nettoyés de leurs salissures. Dans le chemin étroit, il ne restait que les arbres qui s'égouttaient nonchalamment dans les feuillages jonchant le sol. Le meneur s'arrêta, bloqué par une impasse. Devant eux, un ponceau, emporté par un torrent. Il se retourna, constata que son équipage s'était enfoncé dans la forêt épaisse et s'éloignait de la montagne.

— Tu vois ce que ça donne, Dunnagan, on est pas ben avancés, asteure. J'aurais dû me fier à mon intuition…

— Ah bien ! se révulsa le prisonnier. Menteur, tu le savais pas plus que moi…

Ils quittèrent la petite route et pénétrèrent dans le sous-bois, longeant la rivière gonflée, à la recherche d'un passage à gué. Là, ils traversèrent le cours d'eau et rejoignirent le chemin qu'ils avaient emprunté.

Quelques lieues plus loin, ils aboutirent à une bourgade, nichée au creux d'une clairière ensoleillée. *J'ai pas le choix de m'informer*, réfléchit le meneur, *je suis perdu*. Aux abords du petit bourg, il balaya les alentours d'un regard circulaire ; personne n'était en vue. Il descendit de sa monture et mena la Grise dans les buissons. Puis il s'employa à attacher son prisonnier à un hêtre avec la longe de cuir.

— J'ai déjà les mains liées, c'est pas suffisant ?

— Toé, tout ce que t'as à faire, c'est de m'attendre icitte ben gentiment !

Les dents serrées, Trahan s'assura que les mains nouées du captif n'étaient pas déliées. Ensuite, il mit les pieds aux étriers, éperonna son cheval qui repartit au trot.

Une demi-heure s'était écoulée lorsqu'il revint sur les lieux avec le renseignement souhaité. Il avait rencontré quelques personnes hospitalières vaquant à leurs occupations, comme si la venue d'un étranger ne dérangeait pas vraiment le cours ordinaire de leur quotidien. Mais il en fut autrement lorsqu'il constata que la Grise était là, son cavalier démonté. Quelqu'un s'était emparé de tout le bagage roulé derrière la selle et du contenu des sacoches aux rabats ouverts.

Consterné, il avança dans les herbes hautes et s'immobilisa.

— Je suis là ! s'écria Dunnagan, d'une voix empâtée.

À proximité, aux abords d'une mare bourbeuse, la tête sur le côté, la bouche embarrassée de limon, le captif était allongé et tentait de se dépêtrer dans la vase. Son compagnon l'aida à se relever.

Le malheureux avait été molesté par des brigands à cheval qui avaient tourné bride en prenant par le sous-bois, s'éloignant de la bourgade. Le visage et les vêtements souillés, il crachait des sédiments qui entravaient le flot de ses paroles.

— Pauvre toé ! sympathisa l'autre.

Ils repartirent en direction du bouquet de maisons. Les chevaux traversèrent au petit trot l'agglomération sans étonner les habitants impassibles, comme si de rien n'était.

***

Il était aux environs de huit heures trente lorsque l'équipage harassé de fatigue parvint à Saint-Césaire, hommes et bêtes exténués. Mais, étonnamment, la Grise était la moins fourbue ; sitôt qu'elle avait reconnu le chemin familier, une incroyable énergie avait requinqué ses vieilles pattes. Le meneur aurait aimé regagner plus tôt son patelin, histoire de se pavaner avec sa capture, sous les yeux des villageois admiratifs. Cependant, les péripéties du voyage – qui avaient engendré des retards insurmontables – ne l'avaient pas favorisé. Quant à l'Irlandais, son retour forcé au bercail s'agrémentait des ténèbres qui lui permettaient de se fondre dans l'obscurité impénétrable de ce soir d'août. Néanmoins, il appréhendait les foudres de l'aubergiste, attaché à son cheval comme un homme à son chien.

Les poignets ligotés, sous l'impulsion de son tortionnaire, le corps ployé du coupable s'engouffra dans l'établissement.

— Le v'là ! s'exclama Vital Patenaude.

Affairée à servir un client, Georgianna Godreau releva la tête sur les deux hommes qui entraient.

— Je vas avertir Jean-Baptiste, se réjouit-elle, tout émotionnée.

Éperdue, elle essuya ses grosses mains moites sur son tablier et s'en fut prévenir son mari. Le tenancier passait maintenant ses fins de soirée et ses nuits dans l'écurie, faisant son lit de paille dans la stalle de la Grise. On répandait que, depuis l'enlèvement de son inséparable jument, la tête pensive, l'air égaré, il raclait machinalement le fond des mangeoires et qu'il était devenu bête à manger du foin.

Il avait piqué vitement sa fourche dans le râtelier et s'amenait sur la devanture de son établissement. L'homme et la bête se contemplèrent ; un débordement d'émotion s'ensuivit. Georgianna, retournée à l'intérieur, proclama:

— C'est la tournée de l'aubergiste !

Tandis qu'elle offrait une rasade aux buveurs émoustillés, les moqueries fusaient sur le captif tenu en laisse, au bout de la longe retenue par Trahan.

— À ton tour de nous payer la traite ! lança joyeusement Vital Patenaude. D'autant plus que le choléra morbus a repris de la vigueur.

— Deux fois plutôt qu'une, renchérit Moyse Roy. Ça tombe comme des mouches, faut se protéger, railla-t-il.

Et tous les buveurs trinquèrent au retour heureux de l'équipage.

— Madame Godreau, l'interpella Trahan, asteure dites-moé donc quand est-ce que votre mari va me donner mon autre moitié ?

Elle-même, très émue, allait permettre à son homme de reprendre ses esprits et de revenir de ses émotions. Après trois quarts d'heure de retrouvailles, elle l'envoya quérir par un des plus enivrés. L'aubergiste, invoquant sa relation fusionnelle avec sa Grise, s'était fait quelque peu prier ; il parut dans la salle et honora sa dette, rubis sur l'ongle.

— Qu'est-ce que vous faites de Dunnagan ? demanda Trahan.

Godreau consulta sa femme du regard, espérant un conseil qui ne venait pas.

— Fais-en ce que tu veux, affirma-t-elle à la fin. Oublie pas qu'il nous a volé de la nourriture aussi, rappela-t-elle, d'une voix peinée.

La place s'était quasiment convertie en salle d'audience d'un tribunal où les avis s'exprimaient. La plupart recommandaient la prison, un sympathisant invoquait une certaine clémence pour le garçon qui méritait une seconde chance.

La tenancière plaida pour son employé, estimant qu'on avait grand besoin de lui. Elle avait assez pâti à tenir son commerce en l'absence déplorable de son mari, reclus à l'écurie. Avec des airs de supplications, elle mentionna:

— J'en connais qui ont fait pire, remémora-t-elle, n'osant regarder le voleur de moutons. Mais on ne les condamne pas, précisa-t-elle pour s'amender.

La remarque incisive souleva un ricanement cynique au sein de la compagnie.

— Je suis prêt à travailler fort pour effacer mes fautes, exprima Dunnagan, d'une voix bredouillante.

En toute humilité, le coupable repentant reconnaissait ses frasques, s'excusait d'avoir trompé la confiance de l'aubergiste, de lui avoir infligé de la peine, et s'engageait à bien se comporter.

— On va te garder! statua Godreau. Tant qu'à toé, acheva-t-il en s'adressant à son mandataire, tu peux t'en retourner à ton travail de fossoyeur. Monsieur le curé avait ben hâte que tu reviennes pour enterrer ses morts...

Au milieu des tergiversations qui avaient agité la salle et de l'aboutissement qui en avait résulté, Trahan se sentait très vexé. Il darda un regard malicieux sur le garçon d'écurie. Puis, dans un geste théâtral, il quitta prestement les lieux avec le goût de tout saccager, bousculant une chaise libre sur son passage.

14

Avec les chaleurs modérées du mois d'août, la paroisse avait enregistré un nombre inquiétant de cholériques, qui ne laissait présager rien de bon pour l'automne sombre qui s'annonçait. Antoine s'était alors penché sur ses recherches, pour vaincre une fois pour toutes la terrible maladie. Si le bon Dr Chapdelaine avait un peu boudé les travaux de son neveu, il avait fini par le faire bénéficier de son expertise. Depuis l'apparition des premiers cas, il mijotait secrètement sa théorie. Après un rafraîchissement des connaissances sur sa planche anatomique avec son élève, il était prêt à procéder. Avec le consentement de la famille d'un trépassé, il avait étalé le cadavre sur le marbre des autopsies. L'opération lui avait révélé ce qu'il subodorait : le foie était engorgé, une bile verdâtre obstruait les boyaux et il adhérait au diaphragme. Instruit par sa découverte, dans l'éventualité où il soupçonnerait un cas semblable, il n'opterait pas pour la saignée ou les sangsues à l'anus, mais plutôt pour le sous-nitrate de bismuth, administré localement.

Depuis les premiers jours de septembre, la vie à la maison lui était devenue intenable. Dans son délire de propreté impeccable, Amanda imposait à présent des précautions sanitaires excessives qui énervaient le vieux praticien. Toute la literie était maintenant camphrée, les parquets de pin noueux récurés deux fois la semaine, et toutes les chaises, le sofa et les fauteuils, engloutis sous des housses. À défaut d'adhérer à ses consignes, elle menaçait de frapper à la porte d'un bourgeois plus respectueux. Cela expliquait la désertion de la salle à manger et du salon, et en partie l'isolement des membres de la maisonnée dans les chambres ou au laboratoire.

Antoine, lui, s'accommodait assez bien des mesures de la domestique. Cependant, au soir d'une journée particulièrement exténuante au cours de laquelle ils avaient réchappé deux cholériques et soulagé un patient sujet aux fluxions de poitrine, l'oncle éclata :

— Non ! non ! et non ! se rebiffa-t-il. J'ai assez frotté aujourd'hui.

— Vous êtes pas le seul, docteur !

Chapdelaine venait d'entrer chez lui, attendu de pied ferme par la servante. Sur un petit guéridon, un bol de vinaigre trônait avec son odeur poignante. Elle exigeait qu'à chaque retour au domicile, on se trempe dorénavant les mains dans le liquide désinfectant.

— Ça ne vous fera pas mourir, docteur.

Amusé, Antoine décocha une œillade furtive à la domestique. Il procéda à son tour, tout en suivant les pas de son oncle qui s'approchait dangereusement du canapé invitant recouvert de ses deux housses immaculées.

— Pas sur le sofa, docteur Chapdelaine ! Prenez plutôt un fauteuil ordinaire, ou allez vous écraser dans votre lit si vous êtes si éreinté. Madame est déjà montée.

Le vieil homme maugréa quelque chose d'incompréhensible et gagna la pièce désignée depuis peu par la précautionneuse domestique. De toute manière, il n'avait pas l'âme à la tendresse amoureuse et aux épanchements intimes, et une bonne nuit de sommeil devrait le raplomber.

***

Assommé de fatigue, Chapdelaine s'était endormi en se couchant. Tout habillé ! Tenaillé dans ses vêtements, il s'était réveillé en nage, suant à grosses gouttes sur le parquet ciré, le visage hâve, les yeux hagards, les pupilles dilatées, hallucinant qu'il avait bleui pendant la nuit. *Ça y est, pensa-t-il, je suis atteint du choléra morbus! Comment faire pour me soigner?* Car tous les cas étaient dissemblables dans la terrifiante maladie et nécessitaient des interventions différentes. Même si le vinaigre demeurait le plus employé, il ne constituait pas une panacée, un remède à tous les maux. Il se déshabilla et s'étendit sur sa couche. Ainsi, aux aurores naissantes, il suivrait plus aisément la progression du mal sur son corps et agirait en conséquence.

Le froid l'atteignit aux extrémités. En rogne contre la domestique, il se releva pour fermer les volets. Pour le reste, la couleur bleutée qu'il avait imaginée n'apparaissait pas. Mais une fièvre accompagnée de courbatures l'envahit. Croyant qu'il était terrassé par un éreintement qui lui occasionnait de violents maux de tête, il se rhabilla et s'achemina à son laboratoire.

L'escalier avait craqué derrière lui, des pas avaient marché dans son dos. Alors qu'il mettait la main dans sa pharmacie…

— Qu'est-ce que vous faites là, docteur, le surprit une voix chargée de reproches.

C'était Amanda avec ses contrôles et ses interdictions.

— Me semblait que je vous avais recommandé le repos, réprimanda-t-elle.

— Je pense que je suis fiévreux, exprima-t-il. Touche-moi au front.

— Plutôt que de fouiller dans votre apothicairerie, prenez donc une bonne infusion. C'est tout ce que vous avez à faire. Pour le moment, vous remontez dans votre chambre, je vas vous préparer une potion.

Il n'avait pas la force de discutailler; il regagna son lit.

Dans la fraîche rosée du matin, elle avait cueilli des herbes bienfaisantes au jardin. Puis elle avait fait infuser ensemble le tilleul, la verveine et la menthe. En entrant dans la pièce où le bon docteur s'était alité, la servante déposa la tasse, se rendit à la fenêtre et poussa rageusement les volets.

— Vous pouvez ben être malade, s'exaspéra-t-elle, ça sent le renfermé ici dedans !

Au matin, Mme Chapdelaine se retrouva la première assise dans la salle à manger. Elle balaya la pièce d'un regard angoissé.

— Le docteur est-il dans sa chambre ? s'enquit-elle auprès du domestique ; il a coutume de se lever avant tout le monde.

— Il ne filait pas cette nuit, répondit Balthazar. Ma femme lui a fait boire une tisane et recommandé le repos.

Parurent Antoine et la servante, s'entretenant sur l'état du vieux praticien.

— C'est pour son bien, ma tante, commenta le neveu. D'après les symptômes décrits par Amanda, il n'y a pas lieu de s'inquiéter. Pour le moment, je n'ose pas le déranger. Mais si cela peut vous rassurer, j'irai le voir tantôt.

Il acheva de déjeuner, se recula avec le dessein d'aller au chevet de son oncle. À peine avait-il atteint le palier qu'il entendit une respiration embarrassée. Il se dépêcha à la chambre, pénétra sans frapper.

— Pourquoi s'empresser pour moi ? formula le savant. Faut bien mourir de quelque chose, ironisa-t-il.

L'homme s'était dressé dans son lit, expectorant dans une bassine. C'était son râle de vieil asthmatique qui l'avait arraché à son sommeil et qu'il ne fallait pas associer à un râlement de moribond.

— Vous m'avez fait peur, mon oncle, affirma Antoine.

Le docteur savait comment remédier à son problème récurrent. Il mandata son neveu afin de quérir le médicament approprié dans sa pharmacie. Puis il lui souhaita une journée moins éreintante que celle de la veille.

* * *

Dernièrement, un racontar persistant s'était colporté au village. L'Irlandais s'était enfui avec la Grise de l'aubergiste qui avait dépêché Ignace Trahan pour les ramener, lui et la jument. Cependant, Antoine avait tendance à croire que la rumeur n'était pas infondée, puisque le fossoyeur avait été remplacé par le sacristain. Ainsi, Patrick Dunnagan pouvait censément se retrouver à nouveau dans les parages et constituer un obstacle sérieux dans sa reconquête d'Angélique.

Ce matin-là, comme à l'accoutumée, Antoine n'avait pas dérogé au train habituel du Dr Chapdelaine. Mais dans la rue, il constatait qu'une crainte tenace gardait les habitants renfermés, par peur de la contagion. Personne ne pouvait dire avec certitude à quelle porte toquerait le monstre affamé de la mort et à quel moment il se ferait un festin de ragoûtantes victimes. Le praticien marchait dans la place, remarquant les filets de fumée qui s'exhalaient des cheminées. Assurément, on ne chauffait pas beaucoup pour échapper à l'emprise du mal, selon les recommandations du bon médecin.

Parfois des têtes hirsutes se montraient aux carreaux. Des cervelles fragiles, fortement impressionnées, avaient détraqué. À l'angle d'une rue, il en est une qui, dominée par une pulsion sexuelle longtemps refoulée, se précipita au-dehors au passage de l'étudiant.

— Docteur, docteur ! l'apostropha-t-elle.

Dans ses bottines trouées, une simplette en jaquette courait derrière lui.

— Qu'est-ce que je peux faire pour votre bonheur, ma brave dame ? demanda-t-il, se retournant.

La sexagénaire prétendait avoir des bleus à plusieurs endroits qu'elle se refusait à nommer, par pudeur, dans la rue. Elle parlait à voix basse, chuchotant des régions qu'elle suspectait et l'invitait à la suivre dans son logis.

Elle avait entraîné le jeune homme à l'étage d'une maison délabrée et s'était aussitôt allongée sur sa paillasse en découvrant sa poitrine. Puis elle pointa de curieux ronds violacés qui se formaient sur sa peau. Ensuite, elle se mit à vriller sur sa couche, exposant des zones qu'elle ne voyait pas. Tout le temps que l'explorateur faisait des relevés sur le territoire, avec les effleurements qui la parcouraient, elle ressentait un plaisir exquis.

— Ce n'est rien, ma chère dame, diagnostiqua-t-il. Faudrait simplement éviter de vous cogner sur les meubles.

La conclusion la décevait. Toutefois, elle invita l'apprenti médecin à la revoir, pour surveiller l'évolution de ses ecchymoses.

Antoine quitta le logis avec soulagement, se rappelant que l'exercice de la médecine prenait parfois des tournures inattendues qui obligeaient à composer avec la nature humaine et suscitaient la compassion. Mais, pour l'heure, il estimait qu'il n'allait pas à la cheville de son mentor.

La peur qui agitait les villageois s'était vite propagée dans la campagne césairoise. Des paysans affairés aux labeurs d'automne avaient remarqué le neveu du bon docteur chevaucher dans la Barbue. Dans les circonstances, le fait de ne pas apercevoir le cabriolet donnait à penser que le vieux médecin était assurément atteint de l'effroyable maladie. Qu'à cela ne tienne, peu lui importait ce qu'on colporterait, Antoine assurait quelques livraisons de sirop à des pneumoniques du rang, avec le dessein qu'au retour il ferait une halte au moulin.

Il trouva Angélique, ployée devant une talle de fleurs, un arrosoir à la main. Elle relâcha l'anse du récipient et se déporta furtivement, quand elle entendit le pas décroissant du cheval. Perplexe, Antoine attacha sa monture à la rambarde et s'engouffra dans l'établissement. Le meunier était à l'ensachage. Il avait le visage et les mains enfarinés.

— Ton oncle ? demanda-t-il, tournant sa face blanchie.

— Les derniers jours l'ont épuisé, je lui ai conseillé le repos, se borna-t-il à expliquer.

— Eh ben ! dit-il d'un air bonasse. C'est-tu pour me donner des nouvelles d'Augustin ou si c'est pour parler à ma fille que t'es arrêté ? ironisa-t-il.

Il avait deviné le prétexte du jeune homme, qui s'acheminait à présent au bas de l'escalier.

Au logis, la jeune fille s'était vite installée au rouet et filait des cardées de laine écrue qu'elle étendait nonchalamment dans un panier de frêne. Son pied s'immobilisa sur la pédale quand elle aperçut le garçon. Le fuseau s'arrêta de bourdonner.

— Il est brisé, coudonc ? persifla-t-il.

Silencieuse, elle se leva, s'achemina à la fenêtre et demeura immobile, le dos tourné. Dans la pénombre de la pièce, il contempla la gracieuse silhouette et la chevelure de blé qui descendait au creux des reins.

— Tu refuses de me voir ! présuma-t-il, d'une voix désappointée. Je suppose que Patrick est passé avant moi…

— Il est revenu ? s'extasia-t-elle.

Sa voix joyeuse avait trahi son sentiment.

— Tu penses encore à lui, c'est ça ? s'offusqua-t-il. Ça sera comme tu voudras, Angélique. En ce qui concerne Dunnagan, c'est bien possible qu'il soit revenu dans le coin. Je n'ai pas l'habitude des racontars, mais une rumeur selon laquelle il aurait déguerpi avec la Grise de monsieur Godreau tend à se confirmer. Apparemment que c'est Trahan qui les aurait ramenés.

Il la sentit défaillir, chancelante sur ses jambes graciles ; il l'entoura de ses bras. Puis il la souleva et la transporta sur son lit.

Antoine la contemplait sur sa couche, son visage pâle au creux de l'oreiller, ses paupières fermées sur l'émotion trop grande qui l'avait remuée. Elle était belle, détendue, ainsi abandonnée à son admirateur. Ce n'était plus le médecin au chevet de sa patiente, mais l'amoureux qui soupirait pour son amante. Il approcha sa bouche des lèvres entrouvertes, comme dans l'attente d'un baiser langoureux. Dans sa chevelure emmêlée, elle dodelina de la tête.

— Toi ! s'étonna-t-elle, battant des paupières.

— Oui, moi ! Tu t'es évanouie…

— Je suis malade ?

— Si on veut, de ce qu'on peut appeler le mal d'amour. C'est pire que le choléra morbus…

La jeune fille réalisa qu'il plaisantait, la taquinant d'une douce moquerie. Cependant, il détaillait son corps désirable de ses yeux avides et pénétrants. Dans son emportement, il crut que son désir de rapprochement l'avait entraîné trop loin. Il la salua et prit congé.

C'est l'espérance chevillée au cœur qu'il avait regagné le village. Sitôt rentré chez son oncle, ses mains désinfectées, Antoine fut interpellé par la domestique.

— Cléophas a attrapé la maladie, s'énerva-t-elle.

Le Dr Chapdelaine étant au repos, elle avait promis de transmettre sans tarder le message au neveu. C'est le curé en personne qui s'était déplacé en catastrophe pour faire soigner son sacristain. Il lui avait déjà administré le sacrement des mourants, mais entretenait l'espoir que Dieu consente à le sauver. Pour l'heure, le cholérique reposait entre la vie et la mort dans son presbytère, aux portes du trépas.

Amanda s'assura que son protégé portait son scapulaire de camphre, fit un signe de croix. Puis le jeune praticien s'élança vers la maison du prêtre.

La gouvernante était désespérée. Cléophas avait échoué au presbytère comme un naufragé rejeté sur la grève. Sa pelle de fossoyeur suppléant remisée dans le charnier, le pauvre homme s'était effondré dès le seuil. Il aurait fallu un crochet pour le tirer sans le toucher. Croyant prendre d'infinies précautions, Rose de Lima l'avait aspergé de vinaigre avant de le haler sur le divan. Puis elle avait dû transformer le salon en hôpital de campagne, comme dans une armée qui combattait le choléra. Elle et le curé se surprenaient que le bon serviteur de Dieu ait attrapé le mal dans l'exercice de ses fonctions ; la victime était pourtant une âme pieuse entièrement dévouée à l'Église et ne méritait pas le triste sort qui lui était réservé.

En ce moment même, le moribond reposait sous toutes les épaisseurs de couvertures sorties des placards et grelottait de fièvre. Antoine ne parvenait pas à l'apaiser. Le prêtre avait épuisé tout son répertoire de prières de circonstances. Il comptait sur une intervention divine.

Quelqu'un cogna. La gouvernante fronça les sourcils et se rendit à la porte.

— Le trou est creusé ! proclama Trahan, qui avait repris son travail au cimetière.

La voix forte du fossoyeur avait retenti au salon. Imprévisiblement ravigoté, le malade émergea de sa torpeur et commença à s'animer.

— Suis-je tu mort ? demanda-t-il.

— Mais non, Cléophas ! Ce n'est pas ton Créateur que tu vois, plaisanta le pasteur d'un air ricaneur. C'est bien moi, ton curé.

Le sacristain détaillait à présent la grosse face rassurante du pasteur qui lui souriait. Au milieu de la consternation, chacun exprimait sa compréhension de l'événement. Mais pour le saint prêtre, le miracle ne relevait rien de moins que d'une intervention divine, plus forte que tous les remèdes de la Terre, plus efficace que toute la science des savants médecins réunis. Autour du divan, on observait le sacristain s'épluchant une à une des couvertures qui l'embarrassaient. Le curé s'adressa au fossoyeur :

— Ignace, tu peux remblayer la fosse, asteure ! La mort peut attendre !

***

Antoine méditait sur le miracle qui s'était opéré. On l'avait mandé inutilement au presbytère. Rien de scientifique ne pouvait censément expliquer la guérison inattendue ! Il consignerait cependant ses observations dans ses écrits. L'esprit absorbé par des pensées confuses, il marchait au milieu de la rue, sa trousse de médecin au poing, ruminant des théories qui dépassaient son entendement. Un furieux sifflement le ramena brusquement à la réalité. Il se rangea sur le côté de la voie. C'était la diligence qui s'amenait dans un nuage de poussière ; elle s'immobilisa devant l'auberge. La portière s'ouvrit. Un jeune homme en sortit aussitôt.

— Heille, c'est moi, Grégoire ! l'interpella-t-il.

Alors qu'il s'approchait de son frère, Antoine vit paraître Adelina, qu'il avait rencontrée à Montréal, et dont le père, un autre miraculé du choléra, avait été rescapé on ne sait trop comment. Pendant que le cocher, M. Bonnallie, débarquait les bagages du toit de la voiture, Dunnagan retenait l'attelage.

— Tu as de la belle visite ! commenta le palefrenier.

— Ça a bien l'air, rétorqua Antoine d'un ton bref.

Pressé de s'éloigner, il empoigna la valise de la jeune dame, et la petite compagnie s'achemina au domicile du médecin.

La silhouette de trois personnes avait ombragé la cuisine. Amanda se précipita au seuil de la résidence.

— Faut se laver les mains ! ordonna-t-elle.

La domestique s'affaira ensuite à la désinfection des bagages. Mme Chapdelaine parut, enchantée de revoir son filleul.

— Ma tante, je vous présente Adelina, mon épouse, annonça-t-il.

Le couple s'était marié le mois précédent. Grégoire avait conservé son emploi dans une fabrique de chandelles, tandis que sa femme faisait des ménages chez les bourgeois. Elle écoutait son mari, riant à tout propos de son rire nerveux et insignifiant. Ils venaient passer quelques jours à la campagne.

— Vous tombez assez mal, affirma Antoine, vous atterrissez en pleine contagion. En juin, juillet et août, plusieurs paroissiens sont décédés du choléra. D'autres, hommes, femmes et enfants, ont été atteints sans succomber à la maladie. Et ce n'est pas fini ! Septembre vient de commencer, des cas ont été enregistrés : le mois promet d'être sombre.

Le visiteur se remémora son calvaire infernal de cholérique plongé dans les affres de l'agonie, au bord de l'effroyable précipice de la mort. Et son beau-père enterré vivant, alors qu'on le croyait trépassé. Il tenta une diversion :

— Mon oncle est-il là ?

— Il se remet tranquillement d'une fatigue accumulée, répondit la tante. Vous le verrez tantôt au souper.

— Que c'est beau ici dedans ! s'exclama Adelina.

Ménagère chez les riches, elle reluquait partout avec la hâte d'explorer toutes les pièces de la résidence. La vue de housses recouvrant le mobilier de la pièce attenante piqua sa curiosité. Elle se déporta au salon et retira la couverture brodée du sofa. Puis elle s'étendit sur le divan chamoisé, sa tête reposant sur un traversin.

Amanda surgit. Elle avait toisé la jeune femme quelque peu désinvolte.

— Faut pas être ben ben gênée, ma petite dame, réprimanda-t-elle. Vous apprendrez qu'ici c'est pas permis de s'écraser partout ! Premièrement, on sait pas si vous rapportez des microbes de Montréal, pis deuxièmement quand on voyage, on côtoie toutes sortes de monde avec des bibittes. Surtout avec le choléra qui court ! Ça fait que ôtez-vous de là, s'il vous plaît !

Balthazar avait transporté les valises à l'étage et redescendait avec le maître de la maison, en le renseignant sur les voyageurs.

— Maintenant, on va souper ! décréta Mme Chapdelaine.

La cuisinière rajouta deux couverts, et les convives s'attablèrent. Le médecin s'adressa au couple :

— Heureux de vous recevoir dans mon humble demeure, dit-il.

— Ça fait un sapré bout de temps que je suis pas venu à Saint-Césaire, mon oncle, commenta Grégoire. Il s'en est passé, des choses, depuis ce temps-là…

Chapdelaine sembla accablé par la perte de sa sœur, la mère de ses neveux. Des obligations l'avaient retenu au village dans l'exercice de ses fonctions, et cela l'avait chagriné.

— Antoine m'a raconté pour ton père, mentionna-t-il à Adelina. Comment se porte-t-il maintenant ?

— Il est retourné à son ouvrage, assura-t-elle. Faut ben, asteure que le bébé est né et que je suis plus là pour apporter mes gages à la maisonnée. Ça prend plus qu'une paye de petit fabricant de chandelles pour faire vivre une famille nombreuse, savez…

Heurté, le chandelier jeta un regard vexé sur sa jeune épouse, qui avait commencé à décliner par ordre décroissant d'âge le prénom des membres de sa fratrie.

— Eh bien !

Mme Chapdelaine s'était étonnée du contenu futile de la conversation amorcée, elle qui avait toujours croisé les jambes pour empêcher la famille.

— Et vous deux, vous en désirez combien ? poursuivit-elle.

Adelina expliqua que ça dépendrait du salaire de son mari, mais qu'elle ne se rendrait pas à sept comme sa mère. Pour l'instant, Grégoire avait accepté un travail au bas de l'échelle, mais avec le temps, il gravirait les échelons de la fabrique de chandelles. Elle en connaissait dans le voisinage qui tiraient le diable par la queue, et elle se disait prête à tout pour éviter de s'enfoncer dans les dettes et patauger dans la misère noire.

Les Chapdelaine aimaient beaucoup leur filleul et se désolaient de voir qu'il était tombé entre les mains d'une rêveuse, mariée trop jeune.

Amanda desservant les bols vides s'aperçut que la jacasseuse avait à peine siroté quelques cuillérées de son potage aux carottes.

— Vous pouvez ramasser, dit la bavarde, je suis pas une grosse mangeuse.

Et le restant du souper, elle continua à papoter de choses tout aussi inutiles les unes que les autres. Pendant ce temps, son jeune époux avait pris muettement son trou, ne refusant aucune chance de remplir sa coupe de vin rouge pour noyer sa frustration. Puis à la fin du repas, fatigué, le maître de la maison réclama sa couche, et il était tôt dans la soirée lorsque les deux frères se retrouvèrent seuls dans l'apothicairerie de leur oncle.

— Dis donc, frangin, as-tu le temps de placer un mot avec Adelina, des fois ? s'enquit Antoine.

Grégoire faisait mine de n'avoir pas saisi. Le regard aviné, il était braqué devant les planches anatomiques du savant, chancelant sur ses jambes ramollies, tenant une bouteille de vin par le goulot. Il s'était emparé du précieux liquide rouge, arraché des mains de Balthazar qui débarrassait la table. Son frère revint à la charge:

— Qu'est-ce que ça te fait d'être traité comme un «petit chandelier»?

Il avait mal à son orgueil. Si cela avait été à refaire, il aurait reporté son mariage aux calendes grecques. Mais l'amoureuse avait insisté pour se marier au plus tôt, contre la volonté de ses parents. En revanche, elle avait promis d'assister sa mère lors de ses relevailles, estimant qu'en tant qu'aînée de la famille, elle s'était assez dépensée pour les siens et qu'elle méritait plus de reconnaissance qu'elle n'en avait obtenue.

— Et toi, comment vont tes recherches sur le choléra morbus? s'informa Grégoire, las de parler de sa femme.

Elles piétinaient. Antoine admettait qu'il n'était pas toujours animé par un travail acharné, que ce n'est pas lui qui faisait avancer la science parce qu'il n'était pas parvenu à mettre au point un médicament propre à éradiquer la maladie. Cependant, il ne désespérait pas: dans sa nature, la science étant opiniâtre, un de ses confrères finirait par trouver un remède efficace. Et quant à pérorer sur ses amours platoniques, le sujet ne lui paraissait pas des plus engageants.

L'insuccès du jeune chercheur consolait Grégoire. Celui qui avait toujours réussi ses entreprises se butait tout autant à des revers.

Le visiteur bâilla à s'en décrocher la mâchoire.

— On va monter, décida son frère.

Dès qu'il gagna sa chambre, des protestations s'élevèrent dans la pièce voisine.

— Tu t'es encore saoulé! se récria la jeune épouse. J'imagine que t'as raconté tes malheurs…

— C'est pas ce que tu crois…

Antoine entendait les accusations qui fusaient à travers les murs et les bredouillements indistincts que Grégoire clamait pour se défendre. Puis la conversation dégénéra en insultes, proférées par forces inégales, et se termina par des pleurs étouffés dans l'oreiller.

Au matin, les visiteurs avaient décidé de précipiter leur départ, au grand soulagement de la maisonnée.

15

Mre Delisle faisait de l'insomnie. En effet, il avait tellement peur de cauchemarder qu'il combattait le sommeil. Il conservait de très mauvais souvenirs d'une de ses nuits cauchemardeuses, dans laquelle il avait invoqué le Très-Haut de punir les âmes insensibles à sa requête. Il avait les yeux creux, cernés, et sa vision de lézard s'était altérée. Malgré les prières, les neuvaines et les images de saint Roch le pestiféré, il n'était pas parvenu à mater le démon de la contagion. Si derrière le guichet de son confessionnal il détenait le pouvoir d'imposer des pénitences pour des fautes ou des manquements ordinaires, il se voyait mal d'en infliger à ceux qui ne payaient pas leur dîmc. Et jusqu'à présent, les visites à domicile n'avaient engendré que des réactions décevantes chez les récalcitrants.

Pour comble, sa gouvernante, qui l'avait naguère encouragé à manger avec ses paroissiens comme Jésus l'avait fait avec des voleurs, ne prêchait plus le même discours. Elle s'était persuadée que sa personne physique elle-même était porteuse de maladies et lui recommandait de s'abstenir des côtoiements avec ses ouailles. Car les cas de cholériques se transmettaient maintenant plus vite qu'une rumeur malveillante. Le pasteur s'en tenait donc à une abstinence obligée. Mais il n'en demeurait pas moins qu'il s'entêtait à trouver un moyen d'endiguer le fléau qui s'abattait sur sa paroisse.

L'abbé Delisle répugnait à s'asperger de vinaigre, à prendre des mesures concrètes pour se prémunir contre les pièges insidieux de la maladie. Il avait le sentiment que la soutane qui l'habillait de pied en cap constituait une protection suffisante. Mais tout le monde n'entrait pas dans les ordres ! C'est en jasant avec Rose de Lima, sa gouvernante, qu'il fut illuminé d'une idée qui le foudroya : si Dieu le voulait, la chapelle deviendrait une maison de quarantaines pour l'isolement des cholériques. Ainsi, il assènerait un grand coup aux microbes. Mais auparavant, il lui restait à consulter le Dr Chapdelaine pour s'assurer de la faisabilité de son projet.

C'était au temps de la migration saisonnière des outardes. Un bon soir, deux soûlauds qui se rendaient à l'auberge croisèrent le religieux dans son déplacement. Croyant ne pas avoir été reconnu, aussi noir que la nuit, il fonçait dans les ténèbres. Outre son habit de prêtre, il portait un large camail enfoncé jusqu'aux yeux, qui l'abritait sous les intempéries et qui avait la propriété de le couvrir raisonnablement. Des escadrilles de bernaches l'ayant accompagné dans son trajet, il s'immobilisa devant la résidence du médecin et, en signe de reconnaissance pour les oiseaux du ciel, il fouilla l'obscurité pour discerner un rayon de lune qui rebondirait sur le plumage de ces grands échassiers. C'est avec ravissement qu'il frappa au chambranle.

— Bien le bonsoir, monsieur le curé ! Qu'est-ce qui vous rend si joyeux ?

— Vous savez, Amanda, chaque fois que l'automne revient dans nos contrées, je contemple les merveilles de la nature. Il faut être reconnaissant pour les cadeaux que le bon Dieu nous envoie…

— Justement, vous en avez un sur votre habit, ne bougez pas.

La domestique s'empressa d'apporter torchon et vinaigre, et entreprit de nettoyer le vêtement souillé. Engoncé dans son fauteuil, en train d'éplucher son journal, Chapdelaine avait reconnu la voix du pasteur. Il s'achemina au vestibule.

Les deux hommes se saluèrent. Le prêtre tendit la main.

— Tut! Tut! Monsieur le curé. Ce n'est pas tout, vous devez vous désinfecter.

Mre Delisle eut une moue de déplaisir, mais exécuta l'ordre de la domestique. Intrigué par la présence du distingué visiteur, le Dr Chapdelaine l'entraîna dans son cabinet.

Le curé exposa avec emphase tous les détails de son projet.

— Puis, qu'en dites-vous ? s'enthousiasma-t-il.

— Eh bien ! Il faut analyser les tenants et aboutissants de ce dossier, mon cher prêtre. Cela risque d'avoir des effets considérables sur les habitants. Attendez, un instant…

Le savant se déporta au laboratoire où Antoine se livrait à des recherches. Il le remorqua dans son bureau. Puis il reprit devant son neveu les propos du saint homme.

— La médecine n'est pas mon domaine, précisa ce dernier, mais je pense qu'au point où l'on en est, ça vaut la peine de tenter l'isolement des malades pour limiter la propagation de la maladie et faciliter les soins aux victimes.

Antoine et son oncle se consultèrent du regard, fracturés entre le doute et la certitude. Pendant ce temps, les yeux de lézard surveillaient les deux praticiens pour voir lequel se prononcerait le premier.

— Nous n'avons rien à perdre en essayant, établit le savant. Il faut admettre que si nous n'avons pas trouvé de remède efficace contre le choléra morbus, l'isolement des malades est probablement la chose à faire. C'est peut-être le meilleur moyen d'arrêter le cirque infernal de la contagion.

— Mais cela nécessite une solide organisation et la collaboration de tous les patients et leurs proches, précisa son neveu.

— Faites-moi confiance, assura le prêtre, je sais où dénicher des bras…

Les trois hommes poursuivirent leur discussion. Puis le curé s'enfonça dans les ténèbres, résolument déterminé à engager la main-d'œuvre là où elle prenait racine. Sachant que pour certains l'alcool faisait une sérieuse concurrence à l'eau bénite, aux images saintes et aux neuvaines, il s'achemina tout droit à l'auberge Godreau.

— Messire Delisle ! s'extasia la tenancière. Dites-moi pas que vous désirez louer une chambre pour la nuit, vous habitez à deux enjambées d'ici…

— Je n'ai pas le cœur à rire, Georgianna, appelle-moi ces deux galopins…

— De qui parlez-vous, au juste ?

— De Vital Patenaude et Moyse Roy. Mon ministère m'empêche de m'asseoir à leur table. J'imagine qu'ils sont avec leur ami Ignace Trahan ; va les chercher, je t'en prie.

Dans les circonstances, la supplique, ainsi formulée, équivalait à une injonction.

La tenancière disparut et revint au bout de quelques minutes, devancée par les deux plus indéracinables piliers de l'auberge, arrachés à leurs libations. Patenaude poussa un rot disgracieux très sonore :

— Ouais ? exprima-t-il, un grog à la main.

L'ecclésiastique exposa les besoins pressants de la paroisse en matière de santé. Il préconisa une mesure extraordinaire qui nécessitait leur aide. Ils formeraient équipe avec leur camarade fossoyeur, qui, déjà, frayait avec la peste bleue. Et Dieu leur en serait éternellement reconnaissant ! Immunisés contre les miasmes de la maladie, les deux buveurs prétendirent qu'ils étaient tout désignés pour accomplir la tâche avec leur ami Trahan.

***

Dès le lendemain, Mre Delisle s'était levé dans une bonne humeur contagieuse. Il avait traversé une nuit assez reposante, avec le sentiment qu'il n'avait pas rêvé. Du moins, il ne se souvenait pas des démons qui l'avaient taquiné. En s'endormant avec sa prière du soir, dans la noirceur de sa chambre, il n'avait aperçu que des spectres décharnés de cholériques qui le remerciaient pour ses démarches entamées durant la journée.

Au déjeuner, Rose de Lima l'avait félicité pour son audace. Elle avait même rogné sur ses gages de gouvernante pour lui procurer une nourriture abondante et fortifiante qui lui permettrait d'aménager la sacristie en station de quarantaine. Ainsi, plus personne n'aboutirait dans son presbytère transformé en campement de combattants, où elle avait vu mourir une jeune mariée et croupir le sacristain de la paroisse.

Tout l'avant-midi, il s'affaira à bardasser dans l'espace prévu, à installer des paillasses sur des montants bricolés par son fossoyeur. Lorsque tout fut en place, il promena un regard satisfait sur l'annexe de sa chapelle.

— Penses-tu que les malades pourraient trouver un endroit plus approprié pour être plus proche de Dieu, Ignace ? badina-t-il.

— C'est vous qui le dites, Curé, mais le défi sera de les arracher à leur famille et de les charrier. C'est plus simple de les transporter quand ils sont morts.

La dernière remarque avait dessiné un vague sourire sur la physionomie du saint prêtre. Maintenant, ils attendaient les premiers pensionnaires de la sacristie.

Mre Delisle n'avait pas succombé à la tentation d'invoquer la punition divine infligée à ses paroissiens immoraux, pour expliquer le fléau du choléra qui s'était abattu sur ses ouailles. Il redoutait l'anéantissement du village par le soufre et le feu plus que par la peste bleue. Mais Saint-Césaire n'était ni Sodome ni Gomorrhe !

En chaire, il s'était contenté d'annoncer qu'après une longue méditation sur le sujet et l'avis des médecins concernés, il en était venu à la conclusion de rassembler les cholériques.

Les victimes ne devaient pas tarder à surgir. Dès le mardi après le mémorable sermon, on recensa le cas d'une grand-mère qui présentait des symptômes fréquents de la maladie : diarrhée, soif insatiable et fièvre prolongée. Elle était entourée des siens, agglutinés comme des mouches. Chapdelaine et son neveu avaient tout de suite demandé qu'on s'éloigne de l'aïeule et qu'on la transporte à la chapelle.

— A préfère mourir icitte, s'opposa farouchement son mari. Si vous la charriez, c'est ça qui va la tuer, bon sens de bon sens !

Devant la porte, les trois comparses attendaient dans la voiture. Antoine parut :

— Il faut procéder, messieurs, décida-t-il.

Assis dans la charrette, Patenaude dévissa un flacon, en but une gorgée. Puis il s'essuya la bouche du revers de la main. Ensuite, il tendit le contenant de boisson à Moyse Roy qui avala une goulée. Et les deux amis s'engouffrèrent dans la maison.

Ils s'étaient mis à quatre, dont le vieux boqué, pour retenir la malade, se disputant avec les deux individus sans scrupules s'emparant de l'aïeule qui, elle, n'avait pas la force de résister. À l'extérieur, le conducteur qui entendait les cris et les pleurs de protestation résolut d'intervenir.

— Pas le fossoyeur ! s'indigna le mari.

— Les ordres sont les ordres ! riposta Trahan. On est pas rendus à l'enterrement, précisa-t-il.

Antoine approuva la réponse, mentionnant que la malade serait bien soignée, sous les auspices de l'Église.

***

Au bout d'une huitaine de jours, une dizaine de cholériques furent ainsi rassemblés, la plupart ayant été arrachés à leur famille. Mais il s'en trouva un qui, de son propre chef, se présenta au presbytère et fut sitôt aiguillé à la chapelle par la gouvernante.

Bien sûr, un tel chambardement dans le traitement des cas modifia la pratique quotidienne des deux médecins traitants. Le jour, alors que son neveu parcourait la campagne avec le trio de collaborateurs, le Dr Chapdelaine assurait une présence constante auprès des patients. Et le soir, c'est Antoine qui passait la nuit avec sa charge de cholériques, dormant dans la sacristie entre le placard de vêtements sacerdotaux et la réserve de lampions.

Le fait que les lieux saints aient été partiellement convertis en hôpital avait sensiblement modifié la perception des paroissiens. On ne fréquentait plus la chapelle dans les mêmes dispositions. C'était comme si la foi était devenue plus ardente et le péché plus méprisable. Maintenant, on se bousculait aux portes du confessionnal. Parfois, pendant la messe, des cris de douleur s'élevaient de l'appendice, semant la frayeur chez les pénitents. On avait même entendu des râles d'agonisants qui trépassaient pendant une célébration dominicale.

Cependant, ce rythme ne pouvait être soutenu bien longtemps. Or, certains habitants où la maladie avait frappé, supportant mal l'absence de leur proche, avaient entrepris de fréquenter le « pavillon des cholériques ». D'abord avec réticence, le Dr Chapdelaine et son neveu envisagèrent alors de permettre aux membres des familles qui le désiraient de les seconder. Moyennant des précautions rudimentaires et une formation adéquate, ils acceptaient à présent leur aide dans les soins prodigués aux victimes. Cela les soulageait.

Le pavillon avait permis de tisser une véritable communauté de liens entre les cholériques. On assistait à des retrouvailles, des amitiés se nouaient. Aux prises avec le mal qui s'exprimait de diverses manières, on souffrait ensemble, on partageait la douleur. Dans les moments les moins pénibles, on badinait, allant jusqu'à se moquer de la mort. Et si parfois on se rendait au souffle ultime, dans les derniers retranchements de l'existence, par sympathie on expirait dans la même séquence de râles.

Lorsque le patient passait de vie à trépas, une sépulture vite organisée favorisait un enterrement rapide, le travail du fossoyeur étant par le fait même simplifié. Mais comme tout n'est pas parfait en ce bas monde, on dut toutefois aller quérir comme avant des dépouilles aux confins de la paroisse avec le curé et la brigade mortuaire qui s'imposait.

Comme toute bonne idée fait invariablement surgir des saboteurs, une dame bien intentionnée trouva le moyen de dissoudre l'organisation du curé. C'est à titre de défenseuse de la moralité religieuse que l'âme bigote fit irruption au presbytère en se croyant investie d'une mission. Redoutant la visiteuse reconnue pour ses positions discutables, la gouvernante s'inquiéta en la voyant paraître avec un air très déterminé. Elle portait au cou une amulette de saint Roch.

— Oui...

— Je peux-tu voir monsieur l'abbé?

— Vous êtes chanceuse de l'attraper à matin. D'habitude, à cette heure-ci, il est auprès des malades.

Rose de Lima la conduisit dans le bureau.

— Madame Simoneau! Qu'est-ce qui vous amène?

Elle s'assit, posa sa sacoche sur sa robe rayée de mauve, en tira un pli qu'elle brandit à la face du prêtre.

— Je n'irai pas par quatre chemins, commença-t-elle. Vous voyez ça?

Dans sa main tremblante, le papier frissonnait.

— C'est à propos de votre œuvre hospitalière: il y a toujours ben des limites à transformer une sacristie en hôpital! s'indigna-t-elle.

Elle avait écrit une lettre adressée à l'évêque le pressant d'intervenir pour faire cesser la pratique païenne et menaçait de la poster si la place n'était pas démantelée dans les trois jours. Elle qualifiait l'initiative de sacrilège, dénonçant le manque de respect du lieu saint et les dérangements occasionnés pendant les célébrations, ce qui nuisait au recueillement. En attendant, elle suggérait de faire usage d'encens pour chasser les mauvaises odeurs qui en émanaient.

— C'est impensable, madame Simoneau…

Mre Delisle lui opposa qu'il n'y avait pas de plus belle façon de mourir dans la dignité et que c'est Dieu qui l'avait inspiré à prendre des mesures exceptionnelles.

Apparemment, la punaise de sacristie avait agi seule. Mais, la connaissant, le curé la croyait capable de soulever la moitié de la paroisse en recueillant des signatures pour appuyer sa requête. De prime abord, il fut tenté de céder à la menace d'intimidation. Quoi qu'il en soit, il se devait de réfléchir sur la portée de la démarche entreprise. C'est pourquoi, à la fin de l'avant-midi, il retourna à la sacristie pour consulter le Dr Chapdelaine.

Un cas inquiétant de cholérique avait traversé les heures critiques de la nuit. Au seuil de la chapelle, un patient dans la fleur de l'âge gratifiait le vieux praticien de tous les égards redevables aux soignants qui ont vaincu la maladie.

— Je transmettrai vos remerciements à mon neveu, mentionna Chapdelaine, c'est grâce à lui que vous êtes rétabli.

L'homme inclina civilement la tête devant le curé et retourna chez lui.

— J'ai à t'entretenir, Augustin, dit gravement le curé au médecin.

Des voix plaintives montaient vers le ciel, invoquant les secours de saint Roch. Une odeur poignante assaillit le prêtre, qui tira le docteur à l'écart des paillasses.

— Vous ne pensez pas qu'on devrait répandre de l'encens à profusion pour assainir les lieux ? demanda le pasteur, simulant un air de naïveté.

— Ce n'est pas pour me dire ça que vous êtes revenu ? s'étonna son interlocuteur.

— Non, non, se défendit le curé. C'était une idée que j'ai eue comme ça…

Le pieux mensonge déboucha immanquablement sur la conversation tenue avec la paroissienne.

— J'espère que vous ne capitulerez pas devant ce chantage, commenta le médecin.

Sur le coup, Mre Delisle sembla rasséréné. Mais tout le reste de la journée, il jongla avec l'idée d'un déménagement. Puis, au cours de la nuit, la menace d'une dénonciation assortie d'un renvoi par son évêque ressurgissant dans les ténèbres, il se persuada que le pavillon des cholériques devait s'établir dans d'autres lieux.

Au matin après la messe, le pasteur fut assailli par un groupuscule de dévotes. Il s'entretint quelques minutes avec elles, puis, conforté dans son dessein, il se rendit à la sacristie. Un sourire compassé aux lèvres, le geste mesuré, il se dépouilla de ses vêtements sacerdotaux en regardant le bon docteur qui se dépensait à une paillasse.

— Je crois que nous devons fermer cet endroit, affirma-t-il. Je viens de jaser avec d'autres paroissiennes qui souhaitent que l'hôpital soit aménagé ailleurs.

— Je pense que votre Mme Simoneau a fait son œuvre, qu'elle est parvenue à convaincre ses semblables. En tout cas, je veux bien, mais dites-moi donc où l'on va s'installer.

— Chez vous, Augustin !

— QUOI ? Mais…

— Je vous en conjure, faites-le pour le bien de nos malades.

De toute évidence, le plan ne plaisait pas. Cependant, le médecin promit de se pencher sur la question.

Le jour même, à la fin de son quart de travail, au moment de la «relève de la garde», le Dr Chapdelaine discutait du projet avec son neveu. L'intention parut louable au jeune homme, encore fallait-il s'adjoindre les occupants de la maison. Déjà, Antoine voyait fuser les protestations, les bâtons dans les roues et les regimbements.

Le médecin rentra chez lui, roulant dans sa tête le plan du curé. Le labeur de la journée l'avait assommé, mais personne ne pouvait deviner ce qui le tracassait. Ce n'est qu'au souper qu'il se déboutonna:

— J'ai hâte que les choses reviennent à la normale, commenta sa femme. Au moins, la chapelle a l'avantage de t'éviter de courir partout, mon mari.

— Nous sommes bien à la veille de connaître le sommet des éclosions de choléra, Cordélia, imagina-t-il, pour se montrer rassurant. Selon moi, avec l'automne, le nombre de cas devrait diminuer de manière significative et s'éliminer progressivement.

Le propos était amorcé. Mais le savant n'avait pas dévoilé le fond de sa pensée et il restait à régler la question préoccupante, l'objet de ses réflexions:

— Le curé Delisle souhaite au plus tôt réserver la chapelle entièrement au culte, annonça-t-il.

— C'est une bonne nouvelle, s'enthousiasma-t-elle. Je trouvais que ce n'était pas très approprié non plus.

La servante opina muettement du bonnet. Chapdelaine dut refroidir les femmes:

— L'affaire, c'est qu'il voudrait bien qu'une partie de ma résidence serve d'hôpital, révéla-t-il. Seulement le temps qu'il faudra, bien sûr, s'empressa-t-il de préciser.

Madame docteur se mit à rouspéter, entraînant dans son sillage la domestique. Elles protestaient vivement, déblatérant sur le dessein biscornu qui était monté à la tête du pasteur. Et leur indignation atteignit son comble lorsqu'elles apprirent que le transfert des patients devait être effectué dans les plus brefs délais. Alors qu'Amanda se creusait la tête pour l'aménagement des lieux et pour la source continuelle de contamination, madame Chapdelaine parlait d'aller rejoindre sa sœur dans l'ouest du pays.

La domestique donnait des signes d'ouverture, mais le médecin avait beau plaider la charité chrétienne et la commodité de l'organisation chapeautée par le curé, il ne parvenait pas à infléchir la volonté de sa femme.

— Je pars dès demain! décida-t-elle, très fâchée. Balthazar me conduira à l'auberge. Je reviendrai seulement quand cette effroyable maladie sera disparue du village.

Madame docteur ne décolérait pas et s'affolait, disant qu'elle écrirait des lettres. Mais son mari, plus pragmatique, la ramena à la raison.

— Je pense que la diligence ne passe pas avant deux jours, Cordélia. D'ailleurs, pourquoi t'éloigner? Ce n'est pas toi qui me disais justement que ton amie est revenue de son séjour à l'extérieur, que c'était le choléra qui l'avait fait fuir et ramenée à la maison…

— Ah! j'oubliais! réalisa-t-elle. Je pourrais habiter chez les Dussault, le temps que les choses s'arrangent ici dedans. Après tout, Hortense a logé dans cette maison tout au début de la contagion. Je me rends chez elle dès ce matin. Elle n'aura pas le choix de m'héberger…

Pendant qu'elle préparait ses bagages avec Amanda, le médecin alla prévenir son neveu et le pasteur qu'on exécuterait le plan au cours de la matinée. À son retour, son épouse était déjà partie à la résidence du notaire; elle ne souffrirait pas le désastre d'un branlebas dans sa maison. Avec les deux domestiques, il commença à réaménager les lieux : le salon serait dorénavant converti en salle commune de manière à ne pas transborder les bénéficiaires à l'étage et ainsi dispenser plus facilement les soins. On s'affaira à entasser les meubles dans un coin, laissant l'accès aux fenêtres pour l'aération. Puis on enleva les tapis afin de permettre un nettoyage plus facile du plancher. En recouvrant le fauteuil du dernier drap, la servante regardait à présent la pièce défigurée :

— S'il le faut..., dit-elle, exhalant un grand soupir de résignation.

— Je suis prêt à transporter les patients, déclara Balthazar.

— Toi, tu touches à personne ! le rabroua sa femme. Il y a assez de malades de même.

— Monsieur le curé va mettre l'équipe du fossoyeur à contribution, renseigna Chapdelaine.

Avec une fierté mitigée, il se rendit à la chapelle où l'attendaient le prêtre et ses trois assistants, qui conversaient avec Antoine sur les modalités de l'opération.

— Nous autres, on est prêts ! proféra le fossoyeur.

Le responsable du chantier était bien organisé. En effet, Mre Delisle avait prévu qu'Ignace Trahan, Moyse Roy et Vital Patenaude, quoique très éméchés, procéderaient au trimbalage des grabataires, à raison de deux par charretée.

— Qui va se charger de tout remettre en ordre après le dernier voyage ? s'enquit Chapdelaine.

— Regarde qui est là, intima le prêtre au vieux médecin. Je n'ai rien négligé...

À la porte de la sacristie se tenaient Mme Simoneau et sa horde de dévotes, revêtues de haillons, prêtes à déployer leur attirail pour les gros travaux de nettoyage et de désinfection.

Antoine avait songé à un classement des cholériques par catégories, selon la gravité. Il détermina les patients qui seraient déplacés en premier, ceux à qui la maladie n'avait pas laissé de répit pendant la nuit. Viendraient ensuite les cas les moins critiques, plus susceptibles d'être rescapés.

Lorsque le transport des bénéficiaires et de leur paillasse fut complété, Antoine remercia le fossoyeur et son équipe.

— Asteure on va reprendre le chemin de l'auberge, informa Trahan. Si vous avez besoin d'enterrer quelqu'un, je vas être disponible. Moé je suis payé au nombre de fosses, ricana-t-il.

— Je ne vois pas ce qu'il y a de drôle là-dedans, rétorqua son interlocuteur.

Les déménageurs s'étant retirés, l'étudiant en médecine, son oncle et les domestiques se retrouvaient à présent avec une maisonnée et des tâches bien différentes. Le Dr Chapdelaine était à même de traiter ses patients et de recourir aux médicaments de son apothicairerie. Selon le cours des événements, Antoine assisterait le vieux docteur et consacrerait quelques heures par jour à faire sa tournée dans les chaumières. Aujourd'hui, dans les circonstances particulières, il convenait que les deux médecins soient en poste au nouveau «pavillon des cholériques». Quant aux serviteurs, ils verraient à l'ordinaire, à préparer des breuvages, des repas et quelque mangeaille pour les bénéficiaires qui le désiraient, selon leur état. Pour le moment, ils se dépensaient à la cuisine et ils seraient confinés dans les pièces restantes de la résidence auxquelles ils avaient accès.

De puissants effluves de camphre s'exhalaient pour combattre les relents nauséeux qui s'échappaient des corps malades. Malgré la lourde charge qui lui incombait et la fatigue accumulée, Antoine s'appliquait à donner les meilleurs soins possible. Mais il craignait que les heures de travail trop longues n'influent sur la qualité de ses services ou le portent à commettre des erreurs médicales impardonnables: une dose d'opium trop forte pouvait conduire au trépas.

Rapidement, les tâches dévolues aux domestiques débordèrent et débouchèrent sur de basses besognes connexes. Au milieu des gémissements, tandis que Balthazar torchait le plancher, Amanda s'affairait au changement de draps souillés et au charroi des bassines, pleines de vomissures ou d'excréments. Le couple éprouvait le sentiment de former le personnel de soutien, indispensable au bon fonctionnement de l'institution temporaire. Inexpérimenté en la matière, il apprenait sur le tas. Et il ne finissait plus de se désinfecter les mains !

Le deuxième jour, à travers l'activité bourdonnante qui régnait dans les lieux, on cogna à la résidence des Chapdelaine. C'était Mme Deschambault, une haillonneuse du bas de la Yamaska. Elle prétendait souffrir de nausées, affirmait qu'elle s'était échappée dans ses vêtements et souhaitait être prise en charge.

— Je vous connais, je suis à peu près certaine que c'est dans votre tête, exprima Amanda. Prenez une cuillérée à soupe de sirop, puis ça va passer.

— J'en ai avalé la moitié de la bouteille, rétorqua la nécessiteuse.

— Ben, c'est justement ça qui vous a rendue malade, madame Deschambault. C'est pas nécessaire d'être médecin pour comprendre ça, savez ! Bon ben là, vous allez vous en retourner dans votre cabane ben tranquille, boire beaucoup d'eau puis vous étendre…

— Je veux voir le Dr Chapdelaine ! insista-t-elle.

— Grouillez pas, je reviens…

La dame poireauta dans la salle d'attente réservée à la clientèle, lorgnant ce qu'elle rêvait de visiter depuis toujours : l'autre côté des doubles portes. Au bout de quelques minutes, Amanda revint, porteuse d'une réponse positive :

— On va vous prendre, dit-elle, vous êtes chanceuse, un lit se libère. Une de vos voisines est guérie ; sinon, il aurait fallu rebrousser chemin. Pour le moment, attendez que je désinfecte puis que je change ses draps et sa paillasse.

Mme Deschambault et la réchappée se croisèrent devant le cabinet du médecin.

— Y a pas de soin, ils vont bien vous traiter. Puis ils vont vous donner du bon manger…

Par une des portes entrebâillées, l'arrivante étira le nez et roula ses pupilles globuleuses sur la vaste pièce.

— C'est donc ben beau là-dedans ! s'enthousiasma-t-elle. Mais ça sent le camphre à plein nez…

— Je trouve que vous avez pas l'air si malade que ça ! commenta la rescapée. Je gage que vous êtes venue fouiner.

— Mêlez-vous de vos affaires, Imelda, j'ai le choléra pour de vrai…

Lorsque l'arrivante fut bien installée, elle demanda à voir le vieux médecin.

— Présentement, il est occupé, lui rétorqua Amanda. Faudra attendre votre tour.

— D'abord, je peux-tu avoir de quoi grignoter, j'ai une petite faim qui me démange…

— Vous êtes pas à l'auberge Godreau, madame Deschambault, pis vous pourrez pas commander ce que vous désirez non plus. Bon, moi je m'en vas à la cuisine pour le dîner. Avec tout ce qu'il y a à faire ici dedans, ça se fera pas tout seul.

La dame profita de son moment de solitude pour zieuter partout, admirant les plafonds hauts, les riches tentures, les bibelots sur la tablette de l'âtre où crépitaient d'énormes bûches, tout en se désolant de ne pas bénéficier de la vue des meubles engloutis sous les draps. Par la suite, elle commença à parler à un compagnon d'infortune qui dégueulait dans une bassine, s'offusquant qu'il ne lui réponde pas. Elle tourna alors la tête vers une grosse cholérique, heureuse d'entamer une conversation, expliquant qu'elle avait fondu de manière perceptible à cause de ses nombreuses diarrhées. Puis elle intercepta le porteur d'eau Balthazar et lui demanda à boire.

Le Dr Chapdelaine s'amena, un sourire doucereux sur les lèvres. Mme Deschambault simula un mal de ventre, se tordant sur sa paillasse. Bien que la lumière tamisée permettait une certaine intimité, la vénérable souhaita ne pas exposer sa peau pendante au regard de tout le monde et exigea d'être relocalisée dans une chambre individuelle à l'étage.

Occupé avec un patient coopératif qui semblait soulagé par une période de rémission, Antoine perçut l'objet de l'échange. L'oncle s'approcha et lui glissa quelques mots en sourdine. Puis il s'éloigna, comme exaspéré par la vieille.

— Si vous désirez être isolée, madame Deschambault, je vous inviterais à retourner à la maison, établit le jeune médecin. C'est le meilleur endroit pour ne pas attraper la maladie. Parce que, voyez-vous, vous n'avez aucun symptôme apparent. Les lits sont en nombre limité et il faut laisser la place à ceux qui sont vraiment malades…

La visiteuse se leva, éminemment vexée, déblatérant sur la piètre qualité des soins offerts à la résidence du docteur ; elle s'en souviendrait ! Elle quitta les lieux dans les plus brefs délais.

Antoine était soulagé. Dorénavant, il pourrait se consacrer aux grabataires qui souffraient sur leur paillasse. D'ailleurs, dans un coin de la pièce, un jeune homme de son âge s'éteignait dans des douleurs atroces qu'aucun médicament n'avait véritablement apaisées. Tandis que le père était accouru au presbytère, la mère éplorée assistait leur fils dans ses derniers instants, dans l'espoir que le prêtre revienne à temps. C'était un autre garçon, le cadet d'une famille de quatorze enfants, que la Grande Faucheuse arrachait à la vie. Pris de compassion, ses traits exprimant la révolte, Antoine le regardait glisser vers un monde inconnu, éprouvant un sentiment d'impuissance. Une idée soudaine jaillit dans son esprit. Il délibéra en lui-même et, sans prévenir son oncle, se précipita au laboratoire. Il estima qu'il n'avait rien à perdre ! Nerveusement, il s'affaira à concocter une étrange mixture composée de différents liquides, dosant approximativement les quantités. Il surgit au salon avec un verre d'étain, se faufila entre les grabats et atteignit l'agonisant. L'air perplexe, le Dr Chapdelaine s'approcha de lui.

— Que fais-tu ? s'enquit-il.

— Je vais lui donner un mélange de ma composition, répondit Antoine.

Le savant considéra la brouillasse, la sentit ; elle ne lui inspirait que du dégoût.

— Quels ingrédients as-tu mis là-dedans ? fit-il, grimaçant.

Le jeune praticien ne savait le dire avec exactitude, cela n'avait aucune espèce d'importance. Étant donné les circonstances, il avait agrippé quelques fioles, mixtionné le tout. La mère, dans tous ses états, regardait les deux médecins qui semblaient en désaccord sur l'administration du médicament.

Sur les entrefaites, Mre Delisle suivi du père parurent dans la pièce, le souffle court, se frictionnant les mains avec un désinfectant. Ils n'avaient pas pénétré dans les lieux sans passer par la guérite de contrôle imposée par Amanda.

— Écartez-vous, intima le curé.

Persuadé que les minutes étaient comptées, Antoine résista à l'injonction du saint homme. Il souleva la tête du patient, porta le verre à sa bouche de façon à humecter ses lèvres. Lentement, par petites goulées, il l'abreuva de la boisson. Angoissée, l'âme tourmentée, partagée entre la confiance du remède et le désespoir de voir son fils succomber sans les prières d'usage, la mère avait ravalé ses pleurs.

Envahi par une frustration innommable, le prêtre était tombé à genoux, plongé dans une pieuse méditation. Autour, des malades qui en avaient la force tournaient la tête pour mieux suivre la scène qui se déroulait sous leurs yeux. Devant la maison, la brigade mortuaire attendait : les trépassés devaient être évacués et enterrés sans délai. Cependant, de longues minutes s'écoulaient et personne n'avait franchi le seuil de la résidence. Ignace Trahan parut, pétri d'impatience.

— Coudonc, s'énerva-t-il, quelqu'un va me dire ce qui se passe ici dedans ?

La salle des malades s'étonna de l'irruption intempestive. Antoine délaissa le moribond et s'approcha de l'intrus.

— Toi, mon abruti, tu vas retourner dehors, le rabroua-t-il.

Le fossoyeur serra les dents, réalisant à peine son extrême maladresse ; il sortit de la pièce.

L'étudiant en médecine regagna la couche de son patient, qui semblait maintenant émerger de sa torpeur ; il lui redonna à boire. Flanqué du père, le curé agenouillé redoublait de ferveur, persuadé de l'efficacité de ses invocations. La mère, ployée sur son fils en lui tenant la main, susurrait des mots affectueux, et l'implorait de demeurer en vie.

— Il revient à lui, s'écria-t-elle.

Son cri de joie s'était répercuté sur les murs du salon et avait résonné aux oreilles de tous les cholériques qui demandaient maintenant à s'abreuver de la potion miraculeuse du jeune médecin. En effet, Antoine constatait une amélioration sensible chez son patient que le Dr Chapdelaine surveillait d'un œil furtif avec un intérêt croissant.

Un gros balourd dans la cinquantaine se plaignait depuis deux heures qu'on l'avait abandonné à ses maux de ventre insupportables. Sans prévenir, il se leva de sa paillasse, se rua vers le soignant.

— J'en veux, moé aussi ! se révolta-t-il, ôtant le verre des mains d'Antoine.

Le peu de liquide qui restait éclaboussa le plancher.

La tête effarée, le quinquagénaire se mit à quatre pattes pour lécher la potion. Les autres malades – du moins ceux qui en étaient capables – s'étaient étiré le cou et regardaient avec convoitise le gros homme qui, comme un chien, lapait les gouttes du précieux élixir. Indignés, le père et le curé tentèrent de maîtriser le balourd.

— Lâchez-moé ! aboya-t-il.

À force de se débattre, la bête se libéra et fonça vers le cabinet du Dr Chapdelaine.

— La brigade mortuaire ! s'écria Antoine.

Il s'élança au-dehors.

— Fais-toi une idée, rechigna le fossoyeur. Tout à l'heure tu voulais pas me voir, tandis que là ça presse…

— Discute pas, puis obéis !

Les trois comparses investirent la résidence à la suite du jeune médecin qui pénétra dans l'apothicairerie. Une panoplie de poudres et de liquides reposaient sur le marbre. Dans son excitation délirante, le balourd avait manifestement avalé une substance dangereuse et ingurgitait le contenu d'une fiole quelconque.

Les brigadiers se saisirent du malheureux en jaquette blanche qui, les yeux vitreux et chancelant sur ses grosses jambes, n'opposa aucune résistance. Puis ils le ramenèrent à son grabat.

Antoine verrouilla l'apothicairerie et regagna le salon. Le fossoyeur s'adressa à lui :

— Pour moé le gros bêta fera pas vieux os, commenta Trahan. Mais t'as pas besoin de te choquer, on va attendre dehors.

Alors que les parents du jeune rescapé et le curé s'émerveillaient devant le miracle accompli, le Dr Chapdelaine s'approcha de son neveu au chevet du quinquagénaire.

— Je te félicite d'avoir guéri le jeune homme, exprima-t-il, mais je ne sais pas si on va pouvoir sauver ce monsieur.

— Merci, mon oncle, mais j'ignore quelle est la teneur exacte des produits que j'ai utilisés pour la potion. J'ai procédé tellement vite : c'était une question de minutes. Quant à notre exalté, je pense que sa vie est en danger. Il a consommé je ne sais quoi avec une fiole de laudanum.

L'apprenti s'accusait de négligence pour avoir laissé la porte de la pharmacie ouverte.

Autour, à entendre les râles caverneux, les cholériques constataient que le gros bonhomme dépérissait et qu'il ne réclamait plus le même breuvage. Moins d'une heure plus tard, il trépassait dans les plus atroces douleurs.

16

Le Dr Chapdelaine venait de quitter la résidence pour visiter sa femme chez les Dussault. Afin d'éviter la prolifération microbienne, il se résignait à prendre ses repas à la cuisine avec les domestiques. Du coup, la salle à manger était devenue une zone de passage, interdite de séjour. On n'y transitait que pour accéder aux pièces attenantes. Antoine s'entretenait à ce sujet avec les serviteurs exténués.

— On est ben à la veille de manquer d'espace pour installer les malades, commenta la servante.

— Selon mon oncle, à ce stade de l'épidémie, grâce aux jours froids qui s'amènent, on devrait assister à une diminution probable des cas. Rassure-toi, Amanda ! D'ailleurs, sans votre soutien, notre hôpital de fortune ne pourrait opérer efficacement et la contagion se serait plus facilement propagée.

— C'est pas le temps de tomber au combat, mentionna Balthazar. Je pense qu'on va tenir le fort.

Chacun, en lui-même, l'espérait. Car la maladie ne laissait pas de répit et les flétrissures de la fatigue s'emparaient du personnel soignant de la maisonnée.

À tout moment, peu importe l'opinion émise par les domestiques, Antoine fermait les yeux et semblait hocher la tête en signe d'assentiment.

— Une bonne nuit de sommeil te ferait du bien, mon garçon, conseilla Amanda.

— Je vais attendre le retour de mon oncle. Ensuite, si vous n'y voyez pas d'inconvénient, je m'assoupirais une heure ou deux avant d'entreprendre la suite.

Antoine se recula et regagna le salon, où une paysanne dans la trentaine faisait des efforts désespérés pour vomir. Par crainte de contaminer la famille, son mari l'avait jetée en dehors de la chaumière et elle avait parcouru des milles pour atteindre le village. Sur la route, on avait remarqué la pauvresse progresser de peine et de misère, s'arrêtant à tout bout de champ pour dégobiller. Malgré la fatigue qui appesantissait le jeune homme, repris par sa vocation de médecin, il se rendit au chevet de la patiente.

Peu après, le Dr Chapdelaine revenait chez lui. En saluant les domestiques, il suspendit son manteau dans le vestibule et, selon les règles, se désinfecta les mains.

— Comment va Madame ? s'enquit Amanda.

— Très bien, répondit le docteur. Mais je ne vous cacherai pas qu'elle a hâte de revenir. Pour l'heure, en ce qui concerne les risques de contagion et tout le fatras qui règne ici dedans, elle est mieux de demeurer où elle est ! Si on pouvait donc en finir avec cette épidémie…

Comme à l'accoutumée, le notaire Dussault, fidèle lecteur de *La Minerve*, avait rapporté qu'à Montréal cinq mille des vingt-cinq mille habitants s'étaient enfuis dans les campagnes et qu'un cinquième de ceux qui étaient restés en ville avaient succombé à la peste bleue.

— Triste bilan ! se navra Balthazar.

— Hélas ! mes amis, c'est la dure réalité, souligna le savant. Mais nous allons continuer de livrer une guerre impitoyable à la maladie. Soyons courageux !

Antoine avait gagné sa chambre pour une heure ou deux. Cependant, il ne parvenait pas à s'abandonner au sommeil. Il avait côtoyé des cholériques toute la journée et sa tête ressentait le besoin de vagabonder. Inévitablement, le beau visage d'Angélique ressurgissait, comme une image estompée par des journées d'éloignement. Pensait-elle seulement à lui ? Il l'imagina un instant dans les bras de Patrick, subjuguée par le charme de l'Irlandais…

On toqua doucement à sa porte. Une autre nuit auprès des patients l'attendait.

***

À cette heure tardive, le curé Delisle était agenouillé dans la chapelle, le corps ployé devant la croix et priait. Il éprouvait le sentiment que toutes les supplications adressées au ciel s'étaient avérées inutiles, les prières vaines, les chapelets et les rosaires égrenés pour rien, les images saintes inefficaces, les neuvaines perdues, et il était amèrement déçu du silence de saint Césaire, patron de la paroisse. C'était à croire que le Très-Haut ne lui pardonnait pas ses écarts de conduite spirituels : son âme était toujours souillée par sa faiblesse de pécheur gourmand qui réclamait sa juste part de dîme en souhaitant qu'un malheur s'abatte sur les indifférents. La colère divine l'avait moqueusement exaucé par un fléau sanitaire, et aucun résident de l'Autre Monde n'avait consenti à soulager ses tourments. Pas même saint Jude, affecté aux causes désespérées, perdues d'avance, ne lui avait porté secours !

***

Mais le surlendemain, à la brunante, comme un imprévisible effet du hasard, on vit paraître dans la Barbue un étranger vêtu de nippes, monté sur un bidet décharné. Angélique rapportait un seau rempli d'eau puisée à la rivière pour la vaisselle. La curieuse masse informe qui s'amenait l'effraya. Elle resserra son châle sur ses épaules, s'engouffra au moulin et verrouilla. L'inconnu descendit de sa monture et secoua les portes du bâtiment.

— Que voulez-vous ? s'enquit le meunier.

— Que du bien, répondit le vieil homme. Je suis un envoyé de Dieu. On m'a dit qu'un mal terrible affligeait la paroisse de Saint-Césaire et je sais comment le guérir.

Il était affublé d'une barbe grisonnante, coiffé d'un chapeau crasseux, et s'exprimait avec un accent anglais qui ajoutait à l'étrangeté du personnage. Il disait venir des États-Unis pour accomplir sa mission. Le tonnerre gronda, des éclairs fracassèrent la voûte céleste.

— Passez votre chemin. On en a déjà vu des charlatans qui promettaient la guérison et qui exploitaient les pauvres gens…

Avec un air compassé, le guenilleux affirma qu'il n'était pas un imposteur, que son remède avait fait ses preuves auprès de centaines de cholériques. Le lendemain, il se rendrait au village pour répandre la bonne nouvelle. Il précisa qu'il ne demandait rien en retour…

Retranchée derrière son paternel, Angélique lui recommandait de repousser le passant.

— Je peux vous offrir le gîte pour la nuit et le couvert, céda le meunier. De coutume, les mendiants qui s'arrêtent repartent avec quelques pains et un sac de farine. Vous devrez vous en contenter.

— Je ne mendie rien, se rebiffa l'inconnu. Mais j'accepte volontiers votre hospitalité. Le temps se chagrine et je préfère me mettre à l'abri.

Il conduisit son cheval à l'écurie, le dessella, lui servit une portion d'avoine et de l'eau. Puis il empoigna la fourche et répandit de la paille sur laquelle il s'allongea pour la nuit.

***

Une pluie diluvienne s'était déversée sur la région pendant la nuit. Le haillonneux repartit vers le village sur la route boueuse et aboutit à la Yamaska. Le passeur Beauregard observait la rivière brune gonflée par l'orage, le ruissellement de l'eau limoneuse qui charriait des branches quand il entrevit sur le rivage brumeux le drôle de zèbre sur sa monture étique.

— Ohé, voyageur ! s'écria-t-il. Vous devez attendre, le courant est trop mauvais à matin.

— Vaut mieux être prévenant !

Le vieil homme mit pied à terre et patienta presque deux heures, avant que le passeur consente à le faire traverser. Sur la terre ferme, au moment de débourser, le guenilleux repartait tout bonnement.

— Heille ! se récria le passeur. Vous auriez pas oublié quelque chose, par hasard.

— Je n'ai rien à vous donner, monsieur, répondit le voyageur. Voyez mon cheval et comment je suis vêtu. Au nom de Dieu, la charité, s'il vous plaît…

— Va-t'en, pouilleux ! fulmina Beauregard. Et surtout, ne t'avise jamais de repasser par cette route…

Sans se retourner, le vieux mendiant poursuivit impunément son chemin et atteignit le hameau.

***

Vers la fin de l'avant-midi, un homme dans la quarantaine surgit à la résidence des Chapdelaine. Le domestique charroyait une bassine de diarrhée et le docteur administrait un médicament à une adolescente chétive, d'une pâleur verdâtre. Entré sans frapper, l'énergumène parut au pavillon des cholériques sous l'emprise d'une exaltation frénétique. Il promena un regard circulaire sur les sept ou huit patients alités sur un grabat. Au milieu de son agitation, son œil effaré se posa sur sa fille et se reporta sur le médecin.

— Je vous défends de lui toucher ! somma-t-il. Vous êtes un vulgaire imposteur.

— Qu'est-ce qui vous prend, monsieur? intervint Balthazar. Pour le bien des malades, sortez!

Habitué de se ressaisir, le Dr Chapdelaine exprima calmement:

— Qu'avez-vous à dire, mon brave?

— …

Désarçonné, le père réalisa tout à coup qu'il était devenu l'attraction des lieux dans la respectable demeure. Il avait ôté son chapeau et le tordait confusément entre ses doigts.

— Saint Roch lui-même est au village, expliqua-t-il. Il passe de porte en porte et guérit tous les malades qu'il découvre.

Tous les patients avaient suspendu leurs cris, leurs plaintes ou leurs râles et anticipaient avec un intérêt grandissant les gestes de l'intrus.

Balthazar déposa la bassine sur le plancher, se faufila entre les paillasses et, avec une incroyable vigueur, gravit les degrés qui montaient à l'étage. Quelques instants lui suffirent pour réveiller Antoine qui, en queue de chemise, le précéda dans l'escalier.

Habité par une foi aveugle, l'illuminé enveloppait sa chétive dans un drap et s'apprêtait à l'emporter comme un paquet.

— Je vous interdis, malheureux! vociféra Antoine, menaçant.

— Laisse-le, tempéra l'oncle, c'est son enfant, après tout! Mais nous l'aurons prévenu.

Le temps de le dire, le père avait traversé le seuil de la résidence et se pressait dans la rue.

Toute la scène avait provoqué une profonde commotion dans la salle de traitements. Avec leur voix plaintive, éraillée ou râleuse, ils étaient à présent plusieurs à réclamer un membre de la famille pour les amener auprès de saint Roch. Certains réclamaient même sa présence au pavillon des cholériques.

Pendant qu'Antoine et son oncle se dépensaient en paroles d'apaisement, Balthazar, de son propre chef, s'élança vers le presbytère pour mander le curé.

— C'est pour administrer les derniers sacrements à un agonisant chez le docteur ? questionna Rose de Lima.

— Non, c'est pour arrêter saint Roch…, répondit le domestique.

— Saint Roch ! me dites-vous, s'exclama la gouvernante.

À sa connaissance, le pasteur devait être chez le cordonnier pour faire percer un autre trou dans sa ceinture ; il avait encore rapetissé. Balthazar repartit, s'empressa dans la rue et trouva Mre Delisle à la boutique de l'artisan. Tablier serré à la taille, Toussaint Legrain était à ressemeler les galoches d'un client et le saint homme attendait pour être servi.

— On a besoin de vous, monsieur le curé ! haleta le domestique. Un vieillard loqueteux se faisant passer pour le patron des pestiférés se promène au village et prétend guérir du choléra.

Le prêtre se consulta. Voilà quelques jours, n'avait-il pas imploré le ciel afin qu'il intervienne, sous une forme ou sous une autre, pour enrayer la contagion ? Il roula ses yeux de lézard simultanément sur les deux hommes qui le dévisageaient et sur l'image sainte, épinglée au mur, qu'il avait donnée au boutiquier.

— Suis-moi, Balthazar ! décida-t-il.

Les deux mains posées sur le ventre pour retenir son pantalon ample sous sa large robe noire, l'ecclésiastique était sorti et courait dans la rue. Campé devant la résidence du docteur, un groupuscule de manifestants réclamait le droit de ramener les malades à la maison.

— Éloignez-vous, ordonna le curé, laissez le docteur Chapdelaine et son neveu soigner les vôtres.

— Vous avez distribué vos images saintes à tout vent et maintenant vous nous demandez de ne pas y croire, se récria l'un.

Entre-temps, Balthazar s'était frayé un chemin parmi la petite foule tumultueuse et avait alerté Antoine, paru sur la façade.

— Ce saint Roch est un emberlificoteur ! s'opposa le jeune médecin.

— Le v'là ! claironna un autre.

On vit monter une marée humaine qui envahissait la rue et se rangeait derrière le vieillard à barbe blanche chevauchant son canasson, qui se dirigeait vers le lieu du rassemblement.

Interpellé par la masse de fidèles, Mre Delisle crut de son devoir de prendre position dans la controverse.

— Descendez de votre cheval et prouvez-nous que vous êtes saint Roch en personne, défia-t-il. Je vous exhorte à opérer un miracle, là, sur-le-champ.

— Homme de peu de foi ! rétorqua le guérisseur. Dieu n'aime pas qu'on le mette au défi…

— Ouvrez-nous ! scandait une voix féminine.

Mme Claveau, une mère éplorée, se détacha de la nuée enflammée et s'approcha de la porte. Le vénérable était descendu de sa monture et fouillait dans une sacoche. Il en ressortit un boîtier d'étain, qu'il enfouit dans la poche de sa redingote râpée, et rejoignit la femme.

— Nous vous accompagnons, exigea Antoine.

Sous les yeux hallucinés de la foule, escortés par le curé, Balthazar et lui, la mère et le guérisseur pénétrèrent dans la résidence.

Au salon, tous les patients en alerte accueillaient avec des bruits d'admiration le personnage auréolé qui daignait fouler le plancher des cholériques. Mme Claveau le conduisit auprès de sa fillette qui se tordait comme un ver sur sa paillasse. Le vénérable se concentra et entama de sa main osseuse le signe des chrétiens :

— *In nomine Patris, et Filii, et Spiritus sancti. Amen !*

Sa voix gutturale débita ensuite une prière latine farcie de « choléra morbus » que personne ne comprenait, pas même Mre Delisle, pourtant versé dans la langue morte. Subodorant quelque formule inventée ou une invocation fumeuse, le pasteur prit le vieillard à part et lui chuchota à l'oreille :

— D'où vient cette prière ? s'informa-t-il. Et que signifie-t-elle ?

Agacé par le prêtre qui le talonnait, il le repoussa. Puis il farfouilla nerveusement dans le creux de sa poche, en retira son boîtier qu'il ouvrit. Ensuite, il sembla lécher de son doigt maigre le reste d'une pommade et entreprit de frictionner la fillette sur le torse nu. Retiré dans un coin, le Dr Chapdelaine constatait avec désarroi la scène qui se déroulait dans sa maison. Au comble de son irritation, il reporta le regard sur son neveu pour l'inciter à agir.

— Donnez-moi ça, intervint brusquement Antoine.

Indigné, le saint Roch observait le jeune médecin sentir le fond du contenant. Des odeurs connues affluèrent à ses narines.

— C'est ni plus ni moins que du camphre mêlé à du charbon pulvérisé ! déclara le chercheur. Il n'y a rien de miraculeux là-dedans ! Nous avons maintes fois expérimenté ce mélange et rien ne nous assure de son efficacité.

Le Dr Chapdelaine appuya les dires de son neveu. Le vénérable se défendit :

— Tout est une question de proportion, argua-t-il. Vous n'avez pas trouvé la bonne formule…

— Je croyais que vous n'auriez qu'à imposer les mains ou à faire des ablutions d'eau bénite sur la petite Claveau, argumenta le curé.

— Sortez ! fulmina Chapdelaine.

— Vous vous en repentirez ! rétorqua le vieillard, avant de quitter les lieux.

Tous les malades et la mère se rangeaient à présent du côté des soignants et du curé Delisle. Mme Claveau s'en remit au médecin chevronné pour soigner sa fillette. Le prêtre ressortit.

Dehors, la tête basse, saint Roch cravachait son bidet vers la sortie du village. Désemparée, la foule regardait le vénérable s'éloigner en poussant des huées. Resté sur la galerie, le pasteur prit la parole :

— Cet homme est un imposteur ! dénonça-t-il. Croyez-vous réellement qu'il est un envoyé de Dieu, capable d'opérer des miracles ?

Et il sermonnait la foule comme s'il s'adressait à ses fidèles à la messe du dimanche. Le pseudo-guérisseur était un escroc déguisé en mendiant qui se promenait d'un hameau à l'autre et qui exploitait la naïveté des gens. Désormais, il fallait se méfier des inconnus de passage et s'en remettre à la compétence du Dr Chapdelaine et de son neveu qui, d'ailleurs, s'appuyaient sur leur science pour le bien-être de leurs concitoyens et ne demandaient pas un sou.

Certains étaient déjà repartis et couraient aux trousses du malfaiteur pour exiger un remboursement. Car tous les malades n'avaient pas été guéris ! Cependant, il invitait son auditoire à continuer d'invoquer saint Roch et à ne pas céder au découragement.

Dans l'assistance compacte, les ouailles avaient écouté religieusement le prêtre monté en chaire. Mais un détracteur noyé dans la foule se manifesta :

— Ma femme a été guérie par saint Roch, objecta-t-il. Je préfère lui avoir donné quelques piasses que de payer ma dîme.

Autour du pourfendeur, des manifestants se mirent à le traiter de crédule, d'imbécile et de mécréant. Dans les remous de l'auditoire, des bousculades s'ensuivirent. Dépassé par l'événement qui avait pris une tournure inattendue, Mre Delisle s'égosillait afin de disperser les fidèles qui s'engueulaient.

— Rentrez chez vous ! s'époumona-t-il.

Le pasteur faisait à présent appel au sens civique de son auditoire et décriait les rassemblements en plein air, propices à la propagation de la maladie, tout en incitant ses fidèles à prier dans leur chaumière et à fréquenter la messe dominicale.

***

La foule s'était débandée, la plupart des cholériques avaient été rescapés, dont la petite Claveau, frictionnée par la main leste du guérisseur. Des paillasses s'étaient soulagées de leur malade, demeurées inoccupées depuis quelques jours : signe tangible du recul de la contagion. Bref, la résidence des Chapdelaine commençait à respirer. Amanda s'entretenait à ce propos avec son protégé. Elle souhaitait le démantèlement des installations.

— Penses-tu que le Dr Chapdelaine va être d'accord ?

Effectivement, toute la maisonnée était exténuée et les soins aux patients avaient exigé un zèle désintéressé qu'elle et son mari n'étaient plus disposés à déployer. Elle proposait que les cas qui restaient soient les derniers à traiter au domicile du docteur et que les nouvelles victimes soient éventuellement soignées dans leur chaumière.

***

Quelques jours s'étaient écoulés, pendant lesquels aucun patient ne fut admis à la résidence du médecin et qu'aucune éclosion de cas ne se manifesta dans la paroisse. Les paillasses et les draps furent brûlés, les meubles replacés, et on avait procédé à une désinfection complète du salon. Mme Chapdelaine put alors réintégrer son foyer.

Fiers de la remise en état des lieux, on l'accueillit chez elle comme une invitée de marque pour laquelle on n'a rien ménagé. Tout paraissait en ordre et la résidence respirait un air de propreté impeccable. Dès son entrée, elle promena un regard méprisant sur la pièce reconvertie qui avait retrouvé son aspect d'origine.

— Vous allez changer les tentures et la tapisserie, exprima-t-elle. Et je ne veux plus voir ces meubles défraîchis.

— Je croyais te faire plaisir en rétablissant les choses comme avant, rétorqua son mari.

— On a travaillé fort, ma tante, risqua Antoine.

Tout le monde était déçu. Coiffée de son bonnet de dentelle et de son plus beau tablier de servante serré à la taille, Amanda esquissait un sourire forcé. Planté au pied de l'escalier, Balthazar se demandait s'il devait monter les bagages de Madame à l'étage. La revenante exposait ses doléances, en disant qu'elle avait habité chez le notaire dans une maison plus plaisante, que son amie Hortense avait décorée avec goût, qu'elle se sentait incapable de vivre dans une pièce qui avait servi d'hôpital à des pestiférés, et qu'il devait subsister des relents de contagion quelque part dans l'habitation.

— On fera tout ce que tu voudras, ma chère Cordélia, décréta le médecin.

Elle désirait rebrousser chemin avec son porteur de valises, se promettant de revenir pour voir à l'exécution des travaux de rafraîchissement.

— Quand je pense que plusieurs patients sont morts chez moi...

— J'ignore si votre amie Hortense vous a fait part de l'événement qui s'est produit chez elle, justement pendant son absence, affirma le neveu, un tantinet sarcastique.

— Vraiment?

Antoine relata le triste épisode survenu à la résidence du tabellion…

Pendant que Mme Dussault s'était réfugiée à l'ombre de l'épidémie, sa fille avait organisé une fête avec des amis. Parmi les personnes présentes, l'aide-cuisinière et un robuste campagnard avaient été accablés par le choléra. Ils étaient alités chacun dans une pièce à l'étage…

— Comme ça, il est possible que…, présuma Mme Chapdelaine.

— Tout à fait! confirma son mari. Cécilia, la jeune fille, est sauve, mais Rodolphe, le garçon, n'a pas survécu. Et, comme tu connais François-Xavier, toujours aussi relâché avec sa fille, il a été incapable de lui interdire le rassemblement. Quand Antoine et moi sommes arrivés sur les lieux, il était terré dans son cabinet avec une peur morbide des microbes et avec ses cruchons de boisson forte. Il aurait été préférable qu'il soit plus ferme avec Delphine et qu'il empêche la tenue de la fête.

— Je te l'accorde, Augustin, admit-elle.

* * *

Il avait été convenu que Madame s'établirait à demeure dans sa résidence et que quelques changements seraient apportés au mobilier et à la décoration: des rideaux fleuris aux fenêtres et des tableaux dépendus des murs et remplacés par d'autres qui enjoliveraient la grande pièce en lui procurant un accent de gaieté.

Ainsi, un semblant de vie normale reprenait tranquillement son cours ordinaire. Mais Antoine s'était, tout compte fait, désintéressé de ses recherches. Son laboratoire empoussiéré, ses livres restés ouverts à la même page, ses écrits incomplets, bref tout dénonçait son travail inachevé. Un samedi soir, retiré dans l'antre du savant, il contemplait son fatras de paperasses et de produits étalés sur le marbre en éprouvant un sentiment d'incomplétude. Amanda parut. Elle s'approcha doucement de lui, devinant ses états d'âme.

— Ne sois pas si désolé, Antoine, murmura-t-elle.

— J'ai fait tout cela pour rien, exprima-t-il, l'air navré. On ne pourra jamais mesurer avec certitude l'avancée de mes travaux. Aucune découverte digne de mention ne sera retenue, je resterai le pâle reflet de mon oncle Augustin et le petit médecin de campagne…

— Tu te juges sévèrement, mon garçon, coupa-t-elle. Ton dévouement, ta passion pour soigner les gens, c'est cela qui importe.

Puis elle tenta subtilement une diversion…

Ces derniers temps, il avait été très occupé auprès des patients et accaparé par ses travaux, au point de négliger sa vie personnelle. Maintenant que les choses avaient changé, elle lui suggéra de revoir Angélique.

— Je ne sais pas si elle voudra encore de moi…

Il avait affirmé ces mots sans conviction. Amanda, la physionomie confiante, se replia dans ses appartements de domestique.

La nuit avait porté conseil. Au matin, Antoine partait pour la messe dominicale à laquelle Angélique avait coutume d'assister avec son paternel.

***

Mre Delisle avait de quoi exulter. Mais il se gardait bien de pavoiser ! Avec ses prières assidues et les secours de la médecine, le ciel lui avait enfin accordé que cesse la contagion dans sa paroisse. La peste semblait s'être retirée dans son antre diabolique. Dans les secrets replis de son âme, il considérait qu'il avait suffisamment expié pour son péché de gourmandise. Et, ce matin, il rendait grâce pour faveur obtenue, tout en s'excusant pour ses impatiences. Désormais, consciemment ou non, il ne souhaiterait plus qu'un malheur s'abatte sur ses ouailles dissidentes, sourdes à ses récriminations. Parmi celles-là, plusieurs étaient venues s'acquitter de leurs dettes envers l'Église, en guise de remerciement pour son intercession auprès de la divine Providence.

Dans l'assistance, les fidèles avaient remarqué le ton mielleux du prêtre, qui tranchait avec son habitude d'assommer les pénitents et de les convier à la confession pour un ou plusieurs des sept péchés capitaux, et de les culpabiliser pour tout et pour rien. En ce jour béni, l'heure n'était pas au discours moralisateur, mais plutôt dédié à la reconnaissance. D'ailleurs, depuis le début de son sermon, son regard de lézard se reportait souvent sur les acteurs indispensables pour soigner les cholériques et endiguer la contagion. Ce qui, forcément, incitait les yeux à se fixer sur les premiers bancs où prenait place l'étudiant en médecine, aux côtés du Dr Chapdelaine et de son épouse.

Au sein de la foule attentive, Angélique ne détachait pas ses pupilles posées sur Antoine en tripotant convulsivement un mouchoir de batiste. La présence du garçon l'étonnait. Plusieurs dimanches, elle l'avait espéré sans le voir, entraîné qu'il était dans le tourbillon infernal du choléra morbus. C'était le moment qu'elle attendait ; il venait de communier. Sa pièce de tissu à la main, elle consulta son père du regard ; elle devança son complice et sortit dans l'allée. La démarche lente, elle progressa vers la balustrade, s'agenouilla devant le curé. Elle tira la langue, engloutit l'hostie consacrée et se signa. Puis, avec un sourire mystérieux, elle se releva, laissa tomber son leurre devant le jeune homme et se joignit aussitôt les mains avant de regagner son banc. Le meunier se contenta de décocher une œillade au destinataire et s'engagea derrière sa fille.

Le message était clair : Antoine avait compris le stratagème. L'*Ite missa est* prononcé, il alla se pencher pour ramasser le morceau de tissu qu'il enfouit dans sa poche et déambula vers l'extérieur.

— Tu ne l'as pas vue, l'intrigante, elle l'a fait exprès, chuchota madame docteur à l'oreille de son mari.

En désaccord avec sa femme, Chapdelaine avait accusé la remarque avec un sourire de contentement.

Sur le parvis de la chapelle, c'était la criée du dimanche. Une masse de paroissiens s'étaient agglutinés devant l'estrade pour entendre les annonces de la semaine. Alors que son oncle et sa tante étaient retenus à la porte, Antoine fouilla nerveusement la petite foule et repéra Angélique avec son père, s'en approcha.

— C'est possible de te parler ? demanda-t-il.

— Bien sûr ! acquiesça-t-elle.

Les mains moites, le cœur battant, il l'entraîna à l'écart.

— Il paraît qu'on s'est débarrassé du fléau, mentionna-t-elle.

— J'espère que c'est pour de bon, commenta-t-il. Il a tout de même fauché vingt-neuf vies chez les adultes, en plus des enfants. Et beaucoup de gens ont été atteints par la contagion sans en mourir.

— Heureusement que toi et moi on a été épargnés…

Ses mots traduisaient-ils un bonheur de se retrouver ensemble, maintenant que le mal avait quitté la paroisse ? Était-il prêt à lui accorder du temps ? Cependant, une question cruciale, au centre de toutes les autres, le taraudait : l'aimait-elle encore ? Embarrassé, repensant au geste simpliste qui l'avait charmé, il retira le mouchoir de sa poche :

— Et ça, qu'est-ce que ça signifie ? s'enquit-il.

— Ah ! ça, rien du tout ! Je l'ai échappé par mégarde, plaisanta-t-elle en le reprenant.

Illuminé d'un sourire fugace, son visage avait rosi d'un délicieux malaise tandis qu'elle glissait le mouchoir dans son corsage.

— Soyons francs, Angélique, tu t'intéresses encore à moi. Je t'avoue que ton petit stratagème de rapprochement ne m'a pas laissé indifférent, loin de là…

Antoine l'invita alors chez son oncle Augustin, qui recevait les Dussault à dîner. Elle n'avait qu'à prévenir son père et l'assurer qu'il irait la reconduire au moulin.

***

Les domestiques avaient attendu avec une fébrilité croissante la fin de la messe.

— Je vous amène de la belle visite ! proclama Antoine, dès le seuil.

Amanda délaissa ses chaudrons et se précipita à la porte, resplendissante de gaieté. Quelques paroles s'échangèrent.

— Je dois retourner à la cuisine, dit la servante. Tout à l'heure, vous pourrez jaser avec Delphine. Pour le moment, je vous demande de patienter au salon.

Habituée au confort modeste de la meunerie, Angélique ne se sentait pas à l'aise dans la maison du docteur. Elle n'était même pas impressionnée par les changements apportés à la pièce rafraîchie que lui décrivait Antoine. Mais l'amoureuse de la flore remarqua un tableau de fleurs multicolores qui semblaient embaumer les lieux.

— Très jolie, cette toile ! observa-t-elle.

— C'est plus agréable à sentir que l'odeur du camphre et du vinaigre, plaisanta-t-il.

Puis il songea à l'entraîner dans son laboratoire pour lui démontrer l'abandon de ses recherches demeurées en plan. Un silence embarrassé plana.

Elle avait deviné l'objet de sa pensée ; elle le poussa aux aveux :

— C'est fini, ton travail de scientifique ?

— Définitivement, c'est toi qui comptes maintenant.

Les Chapdelaine et leur visite venaient de pénétrer comme une horde bruyante. Les hommes discutaient politique, les femmes bavardaient sur les toilettes des dames à la chapelle, mais Delphine et Théodule, restés sur le pas de la porte, hésitaient piteusement à se joindre aux convives. Amanda perçut leur malaise.

— Entrez donc ! insista-t-elle.

Elle regagna sa cuisine où mijotaient de l'agneau et une chaudronnée de légumes. Pendant ce temps, Balthazar servait des rafraîchissements au salon. Comme des enfants bien élevés, les deux jeunes couples écoutaient les aînés qui s'exprimaient sur le malheur qui avait frappé la paroisse et sur la vocation temporaire de la pièce transformée en hôpital. Mais Mme Dussault ne semblait pas impressionnée par les rénovations.

— Comment trouves-tu les changements ? demanda son amie.

— C'était mieux avant, affirma-t-elle. Ce sofa, par exemple, c'est de très mauvais goût. Il ne s'harmonise pas bien avec les autres meubles.

— Je ne te l'ai jamais dit, mais chez vous, il y a ce vaisselier qui détonne avec le reste du mobilier, répliqua Cordélia Chapdelaine. C'est dommage de tout gâcher avec un vieux buffet mal assorti !

Antoine et Angélique se jetaient des regards sur l'insignifiance du propos. Vexée, la tante asséna à la femme du notaire un coup d'assommoir :

— Ma chère Hortense, est-ce qu'on t'a rapporté ce qui s'est passé pendant ton absence ? Quelqu'un est mort du choléra dans ta maison. On ne te l'a pas dit, je suppose ? Rien que d'y penser, j'en ai des frissons.

Interloquée, Mme Dussault s'était tournée vers son mari. Leur fille s'était levée et elle remorquait son Théodule vers la porte.

La scène avait suspendu la conversation de Chapdelaine et son ami, et ils suivaient à présent des yeux la mère qui pourchassait sa fille. Honteux, le tabellion se leva.

— C'est ma faute, s'excusa-t-il, j'aurais dû en causer avec Hortense. C'est cette histoire de fête qui revient et qui me met dans de beaux draps.

— T'en fais pas, mon ami, on se reprendra.

Planté devant son fauteuil, le notaire déposa son verre de rhum et amorça le pas vers le vestibule. Mme Chapdelaine regardait les Dussault qui franchissaient le seuil de sa résidence, savourant sa petite victoire. L'air triomphant, elle actionna le cordon de la salle à manger ; la servante parut :

— Nous allons dîner ! ordonna l'hôtesse.

À table, le vieux médecin grognait contre la façon cavalière avec laquelle sa femme s'était comportée.

— Augustin, tu devrais être content, maintenant que Delphine n'est plus dans le décor.

— Tu es obligée d'admettre que tu as manqué ton coup avec celle que tu voulais imposer à notre neveu ; n'est-ce pas, Antoine ?

— Mon choix est fait, mon oncle, Angélique et moi nous nous aimons.

Le garçon avait pris la main de la jeune fille et ils se souriaient tendrement.

17

Le jeune médecin avait ramené son amoureuse au moulin. Tout au cours du déplacement, dans l'étroitesse de l'habitacle, Angélique avait éprouvé une délectation charnelle à sentir la cuisse chaude du conducteur serré contre elle. Ils avaient contemplé les champs moissonnés, dépouillés de leur avoine et leur blé mûrs, les labours d'automne dans les prairies, les paysages bucoliques, sous le ciel bleu émaillé de beaux nuages blancs. Antoine sauta à terre, planta sa cravache dans un montant de la voiture et tendit galamment la main.

— Si mademoiselle Foisy veut bien se donner la peine de descendre ! badina-t-il.

Quelqu'un d'autre les avait devancés. Ils entrèrent dans l'établissement.

— Votre fille qui revient, présuma l'inconnu. Je m'apprêtais justement à prendre congé.

C'était Henri Dorval[8], le chargé d'affaires de l'honorable Pierre-Dominique Debartzch. L'air important, l'individu de courte taille

8. Nom fictif.

était richement revêtu d'une redingote à brandebourgs olivâtre et d'un chapeau haut de forme violet. Il serra d'une main tiède la main du meunier et s'éloigna vers la porte.

— Comme ça, monsieur Foisy, on va vous attendre samedi au manoir, proféra-t-il. Ça tombe bien cette année, c'est le jour même du cinquantième anniversaire du seigneur.

Puis il disparut.

— Est-ce qu'on pourra vous accompagner, père? s'enthousiasma Angélique.

— Pourquoi pas? On logera dans la parenté.

Dans un état de pur ravissement, la jeune fille avait impulsivement embrassé Antoine.

— J'accepte avec plaisir, consentit le jeune homme.

***

Le lundi matin, un groupe de fermiers mécontents se rassembla à la meunerie autour du poêle. Un verre de p'tit blanc dans le gosier, ils devaient être une huitaine de paysans à encercler Tancrède Blanchette, qui les avait incités à la contestation. L'un d'eux bourra sa pipe de plâtre, l'alluma et cracha par terre:

— C'est les Français qui avaient instauré ce régime pour favoriser le développement de la colonie; moi, j'ai décidé de verser mon cens, se prononça-t-il.

— C'est trop cher! s'opposa un autre: on se fait plumer vif par les Anglais. Pis toé, Tancrède?

— Ça dépend de chacun, répondit-il. Hier, j'ai dit au chargé d'affaires Dorval que je réfléchirais. Ça fait deux ans que je paye pas mon dû, ça fait que cette année, j'ai pas mal l'intention de m'acquitter de ma dette.

La pagaille était prise au sein de l'assemblée. On accusait l'instigateur Blanchette d'avoir entraîné le voisinage à la protestation, le traitant de faible, de lâcheux, incapable de défendre son idée jusqu'au bout.

— Pis toé, Philippe ? questionna un habitant de la Barbue.

— Moi, c'est pas pareil, précisa le meunier. Selon mon entente, je dois débourser vingt-cinq livres chaque année pendant vingt ans et remettre mes profits du moulin au seigneur Debartzch. J'ai montré mes comptes à son représentant Dorval, puis il faut que je crache encore…

— En tout cas, faites donc ce que vous voulez ! conclut Blanchette.

Il avala son verre d'un trait et le groupe se dispersa dans un mécontentement général.

***

La même semaine, le samedi 22 septembre, le cabriolet du meunier cahotait sur le chemin qui menait au bord du Richelieu. Mais il n'était pas le seul. Comme une petite caravane, d'autres voitures avaient pris la file, dont celles du curé Delisle, de contestataires repentis, et la charrette de Tancrède Blanchette, qui avait délégué son fils Théodule, accompagné de Delphine. Antoine avait le sentiment de s'éloigner du malheur qui avait accablé Saint-Césaire et de découvrir une région inconnue, dans le cadre enchanteur d'une majestueuse rivière. Chemin faisant, le meunier instruisait ses passagers sur les réalisations du seigneur qui avait fait construire un moulin banal, une tannerie et une distillerie. Il vantait le village où l'on pouvait trouver de tout pour s'habiller de pied en cap chez son bottier et son chapelier, en passant par son tailleur et son orfèvre. Par-dessus tout, il s'émerveillait devant l'audacieux projet de moulin à vapeur à trois moulages du maître des lieux. Aussi, il ne manqua pas de mentionner que le seigneur Debartzch entretenait de bonnes relations avec les censitaires.

Étonnamment, il avait fondé *L'Écho du pays*, un journal d'information et de propagande, défenseur des droits des Canadiens français, opprimés par le gouvernement britannique.

Les censitaires, bons et mauvais payeurs et ceux qui avaient une entente particulière, afflueraient de partout sur le territoire, en canot, à pied, à cheval ou en voiture, des confins de la seigneurie jusqu'à Saint-Charles ; bref, tous ceux à qui il incombait de conclure leurs affaires, si cela n'était pas déjà fait. Après la délicate question des redevances réglée, on festoierait sur la terrasse.

Les voitures quittèrent la route, s'engagèrent dans une allée bordée d'ormes, et découvrirent une énorme maison de pierres bâtie au bord de l'eau. Sur la façade, une terrasse avec une balustrade en bois ouvragé où descendaient de leur carrosse quelques dames à ombrelle et notables à redingote. Les dignitaires étaient invités à entrer, tandis qu'en retrait sur la gauche, des laquais prenaient la bride des chevaux et dirigeaient le bas peuple vers les jardins en arrière de la propriété.

L'endroit était magnifique. Il était traversé par un ruisseau enjambé par un pont au bout duquel se trouvait un belvédère d'où on pouvait admirer le Richelieu et la campagne environnante.

— C'est joli ! commenta la fille du notaire Dussault. Au bras de son amoureux, Delphine avait rejoint Antoine, Angélique et son père. De jeunes filles serrées dans de larges tabliers blancs circulaient avec des plateaux entre les groupes pour proposer des rafraîchissements. Entre-temps, des censitaires avaient pris la file pour présenter les dons en nature qu'ils avaient apportés. À cet effet, le secrétaire de M. Dorval, un gros homme à l'air austère arborant une chemise à jabot de dentelle, était écrasé à une élégante petite table installée sur la pelouse et les recevait individuellement.

— Pouah !

Théodule venait de cracher par terre le liquide au goût méchant.

— Dans le manoir, on doit sûrement offrir un meilleur breuvage, commenta-t-il, vexé.

— Mre Delisle et les dignitaires boivent assurément du bon vin de France ! acquiesça Antoine.

Théodule se faufila et parut à la table avec un air plein de hardiesse.

— Qu'est-ce qui vous prend de passer avant les autres, jeune homme ?

— Vous n'auriez pas quelque chose de mieux à boire ?

— Dites-moi plutôt ce que vous avez dans votre charrette ! se rebiffa le secrétaire. Pour le reste, vous en causerez avec M. Dorval.

Delphine regardait avec admiration son amoureux qui s'enhardissait. Antoine, lui, constatait que le jeune fermier avait quitté les nippes de la gêne et de la réserve pour revêtir le manteau de l'impertinence.

— On ne le reconnaît plus, dit Angélique. Il a maintenant de ces petites audaces qui frisent l'effronterie.

Théodule avait reçu un bout de papier du secrétaire et il était entré dans l'aile droite de l'habitation où siégeait M. Dorval. Le notaire et chargé d'affaires du seigneur Debartzch était assis à un pupitre dans une petite pièce sombre, attenante à la bibliothèque. Il semblait submergé de documents, de livres épais et de registres où régnait une étouffante odeur poussiéreuse.

— Je suis le fils de Tancrède Blanchette, se présenta Théodule.

— Ah ! Ce mauvais payeur qui tardait à régler ses redevances. J'ai même entendu dire qu'il incitait les autres à ne pas s'acquitter de leur dû. Donnez-moi ça…

Le notaire arracha le bout de papier des mains du garçon et consulta le censier à la page consacrée à Tancrède Blanchette.

— Ouais ! Trois poules, un cochon, quelques sacs de blé, c'est pas fameux, mais c'est mieux que l'an passé où il n'a rien donné, observa-t-il. Les dettes s'accumulent…

— Les temps sont durs pour tout le monde, savez, expliqua le jeune fermier, radouci.

À la porte entrebâillée pointaient le nez proéminent et l'étroite figure du seigneur Debartzch qui surveillait l'opération.

Théodule retourna dans les jardins et bavarda avec les siens un bon moment, pendant lequel de grandes tables furent installées. Puis on les parsema de paniers remplis des fruits de la terre et de cruchons de grès qui faisaient saliver.

— Asteure que les redevances sont réglées, on peut s'empiffrer, se réjouit-il.

— Je crois qu'il serait préférable d'attendre un peu, avisa Antoine : regardez !

Comme un signe précurseur d'un moment solennel, le manoir se dégorgea de ses dignitaires. L'instant d'après, le maître des lieux et son chargé d'affaires parurent dans les jardins. Les jeunes filles en tablier s'activèrent pour remplir les verres.

— À la santé de notre seigneur ! s'écria le notaire Dorval, levant le sien.

Des « Joyeux anniversaire, monsieur Debartzch ! » fusèrent. Ensuite, le jubilaire entama un petit discours louant le travail des valeureux paysans, tout en faisant une allusion à peine voilée aux redevances impayées, remerciant les dignitaires et la classe laborieuse d'être présents en si grand nombre pour souligner ses cinquante ans. Il termina son laïus en rappelant l'épreuve des derniers mois, l'insidieux choléra morbus qui avait fauché plusieurs vies dans la seigneurie. Les censitaires, eux, souvent affamés par un long périple, faisaient semblant d'écouter l'homme tout en lorgnant les tables sur lesquelles on venait de déposer les viandes.

Entre-temps, Mre Delisle, suivi de son dévoué sacristain Cléophas, avait entraîné hypocritement son confrère, le curé Blanchet, vers le festin. Par déférence à l'égard des ecclésiastiques, on les laisserait passer et ils seraient dans les premiers à piger dans les plats. Mais le notaire Dorval apostropha le curé de Saint-Charles :

— Ne pensez-vous pas qu'il serait convenable de dire le bénédicité avant de manger ? souhaita-t-il.

Dans le tumulte des invités qui s'approchaient, Augustin-Magloire Blanchet se recula, appela au silence et récita la prière. Puis il se tourna vers le pasteur Delisle.

— Voyez quelle maladresse vous m'avez fait commettre ! lui reprocha-t-il, vexé.

— Pardonnez-moi, cher confrère ! Pendant des mois, j'ai subi beaucoup de frustrations par rapport à la nourriture, et c'est moi qui vous ai incité à la gourmandise.

— Je crois comprendre que de voir toutes ces denrées exposées au grand jour doit attiser votre faim, commenta le curé Blanchet. Je ne serais pas étonné que vous repartiez de Saint-Charles avec des provisions, ricana-t-il.

Des Césairois observaient les deux soutanes à rabat qui discutaient, imaginant le pauvre curé soumis aux privations à cause de certains de ses paroissiens qui n'avaient pas payé leur dîme, et jalousant le seigneur devant un étalage aussi abondant de nourriture.

Le repas terminé, on continua à fraterniser dans les jardins. Plusieurs quitteraient les lieux à une heure tardive.

— Je préfère repartir, souhaita le meunier. On a un bout de chemin à faire avant d'aboutir chez mon cousin pour coucher. On est pas aussi chanceux que notre curé pour dormir au presbytère.

— Bien, père, je vais aviser Delphine et Théodule, décida Angélique.

— Il ne faudrait pas les abandonner à la belle étoile, ces deux-là, s'amusa Antoine.

Le meunier Foisy et les deux jeunes couples ne manquèrent pas de saluer le curé Delisle et quelques Césairois.

Les deux voitures s'ébranlèrent sur le chemin de Chambly avant la tombée du jour. Ce soir-là, comme un soleil nocturne, la lune avait pris une teinte orangée fascinante qui les guiderait dans les ténèbres. Le hululement lugubre des chouettes, le croassement des corbeaux et le glapissement des renards perçaient la nuit. Tous ces cris qui habitaient la noirceur auraient pu les distraire et les apeurer. Mais, désormais, les amours d'Angélique et Antoine semblaient soudées dans un ineffable bonheur qu'aucun bruit n'altérait.

Lorsque les cahotements de la route l'empêchaient de s'appesantir dans son sommeil, le meunier risquait un œil furtif de leur côté et sur les passagers de la charrette qui les suivait, puis ses paupières lourdes se refermaient. De temps à autre, ils croisaient d'autres voitures, des cavaliers solitaires les devançaient, filant peut-être vers leur dulcinée. Et avant que ne s'éteignent les chaumières, il en repéra une pour s'assurer qu'il ne passerait pas tout droit. À cette heure, ç'aurait été dommage de manquer un embranchement et faire demi-tour. Ils aboutirent à la ferme de son cousin.

Les aboiements d'un énorme chien accueillirent les voyageurs. Effrayés, les chevaux se cabrèrent. Dans la pièce baignée d'ombre, une main anonyme écarta un rideau. Une figure hirsute se montra, ses yeux prospectèrent les ténèbres. Puis une porte s'ouvrit brusquement.

— Que voulez-vous, étrangers ? interrogea une voix impérieuse.

Un mousquet se braquait sur le meunier.

— Tu ne me reconnais pas ? répondit-il. C'est moi, ton cousin Philippe Foisy !

— Que fais-tu dans les parages ?

— Nous venons de Saint-Charles pour la fête du seigneur Debartzch. Pourrais-tu nous offrir le gîte pour la nuit ? On repartira demain matin pour Saint-Césaire.

— Il y a des cas de choléra à Saint-Charles, avisa le fermier. Vous apportez la maladie, le malheur…

— Pas que je sache ! Puis oublions nos vieilles discordes…

Tout en pointant son arme sur les indésirables passants, le paysan semblait parlementer avec sa femme qui, manifestement, tentait de l'apaiser.

— Bon, consentit-il à la fin, mettez-vous à l'abri dans la grange.

À la lueur d'une lampe, les voitures furent rangées, les chevaux dételés. Bien entendu, on donna à boire et à manger aux bêtes. On s'installa dans le bâtiment. Le meunier observait les garçons qui, à l'aide de fourches, étendaient un lit de paille au sol.

Théodule allait se coucher au flanc de Delphine.

— Non ! interdit le meunier. Les messieurs d'un bord, les dames de l'autre, puis moi au milieu, statua-t-il.

Lorsque les voyageurs furent allongés, tracassée par les paroles de son père, Angélique le questionna :

— Pourquoi avez-vous parlé de discordes entre vous et votre cousin ?

— Ah ! c'est une vieille histoire…, commença-t-il.

Dans un silence significatif, le meunier ressassa ses souvenirs. Puis il rapporta qu'à une certaine époque, ils s'étaient battus pour conquérir le cœur d'une demoiselle qui avait fini par ne marier ni l'un ni l'autre : la jeune fille convoitée s'était jetée dans la dévotion et elle était entrée en religion, devenant l'épousée du Seigneur Dieu. Antoine écoutait l'homme qui relatait sa jeunesse en songeant aux trois prétendants qui s'étaient disputés pour s'attirer la faveur d'Angélique. En apparence, Patrick Dunnagan et Ignace Trahan s'étaient distancés d'elle, mais rien ne laissait présager qu'ils ne réapparaîtraient pas dans le décor.

Moulu de fatigue, le meunier s'était endormi et ronflait. La lampe éteinte, de discrets rayons de lune filtrant par les interstices des planches, Théodule releva la tête : c'était le moment qu'il attendait.

— Delphine ! murmura-t-il, d'une voix palpitante.

Sous les bruissements de sa couche de paille, il se déplia, contourna le vieil homme et s'approcha d'elle. Antoine et Angélique les virent s'éloigner vers l'échelle qui accédait au grenier. Comme eux, ils éprouvèrent ce besoin de rapprochement, de se retirer à l'écart, dans un recoin de la grange. Ils imaginèrent ces instants de tendresse, ces doux roucoulements, ces halètements de jouissance de deux corps enflammés, allumés par l'étincelle du désir.

Le vieux cessa de ronfler, grogna et se tourna sur son flanc. Il sembla incommodé par sa position inconfortable, se leva, observa près de lui. Deux des quatre jeunes manquaient. D'instinct, il scruta la pénombre, grommela son mécontentement.

— Nous sommes là, monsieur Foisy ! le rassura Antoine, d'une voix étouffée.

— Et les deux autres ? demanda-t-il, devinant la couchette improvisée au grenier.

Il se dirigea à l'extérieur de la grange, se soulagea la vessie et revint. Les tourtereaux amorçaient la descente de l'échelle.

— On peut pas se fier ! blâma-t-il.

— Désolés, monsieur Foisy, on endure pas les ronflements, se défendit le garçon.

— Ah ! la belle affaire ! le rabroua le meunier. Descendez de là, pis allez vous coucher à votre place, se fâcha-t-il.

Au sol, la tête comme une meule de foin, Théodule se pencha, secoua sa chevelure ébouriffée, épousseta ses vêtements. Delphine rectifia sa coiffure, replaça sa robe.

La mine déçue, Foisy repéra un petit banc, bourra sa pipe, l'alluma. Puis dans le bâtiment obscurci par les ténèbres, seules les volutes de fumée blanchâtre qui en émanaient trahissaient sa présence.

Rapidement, sa vigilance s'estompa. Après quelques minutes de guet, le meunier fut aux prises avec un terrible endormitoire. Ses paupières se refermaient sur l'objet de sa surveillance. La tête branlante, le fourneau à la gueule, il vacillait. Se délectant en pensée de l'expérience sensuelle qu'il avait vécue, la pupille moqueuse, Théodule observait le vieux qui chambranlait et auquel il avait échappé. Mais il n'était pas le seul à épier la scène : Antoine, redoutant un danger, s'efforçait de garder l'œil ouvert. Étonnamment, le guetteur résistait à l'écroulement. Piqué par un quelconque sens du devoir, le meunier était rappelé à l'ordre, tirait une longue bouffée et reprenait sa garde.

Le jeu s'éternisait. Les deux jeunes filles dormaient et les deux garçons combattaient confusément le sommeil. C'est précisément là que survint le malheur : la bouche molle, la lippe pendante, le meunier laissa tomber sa pipe dans les brindilles.

— Au feu ! s'écria-t-il.

— Père ! s'exclama Angélique.

Les dormeuses s'étaient réveillées, les bêtes s'affolaient. Debout, dans une série de mouvements désarticulés, le vieil homme piétinait la paille enflammée qui lui léchait les bottes. Sans tarder, Antoine et Théodule agrippèrent des seaux et se précipitèrent vers le baril d'eau de pluie au coin de la grange. Dans un va-et-vient épouvantable, ils transportèrent plusieurs chaudiérées. Le feu éteint, Antoine commenta :

— Vous auriez pu périr !

La mine triste, le meunier contemplait sa pipe calcinée.

— C'est ma faute, s'accusa Théodule, la voix tombante. Je m'excuse, monsieur Foisy.

Dans l'effarouchement des chevaux, le cousin parut, l'air épouvanté, en chemise et bonnet de nuit.

— Sacrez-moé votre camp d'icitte ! ragea-t-il, écumant de colère.

Le fermier regrettait la permission accordée et déblatérait sur les étrangers qui demandaient asile. On ne le percevait pas distinctement, mais on distinguait ses yeux qui lançaient des flammèches et son vêtement blanc qui illuminait les lieux. La vieille s'encadra dans la porte, épaulant un mousquet.

— Avoir su, exprima-t-elle, sur un ton très désolé. Ça m'apprendra ! Mon mari pis moé on dormait pas, mais une chance que j'ai senti la boucane par le châssis de notre chambre. Partez, sinon je tire…

Consterné, Foisy s'empêtra dans des mots de désolation, se refusant à dévoiler les circonstances qui avaient entouré le drame. Le cousin fouilla le plancher du regard.

— Ma pipe de plâtre ! proféra le meunier.

Saisie d'un frisson, la vieille éternua. Elle resserra son châle sur ses épaules et se rendit au flanc de son mari.

— Tu vois, vous avez apporté le choléra ! se fâcha le fermier. Ramasse-la, ta maudite pipe, pis décampez ! ordonna-t-il.

Demeuré dans l'ombre, Antoine proposa d'examiner la paysanne. En tant qu'étudiant en médecine, et avec l'expérience acquise au cours des derniers mois, il se croyait en mesure de poser un diagnostic fiable sur la maladie. Cependant, par dédain ou par mépris, le cousin s'opposa au geste.

— Ce serait une manière de vous rassurer, renchérit le meunier.

Mais le mari s'entêta. Selon ce qu'on propageait dans les environs, quand le mal était fait, aucun remède ne parvenait à guérir de la maladie, ni même à soulager la victime. Il craignait maintenant d'être affecté par sa femme contagieuse, ce qui n'arrangeait rien.

Devant l'obstination et le refus catégorique du paysan, Théodule songea à débarrasser les lieux. Habité par une culpabilité grandissante, dans sa hâte de disparaître, il conduisit les bêtes aux voitures.

Apeurées par le mousquet de la vieille ou un déferlement de colère de l'enragé, Delphine et Angélique avaient rassemblé leurs effets personnels et attendaient près des voitures.

Moins d'une demi-heure plus tard, les voyageurs se fondaient dans la nuit noire.

18

Mre Delisle était parvenu à Saint-Césaire, son cabriolet à deux roues bondé de denrées de première nécessité. Après la fête, avec la complicité de son dévoué sacristain Cléophas et la bénédiction du curé Blanchet de Saint-Charles – qui le prenait en pitié –, il avait glané, comme les pauvres des environs, assez de victuailles des tables pour s'encabaner pendant un mois. Partout au village, il promenait son demi-sourire condescendant, comme s'il se moquait des paroissiens qui l'avaient privé de nourriture. Cependant, Rose de Lima, sa gouvernante, lui avait fait remarquer qu'il ne passerait pas l'hiver avec si peu de réserves et qu'au lieu de fanfaronner dans le paysage, il lui serait préférable d'arborer une mine de miséreux pour attirer la compassion. Dès lors, il se remit à déambuler avec sa face d'enterrement, à laquelle il avait habitué ses ouailles depuis le début de l'épidémie.

Au village, les maisons étaient joyeuses, les commerces faisaient de bonnes affaires. Les lieux publics se remplissaient, on ne craignait plus les rassemblements. À la chapelle, des actions de grâces étaient récitées. Dans la rue, on ne s'évitait plus, on se donnait l'accolade, on s'embrassait. Quand on ne piquait pas une jasette, on se saluait civilement. Un peu partout à la campagne, sauf dans les chaumières où l'odeur de la mort ne s'était pas dissipée, on s'apprêtait à festoyer. Les récoltes terminées, comme à l'accoutumée, on organisait des rencontres. Mais dans la population, il restait des sceptiques qui invitaient à la prudence. C'était le cas à la résidence des Chapdelaine, où le médecin et son épouse ne partageaient pas le même avis…

Madame docteur aimait recevoir. Après la période d'austérité et de vexations que le choléra lui avait imposées, en brouille avec son amie Hortense Dussault, elle s'était rabattue sur le pasteur. Pour le repas de circonstance, Antoine avait tenu à la présence d'Angélique, qui gagnait en sympathie aux yeux de l'hôtesse.

Le prêtre avala une lampée, se tamponna les lèvres.

— Aurais-je le bonheur de bénir votre mariage l'an prochain ? s'enquit le prêtre.

— On verra ! coupa Mme Chapdelaine.

— Ce n'est pas à toi de décider, Cordélia ! la rembarra son mari.

La conversation avait créé un malaise. Plutôt que de discourir sur le sujet et de donner une réponse satisfaisante au curé, Antoine, lui, repensa à la fête automnale qui venait. Il en avisa son oncle :

— Samedi, Angélique et moi allons participer à une épluchette de blé d'Inde chez les Blanchette.

— Ça, mon neveu, je crois que ce n'est pas une très bonne idée, réagit Chapdelaine. La peste n'a peut-être pas dit son dernier mot : il faut demeurer prudent.

— Tu es bien sévère, mon mari, rétorqua l'hôtesse.

— C'est la science qui parle, informa le savant : le colibacille du choléra peut s'endormir dans les objets qui nous entourent, les poignées de porte, les meubles et les matelas, les endroits sales et mal entretenus, et se réveiller n'importe quand pour nous importuner.

Amanda, qui venait d'apparaître avec un plat, faillit intervenir pour défendre sa gestion de la propreté. Elle se renfrogna : le temps saurait démontrer qu'elle était une irréprochable domestique.

***

Le samedi, à la fin de l'après-midi, sur le chemin des vaches crevassé d'ornières, on vit poindre à l'horizon un tombereau débordant d'épis de maïs. De jeunes gens le tiraient, d'autres le poussaient et le reste de la compagnie, de joyeux troubadours, suivait, chantant et se poussaillant. Au même moment, une charrette conduite par Théodule surgissait aux bâtiments. Serrée contre lui, Delphine, son amoureuse ; debout, accrochés aux ridelles, Justine et l'Irlandais. Venait ensuite le cabriolet de Chapdelaine, Antoine tenant les rênes, mais fortement inquiété par Angélique qui grelottait à son flanc. Chemin faisant, elle avait ressenti des malaises persistants, mais elle avait insisté pour se rendre à la fête.

Avant de descendre, Antoine et sa passagère échangèrent un sourire. Puis son regard se reporta sur le coteau : tout en haut, sur la crête de la petite colline, Ignace Trahan, monté sur son cheval bai, dominait la scène des festoyeurs qui se rassemblaient. *Mon oncle avait peut-être raison*, songea Antoine, *j'espère que tout va bien se dérouler…*

Près d'un hangar, Adjutor, le jeune veuf, surveillait l'eau qui frissonnait dans une immense marmite. Mais il était triste ! Il se souvenait de l'année précédente, à pareille date, où il avait festoyé comme les autres, rayonnant d'une gaieté sereine, dardant des pupilles énamourées vers Berthe, celle qui deviendrait sa femme. Mais l'impitoyable destin lui avait ravi celle qu'il aimait ! Tout en alimentant le feu, il se retourna vers la voiture : l'Irlandais, indésirable personnage, réapparaissait sur la ferme de ses parents.

Justine s'approcha de la marmite, tout excitée.

— Reviens-en, la refroidit Adjutor, c'est rien que l'étranger que tu ramènes ! Comment t'as fait pour t'amouracher de lui ? T'as manigancé avec Théodule, c'est sûr.

— Je voulais qu'il connaisse la coutume du pays, rétorqua-t-elle.

Les bêtes dételées, on déchargea le tombereau en remplissant des paniers qu'on alla vider à proximité. Dans l'enthousiasme de la petite foule, un groupe désordonné se forma autour du tas.

Puis, reprenant des chansons de la vieille France, on commença à dépouiller les épis enrobés de feuillage et de leur houppette échevelée. Comme à l'accoutumée, on avait convenu d'une chose : la découverte d'un de ces rares spécimens rouges dont dame Nature gratifiait les champs permettrait d'embrasser quelqu'un de son choix. Jusque-là, tout se déroulait bien. Après des mois de frustrations, c'était un véritable plaisir d'être ensemble ! Mais Antoine, devinant l'irruption impromptue du trouble-fête, appréhendait la suite…

L'activité cessa soudainement. Le pas décroissant d'un cheval avait détourné les têtes. Un cavalier s'amena au trot, immobilisa sa monture. Habillé d'une redingote courte en drap mauve, botté et éperonné, Trahan demeura en selle. Lorsqu'il obtint toute l'admiration qu'il désirait, il déclara :

— Il doit ben rester un petit trou pour moé, espéra-t-il, l'air ricaneur.

Il descendit de monture. Plusieurs garçons froncèrent les sourcils, redoutant que le voleur de moutons notoire vienne gâcher le jeu. La mine narquoise, l'intrus fit semblant de chercher une place dans le cercle ; d'un air provocateur, il regarda Antoine et, reportant son regard vers l'Irlandais, il s'inséra effrontément tout près de lui.

— Bouscule-moi pas ! riposta l'étranger, sur un ton conciliant.

Puis, tous les autres participants se remirent à l'épluchage, jetant les épis dans les paniers qui, à présent, se remplissaient de pépites d'or. Mais Trahan se distingua. Après quelques épis bien dégarnis, la chance parut le favoriser. Dans des gestes mesurés, il dévêtait lentement le spécimen qu'il tenait dans les mains, attirant l'attention de plusieurs.

— R'gordez ! s'exclama-t-il. Un rouge !

— Tricheur ! se révulsèrent des observateurs, d'une voix unanime.

— Je l'ai vu le sortir de la poche de sa redingote, se récria l'un à la cantonade.

Dans le bruissement du feuillage qui jonchait la terre, Trahan s'élança vers Angélique pour l'embrasser. Cependant, au désespoir de Justine, l'Irlandais s'était déjà précipité vers le rival pour l'en empêcher.

L'étranger apostropha le garçon par le collet, le tira et le projeta au sol.

Antoine, lui, n'avait pas eu le temps de réagir. Comme tous les autres festoyeurs, il assistait à un combat entre les deux opposants qui, manifestement, se disputaient le cœur d'Angélique. Personne n'osait intervenir. Des coups s'échangeaient, du sang giclait : un vrai divertissement ! Au milieu du spectacle, on scandait le prénom de l'Irlandais, encourageant Dunnagan qui dominait le voleur de moutons.

Puis la bataille prit un autre tournant. Trahan, du revers de sa manche, essuya ses lèvres sanguinolentes. Et, recourant à toute la force brutale dont il était capable, asséna un coup de poing terrible à son adversaire, qui s'effondra. À ce moment, Justine se sentit défaillir ; des voisins tentèrent de la soutenir.

Alors que tous les festoyeurs étaient consternés, Adjutor, content de l'issue de l'engagement, avait délaissé sa marmite fumante et, pour mieux se délecter, s'était approché d'Antoine qui contemplait froidement la scène. Cependant, le tumulte des spectateurs implorait l'intervention de l'étudiant en médecine. Frémissante d'émotion, Angélique ne put demeurer insensible. Elle sortit son mouchoir et, amorçant le pas vers le perdant au front ensanglanté, se sentit aussitôt défaillir. Antoine s'empressa vers elle.

— Je te ramène au moulin, décida-t-il.

Elle protestait, prétextant qu'elle ne supportait pas les combats, qu'elle se rétablirait. Mais lui, soupçonnant quelque chose de sérieux, insista. Sur les entrefaites, Trahan s'approcha du couple.

— Je vas vous aider, offrit-il.

— Éloigne-toi, innocent ! somma Antoine, très impératif. Tu trouves pas que t'as causé assez de troubles de même ?

Effarés, Delphine et son amoureux étaient accourus.

— N'approchez pas ! ordonna le jeune médecin. Je crains que ce ne soit pas seulement les émotions. Théodule, va atteler la voiture…

Une peur irraisonnée s'empara de la fille du notaire. Elle revivait confusément les heures d'angoisse dans la maison de ses parents où avait succombé Rodolphe, un solide paysan. Elle espéra qu'Angélique soit épargnée du même mal.

***

— Qui va là ? demanda inquiètement le meunier.

— Ouvrez, je vous en prie ! tonna une voix pressante.

Foisy débarra et entrouvrit la porte.

— Mon Dieu ! s'exclama-t-il.

Angélique dans les bras, Antoine monta à l'étage et la déposa dans son lit. L'état de la jeune fille s'était détérioré. Dans la lumière diffuse qui baignait la pièce, elle grelottait. Des ecchymoses étaient apparues. Le froid avait envahi tout le corps ; même l'haleine se glaçait. Le pouls faiblissait, déclinant vers la fin de l'existence. Devant la dégradation, une peur panique s'empara du jeune homme. Mais il se ressaisit.

— Il me faut du vinaigre, exigea-t-il.

Vitement, le meunier dénicha un contenant qu'il apporta.

— Maintenant, je dois la déshabiller, affirma le médecin.

Au milieu de son désarroi, le père s'éloigna de sa fille et s'embusqua dans la pénombre du logis. Puis, dans des gestes respectueux, le soignant entreprit de découvrir la malade et se mit à la frictionner.

D'abord sur le bas-ventre, ses mains gagnèrent la poitrine, descendirent aux cuisses et aux jambes. Il frottait vigoureusement, avec l'énergie du désespoir, ahanant sous l'effort physique qu'il déployait. Mais, sombrée dans une sorte d'inconscience comateuse, la cholérique ne réagissait pas.

Dans un recoin de la pièce, le meunier s'alarmait.

— Vas-tu la réchapper ? demanda-t-il, la voix pleurante. S'il fallait…

Une teinte bleuâtre parut aux extrémités, puis des plaques d'une coloration semblable sur la peau, signe d'une oxygénation insuffisante du sang. Antoine cessa les frictions, fit apporter des épaisseurs de couvertures et exigea qu'on entoure la malade de pierres chaudes.

— Je dois me rendre chez mon oncle, informa-t-il.

— Qu'est-ce que je peux faire en attendant que tu reviennes ? se désespéra le père.

— Si elle désire boire, donnez-lui de l'eau. Mais d'abord, prenez la précaution de vous laver les mains avec le vinaigre. Et n'oubliez pas de renouveler les pierres chaudes pour la garder à la chaleur.

L'amoureux venait de partir. Le meunier, penché sur sa fille, priait. Il aurait donné n'importe quoi, échangé sa vie contre la sienne, pour qu'elle recouvre la santé. Mais rien n'apaisait sa peine, comme si, sous le souffle de la mort, les braises de l'espoir s'éteignaient. Il repensa à sa femme adorée, disparue en peu de temps, sous l'effet dévastateur d'une courte maladie. Il abandonnerait son métier, chercherait un antre où finir ses jours, seul avec sa peine et ses souvenirs. Toutes ces pensées le chagrinaient.

— Ohé ! Monsieur Foisy !

Les yeux rougis, il se redressa, se rendit à la fenêtre. En bas dans la cour, une voiture s'était arrêtée. Il résolut de descendre.

— Ah ! c'est toi, Théodule.

— Je vais reconduire la fille du notaire et l'étranger, informa-t-il. En revenant, nous avons pensé prendre des nouvelles d'Angélique.

— Elle est au plus mal, répondit le meunier, bouleversé. Antoine est allé au village pour quérir des médicaments.

L'attitude fortement accablée du père incita Delphine à voir la malade. Elle manifesta au conducteur son désir de monter, lui qui, dans les circonstances, n'était pas très à l'aise avec l'idée. Par contre, le front et l'œil gauche tuméfiés, la mâchoire endolorie, l'Irlandais acquiesça par un grognement son intention de débarquer.

À l'approche des trois visiteurs, la cholérique avait réagi par un léger tressaillement. L'espace d'un court instant, secouée par des voix et des bruits inaccoutumés, elle était retombée dans son engourdissement. La visiteuse ne put s'empêcher de s'identifier :

— C'est moi, Delphine !

— On sait pas si elle nous entend, commenta Théodule. Elle a grouillé tantôt, c'était juste un réflexe. Pis qu'est-ce que t'as tant à lui dire ? De garder confiance, qu'elle va guérir ? On devrait s'en aller avant qu'Antoine revienne avec ses pilules !

Pendant que ses compagnons parlementaient, Patrick Dunnagan contemplait la cholérique défigurée par les affres de la maladie : elle avait les yeux écarquillés, fixant les ténèbres, la bouche entrouverte, la respiration lente et sifflante comme une bouilloire. Il l'imaginait, comme avant, resplendissante de beauté, avec son doux visage, ses lèvres pulpeuses, son sourire engageant, sa chevelure ruisselante de miel.

— Je ne partirai pas, tant et aussi longtemps qu'Antoine ne sera pas revenu, décida Delphine.

Théodule exhala un soupir résigné. Puis sa compagne tira une chaise, s'assit au chevet de la malade et entreprit de causer avec l'Irlandais.

— Tu l'aimes toujours, n'est-ce pas ?

L'étranger opina de la tête. Tout près de lui, Delphine éprouva de la compassion, le plaignait de ne pouvoir s'exprimer, souffrant dans son corps et l'âme meurtrie. Elle le trouva désirable, plus encore que celui qu'elle venait de rabrouer. Elle comprenait qu'Angélique soit tombée amoureuse de lui.

— Et Justine, qu'est-ce qu'elle va penser ? poursuivit-elle. Tu ne l'as pas vue s'effondrer quand Ignace Trahan t'a assommé. C'est la preuve qu'elle est follement éprise de toi.

En guise de réponse, le garçon eut un vague haussement d'épaules ; cela l'indifférait. De son côté, Théodule n'aimait pas que Delphine se tienne au flanc de l'Irlandais aussi longtemps. Ensemble, comme un couple, ils paraissaient veiller au corps d'une mourante et balbutier des prières. Était-elle en train, elle aussi, de céder sous le charme du blessé ? On l'entendait chuchoter sur le ton d'un conciliabule, elle, avec de petites inflexions joyeuses dans la voix, lui, continuant de grogner des réponses brèves. Il déambulait dans la grande pièce du logis, absorbé par ses frustrations, contournant les meubles, se penchant de temps à autre pour éviter de se heurter la tête sur une poutre. Et, pour mal faire, l'état d'Angélique demeurait stable.

Dans l'attente qui se prolongeait, le meunier offrit de prendre un thé. Autour de la table, Delphine et l'Irlandais continuaient leur huis clos. Théodule s'impatienta, avala une gorgée et s'adressa au couple :

— Bon, ben, je sacre mon camp d'icitte ! s'exaspéra-t-il. Arrangez-vous pour retourner avec Antoine, asteure !

Il avait repoussé sa tasse de thé et dévalait les marches. Cependant, l'Irlandais n'avait rien marmonné pour le retenir. Il aimait qu'on s'intéresse à lui, mais regrettait à présent qu'après Justine, une autre teigne s'accroche si solidement. C'est Angélique qu'il aimait et personne ne parviendrait à le détourner d'elle !

Une autre demi-heure s'était écoulée, quand le croassement d'un sinistre corbeau fut troublé par le hennissement d'un cheval. Le conducteur sauta de voiture et s'empressa à l'étage. Le meunier s'était assoupi sur une chaise à fond de paille, la tête roulée sur son épaule. Il se redressa, comme secoué par un coup de tonnerre, les pupilles luisantes dans l'ombre de la pièce.

— J'espère que j'arrive à temps, haleta Antoine.

Son regard de feu avait dardé le lit de la malade. À son chevet, Delphine et l'Irlandais s'étaient détournés. Il s'en approcha.

— Comment va-t-elle, s'enquit-il, d'une voix très inquiète.

La cholérique n'avait pas émergé de sa torpeur. Le pouls était faible, la poitrine se soulevait par des intermittences angoissantes, d'un souffle à l'autre. Elle avait une physionomie cadavéreuse qui n'augurait que la fin imminente.

— Qu'on m'apporte de l'eau ! ordonna-t-il. Je vais lui administrer une pastille d'opium.

Le meunier et l'Irlandais s'étaient élancés vers le cruchon, sur la table.

— PAS TOI, Dunnagan ! se fâcha Antoine.

Le père apporta un gobelet d'eau fraîche et le remit au médecin. Secouée par les pas précipités et le cri furieux qui avait détonné, Angélique était sortie de son engourdissement. Elle s'était redressée et, comme dévorée par une soif intolérable, manifestait, les mains à la gorge, qu'elle ressentait l'effet d'une strangulation. Antoine déposa la pastille d'opium sur la langue rêche. L'haleine était fétide, repoussante. Il versa lentement une gorgée dans le gosier desséché.

— Je crois qu'elle ne supporte pas les discordes, commenta Delphine.

Antoine conclut qu'elle avait vu juste et qu'il y avait une personne de trop dans la pièce. Il s'adressa à l'Irlandais :

— Asteure, décolle ! somma-t-il.

— Regardez ! s'écria la fille du notaire.

— Elle ne veut pas que je parte, interpréta l'étranger.

L'agonisante avait murmuré à demi-voix. Le soignant lui fit ingurgiter de petites quantités d'eau qui, dans son empressement, dégoulinaient sur les joues bleuies de la mourante. Mais la cholérique semblait revivre…

Afin de refroidir l'atmosphère surchauffée et de permettre au père d'assister de plus près au miracle qui s'opérait, Delphine entraîna Dunnagan à l'écart. Sous le charme suave qu'il dégageait, elle lui disait des mots doux, empreints de tendresse, essayant de l'amadouer et de l'arracher à la revenante, qui, elle, se réanimait. Cependant, dans l'obscurité du recoin où ils s'étaient enfoncés, le garçon grimaçait. À vrai dire, il n'était pas attiré par sa taille menue, son maintien disgracieux et ses omoplates plus proéminentes que sa poitrine, et préférait tenter de reconquérir la grabataire qui ressuscitait.

— Outch !

Delphine venait d'embrasser furtivement le front tuméfié du blessé et s'excusait pour son emportement. Mais elle n'avait rien perdu de sa fébrilité. Après son échec, elle rapprocha ses lèvres des siennes et lui plaqua un baiser passionné sur la bouche. Cette fois, rebuté par l'ardeur de l'entreprise, il la repoussa avec brusquerie. Dans l'enthousiasme du moment et les ténèbres du logis, elle avait négligé la mâchoire endolorie.

— Je suis désolée, Patrick, susurra-t-elle.

Elle s'était recollée contre lui et l'entourait de ses bras grêles pour le consoler. C'est alors qu'il baragouina qu'il désirait quitter les lieux, prendre la route et regagner le village à pied. Il amorça un pas vers l'escalier.

— Va-t'en pas ! se récria-t-elle, avec force.

Au cri d'épouvante, Antoine et le père s'étaient retournés. Delphine avait étiré la main pour le retenir, mais déjà, au hasard de l'obscurité, l'Irlandais dégringolait les marches. Affolée, mais avec une infinie prudence, elle descendit à tâtons les degrés et parut sur le plancher. Désemparée, elle avança, trébucha sur un sac de farine, se releva, s'élança vers la porte ouverte. Au-dehors, elle devinait le cabriolet du Dr Chapdelaine qui s'engouffrait dans les ténèbres.

Le visage éploré, elle était remontée au logis et pleurait dans l'ombre. Antoine s'approcha d'elle.

— T'en fais pas, Delphine ! dit-il, sur un ton de consolation. C'est mieux de même.

— Il s'est sauvé avec la voiture de ton oncle, dénonça-t-elle.

— Ah ! le sacripant, maugréa le médecin.

Elle se désintéressait à présent de la malade qui se rétablissait et ne pensait qu'à son malheur de jeune fille éconduite. Angélique, rassemblant ses forces, releva la tête.

— Pourquoi pleure-t-elle, je reviens à la vie ? murmura-t-elle, compatissante.

— C'est à cause de l'Irlandais, répondit-il, sur un ton lapidaire.

— Comment est-il ? L'as-tu soigné comme il faut ?

— C'est de toi que je m'occupe, ma belle, rétorqua Antoine. Lui, il est parti. Maintenant, repose-toi.

La tête pensante de la cholérique était retombée sur l'oreiller, plus soucieuse de la santé de l'étranger que de son propre rétablissement. Alors que le meunier remerciait le ciel de lui redonner sa fille, Delphine se désolait de la voir se remettre, ressurgir du gouffre insondable des profondeurs du choléra morbus.

— Qui va me ramener à la maison ? interrogea-t-elle égoïstement, la voix pleurante.

En bas, un cavalier promena un regard satisfait sur les alentours. L'absence de voitures le rassura. À la fenêtre, une lumière laiteuse blanchissait l'obscurité. Il prêta l'oreille. Là-haut, quelqu'un semblait se lamenter. Il sauta de sa monture et frappa sans ménagement à la meunerie. Impatient, avec une incroyable effronterie, il s'engouffra dans le bâtiment.

On n'avait guère perçu les pas de l'intrus qui s'amenait. Il parut sur le plancher du logis.

— Comment va Angélique ?

— Tu parles d'un insolent ! se révulsa Antoine. On t'a jamais enseigné la politesse…

Delphine avait cessé de pleurnicher et le meunier, indifférent à l'arrivée impromptue du voleur de moutons, ne se lassait pas de contempler sa fille.

— Si tu veux savoir, Angélique se remet du choléra, le renseigna le jeune homme. On n'a pas besoin de fossoyeur, précisa-t-il, sarcastique.

Les paroles du médecin l'avaient abêti. Trahan hésitait à s'approcher du chevet de la malade qui se rétablissait. Vindicative, elle dardait sur lui des yeux réprobateurs pour avoir malmené l'étranger. La mâchoire serrée, elle l'abreuvait muettement de remontrances et souhaita son départ. Elle détourna la tête avec dégoût.

— Tu te rends pas compte qu'elle veut plus te voir la face ! observa Antoine.

Delphine, qui ne toisait pas particulièrement le voleur de moutons, avait saisi l'occasion de rentrer au bercail. Elle s'en accommoderait. À l'heure qu'il était, personne ne la verrait en sa compagnie sur son cheval brun-rouge, sur la croupe de sa monture, soudée à lui pour éviter une chute. Au pire, elle s'exposerait à fournir des explications à ses parents ou, à tout le moins, au vu et au su des potineux du voisinage qui colporteraient des ragots.

— Me ramènerais-tu au village ? mendia-t-elle, sur un ton obséquieux.

— Décampons ! Ça a l'air que je suis pas le bienvenu ici dedans ! s'offusqua Trahan.

19

Antoine avait regagné Saint-Césaire seulement le lendemain après-midi, histoire de s'assurer que tout symptôme avait disparu et que toutes les forces de la maladie avaient capitulé. L'allure altière, comme un vainqueur revenant du front, il avait trottiné dans la campagne, bien en selle sur le cheval du meunier.

Le domestique revenait du hangar avec une brassée de bois de chauffage quand le cavalier arriva dans la cour. Il s'immobilisa avant de traverser le seuil.

— Oui, je sais, je vais me faire chicaner, dit honteusement le jeune homme.

— Veux-tu ben me dire ce qui est advenu de l'attelage du Dr Chapdelaine, exprima le palefrenier.

Antoine gardait ses explications pour son oncle. Bride au poing, la mine pensive, il mena le cheval du meunier à l'écurie, le soigna en s'attardant. C'était l'heure du souper; il rentra à la maison. Amanda s'apprêtait à servir le potage. Il l'embrassa sur le front en se débarrassant de son manteau et se rendit à la salle à manger.

Le vieux docteur était à fumer nerveusement sa pipe, tandis que sa femme attendait leur neveu de pied ferme.

— Monsieur disparaît pour une épluchette de blé d'Inde et réapparaît le lendemain, s'indigna-t-elle, la voix haute.

Le médecin expira calmement une longue bouffée.

— Tu nous as causé beaucoup de soucis, exprima-t-il. Et Balthazar vient de nous apprendre que tu es revenu avec la jument de Philippe Foisy…

— Voyez-vous, mon oncle…

Antoine opta pour la franchise ; Angélique avait connu de sérieux ennuis de santé ! Avait-elle attrapé le mal à la fête au manoir Debartzch ou à l'épluchette chez les Blanchette ? La mine piteuse, il reconnaissait qu'ils n'auraient pas dû participer aux deux événements, car la bactérie qui avait fait des ravages dans la population n'était pas complètement disparue. Le cas de la malade s'était vite aggravé. Il l'avait confiée au père et il était revenu dans la soirée à la maison pour quérir le médicament, sans alerter ni déranger personne. Perplexe, Chapdelaine rétorqua :

— Mais ça n'explique pas pourquoi tu n'es pas rentré avec mon cabriolet.

Cette fois, Antoine s'ingénia à formuler un raccourci réducteur, un pieux mensonge. Angélique paraissant se rétablir, il n'avait pas jugé de la nécessité que Delphine et l'Irlandais demeurent plus longtemps au chevet de la cholérique. Il leur avait conseillé de partir, évitant ainsi à Théodule de les ramener au village. Après le souper, il irait récupérer l'attelage. L'oncle sembla satisfait de la réponse. Mais en tant que médecin, une interrogation subsistait :

— En tout cas, conclut-il d'un air désolé, on ne saura peut-être jamais qui est responsable de la contamination parmi les festoyeurs chez les Blanchette.

***

En soirée, Antoine s'achemina à l'auberge. Trois comparses étaient attablés.

— Pis, comment est-ce qu'a va, la belle Angélique ? s'informa Trahan.

— Bien !

— Bon, ben, on va trinquer à sa santé, d'abord, proféra le voleur de moutons. À boire, aubergiste !

M. Godreau amena trois chopes de bière dans une main.

— Est-ce que je peux parler à votre employé ? demanda Antoine.

Le palefrenier était en train de dételer les chevaux de la diligence ; le jeune médecin se déporta à l'écurie. Dunnagan conduisait une bête dans le bâtiment ; Antoine se posta près du cabriolet et attendit qu'il en ressorte.

— C'est au sujet du cabriolet ? articula l'employé, avec peine.

— Certainement pas pour savoir comment tu te remets de ta bataille d'hier, répondit platement Antoine.

À la lumière du fanal qui répandait une nappe jaunâtre dans la cour, il percevait les marques de l'algarade avec Trahan. Le garçon avait une partie du visage coloré et paraissait de fort mauvaise humeur.

L'air belliqueux, l'Irlandais avoua qu'il était en rogne contre le voleur de moutons qui l'avait humilié devant les festoyeurs ; il avait des comptes à régler avec lui. Cependant, il n'entretenait pas de rancune contre son interlocuteur. Les différends qui les avaient opposés l'un à l'autre ne dépendaient que de la fille du meunier et il s'en remettait à elle pour décider de leur sort.

D'une réalité brutale, les mots de Dunnagan avaient frappé Antoine de plein fouet. Se remémorant les événements de la veille, force était d'admettre que l'attirance que l'Irlandais exerçait sur Angélique ne s'était pas estompée. Il repartit.

La voiture remisée au hangar et le cheval dans son box, le neveu entra chez son oncle. La domestique se désola de la physionomie accablée du pensionnaire.

— Ça n'a pas l'air de filer, exprima-t-elle. Angélique va bien, non ?

— Je ne sais plus où j'en suis avec elle, Amanda, répondit-il, d'une voix incertaine.

Elle lui proposa de prendre un bon bain chaud, après quoi ils pourraient en discuter ensemble.

* * *

Dès le lendemain, la voiture de Chapdelaine faisait route vers la campagne, la jument du meunier tenue en laisse derrière le cabriolet. Au cours du trajet, Antoine était tellement absorbé qu'il n'avait pas remarqué que dame Nature avait revêtu ses plus beaux atours, avant qu'elle ne se dépare de ses coloris d'automne et ne sombre dans un sommeil hivernal. Même encouragé par les bons mots de la servante, il s'était abîmé dans des pensées qui l'avaient peu réconforté. Comme le fait parfois un confident, en voulant alléger sa peine, elle avait tenté de lui faire croire que l'attitude de son amoureuse avec l'Irlandais n'avait été qu'un leurre pour l'éprouver. « Elle t'a fait manger de l'avoine[9]. » Mais un doute assiégeait son esprit. Selon lui, c'était une bien drôle de manière de l'attirer. Son idée était faite : Angélique lui préférait l'étranger !

Plusieurs charrettes étaient garées lorsqu'il aboutit au moulin. Les épaules couvertes d'un châle croisé à la poitrine, Angélique revenait de l'appentis avec une brassée de bois ; elle s'immobilisa.

— Il serait plus sage d'attendre quelques jours avant d'effectuer ces corvées, conseilla-t-il. Attends une minute, je vais t'aider…

En repoussant du pied la porte entrouverte, un rondin tomba du fagot. Il sauta de voiture et s'empressa à sa rescousse.

Il avait ramassé le quartier de bois et suivait Angélique vers le poêle où vivotait une flamme mourante. Puis il la délesta de quelques rondins, qu'il enfourna rapidement. De vieux fermiers avaient remarqué le geste courtois du jeune homme et s'apprêtaient à écouter leur conversation. Antoine salua le meunier en disant qu'il était venu s'informer de sa fille et que, par le fait même, il avait ramené sa jument.

---

9. Rendre son amoureux jaloux en se faisant courtiser par un autre.

— J'aimerais te parler à l'écart, souhaita-t-il.

Elle alla se délester du reste de sa brassée et l'entraîna au logis.

— Je suppose que je te dois la vie et t'en remercier, mentionna-t-elle.

Il tourna un regard vers le lit où la cholérique s'était débattue dans les déboires de la maladie. Il se remémora son cœur d'amoureux palpitant de désir, son empressement à dégrafer son corsage, ses mains frictionnant le bas-ventre et les cuisses, cherchant confusément lequel des deux, de l'homme ou du médecin, s'enfiévrait.

— Tu m'as touchée, rappela-t-elle, faisant mine de s'indigner.

— Fallait bien que je te soigne. Ce n'est pas ça que tu voulais? Depuis le temps que tu le souhaitais…

Il s'était rapproché d'elle et lui avait roucoulé les derniers mots à l'oreille. Elle avait fermé les yeux pour les savourer.

— C'est pas le moment, Antoine…

Leurs sens étaient en éveil. Il comprenait que l'instant n'était pas favorable et qu'il ne pouvait s'attarder.

— Je dois me rendre chez les Blanchette, fit-il. Je reviendrai bientôt.

Il déposa un baiser langoureux sur ses lèvres et quitta la meunerie.

Transporté d'allégresse, Antoine reprit la route de la ferme. Mais à mesure qu'il s'éloignait, il éprouvait le sentiment que le rapprochement avec Angélique n'avait été qu'un mirage, que le passage d'un bonheur éphémère qui s'étiolait. Il souhaita qu'un événement, aussi banal soit-il, puisse lui confirmer qu'elle l'aimait vraiment.

***

Les récoltes étaient presque terminées. Une fois les gerbes de blé, l'avoine dorée, les pois aux gousses renflées, le seigle mûr et l'orge aux reflets de soleil engrangés, on avait remisé les voitures, les faux et les râteaux. Au loin, dans les champs jaunis, un moissonneur conduisait la charrue. Justine rentrait de l'étable, charriant un air affligé, un seau étirant son bras de paysanne.

— Je peux te parler? interrogea Antoine.

— Ça dépend? rétorqua-t-elle. Si c'est à propos de Patrick Dunnagan, tu peux passer ton chemin, ajouta-t-elle, la mine fâchée.

Elle allait monter sur la galerie, il l'interpella:

— Juste une petite minute, insista-t-il.

En fait, le sujet abordé ne l'intéressait pas. Il s'informa pour savoir si, parmi les festoyeurs, on avait rapporté un autre cas de contagion. D'un air désabusé, la paysanne répondit que, selon elle, personne n'avait été infecté, mais que, connaissant le comportement de l'Irlandais à son égard, elle souhaitait qu'il ait attrapé le choléra. Antoine la jugea impitoyable dans sa condamnation. Il tourna son vœu en dérision:

— Dunnagan a déjà été infecté une fois, badina-t-il.

Elle ne l'avait pas trouvé drôle avec son commentaire; elle le relança à sa manière.

— Tu riras pas s'il t'enlève ton Angélique.

La répartie lui avait cloué le bec. Il savait que la possibilité existait, que l'Irlandais constituait une menace bien réelle qui l'effrayait. Il songea à une diversion:

— Et Théodule, et Adjutor, comment ça va? questionna-t-il en scrutant l'horizon.

C'était la silhouette courbée du premier qu'on devinait au loin, soudée aux manchons de la charrue, qui labourait la terre. Lui aussi souffrait à cause de l'étranger devant qui sa Delphine se pâmait. Quant à Adjutor, son autre frère, il ne se remettait pas de la perte douloureuse de Berthe, disparue dans les méandres du choléra morbus. Bientôt, il s'abriterait seul dans la maison qu'il achevait de construire et qu'ils avaient rêvé d'habiter ensemble avant la saison hivernale.

***

Le soir même, au souper, une discussion s'était engagée entre le Dr Chapdelaine et son neveu. Comment se faisait-il qu'Angélique ait été atteinte par la bactérie si aucun autre cas présent à la fête n'avait été recensé ? Antoine formula l'hypothèse que la maladie soit potentiellement transmissible en dépit de symptômes apparents.

— À première vue, l'idée me semble plausible, commenta le savant. Mais je me demande encore si elle n'aurait pas rapporté le microbe de Saint-Charles et que la maladie ait couvé pendant une semaine avant de se déclarer. Je t'avoue qu'à ma connaissance, aucun article sérieux n'existe à ce sujet dans la littérature scientifique.

— C'est très décevant, mon oncle ! Après l'épisode meurtrier que nous venons de traverser, je ne peux pas dire que nous serions mieux armés pour affronter une nouvelle offensive de l'ennemi.

Irritée par la conversation oiseuse qui s'éternisait, Cordélia Chapdelaine s'était déportée au salon pour siroter son breuvage chaud. Près de l'âtre, engoncée dans un fauteuil à oreillettes de velours bleu, elle tenait sa soucoupe d'une main et portait sa tasse de thé à la bouche de l'autre. Amanda venait d'apercevoir le haut-de-forme gris du notaire passer à la fenêtre ; elle fit irruption dans la pièce.

— Voici de la belle visite, Madame ! annonça-t-elle, d'une voix blanche.

— Hortense ?

— Ainsi que son mari le notaire et leur fille…

— Elle vient me faire amende honorable, prétendit l'hôtesse. Je l'attends.

Au vestibule, Balthazar aidait les visiteurs à se débarrasser de leurs manteaux.

Sitôt après, arborant le faciès grave de quelqu'un qui a une affaire de la plus haute importance à régler, Mme Dussault poussa sa fille malheureuse vers le salon.

La mine boudeuse, Delphine s'était assise rageusement au bord du sofa, les jambes de biais, la tête penchée.

— Veux-tu bien m'expliquer ce qui se passe avec Antoine ? s'enquit sa mère. Ma fille ne cesse de pleurer depuis son retour à la maison.

— Je n'en sais rien, Hortense, as-tu essayé de la faire parler ? Si tu la comprenais, tu pourrais en tirer quelque chose, mais les parents ne sont pas tous faits pour éduquer des enfants…

Delphine avait éclaté en sanglots. Noyée dans ses larmes, elle était incapable de s'exprimer. Tiraillée entre Théodule et l'Irlandais, elle n'avait pas à dévoiler ce qui la tourmentait. Mais sa mère, qui l'avait accablée de questions une partie de la nuit, n'avait rien obtenu d'elle et la démarche entreprise ce soir-là devait la mener à des éclaircissements.

— Demande donc à Antoine de venir, exigea la femme du notaire.

— Je ne veux pas le mettre mal à l'aise, Hortense. Comprends-moi bien…

Selon la tante, son neveu était follement épris de la fille du meunier, et désormais Delphine devrait lorgner ailleurs pour dénicher un prétendant. Elle admettait qu'elle ne percevait plus les choses de la même façon et qu'un parent n'était pas en droit d'imposer son choix à son enfant.

Soulagée par les explications croyables qui la délivraient, Delphine épongeait ses yeux rougis. Entraîné par le docteur, le tabellion progressa vers le salon, la démarche chancelante, dans un état second.

— On s'en va ! intima sa femme.

— Pas tout de suite, intervint l'hôtesse. J'attends toujours des excuses pour tes remarques déplacées au sujet de la décoration et de mon ameublement changés après l'épisode des cholériques. Ce que tu m'as dit m'a vraiment offusquée… Et puis ?

Elle s'était levée prestement et, les bras croisés sur le buste, se postait devant la visiteuse pour la bloquer, exigeant des remords et des demandes de pardon.

— As-tu réussi à savoir ce que tu voulais, ma femme ? vasouilla le notaire.

— En tout cas, j'ai appris que j'étais une mauvaise mère, commença-t-elle, sur un ton plein de hargne.

Un échange houleux s'engagea entre les deux. Mme Dussault accusa son mari d'avoir négligé de veiller sur leur fille pendant son éloignement pour se mettre à l'abri du choléra et de s'être jeté dans la boisson où il macérait depuis des semaines, ce qui le rendait inapte à exercer sa profession en plus de les avoir appauvris ; pour sa part, il la blâmait précisément pour s'être défilée devant ses responsabilités. Chacun s'entêtait, se campant dans ses positions irréconciliables, de sorte que le salon était devenu une arène où les protagonistes s'infligeaient des blessures verbales assassines.

Puis, on s'était mis à remâcher le passé, avec ses malentendus, ses incompréhensions, à ressusciter des problèmes non résolus, des fautes anciennes commises et jamais admises, et des tas de questions restées en suspens qui empoisonnaient leur existence quotidienne et qui modulaient leur comportement. Abasourdis devant un tel débordement, les Chapdelaine se taisaient, ne sachant comment intervenir. Demeurés dans la cuisine, pétrifiés, Antoine et les domestiques écoutaient à demi, les mains sur les oreilles, en attente du coup fatal qui assommerait l'adversaire.

Incapable de supporter la dispute de ses parents, la tête effarée, Delphine venait de disparaître de la pièce en courant. L'impulsion subite de sa fille l'avait distraite ; Mme Dussault se détacha de son mari et s'élança vers leur enfant qui, à présent, pleurait dans les bras du neveu du médecin.

— Comment ça ? Me semblait que…, exprima-t-elle, la voix éraillée.

Déboussolée, elle accula le jeune homme au pied du mur :

— Es-tu amoureux de Delphine, OUI ou NON ?

L'œil impératif, elle le considéra, comme si la réponse du garçon était déterminante pour l'avenir de la race humaine.

— NON, madame Dussault !

L'aveu extorqué la dérouta. Tout ce qu'elle avait échafaudé pour sa fille s'écroulait. Elle avait toujours pensé que les amours de Delphine et du campagnard n'avaient été qu'une toquade ; maintenant, elle ne se retrouvait devant rien.

— Ne vous en faites pas, madame, la rassura Antoine. Nous ne sommes pas faits l'un pour l'autre, et un jour quelqu'un saura conquérir son cœur et la rendre heureuse.

— C'est Patrick Dunnagan que j'aime ! déclara soudainement la pleureuse.

Sa langue s'était déliée. Excédée, sa tête avait quitté l'épaule humide du garçon qui se souriait intérieurement tout en croyant à regret que l'étranger, plutôt intéressé par Angélique, ne soit emporté par le même élan amoureux. La femme du notaire ne tarda pas à exprimer son opinion :

— PAS L'IMMIGRANT ! explosa-t-elle. Pensez donc : un vulgaire garçon d'écurie qui n'a aucune instruction, qui casse le français et qui nous a apporté des microbes. Ça dépend de lui si plusieurs de nos concitoyens sont morts du choléra. Il devrait retourner dans son pays.

Le jugement sévère avait retenti dans toute la maisonnée. Delphine gémissait à entendre sa mère qui continuait à déblatérer sur les Irlandais, un peuple de proscrits qui devraient tous reprendre le bateau avec leurs nippes, plutôt que de contaminer les Canadiens français et de voler leur emploi. Personne n'intervenait pour tempérer les paroles outrageantes qui débordaient de ses lèvres jusqu'à ce que son mari, dans un éclair de lucidité, surgisse pour la saisir et fasse taire leur fille :

— Ça suffit ! se révulsa-t-il.

Tandis que Delphine ne se calmait pas, sa mère se prit la tête à deux mains, la hochant de gauche à droite, éperdue de douleur, s'arrachant les cheveux. Autour, on tenta de la maîtriser. Mais elle ne s'apaisait pas, elle se débattait, donnant des coups de poing dans le vide et sur la cloison tapissée. Puis, exténuée, le souffle coupé, elle s'effondra en glissant le long du mur, sur le parquet. On lui apporta une chaise, l'aida à se relever et à s'asseoir.

— Ma pauvre amie…

C'était Mme Chapdelaine qui, débordante de clémence et de compassion, la plaignait et lui pardonnait toutes les bêtises et les petites méchancetés qui avaient entaché leur amitié depuis qu'elles se connaissaient. En un instant, tous les différends qui les avaient opposées s'effacèrent.

— Maintenant, on va rentrer…

Alors qu'Antoine escortait Delphine à la porte, le tabellion, l'esprit moins embrouillé et les jambes plus solides, avait pris sa femme par le bras et la conduisait au seuil de la résidence.

20

Après sa messe matinale, comme un pauvre diable affamé rassemblant ses forces, Mre Delisle avait regagné le presbytère. Dès le vestibule, une senteur exquise avait alléché ses papilles gustatives. Dans la salle à manger, coudes sur la table et serviette enserrée derrière son col romain bien amidonné, il avait empoigné son couteau et sa fourchette, grognant comme un ours, prêt à dévorer ce que la gouvernante lui servirait. Il avait beurré sa tranche de pain de ménage et salivait comme un glouton.

Au chambranle de la porte, la femme hésitait à pénétrer dans la pièce avec son pot fumant.

— Arrive, Rose de Lima ! s'impatienta-t-il.

Elle se composa un air empesé, amorça le pas vers la table et posa le récipient de terre cuite sur un sous-plat. Puis, elle enleva le couvercle légèrement soulevé par la louche. Ensuite, elle ratissa le fond et plaqua quelques cuillérées dans l'assiette avec un bruit sourd et sec.

— Que ça ! s'exclama-t-il.

— J'en ai bien peur…

Les jours précédents, les réserves avaient dramatiquement diminué dans la dépense et c'était tout ce qui restait des victuailles rapportées de Saint-Charles.

— Tu aurais dû me prévenir, Rose de Lima…

— Qu'est-ce que ça aurait changé ? rétorqua-t-elle, gravement désolée.

Devant le fait accompli, il s'était reculé pesamment et faisait quelques pas pensifs, comme les fois où il avait la tâche de préparer un sermon sur un thème pénible à aborder. Désemparée, elle le regardait arpenter la pièce, les mains derrière le dos, ses yeux de lézard fixant le parquet, à la recherche d'une solution. Il se voyait à présent contraint de quémander auprès des plus riches ou se réduire à recourir à l'assistance de l'évêque. Cependant, dans les deux cas, la démarche s'avérait éminemment humiliante.

— Je vais souper chez les Dussault ! décida-t-il. Tu iras les aviser !

— C'est impoli !

— Tu inventeras une raison, n'importe quoi, débrouille-toi…

Il lui avait intimé un ordre formel et s'était aussitôt rassis devant ses louches de fèves au lard, et déchirait sa tranche de pain en essayant de contenir sa frustration.

***

La gouvernante s'était heurtée à un écueil : le notaire et son épouse avaient été invités à la table de leurs meilleurs amis le soir même. Quelque peu désappointée, ravalant sa salive, Rose de Lima avait pris sur elle d'aller cogner chez le vieux médecin.

— Excusez-moi, madame Chapdelaine, j'ai l'air de quémander une faveur au nom de notre cher curé, mais l'abbé Delisle tient absolument à vous rencontrer ce soir : il a une chose importante à vous dire. Il préférerait vous en aviser avant de l'annoncer à tous ses paroissiens.

— C'est un honneur de bénéficier de ce privilège, nous l'attendons vers cinq heures. Ça ne dérange pas si nous recevons les Dussault ?

— Pas du tout !

Flattée, l'hôtesse se mit en frais d'organiser le souper. Le repas serait des plus succulents.

***

À la fenêtre, un rideau s'abaissa dès que Rose de Lima regagna le presbytère. Elle trouva le prêtre qui semblait absorbé dans son bréviaire.

— Ça marche pour ce soir ?

— C'est mieux que vous le souhaitiez…

Elle raconta qu'il ferait d'une pierre deux coups en soupant avec le notaire chez le médecin. D'ailleurs, Mme Chapdelaine était prévenue que les convives bénéficieraient d'une primeur avec la déclaration du pasteur.

— Je n'ai rien à déclarer ! se défendit le curé. Qu'est-ce que t'as manigancé encore ?

— Vous m'avez dit d'arranger quelque chose. Je ne sais pas, moi : vous avez juste à faire savoir que vous songez sérieusement à quitter la paroisse si vous n'obtenez pas l'appui de gens respectables du village.

— Quoi ?

Éberlué, le saint homme referma son bréviaire, dépendit son manteau, décrocha son canotier. Il avait besoin d'air pour avaler la petite manœuvre. Les eaux l'apaiseraient ; il s'achemina à la rivière.

Derrière la chapelle, il avait emprunté l'étroit sentier caillouteux bordé d'herbes rêches et de bardanes, de ronces sauvages et de touffes d'orties. Il descendait avec prudence, s'accrochant par-ci par-là à des arbustes épineux, glissant quelquefois sans déraper complètement, pensant à la remontée qu'il anticipait. Il parvint au bord de l'eau.

— Ohé, messire Delisle !

Dressé dans sa chaloupe, un pêcheur l'interpellait. Au bout de sa ligne frétillait un brochet.

— C'est pour vous, j'en ai un tas…

— Non, non, Gilbert, refusa le prêtre, j'ai tout ce qu'il me faut, mentit-il. Garde-le pour nourrir ta famille…

Il avait ricané après sa réponse en observant l'homme qui lançait sa prise dans le fond de son embarcation. S'il avait quelquefois douté de la bonté divine, n'était-ce pas la preuve que la Providence veillait sur le moindre petit oiseau ? Puis il ressentit le besoin de s'asseoir ; il repéra un tronc d'arbre que la débâcle avait charrié sur la berge au printemps.

Il ne fut pas long à regretter son rejet, à penser au dîner frugal qui l'attendait, aux heures d'angoisse et de tourments qui le séparaient d'un souper copieux, mais lointain. En guise d'apaisement, la mine jouissive, son esprit s'absorba dans la proposition de sa gouvernante. L'idée méritait une réflexion.

Son escapade de la matinée l'ayant quelque peu esquinté, il gagna sa chambre après le dîner pour faire une sieste. La porte doucement refermée, il s'immobilisa. La pièce était austère, dénuée de tout objet inutile. Qu'une image de saint Éloi épinglée au mur était venue s'ajouter à celle d'un garçonnet à genoux, qui priait les mains jointes, souvenir d'enfance donné par sa mère, qui avait décelé en son fils des dispositions particulières pour la prêtrise. Son lit de fer surplombé d'un christ en bois, son petit pupitre pour sa correspondance et une penderie pour ses vêtements complétaient sobrement le mobilier. Il s'étendit sur son lit. Quitterait-il ces lieux, sa paroisse et toute cette ingratitude que ses ouailles lui témoignaient ? Et que dire de sa gouvernante, l'indispensable Rose de Lima, dévouée comme une mère supérieure. Il supputa les conséquences de son départ.

Puis il s'absorba dans son passé, son arrivée à la cure de Saint-Césaire, sept ans plus tôt. Abouti au village pendant la semaine, en plein carême, il avait officié à trois sépultures avant de célébrer la messe le dimanche suivant…

Il se réveilla, alerté par des coups insistants au chambranle.

— David!

Il se redressa sur sa couche, empêtré dans sa soutane à rabat, égaré et confus, comme au milieu d'un rêve incohérent. À sa souvenance, jamais la domestique ne l'avait interpellé par son prénom!

— Dépêchez-vous, monsieur le curé, le rendez-vous est à cinq heures. Ce serait inconvenant de vous présenter en retard chez les Chapdelaine.

— Énerve-moi pas, Rose de Lima, rétorqua le prêtre, consultant sa montre de gousset.

— «Tu inventeras une raison, n'importe quoi, débrouille-toi!» C'est ce que vous m'avez dit quand vous m'avez missionnée chez le notaire…

En s'acheminant chez le médecin, il avait troqué son air bougon contre une physionomie plus rayonnante. Mais cela le forçait, car sa décision de partir n'était pas arrêtée, advenant que ses amis les notables refusent de le soutenir. Et aurait-il le cran de passer de la parole aux actes?

***

On avait fait peu de cas de l'arrivée tardive du saint prêtre qui avait mandaté sa messagère pour se faire inviter. *Tout monseigneur qui se respecte n'aurait pas agi autrement!* pensa-t-il.

L'hôtesse, qui avait prévenu son mari et son neveu du dessein de leur pasteur, ne tenait plus en place. Attendre après le dessert l'impatientait. Alors que les hommes avaient causé de politique, elle avait devisé avec son amie Hortense sur les amours troubles de

Delphine qui, au bonheur d'Antoine, avait refusé d'accompagner ses parents ce soir-là. Personne de la maisonnée n'aurait pu supporter une autre scène pathétique de la jeune fille avec son torrent de larmes, sanglotant sur son épaule, et un drame familial devant le curé. D'ailleurs, Mre Delisle, la panse chargée et singulièrement nerveux, avait endigué sa loquacité coutumière et semblait repousser le moment opportun pour dévoiler la raison de sa présence.

Les domestiques entrèrent dans la salle à manger avec des assiettes sucrées. Du bout des doigts, l'hôtesse tapota quelques coups brefs sur la table.

— Quelqu'un parmi nous a quelque chose d'important à déclarer, intervint-elle. Je lui cède la parole.

— Mes amis, commença le prêtre.

Il relata les faits marquants de sa jeunesse à Deschambault, ses années de cours classique au collège de Nicolet, ses vicariats à Sainte-Marguerite-de-Blairfindie, Saint-Hyacinthe et Saint-Benoît avant d'accoster à Saint-Césaire en 1825. Peu de temps après son arrivée, il s'était appliqué à faire construire une sacristie, dont la chapelle n'avait pas encore la commodité. Puis il souligna le passage remarqué de Mgr Lartigue, quatre ans plus tôt, et s'attribua le mérite d'avoir entrepris les procédures pour l'érection canonique de la paroisse.

Mais l'hôtesse, qui pressentait une lassitude de la tablée ennuyée par les annales religieuses parsemées d'anecdotes platoniques, crut bon d'en venir au fait :

— N'aviez-vous pas une annonce à nous faire ? s'enquit-elle.

— J'y arrive justement, précisa-t-il. Je vais bientôt quitter la cure de Saint-Césaire, laissa-t-il tomber, simulant une voix chagrinée. À moins que…

Des rumeurs d'étonnement s'élevèrent dans la pièce.

Les derniers mois l'avaient durement éprouvé, il songeait à prendre du repos dans sa famille à Deschambault avant de se voir confier une mission moins épuisante. Il inventa qu'il en avait déjà avisé l'évêque et qu'il attendait une réponse d'un jour à l'autre.

— Vous nous abandonneriez, s'attrista la femme du notaire.

— Sachez que Dieu n'abandonnera jamais son troupeau, madame Dussault, rétablit-il. Mais il redonne en abondance à tous ceux qui se conforment à ses commandements et aux règles de l'Église…

Du coup, le fond de sa pensée avait émergé à la surface. Les insinuations lancées avaient secoué la tablée.

— Qu'espérez-vous de nous exactement ? s'enquit Chapdelaine, sans détour.

Une aide financière substantielle serait de nature à faire revenir le prêtre sur sa décision. Mais le notaire plaida que, durant les mois précédents, sa clientèle avait délaissé son cabinet, l'obligeant à gruger dans son pécule amassé. Le vieux médecin, lui, se disait disposé à apporter sa contribution tout en faisant valoir qu'il n'avait pas à compenser son manque de revenus parce que certains paroissiens se défilaient devant leurs obligations. Et puis, sa générosité avait ses limites : pendant l'épisode du triste fléau, il avait soigné gratuitement nombre de patients.

— Puisque c'est comme ça…

Le choc avait été brutal. La mine défaite, le pasteur s'était reculé et s'acheminait lentement au vestibule. Le cœur rempli de bienveillance, et redoutant un malaise, Antoine se leva et s'engagea dans son dos. Il aida l'ecclésiastique à revêtir son manteau.

De sombres remords avaient ombragé leur conscience. Les deux notables rejoignirent le religieux qui poussait la porte.

— Je vais le raccompagner, résolut l'étudiant.

Sa décision avait soulagé les deux intervenants. Dans la rue, le jeune docteur escortait le solliciteur éconduit qui, l'air accablé, marchait pesamment vers sa maison. Il réalisait que, derrière le prêtre en apparence inébranlable et parfois frondeur, se cachait un être fragile et vulnérable, abandonné à lui-même et à ses maigres ressources. Le saint curé déambulait en silence, avec la ferme résolution d'adresser à son supérieur une requête en bonne et due forme…

Toutes les cinq minutes, fébrile depuis au moins une heure, Rose de Lima avait percé les ténèbres et s'était butée au néant. Mais à cet instant, elle repérait au pied des marches du presbytère un individu habillé de pâle penché sur une masse effondrée. Elle laissa claquer la porte à ressort et sortit sur la galerie, la fale à l'air.

— Que c'est que vous avez donc ? s'alarma-t-elle.

— Aidez-moi à le relever, lui intima Antoine.

La domestique et le jeune médecin soulevèrent la Robe noire et voulurent l'entraîner au salon. Cependant, la lourde masse s'effondrait à tous les deux pas. Croyant bien faire pour alléger le poids, Rose de Lima ôta les souliers de l'homme et, les mains aux aisselles de l'ecclésiastique, Antoine le hala jusqu'à destination. Allongé sur le divan, une main sur la poitrine, le souffle court et la gorge nouée, le prêtre grimaçait de douleur. La tête confuse, ses yeux roulèrent dans leur orbite, puis son regard trouble s'immobilisa sur le garçon.

— Je me meurs, soupira-t-il.

— Je ne crois pas, rétorqua Antoine. Vous avez été victime d'une faiblesse, c'est tout.

Les mains jointes, la gouvernante s'était arrêtée de réciter la prière des mourants. Elle disait combien le peu de sympathie des paroissiens pour le bien-être des résidents de la maison avait turlupiné leur pasteur, et elle comprenait que sa quête auprès des notables se résumait à une récolte tout aussi désastreuse. Elle ajouta qu'après le choléra, un autre malheur, pire que le premier, s'abattait sur la paroisse impie, signe évident de la vengeance divine.

Entre-temps, pendant le déferlement de doléances, Antoine avait déboutonné le haut de la soutane à rabat, et le patient respirait mieux.

— Apporte-moi de quoi écrire ! ordonna le curé, relevant la tête. Et ce n'est pas pour rédiger mon testament…

Ses yeux détecteurs de mouvements avaient ensuite regardé la servante s'éloigner vers son cabinet de travail et revenir avec le matériel demandé. Avec l'assistance du jeune docteur, la gouvernante avait approché le guéridon, et le patient, assis avec des coussins dans le dos, rédigeait à l'encre noire sa missive à monseigneur.

Autour de lui, on écoutait le grattement de la plume sur le papier et on suivait la main tremblante, mais déterminée, qui griffonnait ses récriminations contre ses ouailles et son souhait de changer de mission, quitte à échouer dans un bled perdu aux confins du diocèse.

Connaissant l'opiniâtreté de Mre Delisle et le soulagement qu'il en retirait, Antoine n'intervenait pas. Quant à Rose de Lima, elle regrettait à s'en confesser d'avoir été l'instigatrice d'une démarche qui avait conduit son curé au bord du gouffre dans lequel il s'apprêtait à s'élancer. À présent, elle réalisait qu'une solution alternative aurait pu être envisagée. Mais il était trop tard !

— Je vais rentrer, décida Antoine. Je vous recommande le repos. Toutefois, s'il y avait quelque chose, n'hésitez pas à me consulter…

Inutile de rester. Absorbé dans sa missive, le pasteur avait à peine levé son œil gauche vers le jeune médecin. Fermement résolu, en guise de post-scriptum, il s'entêtait maintenant à énumérer le nom des « mauvais payeurs », sorte de liste noire qu'il soumettait à la lecture de monseigneur et qui le déchargeait d'un poids écrasant. Sa gouvernante se pencha sur son épaule.

— Vous n'en finirez jamais, David, exprima-t-elle.

— Laisse-moi tranquille ! riposta-t-il. Ah ! regarde le gâchis… Je vais être obligé de recommencer à cause de toi !

Comme il avait réagi aigrement, sa plume avait craché une grosse goutte d'encre qui noircissait sa page. Il la chiffonna et alla la jeter au feu. Puis il ramassa son matériel et gravit l'escalier. En haut des marches, il se sentit très essoufflé. Il posa un moment la paume sur la main courante, reprit son souffle et se retira dans sa chambre.

Réinstallé à son pupitre, il entreprit de réécrire son énumération et de la compléter. Chaque fois qu'il ajoutait un nom, il gloussait d'un petit rire canaille. Après une heure à se creuser le crâne, une fatigue l'accabla et l'incita à s'étendre sur sa couche.

Mais dans sa tête, il parcourait les rangs afin de débusquer les fautifs tout en ménageant les plus pauvres. Après quatre ou cinq noms de paysans, il se relevait pour rallonger sa liste sur papier. L'exercice de dénonciation semblait le combler d'un indicible plaisir et l'incitait à continuer.

Il avait repris la plume plusieurs fois. Son esprit s'était quelquefois égaré dans la campagne, mais il vérifierait dans le grand livre de la fabrique le lendemain. À présent, il s'attaquait au village avec ses résidents, ses notables et ses commerçants. Il passait mentalement de maison en maison, comme un quêteux cognant aux portes avec son air de misérable tendant la main.

Montée sans bruit à l'étage, la gouvernante avait perçu le rai de lumière sur le plancher du passage. Elle tourna la poignée. Messire ronflait !

Enfin, il avait été raisonnable et avait suivi le conseil du médecin.

Au cours des heures qui suivirent, cependant :

— Rose de Lima !

Dans le silence de la nuit, un nom avait éclaté : le sien ! Frappée de stupeur, elle s'était déportée à la chambre du curé. Elle le trouva sur le flanc, en sueur, la face blanchissant les ténèbres et ahanant.

— Dites-moi pas que vous avez fait un cauchemar ! Pas un autre malheur, toujours ?

Cette fois, il n'avait pas souhaité une calamité pour les siens : il avait entrevu une existence plus pénible avec les ouailles que monseigneur lui confierait ! Devant cet état de fait inacceptable, il s'était vu en songe déchirant sa missive et demeurant auprès de ses paroissiens.

***

Au matin, la gouvernante s'acheminait à la poste quand un éclair de pensée la foudroya. Elle s'arrêta net devant le magasin général sur son chemin, juste avant d'atteindre sa destination ; elle s'engouffra au commerce des Casavant. À cette heure, elle misait sur la présence de quelques potineuses.

Des clientes placotaient dans un coin sur Victor Hudon, le jeune employé fraîchement débarqué de la dernière diligence.

— Vous me semblez bien nerveuse, Rose de Lima.

— Il se passe des choses, Marie-Victoire…

— Je ne veux pas être indiscrète, exprima la marchande, j'imagine que c'est à propos de cette lettre que vous tenez à la main.

— Il y a ceux qui arrivent et ceux qui partent, livra gravement la gouvernante en remarquant le garçon.

— Dites-nous pas qu'on va perdre notre curé ! s'indigna une dame.

— C'est pas certain, mais…, rétorqua Rose de Lima.

Consciente qu'elle avait attisé les rumeurs, la domestique avait esquissé un sourire énigmatique, espérant soulever un mouvement de sympathie suffisant pour retenir le prêtre. Elle procéda à quelques achats auprès du garçon et se rendit chez le *postmaster* du village.

Retournée au presbytère, elle se fit interpeller par le curé :

— Me semble que ça t'a pris du temps ? As-tu mallé ma lettre, toujours ?

— J'ai acheté un petit sac de farine pis du sucre chez Jean-Baptiste Casavant, déclara-t-elle, gloussant d'un ricanement attristé. Faudrait ben que je vous gâte un peu avant votre départ ; je vas faire mon gros possible pour vous faire plaisir. C'est un certain Victor, un nouvel engagé qui travaillait à son magasin de la rue Saint-Paul à Montréal, qui m'a servie, mentionna-t-elle pour chasser sa tristesse. Puis après, je suis allée chez M. Chaffers pour maller votre lettre. Vous comprendrez que William a sursauté quand il a vu l'adresse du destinataire.

C'était précisément ce qu'il souhaitait !

Son dîner terminé, l'abbé Delisle entreprit de sonder l'attachement des paroissiens à leur pasteur. Il déambula lentement dans le village, l'air indépendant, un vague sourire de ressentiment aux lèvres. Mais personne ne l'interpellait. À son passage, on se bornait à soulever le chapeau ou incliner civilement la tête. Il pensa à rentrer chez le cordonnier, le boulanger, la modiste, le forgeron, le charron, le tonnelier, mais que leur dirait-il ? La rumeur avait-elle eu le temps de se répandre et de traverser le seuil de leur commerce ? Il décida de s'en assurer. À quelques pas devant lui, quelqu'un sortait de l'auberge. Sans plus réfléchir, il bifurqua vers l'établissement.

— Bien le bonjour, monsieur le curé ! Un billet pour prendre la diligence ? railla la tenancière.

— J'admets qu'on me voit rarement dans ce bâtiment-ci, Georgianna, mais je voulais juste te saluer en passant…

— Vraiment ?

— Bien, à vrai dire, ça fait longtemps que je suis pas allé dans ma famille, puis je me demandais si j'irai pas faire un petit tour à Sainte-Marguerite avant Noël. La période de l'avent va bientôt commencer. Faudrait ben que je me décide…

Un couple de voyageurs était revenu d'une promenade dans le village en remorquant un garçonnet rétif. Alors que l'œil gauche de Mre Delisle fixait le tableau des tarifs pour la diligence, le droit guettait le père qui avait engagé une conversation avec la tenancière :

— Excusez-le, madame, il veut rester dehors pour jouer, dit-il.

Dans la pièce attenante, des bruits confus s'élevaient. Le prêtre distingua une voix vasouillante qui montait du bar. Trahan parut, éméché.

— Pas de gêne, curé, si vous désirez que je vous reconduise à Sainte-Marguerite, je suis votre homme, proposa le buveur.

Il se pencha à l'oreille de son pasteur.

— Ça a l'air que vous voulez partir de Saint-Césaire, supposa-t-il, le souffle aviné.

— Des qu'en-dira-t-on, Ignace ! rectifia-t-il. Tu sais que je suis pas très heureux de réaliser que tu traînes encore à l'auberge. Tandis que je te vois, oublie pas les funérailles de demain et l'enterrement.

La tenancière sembla froissée par la remarque du prêtre qui touchait son gagne-pain, elle qui ne se mêlait pas de réprimander les fidèles qui fréquentaient le lieu de culte. Elle comptait sur les Trahan, les Roy et les Patenaude, ces buveurs invétérés, pour assurer la pérennité de son établissement.

***

C'était dimanche, au déjeuner. Le saint prêtre avait peaufiné son sermon comme jamais. Levé aux aurores, il croyait avoir mis la dernière main à son texte d'adieux. Au grand dam de sa gouvernante, il avait ravaudé une partie de la nuit pour réfléchir, en arpentant de longues enjambées le passage menant aux chambres. L'encre n'avait pas eu le temps de sécher : dès qu'une idée intéressante émergeait, il se précipitait à son pupitre et reprenait la plume pour la griffonner. Il avait ainsi rédigé une dizaine de pages pleines de ratures et de bavures, posées à côté de son assiette et qu'il relisait convulsivement en remâchant ses mots.

— Bientôt la messe, David !

Rose de Lima guettait les aiguilles de la grande horloge. Au même moment, comme le glas fatidique qui annonçait la mort, la cloche de la chapelle retentit. Elle n'en était pas certaine, mais elle avait cru voir glisser une larme sur la joue du pasteur et atterrir sur sa composition. Il recula sa chaise et se leva.

— Ah ! se fâcha-t-il, un vrai brouillon !

Il rassembla ses feuilles éparses – qu'il n'avait pas pris soin de numéroter –, les plia, déboutonna le haut de sa soutane et les enfouies sur sa poitrine.

Son manteau noir enfilé, coiffé de sa barrette, le célébrant s'élança au-dehors.

Il entra par la porte basse de la sacristie ; les deux enfants de chœur s'impatientaient.

— Vous êtes en retard, monsieur le curé ! commenta Cléophas. Vous devriez donner l'exemple aux servants.

— Je sais, je sais ! rétorqua le prêtre. Plutôt que de me blâmer, aide-moi donc à m'habiller, ça va être plus utile…

Énervé, il jeta un œil sur les bancs : les lieux saints débordaient de fidèles. Une rumeur inaccoutumée emplissait la nef. Assisté du sacristain, il revêtit sa chasuble, ajusta sa barrette et franchit le seuil de la pièce.

— *In nomine Patris, et Filii, et Spiritus sancti…*

Ce matin-là, le docteur Chapdelaine, sa femme, leurs domestiques, les Dussault et leur fille Delphine, ainsi que le meunier Foisy et sa fille Angélique, accompagnée d'Antoine, étaient du nombre. Même quelques mécréants debout le long des murs ou des ouailles de la campagne profonde s'étaient déplacés pour l'événement.

Depuis le début, la messe s'était déroulée avec une désespérante lenteur. Antoine crut que le curé faisait exprès pour tenir l'assistance en respect et pour la faire languir. D'ailleurs – et c'était pour lui une marque d'impolitesse –, il ne s'était jamais habitué au célébrant qui lui tournait le dos et qui s'adonnait à ses petites affaires à l'autel. Comme si la cérémonie ne les concernait pas. Enfin, le prêtre monta en chaire.

La physionomie jouissive, le pasteur contemplait l'assistance nombreuse qui s'entassait pour l'entendre. Pour une fois, à part quelques inconditionnelles dévotes assoiffées de paroles divines qui transitaient par la bouche du représentant de Dieu, tous étaient suspendus à ses lèvres. Il s'apprêtait à commencer son sermon quand il s'aperçut qu'il avait omis de sortir son texte. Désemparé, il farfouilla dans ses poches, en retira un mouchoir, épongea son front moite. Afin de se donner quelque contenance, il s'éclaircit la gorge et, pour éviter un geste disgracieux, il lorgna le chœur et s'empressa vers la sacristie. Le Dr Chapdelaine darda sur son neveu une pupille insistante.

— Il doit faire une faiblesse, murmura Angélique à Antoine. Tu devrais aller voir…

Sous le couvert de la clameur qui se répandait dans la petite foule, la mine hésitante, le jeune médecin quitta son banc et se rendit à l'annexe. La chasuble enlevée, le saint homme était à reboutonner sa soutane.

— Comment vous sentez-vous, monsieur le curé ?

Empêtré dans son vêtement sacerdotal, il bougonna une remarque qui traduisait son énervement. Puis, avec le plat de la main, il s'appliqua à défroisser sa liasse de feuilles posée sur un meuble et regagna sa chaire. Antoine s'achemina à son banc.

À travers les taches et les biffures, le texte original avait fait l'objet d'une lecture laborieuse et hoquetante qui avait terriblement ennuyé l'assistance. Les phrases creuses et décousues qui n'avaient pas été soumises à une dernière révision abondaient. Lorsqu'il réalisa qu'il avait perdu l'attention des trois quarts des fidèles, les mains tremblotantes, il résolut de se départir de son épaisseur de papier et de parler avec son cœur :

— Mes bien chers frères…

C'était le moment tant attendu. Le prêtre venait de prendre une grande inspiration et d'empoigner solidement sa tribune. Ému, la voix chevrotante, il brossa d'abord un sombre tableau des derniers mois pendant lesquels ses ouailles avaient subi les ravages d'un fléau. De nombreuses victimes choisies par le mauvais sort avaient péri, des familles avaient été décimées. Des récoltes avaient été compromises à cause d'un manque de main-d'œuvre pour alimenter les habitants.

Puis il y eut un long silence pendant lequel il songea à rappeler qu'il s'était dépensé corps et âme pour ses paroissiens, qu'il avait souffert de fatigue et de la faim. Qu'il était accouru dans les chaumières, avait réconforté les gens éprouvés, porté le saint viatique aux malades. Mais ses ouailles n'avaient perçu qu'une obligation qui incombait à leur pasteur. Il pensa à les traiter de renégates, d'ingrates, mais les mots étaient trop forts…

Dans l'assistance, on chuchotait des commentaires. Le curé avait entamé un autre prêche tout aussi long et ennuyeux qui rappelait des souvenirs douloureux. Certains s'étaient faufilés pour sortir sur le parvis et fumer. Avant que son troupeau ne se disperse, le pasteur aboutit à l'essentiel de son message :

— Dans quelques jours, je quitterai la paroisse…

L'annonce n'avait pas produit la commotion espérée. On avait entendu quelques oh ! de surprise, quelques ah ! soupirés, comme si certains avaient espéré jusqu'à la dernière minute que leur curé revienne sur sa décision.

La chapelle dégorgea son flot de fidèles qui se mirent à bavarder dehors. Au sein de la petite église, des pleureuses pleurnichaient. Les plus sensibles avaient sorti leur mouchoir. Quelques âmes pieuses s'étaient regroupées auprès du prêtre pour lui témoigner leur affection, tous leurs regrets de le voir partir, toute leur reconnaissance pour les années passées au service de la paroisse et lui souhaiter la meilleure des chances dans sa nouvelle mission.

Au milieu des pleurs et des paroles touchantes, Mre Delisle affectait une indicible tristesse. *Il est trop tard maintenant, c'était à eux d'y penser avant !* raisonna-t-il.

21

Quelques jours plus tard, dès la première diligence de la semaine, le pas traînassant et la moue désabusée, Mre Delisle s'acheminait à l'auberge Godreau avec sa petite valise. Il n'avait pas attendu la réponse de l'évêque – qui le missionnerait Dieu sait où – pour décoller de Saint-Césaire où il avait atterri sept ans plus tôt. Entre-temps, il échouerait à Sainte-Marguerite pour se refaire une santé. Comme une mère chagrinée, le visage convulsé et la lèvre tremblante, Rose de Lima le regardait s'éloigner du presbytère. Aux maisons, des curieux surveillaient le sacristain Cléophas qui le suivait de près, les bras chargés d'une énorme boîte cartonnée débordante de vêtements sacerdotaux et d'ornements liturgiques. Derrière eux, semblable à des reliquats du passé, un groupuscule de dévotes agglutinées marchait dans l'espoir que le saint homme leur adresse un dernier mot et leur accorde sa bénédiction.

Parvenu au pied des marches, le curé s'arrêta, comme envahi par l'émotion. Au chambranle de la porte, la poitrine ouverte et les bras dénudés, la grosse Georgianna sanglée dans son tablier blanc invita le prêtre à pénétrer dans l'établissement :

— C'est frisquet, venez vous réchauffer en attendant. La diligence est bientôt prête et le cocher achève de déjeuner.

— Un moment ! se récria la voix flûtée d'Yvonnette.

Une pauvresse s'était détachée de la grappe et apportait de ses mains nues un petit paquet bien emballé.

— C'est du manger, offrit-elle.

— Merci, Yvonnette !

Le prêtre déballa le sac de papier. Une odeur appétissante s'en dégagea ; il huma avec gourmandise.

— Je l'ai cuit ce matin, exprès pour vous, exprima-t-elle, sur un ton compatissant.

Elle s'inclina. De sa main épaisse, le majeur et l'index croisés, le curé traça sur le front de l'indigente le signe des chrétiens. Puis il gravit les marches pour entrer dans l'auberge. Son sacristain allait lui emboîter le pas ; une calèche stationna près de la rambarde.

— Messire Delisle, regardez qui est là ! avertit Cléophas.

— Philippe ! s'exclama l'ecclésiastique. De la compagnie, c'est pas de refus.

Le meunier Foisy remit les rênes à sa fille et descendit de voiture.

Il se rendait aux funérailles d'une vieille tante. Tandis qu'il discutait avec le pasteur, à l'écurie le palefrenier resserrait les sous-ventrières des chevaux. Puis, longe au poing, il mena la diligence sur la façade de l'auberge. Il remarqua Angélique tenant les guides dans la calèche.

— Bon voyage, père ! souhaita-t-elle.

Apercevant Patrick Dunnagan, elle secoua aussitôt les rênes sur le dos du cheval qui repartit vers la Barbue…

***

La plupart du temps, bénéficiant de la confiance que son oncle lui avait insufflée, Antoine se rendait maintenant seul à la campagne pour la pratique de la médecine. Le vieil esculape[10] estimait que son neveu apprenti serait bientôt prêt à se présenter au bureau des examinateurs dans l'espoir d'obtenir son brevet. Ses forces diminuant, il préférait se consacrer aux malades du village, les visitant à la maison ou les recevant dans son cabinet privé. L'entente satisfaisait l'un et l'autre, et conférait au jeune homme un statut enviable. Car quiconque envisageait des études dans le même domaine n'aurait pas la chance d'être accompagné dans son apprentissage par un aussi respectable savant !

Désormais, Angélique occupait une place grandissante dans ses pensées. Ses proches le surprenaient souvent, absorbé dans ses rêveries, un sourire radieux imprimé sur son visage. S'il parvenait à bien exercer son métier, en revanche il éprouvait parfois quelque difficulté à se concentrer. Lors de ses lectures romanesques, son esprit vagabondait de longues minutes avant d'être ramené à l'histoire par un éclat de voix ou un bruit incommodant. D'ailleurs, la maisonnée avait appris à rire de ses maladresses et les lui reprochait affectueusement.

Le jour même du départ du meunier, revenant de sa tournée campagnarde, il s'arrêta au moulin. À cette heure, le dernier client était reparti avec ses poches de grain moulu, mais il restait le bonhomme Desbiens, un vieux schnock au regard concupiscent qui s'attardait en fumant sa pipe.

— Je suis capable de m'arranger toute seule, pourquoi vous partez pas avant la noirceur ? proposa Angélique.

Le vieillard répondit par un étrange grognement de désir. Il ôta la pipe de sa bouche, la déposa sur la meule inerte. Puis il entreprit de se dévêtir.

— Fichez-moi votre camp ! fulmina-t-elle, révulsée.

---

10. Médecin réputé.

Il s'apprêtait à poursuivre son déshabillage. Le pas décroissant d'un cheval désamorça son entreprise ; il remonta sitôt ses bretelles.

— Tu arrives à temps ! soupira-t-elle.

— Qu'est-ce que vous faites là ? s'enquit Antoine. Ah ! je vois, monsieur est en train de se rhabiller, ironisa-t-il. Allez-vous-en, vicieux…

De ses doigts crochus, le bonhomme Desbiens acheva de reboutonner son pantalon, prit sa pipe sur la meule et traversa le seuil.

Reconnaissante, Angélique s'avança vers son défenseur, se réfugia dans ses bras. Au creux de son épaule, elle se sentait bien, protégée, serrée contre lui, devinant son cœur qui palpitait. À cet instant précis, dans le calme retrouvé, elle souhaitait qu'il la prenne et la monte au logis.

— Père est parti pour quelques jours, nous sommes seuls, murmura-t-elle. Et je me suis ennuyée toute la journée.

Il la repoussa délicatement en lui adressant un sourire équivoque. Navrée, elle chercha un moyen de le retenir ; elle lui manifesta sa peur que le bonhomme Desbiens malintentionné revienne et souhaitait qu'Antoine reste à souper. Sans se faire prier, il détela son cheval et le mena à l'écurie…

Le repas terminé, la jeune femme affecta une lassitude, se plaignant de courbatures au dos. La veille, elle avait assisté son paternel pour satisfaire aux besoins de la clientèle avant son départ. D'ailleurs, il avait beaucoup hésité à faire le voyage, se sentant coupable de laisser seule sa fille adorée. En cas de nécessité, il lui avait recommandé le recours aux fermiers du voisinage, les arrêts au moulin étant fréquents. Il estimait que le jour elle n'éprouverait aucune difficulté, mais que le soir serait plus hasardeux. C'est en ce sens qu'il avait songé à demander à son ami le Dr Chapdelaine de l'héberger. Au demeurant, c'était pour une question de convenance qu'il avait opté pour une alternative…

La jeune meunière avait tout rapporté à son visiteur les considérations dont elle avait discuté avec son père. Elle s'affala sur son lit.

— Et tu penses qu'il n'y a aucun danger à présent ? badina-t-il.

Il avait posé sur elle un regard amoureux où sa prunelle se noyait. Il se remémora la scène où, atteinte du mal terrible, il l'avait frictionnée. D'abord appliquées au bas-ventre, ses mains avaient gagné la poitrine, les cuisses et les jambes. Mais dans la chaleur de l'âtre et la lumière blafarde de la pièce, une passion l'animait, ses yeux se perdaient en elle, il la désirait plus que tout. Ses lèvres se collèrent aux siennes et, dans une violente étreinte, il l'embrassa ardemment…

Un peu plus tard, une main ferme secoua la porte du moulin.

— Qui ça peut-il bien être ? Tu attends quelqu'un ?

— Mais non, voyons…

Il enfila son pantalon, passa sa chemise. Puis il alluma une lampe, agrippa le tisonnier et descendit les marches. Il s'achemina à la porte, la déverrouilla et, le pique-feu d'une main, la poussa prudemment de l'autre.

— Tu parles d'une manière de recevoir le monde…

— Toi, Ignace Trahan, tu peux t'en retourner d'où tu viens. T'as pas encore compris, Angélique ne veut rien savoir de toi. Ça fait que déguerpis ! somma Antoine.

Sur les entrefaites, un cheval émergea de l'obscurité. Le cavalier sauta de sa monture.

— D'après ce que je vois, mademoiselle est très convoitée, déclara Antoine. Désolé, messieurs, je ne veux pas vous faire de peine, mais mademoiselle est déjà prise…

— J'étais là avant toé, Dunnagan, clama Trahan.

Les deux arrivants s'engagèrent dans une empoignade féroce, ne ménageant pas les coups au visage et au bas du corps. Un sourire en coin, Antoine observait les antagonistes se bagarrer pour le cœur de son amante. L'échange lui paraissait inutile. Car dorénavant – il en était persuadé –, c'est lui qui avait gagné la course et les deux autres se battaient pour rien.

Et là, tout en haut, la désirable Angélique avait écarté le rideau et surveillait avec émotion le combat. Pour la première fois, elle réalisait avec autant d'intensité que trois jeunes hommes s'étaient disputés pour la conquérir ; elle en ressentit un certain contentement. Le voleur de moutons l'indifférait. Mais traversée par des pensées fugaces, elle s'avouait son attirance passagère pour l'étranger et avait tenté de l'oublier. Et maintenant avec la nuit délicieuse qui défilait dans sa tête, son choix se confirmait : les deux opposants pouvaient se déclarer vaincus et disparaître.

Les choses se gâtèrent. Trahan venait de mordre la poussière ; un coup fatal l'avait projeté au sol. Il s'essuya les lèvres du revers de la main et se releva.

— Toé, mon écœurant ! On va voir qui est le plus fort. Amène-toé icitte, demain à la brunante. Débrouille-toé pour trouver un pistolet. Je demande à Antoine d'être présent sur les lieux. Un docteur, ça peut toujours te servir, ricana-t-il…

Haletant, planté devant son adversaire, Dunnagan accepta contre son gré de relever le défi. Il attendit que son adversaire enfourche sa monture. Puis il s'éloigna à son tour du moulin.

Antoine regagna le logis. Manifestement, Angélique avait tout vu et entendu.

— J'aime pas ben gros ce qui se passe, exprima-t-elle.

La jeune fille semblait chavirée par les événements. Ce qui avait été une rixe brutale avait dégénéré en accord pour un combat singulier.

— Tu les laisseras pas s'entretuer, déplora-t-elle.

Elle s'indignait contre cette pratique barbare qui visait à éliminer quelqu'un et le suppliait d'intervenir pour faire annuler le duel. Mais il fit valoir qu'il n'avait pas le pouvoir de s'immiscer dans ce différend qui ne le concernait pas.

— Tu imagines père, quand il va apprendre ce qui s'est déroulé sur sa propriété… Et tous les habitants des environs. Ça va paraître dans les journaux et faire une très mauvaise réputation au village.

Elle s'était effondrée en larmes sur le lit.

Il ne savait pas si elle était bouleversée par la nature de l'événement ou par la peur de voir périr l'Irlandais, qui l'avait déjà remuée et pour lequel elle avait conservé sans contredit un attachement. Cela le dérangeait. Pour l'heure, il ne pouvait censément l'abandonner à son chagrin dans la nuit noire qui venait. Il lui proposa de rester à ses côtés.

Elle avait fait sa toilette en silence et revêtu une jaquette de flanelle. Les draps encore chauds de leurs tendres ébats, il s'était déshabillé et, allongé à son flanc, lui susurrait des mots doux. Mais, le dos tourné, elle demeurait sourde à ses paroles enjôleuses. Dominé par la recherche du plaisir, il crut gagner sa faveur.

— Je vais tenter de les dissuader, formula-t-il.

Dans les ténèbres qui les enveloppaient, il sentit une réaction d'étonnement, un mouvement brusque de réponse à sa proposition. Elle souleva la tête de l'oreiller.

— Tu ferais ça pour moi ? soupira-t-elle.

— Par amour pour toi…

Elle semblait s'être apaisée, mais, replongée dans son mutisme, elle était retournée dans ses pensées. Sous l'emprise de pulsions charnelles, il la cajola, lissant sa longue chevelure miel, posant des baisers langoureux dans son cou, sur ses épaules, pour réveiller ses sens endormis. Puis, ne pouvant résister à tant de caresses, elle succomba à la tentation…

Au matin, Antoine s'achemina au village, l'esprit tiraillé entre deux impératifs : permettre aux duellistes de s'affronter et conserver l'affection d'Angélique. Il se dirigea à l'écurie de l'auberge. La porte à double battant était ouverte. Une forte odeur s'exhalait dans une chaleur humide.

— Je devine pourquoi t'es là, exprima Dunnagan avec une apparente indolence. Tu perds ton temps. Mon idée est faite, tu peux aller visiter tes malades !

Appuyé sur une poutre, le palefrenier était à astiquer futilement son arme neuve.

— T'es prêt à mettre ta vie en danger ?

— Pour l'honneur et pour…

— L'amour ? Oublie-la, Dunnagan, c'est pas de toi qu'elle est amoureuse ! rétorqua Antoine.

— C'est pas à toi de choisir…

Cantonné dans sa position, l'Irlandais se butait, écartant toute discussion possible, persuadé qu'elle l'aimait encore. Comme il lui paraissait impossible de le décourager, Antoine lui conseilla alors de se trouver un témoin. Car Trahan, lui, ne serait assurément pas tout seul !

Pendant ce temps à l'auberge, les trois inséparables soûlons conféraient ensemble sur le grave sujet du jour.

— Comment ça se fait que t'as pas été capable de le battre ? demanda Vital Patenaude. Un colosse comme toé…

— Je me rappelle, ici même, se remémora Moyse Roy ; il t'avait sauté à la gorge pis tu lui avais mis la face en sang. Faut dire que tu l'avais pas mal insulté en lui disant de sacrer son camp parce que t'avais peur d'attraper la peste bleue. Pis là, tu l'as provoqué en duel à cause de la fille du meunier ; tu parles d'une affaire !

— Tantôt, je vas aller creuser sa tombe à l'Irlandais, vasouilla Trahan. C'est dommage, asteure que le curé Delisle est parti, on aura pas sa bénédiction, acheva-t-il, éclatant d'un rire démoniaque…

Les comparses assurèrent leur camarade de leur présence et trinquèrent à sa victoire.

***

Tous les arguments soulevés par Antoine n'avaient pas réussi à décourager Dunnagan d'affronter Trahan. L'étudiant en médecine avait ensuite pris congé du palefrenier à l'écurie et il était rentré à l'auberge, où les camarades de Trahan l'avaient informé de ses macabres intentions. Il s'achemina donc au cimetière. La porte du charnier était ouverte. Son homme ne devait pas être bien loin. Il scruta les alentours. L'apercevant, il s'approcha de lui.

— T'es en train de creuser ta propre tombe, railla-t-il. Comme ça, le prochain curé va devoir engager un autre fossoyeur…

Semblable à la poule qui pique des miettes de pain avec son bec, l'employé de la fabrique picossait avec le bout de sa pelle dans le sol durci. À peine parvenait-il à entasser quelques minces galettes de terre mêlées à des gravats glaiseux ! Mais il persistait à creuser.

Devant une telle obstination, Antoine tourna les talons et gagna la résidence du Dr Chapdelaine, roulant dans sa tête une idée obsédante. Il salua civilement les domestiques. Amanda fronça les sourcils, appréhendant la réaction de la maîtresse de maison.

— Où étais-tu ? s'énerva la tante. Tu découches, maintenant…

— J'ai affaire à parler à mon oncle, riposta le jeune homme, éludant la question.

— Quelle insolence ! s'offusqua-t-elle.

Il se dirigea vers le cabinet du médecin, qui raccompagnait une éclopée.

— Te v'là, toi, c'est pas trop tôt ! T'as causé des soucis à toute la maisonnée, mon neveu.

Dès la porte refermée…

Il demanda à être pardonné pour sa franchise, faisant valoir qu'à son âge et dans les circonstances, il n'avait de comptes à rendre à personne.

— Une histoire d'amour, je présume…

— Rappelez-vous, cher oncle, lorsqu'un soir vous m'avez pris sur le fait dans votre apothicairerie comme un cambrioleur cherchant la clef pour m'introduire dans votre officine ? J'ai découvert dans un tiroir…

— Oui, je me souviens, acquiesça le savant. Tu fais sûrement allusion au coffret. En quoi cela t'intéresse-t-il, bon Dieu ? Ne me dis pas que…

— Rassurez-vous !

Il établit les faits : il s'agissait de deux garçons amoureux d'Angélique, des antagonistes qui désiraient s'affronter en duel. L'un d'eux l'avait réquisitionné comme médecin. Cependant, avec ses camarades qui serviraient de témoins, celui-là ne lui inspirait aucune confiance. C'est pourquoi il emprunterait les armes de son oncle et les soumettrait aux duellistes.

Chapdelaine ne favorisait pas ce genre de rencontre aussi stupide, d'un passé révolu. D'ailleurs, il se montra étonnamment attaché à ces pièces ayant appartenu à son grand-père, journaliste à l'époque, qui avait été attaqué publiquement par l'éditorialiste d'un journal concurrent. Les deux hommes s'étaient présentés avec des témoins, à l'aube d'un matin brumeux, dans un boisé non loin de Québec. Distancé de cinquante pas, au commandement « FEU », son aïeul tira sur un pan de la redingote de son adversaire tandis que l'autre visa une branche de chêne qui tomba en assommant un témoin. Les deux antagonistes s'étaient mis à rigoler, puis on en fut quitte pour une chaleureuse poignée de main.

Au terme de son récit, inscrit dans les annales familiales, Chapdelaine s'était esclaffé à son tour.

— Je m'arrangerais pour que l'affaire tourne au ridicule, assura son neveu. Écoutez-moi bien ! J'ai imaginé un expédient…

Il avait songé à une astuce, une échappatoire habile pour épargner les deux ennemis de l'embarras. À ce compte-là, l'oncle consentit à prêter son coffret.

Antoine était sorti du cabinet, un sourire désarmant accroché aux lèvres. Il allait monter l'escalier, sa tante l'apostropha :

— Où vas-tu maintenant ? demanda-t-elle.

— Je vais où mon devoir m'appelle, tante Cordélia.

Un moment abasourdie, sa face se tordit d'une affreuse grimace, puis elle s'empressa vers son mari. Amanda, qui s'affairait à l'étage, fit irruption dans la chambre du jeune homme dont la porte était restée ouverte.

— On peut pas dire que tu sois ben bavard, affirma-t-elle. Tu sais, j'ai tout entendu de ta conversation avec ta tante. Ton attitude frisait l'impolitesse, mon garçon !

Le dos tourné, il continua à farfouiller dans sa commode pour dénicher des vêtements de rechange.

— Ça vaut la peine de mettre de l'ordre dans ton linge ! s'offusqua-t-elle. T'es juste de passage, je suppose…

Il la trouva curieuse, mais elle méritait une réponse plus satisfaisante que celle adressée à la maîtresse de maison. Il se retourna vers sa confidente et lui confia le secret qui entourait les événements en cours.

— S'il fallait qu'il t'arrive quelque chose, s'apeura-t-elle, je m'en remettrais jamais.

Les yeux de la domestique s'étaient embués de larmes. Il l'avait prise par les épaules et la considérait longuement de son air rassurant. Néanmoins, elle le trouva téméraire de se mêler d'une affaire qui ne le concernait pas directement. Et toute cette ruse qu'il machinait avec les pistolets du médecin ne garantissait pas une issue heureuse de l'affrontement !

Antoine avait dévalé l'escalier, et elle le regardait par la fenêtre où Balthazar tenait la bride du cheval. Le domestique remarqua la boîte sous le bras du chambreur.

— Il se brasse quelque chose de mystérieux ! exprima-t-il, d'une voix inquiète. Où vas-tu comme ça ?

— Tu t'informeras à ta femme, rétorqua le jeune homme, sur un ton bref.

***

Quelques paysans étaient venus au moulin, les uns pour faire moudre leur grain, les autres pour placoter en jouant aux dames ou aux cartes. La présence du garçon auprès de la jolie meunière avait suscité bien des commentaires, allant de la taquinerie légère au sarcasme grossier. Alors qu'Angélique se cloîtrait dans un mutisme désolant, Antoine fourbissait sa réplique. Lorsqu'il en eut assez des railleries, il rétorqua que pas un d'entre eux n'avait offert son aide et qu'il était prêt à céder sa place à n'importe qui se porterait volontaire. Mais personne ne se doutait de l'angoisse qui les tenaillait. Car de l'événement qui se tramait dans l'ombre pouvait survenir un imprévisible destin…

Angélique avait fricoté des restes de poulet pour le souper. Avant que le crépuscule du soir n'assombrisse les lieux, Antoine s'était acheminé aux abords du ruisseau, à un petit havre au charme bucolique où ils s'étaient retrouvés pendant la belle saison. Mais à ce temps de l'année, les arbres dépouillés de l'automne conféraient à eux seuls un caractère sinistre peu invitant. Pour l'heure, qu'un croissant de lune sous la voûte étoilée jetait une lumière pâlotte dans la nuit naissante.

Dans le bruissement des feuilles mortes, le jeune homme avait arpenté l'endroit, dégagé les branches et les pierres susceptibles d'entraver le pas. En tant que médecin, il se sentait mal, s'accusant d'emplâtre. Impuissant, il n'avait point réussi à décourager les adversaires de s'affronter, pas plus qu'il n'avait été capable de combattre efficacement le choléra morbus. Cela le désolait souverainement !

Des bruits de sabots fondant comme un escadron de cavalerie rompirent le silence du moulin. Pétrie d'angoisse, Angélique se rendit à la fenêtre : Trahan et ses comparses arrivaient ! Il sauta de son cheval et cogna à la meunerie.

— Antoine est au bord de la Barbue, informa-t-elle.

— J'espère que tu vas assister à la rencontre, proféra le meneur.

Les trois hommes s'éloignèrent vers le boisé qui débouchait sur une petite clairière où attendait le médecin.

— Comment ça se fait que Dunnagan est pas là ? s'enquit Trahan, très impatient. Il s'est défilé, je suppose.

Pendant que Vital Patenaude et Moyse Roy s'accordaient pour taxer l'absent de « maudit lâcheux », l'Irlandais parut entre les branches, flanqué de Victor Hudon, gérant au magasin de Jean-Baptiste Casavant.

— Messieurs ! décida gravement Antoine.

Les seconds procédèrent à la vérification des armes. Une gâchette plus ou moins ferme, un dosage adéquat de poudre, une mire correcte conditionneraient le tir et sa précision.

— Monsieur Trahan, vous détenez là un pistolet non réglementaire ! s'opposa Victor Hudon.

— C'est pas ma faute si l'Irlandais a acheté un fusil rouillé, persifla le duelliste.

Tandis que les antagonistes s'étaient mis à parlementer sur la conformité aux règles, les seconds argumentaient furieusement. Au milieu de la discorde, Antoine s'éloigna vers son rocher de prédilection – où il aimait s'asseoir avec Angélique –, en rapporta un objet qui intrigua tout le monde.

— Choisissez votre arme ! intima-t-il.

Les témoins contemplèrent le coffret d'ébène enjolivé d'initiales sculptées. Le médecin en souleva le couvert. La main hésitante, le regard assassin, les duellistes empoignèrent la crosse massive richement ornée des pistolets sur fond de velours. Puis ils allèrent s'installer dos à dos à l'endroit déterminé. S'enclencha un interminable décompte macabre qui les distança de trente-six pas, au bout desquels chacun se retourna : « FEU ! »

Les tirs décochés avaient détonné sans faire de victimes. Pas même une éraflure ! Que du bruit ! Le bras tendu, l'arme braquée, chacun des antagonistes demeurait immobile, statufié, figé dans un abêtissement complet. Toute la compagnie était restée dans un total engourdissement. Alors que Dunnagan avait abandonné la partie, Trahan et ses comparses récriminaient contre le duel truqué, exigeant qu'on reprenne le combat.

Le cœur serré d'Angélique s'était arrêté de battre. Dissimulée dans le bosquet de lilas, quelques minutes avant le déclenchement des gâchettes, le souffle retenu, elle avait fermé les yeux sur l'effroyable scène qui se déroulait. Mais à présent, l'affrontement semblait terminé et les adversaires, sains et saufs. Revêtue d'une mante sombre, la tête encapuchonnée, elle dessilla lentement les paupières. Ce qu'elle constata la rassura ; elle s'empressa vers le logis.

— C'est fini ! déclara Antoine, sur un ton impératif.

— Vous ne me reverrez plus jamais ! décida Dunnagan, se débarrassant de son arme. Suis-moi, Victor.

Le gérant de magasin marcha dans le dos de l'Irlandais, qui regagnait le moulin d'un pas lent et désabusé. Parvenu à l'établissement, le duelliste enfourcha la selle de son cheval. Puis, guides aux poings, devinant qu'on l'observait dans la pénombre bleutée, il leva un dernier regard à la fenêtre. Le rideau retomba. Escorté par son second, il éperonna sa monture et disparut.

Sur les lieux du combat singulier, les pistolets récupérés et le coffret sous le bras, Antoine devançait Trahan et ses comparses, un faux sourire aux commissures des lèvres. Rendu au moulin, estimant qu'il n'avait rien à ajouter, il salua civilement les trois camarades et monta au logis. Angélique l'attendait en haut des degrés.

— Et puis ? s'enquit-elle, feignant l'ignorance.

— Ne fais pas l'innocente, Angélique ! Je t'avais pourtant dit que le duel était arrangé, que j'ai voulu que rien de grave ne survienne.

— Oui, mais ils auraient pu refuser de prendre les pistolets de ton oncle et ça aurait mal tourné…

— Admets que tu étais là, aux premières loges, dissimulée dans l'ombre, et que tu as vu comment le duel s'est terminé.

À sa défense, elle expliqua avec une certaine aisance, et son pouvoir de conviction, qu'elle ne pouvait rester dans les affres de l'inquiétude, enfermée au moulin, pendant que, sur les lieux de l'affrontement, trois hommes se battaient pour elle : Trahan, Dunnagan, et lui… Elle avoua que, dans les tourmentes de l'amour qui l'avait secouée, aux prises avec des pensées tumultueuses, elle s'était battue avec elle-même, que son cœur avait chancelé et que, maintenant, elle lui appartenait entièrement. Dans la lueur de la flamme mourante de l'âtre, il avait écouté son plaidoyer, persuadé qu'elle ne mentait pas. Elle allait le lui démontrer, là, sur-le-champ ; aucun doute ne subsisterait ensuite. Elle l'entraîna à sa couche.

22

Le lendemain après-midi, vers les trois heures, un équipage surprenant parut au patelin. Il était composé du cabriolet attelé au cheval du meunier et d'une monture sans cavalier tirée par une longe. Sur le siège, drapée dans sa mante, Angélique Foisy serrée contre Antoine Desruisseaux. On rapportait que le neveu du Dr Chapdelaine avait profité de l'absence du père pour loger au moulin. Des gens, apparemment bien informés, avaient amplifié la rumeur qui se propageait : la veille, le jeune homme s'était battu en duel contre un personnage obscur. Une histoire abracadabrante l'opposant à l'étranger ou au voleur de moutons, qui s'était terminée par une cordiale poignée de main !

La diligence venait de stationner devant l'auberge, où s'étaient agglutinés Rose de Lima, la gouvernante du presbytère, Cléophas le sacristain et quelques pieux paroissiens. Trois personnes en descendaient : le meunier Foisy, une Robe noire, et une vieillarde toute courbaturée avec un petit chien frisé, emmailloté dans une couverture de laine. La servante et le bedeau se détachèrent du groupe et fondirent vers le prêtre.

— Laissez-moi, intima-t-il. Soyez charitables, occupez-vous plutôt de la vieille dame.

Déjà, on remarquait Mre Alexandre Boisvert, un être simple et taciturne, qui n'avait pas la prétention d'un monseigneur dont il fallait baiser la main dès sa descente de voiture. Le saint homme dans la mi-trentaine, au visage émacié, était porté vers son prochain, attentionné aux plus faibles de la société. On imaginait son corps squelettique, soumis à des années de privation, qui ne coûterait pas cher à nourrir. Tout le contraire du curé Delisle ! Aussi, à l'usure de son manteau noir, on devinait la soutane défraîchie, râpée aux coudes. A priori, c'était l'envoyé de Dieu qui convenait à la paroisse. Pendant qu'il prenait un bain de foule avec ses ouailles qui affluaient vers lui en chapelets, le sacristain et la gouvernante accompagnaient la vieillarde dans l'établissement. Cependant, dans l'entourage de l'ecclésiastique, se déroulaient d'imperceptibles petits drames…

Quelque peu embarrassé, le meunier avait passé sous silence la présence du jeune médecin aux côtés de sa fille. Alors qu'il montait dans sa voiture, les deux occupants observaient le palefrenier qui s'entretenait avec l'aubergiste. Les bagages avaient été déchargés, mais un maigre ballot reposait au bord de la galerie.

— Quelqu'un a oublié ses affaires ! lança-t-il à la cantonade.

— C'est à moi, monsieur Foisy ! rétorqua le palefrenier.

L'Irlandais s'empressa d'agripper son balluchon et le balança dans la diligence.

— On s'en va ! souhaita Angélique.

Son père harcela le cheval, qui obéit aussitôt à son maître.

***

Delphine, la fille du notaire, avait réagi avec une forte impulsion lorsqu'elle avait appris le départ de l'Irlandais. Avec un air effaré d'amante en détresse, elle était montée à bord de la prochaine diligence. Affolés, ses parents avaient rebondi chez les Chapdelaine, implorant Antoine de ramener leur fille à la maison. Mais le jeune médecin, prétextant son travail délaissé ces derniers jours, avait suggéré qu'il incombait plutôt à Théodule de la ramener d'abord à la raison. Ainsi, le campagnard avait résolu de se mettre aux trousses de son amoureuse, dans l'espoir de la raisonner, prêt à lui pardonner ses écarts de conduite avec l'étranger. Mais, apprenant le projet de son frère, la pauvre Justine avait insisté pour l'accompagner dans son périple. Maintenant que la belle meunière n'était plus dans le portrait, le bel Irlandais choisirait entre elle et Delphine, sa rivale, assurément !

Avant son départ, guidé par un certain pragmatisme, Théodule s'était informé auprès de l'aubergiste sur l'objectif de son ancien employé. Il n'avait obtenu que de vagues indications destinées à brouiller les cartes. Cependant, au bout de quelques jours de route, l'entreprise s'avéra insensée. Après une poursuite débridée vers l'est, de nombreuses haltes aux arrêts de poste et d'inutiles dépenses dans les auberges, les deux Blanchette avaient perdu la trace de la fille du notaire, elle-même aux trousses du fugitif qui avait réussi à semer tous ses poursuivants. Un matin, après un déjeuner dans un hameau perdu au fond d'une vallée, désespéré, Théodule s'adressa à sa sœur :

— Faut se faire à l'idée ! déclara-t-il, d'une voix désolée.

— Je refuse d'abandonner ! se buta Justine.

Exténué et réaliste, il argua qu'ils se faisaient du mal tous les deux, à courir dans une débauche effrénée, derrière une forcenée pourchassant un fuyard qui avait fermé les yeux sur son patelin d'adoption et dont le seul désir était de refaire sa vie sous des cieux plus cléments. Car il lui apparaissait moins pénible de s'éloigner pour panser les blessures de l'amour que de supporter de voir la femme aimée dans les bras d'un autre.

***

Comme à l'accoutumée, après un changement de ministre dans la paroisse, le bon Dr Chapdelaine recevait l'arrivant à sa table. Afin de ne pas intimider l'ecclésiastique avare de paroles, il avait également invité les Dussault à partager un repas. Ainsi, un bon dimanche soir, la compagnie se rassembla autour de la table bien garnie, un honneur pour l'hôtesse et sa cuisinière. Cependant,

Mme docteur éprouva une honte confuse à présenter la fille du notaire, de retour d'une étrange odyssée dans l'est, qui l'avait laissée dans un état mental désolant. On ne savait trop par quels moyens elle était revenue de ses pérégrinations, mais à en juger par sa mine désabusée, elle avait connu une déroute consommée. D'ailleurs, ses parents la traînaient maintenant partout, de peur qu'elle ne récidive dans une autre fuite éperdue.

— Comment tu t'appelles, mon enfant ? questionna le pasteur bienveillant, empruntant une voix paternaliste.

— Delphine, messire !

C'était tout ce qu'elle disait ! Le reste du temps, elle se claquemurait dans un impénétrable silence, coupée du monde et malheureuse.

Mais Antoine savait que sous l'influence d'une impulsion morbide, un puissant mobile avait animé la fugueuse. Et pour augmenter le désarroi de la jeune fille, Angélique était d'une majestueuse sérénité, ce qui ajoutait à ses vexations.

L'hôtesse avait été estomaquée de découvrir le pasteur habillé de nippes, portant une soutane à rabat jaunie écourtée, d'où semblaient émerger des bas jaunes chaussés dans des sandales éculées. C'était probablement le seul habit que le saint prêtre portait depuis son ordination. Un usage auquel madame curé devrait s'adapter, car un lavage indélicat risquait de le réduire en lambeaux et d'en précipiter la fin utile.

Sans doute le prêtre vivait-il dans l'abstinence et les privations. Amanda avait servi de généreuses portions de porc, de patates bouillies, de carottes cuites et de navet. Pour agrémenter le repas, Balthazar versait un cruchon de vin dans les verres.

— Je m'abstiendrai, dit l'invité.

— Une fois, en passant, il n'y a pas d'abus, commenta le Dr Chapdelaine.

— Je suis désolé !

La main décharnée de l'homme d'Église avait entravé l'écoulement du filet rouge et l'avait détourné vers la nappe blanche.

— Maintenant qu'on est servis, ricana l'hôte, j'aimerais porter un toast au bonheur de nos tourtereaux.

Les verres levés, alors que des pupilles contemplaient les amoureux, Cordélia Chapdelaine et Hortense Dussault jetaient un œil résigné sur la misérable fille.

— Vous acceptez de nous marier l'été prochain, Angélique et moi ? demanda Antoine au prêtre.

Le célébrant avait opiné de sa tête tonsurée. Le vieux médecin expliqua, non sans une immense fierté, que, dans les mois qui suivaient, son neveu se présenterait au bureau des examinateurs afin d'obtenir officiellement son permis de pratique. Pour le moment, le petit couple jonglait avec l'idée de s'établir dans sa maison et d'assurer la relève dans son cabinet.

***

En matière de santé, à la douloureuse calamité du choléra morbus avaient succédé des lendemains plus coutumiers. Si les paysans appliquaient des recettes traditionnelles pour soigner leurs maux ordinaires, ils ne connaissaient pas forcément la façon appropriée de remettre en état un membre désarticulé, une épaule démise, ou l'existence d'un remède pour panser leurs plaies. Certains nourrissaient une foi aveugle dans les onguents et les élixirs du Dr Chapdelaine. Antoine aurait été malvenu de les inciter au contraire, et d'ébranler leur confiance dans les années de pratique du vieux médecin. Cela expliquait pourquoi sa trousse renfermait un assortiment complet de médicaments.

C'était au début de novembre. Antoine chevauchait dans la campagne, revenant d'une tournée au bord de la Yamaska. Un bruit sourd retentit dans les parages. *Un chasseur de gibier ! À moins que ça provienne de là…*, pensa-t-il, promenant un regard circulaire. Il quitta prestement la route et alla s'embusquer derrière un bâtiment, une bergerie d'où émanait une exquise senteur de fumier de mouton. Tout près, une soue à moitié écroulée où Ignace Trahan gardait des cochons. De sinistres couinements s'échappèrent par la porte ouverte. Antoine progressa prudemment vers la porcherie. Un second coup de feu éclata ; il s'encadra dans l'embrasure. Une grosse bête gisait au sol.

— T'as pas manqué ton coup, cette fois, railla-t-il.

— Que c'est que tu fais sur ma propriété, le petit docteur ? Y a personne de malade icitte. Juste un cochon malicieux qui bourrassait les autres et qui a déjà grugé la moitié de la porte ! J'y ai fait sauter la cervelle.

Un silence lugubre se creusa entre les deux antagonistes. Puis le propriétaire des lieux ajouta :

— Si j'avais eu mon fusil, il serait arrivé la même chose à l'Irlandais.

— Il est parti bien loin, l'étranger, tu le reverras plus jamais dans les environs. Pour ce qui est d'Angélique, oublie-la. Faut que je te dise qu'on va se marier l'année prochaine. J'ai un conseil à te donner, Ignace : si tu veux quelqu'un dans ta vie, commence donc par te comporter comme du monde !

Du menton, Antoine désigna la bergerie où avaient séjourné des moutons volés par le filou.

* * *

L'arrivée de Mre Boisvert avait provoqué une déferlante de générosité, l'allure déguenillée et la maigreur effrayante du pasteur ayant soulevé la compassion des paroissiens. De mauvaises langues avaient répandu que le rachitique – qui avait missionné en Gaspésie pendant quatre ans – n'avait consommé que des coquillages vides et des arêtes de poissons. Depuis quelques jours, des vêtements et des denrées affluaient au presbytère. Des paysannes avaient tricoté des bas, confectionné des sous-vêtements. On trouvait impensable de laisser le curé dans l'indigence, loqueteux et sous-alimenté parmi les misérables des alentours.

Cependant, l'affluence massive de victuailles et d'accoutrements avait occasionné un casse-tête à Mme curé. La cave débordait, la dépense et les placards étaient pleins à craquer. La porte refermée sur le dernier arrivage, les bras tombant le long du corps, la gouvernante contemplait le tas de linge empilé sur une chaise.

— Vous avez l'air découragé, Rose de Lima ! observa le prêtre.

— C'est rien, ça, rétorqua-t-elle, j'ai ben peur d'en recevoir encore. Je voudrais ben vous voir à ma place, monsieur le curé, je finis plus de bourrer les armoires et les rangements. Bon, là, vous allez monter dans votre chambre avec une brassée de pantalons pour les essayer. Ensuite, on va passer aux bas puis aux caneçons à grandes manches. Ça va permettre de faire un triage pis de se débarrasser de tout ce que vous mettrez pas. On pourra pas tout garder, savez !

Le pasteur exécuta l'ordre sans renâcler. Après d'interminables séances d'essayage, il entreprit de visiter les pauvres afin de distribuer les surplus de linge et de nourriture aux plus démunis. Déjà, on voyait son personnage nimbé d'une aura de mystique et se dessiner autour de son crâne une auréole éblouissante de sainteté. Avec lui, les images pieuses des canonisés pâlissaient et saint Roch n'avait qu'à aller se rhabiller. Toutefois, la pratique louable avait créé un effet pernicieux sur la tranquillité du presbytère. Car le soir, de préférence au jour, des miséreux et des mendiants de passage s'acheminaient à la maison du prêtre pour quémander de quoi s'habiller, quand ce n'était pas carrément pour quêter le gîte et le couvert. Mais dans l'obscurité trompeuse d'une nuit de novembre, alors que la gouvernante était perdue dans ses jongleries, un bêlement pleurnichard fractura le silence. Hésitante, elle se rendit à sa fenêtre et s'empressa à la chambre du prêtre.

— Messire Boisvert ! s'apeura-t-elle. Un individu… j'ai cru entendre…

— Ne vous alarmez pas, Rose de Lima, bredouilla-t-il. Restons calmes !

Quelques minutes plus tard, tremblante, la domestique entraînait le prêtre vers les bâtiments. Au milieu de hennissements, de meuglements, de caquètements, des cris plaintifs dominaient ; un homme refermait l'étable.

— IGNACE ! Que faites-vous là, en pleine nuit ? se récria le curé.

Le fossoyeur désirait lui aussi contribuer au bien-être des résidents du presbytère. Rose de Lima, qui connaissait le passé fourbe du pénitent, attendait avec l'intérêt d'un voyeur la confession d'un pécheur repentant. Puis, devinant le regard accusateur de la gouvernante qui l'incriminait, il se signa et commença à débiter ses péchés :

— Mon père…

Il s'accusait d'avoir déjà volé plusieurs moutons et, pour s'amender, rapportait une brebis qu'il n'avait pas le courage de restituer à son propriétaire.

— Tu ne t'en tireras pas seulement avec un *Je vous salue Marie* et un *Gloire soit au Père…*

Le confesseur exhorta le repenti à réparer toutes ses fautes de même nature. Cependant, les bêtes ayant été vendues, il s'avérait impossible de les rapporter à leurs possesseurs.

Affligé d'une lourde pénitence et la conscience allégée, Ignace Trahan repartit avec la brebis bêlante.

Au matin, avant que les ténèbres ne s'endorment, épuisées par les longues heures de veille, Trahan s'achemina dans les environs de sa chaumière, avec le bovidé volé. Au printemps dernier, la moutonne de Brouillette, affriolée par les gras pâturages, s'était aventurée dans ses champs. Dès qu'il s'en était aperçu, il l'avait enfermée dans sa petite bergerie. Or le voisin avait rebondi, réclamant sa bête, persuadé que le fossoyeur mentait.

— C'est pas ma faute si t'as pas de bon fourrage dans ta prairie, avait rétorqué le voleur.

Trahan l'avait alors traité de vieux bouc entêté, ce qui n'avait pas arrangé les affaires…

Sa charrette s'approcha du bâtiment, le ruminant attaché aux ridelles, mâchouillant une botte de foin séché. Il rassembla les rênes de son cheval et les fixa aux montants de la voiture. Pourtant habitué aux méfaits, il eut le sentiment que la crainte d'être pris sur le fait surpassait la peur de commettre une gredinerie. Il s'apprêtait à sauter à terre.

« PAN ! »

Ah ! Le vieil imbécile ! réagit Trahan.

Atteint au bras, il détacha péniblement les rênes et harcela son cheval, qui s'éloigna aussitôt.

Il regagna sa propriété pour larguer la brebis et poursuivit sa course vers le village, où il s'arrêta devant la résidence du docteur. La matinale Amanda, qui avait coutume de se lever aux aurores, aperçut l'homme qui manœuvrait avec difficulté pour descendre de voiture. Elle se rendit à la porte.

— Mon Dieu, pauvre garçon ! s'exclama-t-elle. Balthazar ! Va prévenir Antoine.

Elle entraîna le blessé dans le cabinet. Quelques minutes s'écoulèrent avant que le jeune médecin ne paraisse.

— Le vieux verrat m'a pas manqué ! maugréa Trahan, la face tordue de douleur.

— Qui aurait dit que je serais obligé de te soigner un jour? commenta Antoine.

Il avait commencé à retirer le manteau percé d'une balle de mousquet qui avait atteint le bras gauche.

— Fais bouillir de l'eau! intima le médecin à la servante. Faut extirper le projectile et nettoyer la plaie.

Elle était restée dans la pièce et, les yeux plissés de dégoût, avait assisté Antoine tout en écoutant le malheureux raconter son récit. Le blessé, demeuré quelques instants au seuil de l'évanouissement, revint lentement à lui.

— Va falloir que tu te tiennes tranquille, Ignace, le temps que ça guérisse! recommanda le soignant. Quand tu vas être rétabli, le sol va être trop gelé pour creuser des tombes. Ça va attendre au printemps.

Il pénétra dans l'apothicairerie.

— Ben entendu, mais en attendant, qu'est-ce que je fais avec la brebis? réfléchit le blessé à voix haute.

— Tu devrais te rendre aujourd'hui même chez ton voisin et lui expliquer que tu étais bien intentionné en lui ramenant son bien, proposa Amanda.

Antoine rapporta une pommade qu'il appliqua délicatement sur la blessure. Puis il aida le patient à enfiler son manteau et Trahan régla pour les soins prodigués. Son patient parti, Amanda eut un commentaire:

— J'espère que le pauvre garçon va régler ses comptes avec le bonhomme Brouillette, exprima-t-elle. Après son duel avec l'Irlandais, il va-tu finir par comprendre qu'il a avantage à se comporter comme du monde?

La domestique chercha les yeux d'Antoine, qui abaissa vers elle un regard approbateur.

23

C'était un samedi après-midi de novembre, un des plus enchanteurs que dame Nature offrait comme un présent inestimable, afin qu'on se souvienne de sa bienveillance avant qu'elle n'engourdisse les habitants avec les rigueurs de l'hiver. Antoine avait entraîné Angélique aux abords du ruisseau, au lieu de prédilection où elle se réfugiait quelquefois pour écouter le chant de l'onde sur les galets vernissés et pour observer le mouvement perpétuel de l'énorme roue à godets. Dans le miroitement du soleil qui s'infiltrait entre les branches dépouillées, sous les caresses du vent, elle se prélassait sur le rocher, les paupières closes, comme se laissant admirer. Le jeune médecin la désirait. Son regard coulait sur son corps alangui, ses mains chaudes et fébriles prêtes à en épouser toutes les formes harmonieuses.

Sur la route, à quelques dizaines de pas du moulin, un cavalier en selle avait accosté une charrette.

— Passe ton chemin, Trahan ! intima le conducteur. T'as fait assez de peine de même à ma sœur. A veut pus te revoir la face !

— Pogne pas les nerfs, Théodule Blanchette !

Justine, qui avait tourné la tête en reconnaissant le cavalier, ne put s'empêcher de lui cracher une remarque malveillante :

— Je sais pas ce que t'as au bras, mais c'est tant pis pour toi ! C'est à cause de toi qu'il est parti…

— Reviens-en de ton Irlandais, la Blanchette !

L'échange acrimonieux n'avait pas duré. Théodule avait relâché les rênes et la voiture était repartie vers le patelin.

Au magasin Casavant, Victor Hudon était à servir une cliente. Une rangée de chapeaux sortis de leur boîte étaient alignés sur le comptoir. À côté de la dame, alors qu'elle tergiversait dans son choix, le plus jeune de ses trois enfants croquait tranquillement une pomme. Mais les deux autres se chamaillaient. À travers les cris, à tout moment, elle se retournait pour s'assurer de l'état des lieux, que la situation n'était pas en train de dégénérer.

— Je vas laisser faire, résolut-elle, exaspérée.

— À votre convenance, madame, rétorqua le gérant.

Théodule, planté à la vitrine, avait observé d'un air blasé les passants dans la rue. Il repensait à sa rencontre avec Trahan, à la conduite peut-être reprochable qu'il avait adoptée avec lui. Justine, elle, un peu en retrait du comptoir, n'avait pas détaché son regard du nouvel engagé. Elle le trouvait agréable, avenant, d'une patience d'ange. Elle s'avança vers lui.

— Qu'est-ce que je peux faire pour vous, mademoiselle ? demanda le garçon.

— Eh bien ! bégaya-t-elle…

Dans l'entrefaite, Mme Dussault, remorquant sa fille, s'était immobilisée sur la devanture et s'entretenait avec la servante des Chapdelaine. La pauvre Delphine paraissait si malheureuse, fermée comme une huître, avec la moue boudeuse d'un amer désenchantement. Théodule s'apitoya. Accepterait-elle de le revoir ? Était-ce encore pensable de ranimer la flamme qui les avait brûlés ou l'avait-elle oublié, rangé comme un objet devenu inutile dans le grenier de ses souvenirs, lui préférant quelqu'un d'autre qui ne reviendrait jamais ?

Dehors, Delphine sentit qu'on l'épiait: on s'intéressait à elle. Quelqu'un dans la vitrine ne cessait de la détailler, espérant ne serait-ce qu'un instant d'attention. Gênée, elle risqua un œil furtif, le regretta aussitôt. Théodule lui avait décoché un sourire crispé. Confuse, elle s'était prise à lui renvoyer le sien. Il sortit dans la rue et s'en approcha.

— J'aimerais bien qu'on..., balbutia-t-il, rempli d'espoir. C'est personnel...

Elle s'était reculée de quelques pas, s'éloignant des deux femmes qui conféraient, l'invitant à lui adresser les mots qui lui démangeaient.

Depuis des jours, il se morfondait dans la tristesse de la solitude, à élaborer des suppositions. La tête baissée, elle l'écoutait débiter son laïus de réconciliation.

— Je vais y penser, conclut-elle, voyant sa mère.

Le jeune homme regardait Mme Dussault, qui venait de clore abruptement la conversation avec la servante des Chapdelaine et qui s'éloignait comme arrachant sa fille des serres du campagnard.

***

Antoine avait regagné le domicile, le corps enivré de plaisir, le cœur palpitant de bonheur. À table, on l'avait remarqué avec son air absent, plongé dans une douce béatitude, se souriant à lui-même.

— Ça va bien chez les Foisy? risqua le Dr Chapdelaine. Comment se porte mon bon ami Philippe?

— Bien!

Le garçon n'en savait pas davantage. De toute manière, cela lui importait peu. Il avait croisé son futur beau-père, de bonne humeur, vaquant à ses occupations coutumières, c'est tout!

Après le repas, lorsqu'il réalisa que la domestique desservait la table, Antoine songea qu'il avait une lettre à écrire; il se retira dans son appartement.

Assis à son pupitre, il relisait la courte missive qu'il avait rédigée avec la fébrilité d'un joyeux empressement. La mine espiègle, la servante toqua à la chambre. La devinant à sa porte, il se leva prestement…

— Entre, Amanda!

Elle était contente pour lui, resplendissant, ruisselant d'amour pour Angélique. Puis, se remémorant sa course de l'après-midi:

— Si seulement ça pouvait être de même pour tous ceux qui souffrent, soupira-t-elle.

Son front ombré de tristesse, elle rapporta que dans la rue, revenant de sa commission, elle avait croisé Mme Dussault et sa fille. Pendant qu'elle jasait avec la femme du notaire, Théodule était sorti du magasin Casavant pour s'entretenir avec Delphine.

— Qu'est-ce que tu dirais si…? Je pense qu'on a la même idée, Amanda.

Dans l'enthousiasme de sa complicité avec elle, Antoine avait dégringolé les marches. Au pied de l'escalier, haletant, il reprit contenance et amorça le pas vers le salon. La domestique s'avança dans l'embrasure de la pièce, le couvant du regard, espérant une réponse favorable. Le docteur était à lire *La Minerve* et sa femme était absorbée dans un recueil de poésie.

— Ma tante! l'interpella-t-il.

— T'es bien excité, mon garçon, le rabroua-t-elle, déposant le livre. Personne n'osait te déranger tout à l'heure, on n'existait pas! Mais toi tu te permets de nous importuner. Augustin, dis quelque chose…

— C'est l'amour, Cordélia…

— J'ai une faveur à vous demander, ma tante, reprit le jeune homme. Seriez-vous d'accord pour recevoir quelques amis ?

— En quel honneur ?

Elle s'étonnait de la requête, mais elle imposa néanmoins des conditions à respecter.

Sitôt la permission accordée, Antoine s'achemina à la résidence du notaire.

— Bonsoir, Agathe, puis-je parler à Delphine ?

— Ça dépend, c'est Madame qui décide, mon garçon !

La domestique s'éloigna. Hortense Dussault s'encadra dans le vestibule.

— Ça me surprend de te voir, mais je suis contente que tu sois là. As-tu changé d'idée par rapport à ma fille ?

— Non, madame, je souhaite l'inviter à dîner chez le docteur Chapdelaine dimanche prochain.

Delphine était apparue, tout heureuse. Sa mère se tourna vers elle.

— Si c'est pour renouer avec ce garçon-là, c'est non !

— Comment ça, non ?

Le tabellion venait de surgir sur les lieux. Il s'opposait à la décision de sa femme qui jetait l'interdit sur le paysan : selon elle, leur fille méritait mieux ! Un jour, elle rencontrerait un jeune homme qui lui conviendrait, elle en aimerait un autre, c'était une question de temps.

Tandis que la malheureuse retenait ses larmes, Antoine assistait au débat oratoire qui se déroulait, espérant la victoire du notaire.

— Elle ira à ce dîner chez les Chapdelaine, que je te dis ! trancha Dussault.

Delphine s'était élancée dans les bras de son père et la perdante, de guerre lasse, était disparue.

***

En prévision de la saison froide et la période des Fêtes, la cuisinière avait déjà préparé des conserves. Des pâtés, des tourtières, des tartes, des confitures, des desserts reposaient dans la dépense et le caveau. Sa table serait bien garnie. Son mari, plus modéré, constatant sa joyeuse excitation, tenta de la calmer: «C'est pas toi l'hôtesse, ma femme!» lui avait-il gentiment reproché.

Quelques jours à l'avance, Amanda avait résolu de concocter des petits plats. Elle et son homme s'étaient démenés toute la journée. Il était quatre heures et aussi avait-elle le souper des Chapdelaine à préparer, et sa bourgeoise dédaignait de manger du réchauffé. Mais elle n'avait pas terminé ce qu'elle avait entrepris pour l'événement. Elle attendait que son collaborateur revienne de sa petite commission. Impatiente, elle se rendit à la trappe qui donnait accès à la cave de terre.

— Arrives-tu, coudonc? s'écria-t-elle.

Incapable de résister plus longtemps, elle souleva son ample jupe et descendit au sous-sol. À la lueur faiblarde de la lampe accrochée aux soliveaux, il était là, étendu au sol, les yeux fixes, la face d'une pâleur crayeuse.

Terrifiée, elle remonta sur le plancher et se pressa vers le cabinet. Le savant était à son apothicairerie, à préparer un médicament.

— Je m'excuse de vous déranger, s'énerva-t-elle, Balthazar a eu un malaise au soubassement.

Le médecin devança la servante sur les lieux. Un examen sommaire lui permit de conclure que la fin était proche.

— Je suis désolé, Amanda. Va chercher le curé Boisvert!

— Je veux rester auprès de mon mari, rétorqua-t-elle.

— Antoine n'est pas revenu. Dans ce cas, demande à Madame !

La maîtresse de maison était dans ses appartements à essayer une nouvelle robe.

— Tu tombes bien, Amanda, dit-elle, tout heureuse. Dis-moi ce que tu en penses. La modiste…

— Pardonnez-moi, madame Chapdelaine, il est survenu un malheur à Balthazar…

— C'est mon mari qu'il faut aviser, répliqua-t-elle, avec indolence.

Devant le désarroi de sa servante, elle se disposa à l'écouter. Mais accourir au presbytère n'était pas de son ressort. Au bout du compte, elle le ferait quand même. Elle demanda d'abord de l'aider à se changer.

Trois quarts d'heure après, le pasteur descendait dans la cave, trop tard pour administrer les derniers sacrements au mourant.

Au souper, Madame avait mangé du réchauffé. L'humble serviteur, qui avait œuvré tant d'années dans la maison, méritait qu'on lui rende hommage. Un cercueil en bois de sapin posé sur des tréteaux avait été installé au salon. Le soir même, des voisins avaient commencé à défiler devant la dépouille et offrir leurs condoléances à la veuve. Lorsque la porte fut fermée aux visiteurs, Antoine s'approcha d'elle.

— Dommage, larmoya la servante tout émotionnée, faudra reporter le dîner de dimanche.

Il comprenait. Les funérailles étant le samedi, elle n'aurait pas le cœur à la réception le lendemain. Il avait songé à se réunir au moulin ; il en parlerait à Angélique.

***

Aux premiers bancs, dans la petite église tendue de crêpes noirs, le Dr Chapdelaine et son épouse encadraient la veuve voilée de noir. Tout près, Antoine, Angélique et les Dussault. Dans la sacristie, le nez étiré dans la porte entrebâillée, le curé Boisvert attendait le moment opportun pour faire son apparition : seulement quelques fidèles avaient pris place dans la nef. Pourtant, le sacristain lui avait mentionné que la famille du défunt était éloignée et qu'il ne devait pas espérer une assistance nombreuse. Énervé, il se retourna vivement.

— Arrêtez de vous poussailler, enjoignit-il aux deux enfants de chœur. Cléophas, comment ça se fait qu'il n'y a pas plus de monde ?

— Je ne sais pas, messire, répondit le sacristain.

Il mentait. Bien que fraîchement atterri dans la paroisse, le prêtre était déjà réputé pour ses cérémonies trop longues et ses sermons endormants, plus ennuyeux encore que les prêches de son prédécesseur. Le taciturne se convertissait alors en intarissable discoureur. Les pratiquants n'étaient pas moins fervents qu'ailleurs, mais quand ils le pouvaient, ils se soustrayaient aux enterrements.

Après la cérémonie, où le célébrant avait rendu un bel hommage au domestique, il fallait maintenant conduire la dépouille au charnier pour la saison hivernale. Revêtue d'un châle noir, Amanda, entourée des Chapdelaine, se préparait à emboîter le pas à la brigade mortuaire. En premier, le sonneur, un cavalier à cheval. En second, le prêtre et son cocher dans une berline. Venait ensuite Ignace, le bras en écharpe, conduisant d'une main la voiture du cercueil avec un fanal allumé.

***

Au lendemain des obsèques, la calèche du Dr Chapdelaine roulait vers la campagne avec des paniers de victuailles. Dans les circonstances qui prévalaient, le meunier avait gentiment accepté de recevoir les trois couples à son logis. Ainsi, Antoine, Delphine et Victor Hudon, le gérant du magasin Casavant, venaient rejoindre Angélique, Théodule et sa sœur Justine.

Épilogue

Au grand bonheur du meunier, le moulin s'était animé de jeunes gens. Après l'abondante boustifaille, on avait improvisé des danses, raconté des histoires à faire rire ou à pleurer. On avait parlé d'avenir aussi. Même si Ignace Trahan et Patrick Dunnagan avaient habité les pensées, on était persuadé qu'ils étaient disparus, qu'ils ne reviendraient plus jamais dans le paysage. Et désormais, comme le grain broyé sous les meules, chacun avait été transformé par le passage du choléra morbus.

L'année suivante, le brillant apprenti avait réussi son examen au Bureau des examinateurs. Après quoi, Angélique et lui avaient uni leurs destinées par les liens sacrés du mariage. Ils habitèrent chez l'oncle Augustin qui s'éteignit peu après, rongé par une maladie fulgurante. Antoine pratiquait dans le cabinet de son oncle. Inspiré par son mentor, le dévoué Dr Chapdelaine, il se constitua une large clientèle. Vieillissante, la tante Cordélia devint acariâtre. C'est alors qu'Antoine – qui avait pourtant abandonné l'idée –, outré par l'insupportable grincheuse, avait repris ses recherches. Souvent, quand il ne s'attardait pas à l'auberge Godreau, il se retirait dans son officine, au grand dam de sa femme qui l'accusait de trahir sa promesse. La cohabitation avec la tante dura jusqu'à ce que la vieille grébiche meure d'ennui, délaissée par tout le monde, en brouille avec son amie Hortense. Puis, encouragé par Amanda, la fidèle domestique, le couple recouvra miraculeusement ses ardeurs. La naissance de trois enfants suivit, et dorénavant rien ne put assombrir l'amour des époux.

Avec un rare acharnement, Mme Dussault s'était employée à décourager sa fille de ses fréquentations avec l'habitant. Mais malgré les réticences exprimées par sa mère, encouragée par son père le notaire, Delphine s'était entêtée et avait fini par épouser Théodule la même année que leurs amis Angélique et Antoine. Mais peu après leur mariage, la solidité du couple s'effrita. Quant à Justine Blanchette, éprise de Victor Hudon, elle parvint à comprendre que l'employé du magasin Casavant n'était pas aussi entiché d'elle et qu'il avait l'œil sur une certaine Philomène Godard. D'ailleurs, ces deux-là devinrent mari et femme en 1835. À ce moment, la colère commençait à gronder dans la population. La résistance des Canadiens français s'organisa contre le gouvernement anglais injuste et oppresseur. En 1837, à Saint-Césaire, un fort noyau de patriotes se forma. Mais Hudon hésitera à s'engager. Après maintes discussions avec son épouse et de nombreuses tergiversations, on le retrouvera avec un ami au flanc des plus ardents défenseurs de son pays, contre des partisans de la Couronne britannique.

Du même auteur
chez Les Éditeurs réunis

L'auberge des Quatre Lieux
Richard Gougeon

Août 1837. Victor Hudon tient commerce à Saint-Césaire, au cœur du coin de pays normalement tranquille dit des « Quatre Lieux », tandis que Philomène, son épouse, gère la maisonnée et prend soin de leur fils. À l'heure où monte la grogne populaire à l'endroit des occupants anglais, qui semblent tout piller sur leur passage, le jeune marchand se défend toutefois de se joindre aux insurgés.

À son magasin, des clients pestent contre ces « envahisseurs » impénitents. Dans sa sagesse, Victor s'impose la prudence, se contentant d'abord d'observer, d'écouter, et de donner timidement son opinion. Mais, entraîné par un ami impliqué dans la cause, il accepte de participer à quelques rencontres clandestines, dont celles tenues à l'auberge Godreau, où des visiteurs débarquent de plus en plus fréquemment pour préparer la rébellion. Là, il fraye, selon sa femme, avec les « moins recommandables » du patelin, ce qui lui fait appréhender le pire pour sa famille.

Pendant ce temps, le curé Lamarre exhorte ses ouailles à prêter allégeance à la nouvelle reine Victoria et à se conformer à l'ordre établi. Au village, la tension monte d'un cran. Accusations de trahison, saccages, rumeurs de soulèvement… L'ambiance paisible qui régnait dans les paroisses des Quatre Lieux paraît bien loin. Aux abords de la petite auberge où les esprits s'échauffent, Victor et Philomène arriveront-ils à traverser cette période trouble et à retrouver une vie plus sereine ?

Visitez lesediteursreunis.com pour plus de détails.

MARQUIS
Québec, Canada